수레바퀴 V

수레바퀴 V

발행일   2021년 5월 26일

지은이   정신안
펴낸이   손형국
펴낸곳   (주)북랩
편집인   선일영   편집   정두철, 윤성아, 배진용, 김현아, 박준
디자인   이현수, 한수희, 김윤주, 허지혜   제작   박기성, 황동현, 구성우, 권태련
마케팅   김회란, 박진관
출판등록   2004. 12. 1(제2012-000051호)
주소   서울특별시 금천구 가산디지털 1로 168, 우림라이온스밸리 B동 B113~114호, C동 B101호
홈페이지   www.book.co.kr
전화번호   (02)2026-5777   팩스   (02)2026-5747

ISBN   979-11-6539-787-6 04810 (종이책)   979-11-6539-788-3 05810 (전자책)
ISBN   979-11-6299-113-8 04810 (세트)

(주)북랩 성공출판의 파트너
북랩 홈페이지와 패밀리 사이트에서 다양한 출판 솔루션을 만나 보세요!
홈페이지 book.co.kr   •   블로그 blog.naver.com/essaybook   •   출판문의 book@book.co.kr

작가 연락처 문의 ▸ ask.book.co.kr
작가 연락처는 개인정보이므로 북랩에서 알려드릴 수 없습니다.

정신안 에세이

저마다의 짐을 지고 굴러가는

모든 영혼에게 바치는 위로와 공감의 헌사

수레바퀴

V

북랩 book Lab

나는 왜?

책을 쓰려고 하는 걸까? 남에게 나를 드러내기 위해서일까? 그런 마음은 조금도 없는 것 같은데…. 진정한 내 마음은 무엇일까? 처음에는 내 안의 응어리를 참을 수 없어서 쓰기 시작했다. 그것은 나를 치유할 수 있어서 좋았다. 그 후에 왜 계속 쓰는 것일까? 쓰는 것은 죄가 되는 것이 아닐까? 결국 자기중심적이고 남을 비방하는 경우가 많을 테니까 말이다. 내 사상과 다르다고 상대편이 악일 수는 없는데. 우리는 항상 인간으로 관계를 맺고 살고 있다. 처음에 좋은 관계가 되다가도 어느 때부터, 갑자기 정서가 달라져 서로의 관계가 소원해지는 것이다. 다른 측면으로 생각해보자.

내가 좋아하는 식품은 항상 스스로 좋아한다. 나는 참외와 자몽을 참 좋아한다. 어느 해 참외를 먹고 탈이 생겼다. 그 후 몇 년은 참외를 먹지 않았다. 수입 과일이 들어오면서 나는 한여름의 시원한 자몽을 엄청 좋아했다. 한자리에서 몇 개씩을 먹어 치웠다. 한겨울에도 찜질방을 갔다가 오면 자몽부터 먹어 치웠다. 그런데 어느 때부터인가 한가득 사다가 넣은 자몽을 입에 대지 않았다. 왜 그런지 알 수가 없었다. 냉장고에 가득 찬 자몽이 지천꾸러기가 되었다. 그것 때문에 다른 식품을 넣을 수 없어서 문제였다. 그렇다고 멀쩡한 자몽을 쓰레기통에 버릴 수도 없었다.

자몽이 구석으로 밀리고 바닥으로 밀렸다. 그런데 어느 날 갑자기 말라빠진 자몽을 먹었고 다시 내가 좋아했던 것을 발견했는지 한자리에서 밥도 안 먹고 냉장고 귀퉁이에 뭉쳐 있던 자몽을 모두 먹어 치웠다. 왜 이런 현상이 일어난 것일까. 그것이 몸 상태와 관련이 있을지 생각해봤다. 나의 몸 상태는 항상 냉기가 있었다. 그래서 저체온으로 체온이 기록된다. 그런데 뜨거운 열기로 체온이 계속 상승되었거나 테니스를 쳐서 체온이 상승하면 그때 물보다 참외나 자몽을 먹고 싶다는 생각을 간절히 했다. 결국 내 몸의 체온이 오를 때 그것을 즐겼을 것이다.

만일 계속 저체온으로 나타났다면 나는 참외나 자몽을 좋아하지 않았을 것이다. 그런데 몸이 고체온이 되면서 그것들을 맛있게 먹지 않았을까 생각했다. 그것은 나의 생체리듬이 되는 것이고 나의 본성이지 않을까. 마찬가지로 내가 글을 쓰는 것도 나만의 생태적인 일이 아닐까 생각했다. 문제는 내가 글을 써서 어디에 쓰임이 있을 것인가. 내가 쓰는 것이 나의 배설물일 뿐인 게 아닌가. 그것은 좋은 일이 아니라는 생각. 나는 지금 계속 원고를 출판하기 위해서 출판사에 넘기는 게 좋은 것인지 고민하고 있다. 무슨 일을 하든 10,000시간의 법칙이 존재한다고 들었다. 나는 책 읽기를 좋아하고 어쩌다가 쓰기를 하게 되었는데 몇십 년 동안 아마 그 만 시간의 법칙을 지났을 것이다. 그래서 처음에는 나를 치유하는 책을 썼다면 그다음 단계 어떤 글이 내 안에서 새로운 형태로 나타날 것이라고 생각했다. 그러나 아무런 징조가 없다는 생각.

그냥 있는 대로 쓸 뿐이었다. 그런데 그것이 옳은 것이냐를 생각했다. 처음 몇 번은 책을 만들어서 이룬다는 것이 기뻤다. 지금은 과연 이것이 올바른 길을 찾아가고 있는 것인지 생각 중이다. 그래도 일단 내가 가던 길이니까 그냥 가보는 것이기는 하지만…. 더 생각 좀 해볼 것이다.

*

2018년 7월 28일, 폭염주의보가 핸드폰을 통해 삑삑 울렸다.

나와 남편은 그동안 묶은 찌끼를 버리고 신선한 마음을 위해 작은 뒷산인 덕산(강화도)을 오르기로 했다. 아침이지만 태양은 강렬했다. 아스팔트 도로에서 올라오는 후끈한 열기와 태양이 쨍쨍 빛나는 뜨거운 열기는 한증막의 가마솥과 같았다. 나는 이런 것을 좋아했다.

- 야, 이것은 정말, 걸어 다닐 수 있는 한증막이유? 그렇지?

- 난 이런 날씨가 좋아!

- 이 한증막은 공짜잖아?

- ㅎㅎ.

남편은 계속 흐르는 땀을 주체할 수 없었다. 손수건은 땀으로 젖어, 물이 떨어졌다. 이제 막 빌라 앞에 심겨진 깻잎밭과 땅콩밭을 지나 한길로 접어들었다. 한길은 한산했다. 오래전 장터가 그대로 방치되었다. 빈 시장터에 몇몇 자동차가 주차장으로 사용했다. 시장터 밖으로 아직 자리를 차지하고 있는 간판들이 집을 지키고 있었다. 정남 쪽으로, 불이 번쩍이며 자판의 불빛이 현란하게 돌아가는 고향 갈비탕 집, 서쪽으로 옆에 붙은 유일 양복점, 그다음 내가 여인숙, 미장원, 중국집, 거북이 식당 등이 줄지어 자리를 차지했다. 그 끝에 큰길로 시장을 관통했다. 길 건너 맞은 편에 호프, 치킨집, 부동산, 농기구 수리점, 세탁소, 현대슈퍼, 약방, 철물점 등이 줄지어 자리를 지켰다.

그중 철물점이 제일로 왕성했다. 큰길 옆에 차를 세우고 철물점에서 온갖 것을 섬 주민들이 사 갔다. 철물 아줌마는 키가 작았다. 머리는 꽁꽁 묶어 틀어 올렸다. 얼굴은 타서 주근깨와 함께 까맸다. 딱 붙은 검은 티에 청 롱치마였다. 나는 그때 청기지로 만든 롱치마를 처음 봤다. 등산 차림을 본, 철물점 아줌마가 놀라서 한마디 했다.

- 아이고, 이 날씨에 등산을 가는가베?

- 예.

우리는 걸어서 도로를 따라갔다. 치킨집에서 생닭을 잡는지 닭소리가 요란했다. 그 옆에 소머리집은 휴가인지 문이 닫혔다. 길 건너 제법 큰 현대슈퍼와 짬뽕집은 사람들이 오고갔다. 우리는 길을 고부라져서 휴양지 쪽으로 길을 꺾어 들어갔다. 남편은 눈물인지 땀물인지 온통 땀으로 범벅이 됐다. 나는 속으로 저러다가 쓰러질지 모른다며 얼음 주머니를 주었다. 얼굴과 머리에 얼음 주머니를 올려놓았다.

그렇게 우리는 계속 캠핑장 쪽을 향해 올라갔다. 숲 입구 정자에서 쉬었다. 핸드폰에서 폭염 경고음이 다시 울렸다. 우리는 찬 얼음물을 마셨다. 남편은 얼음 주머니로 몸을 식혔다. 남편은 더위에 약했다. 나는 더위에 강했다. 그러나 나는 추위에 약했다. 그래서 나는 에어컨을 켜면 냉증이 생겼고, 냉증으로 고통이 심했다. 어느 해인가 미국과 캐나다에 여행 갔던 생각이 났다. 호텔, 자동차, 빌딩들은 모두가 냉방 상태였다. 나는 그것을 견딜 수 없었다. 결국 냉증병이 생겼다. 나는 냉방이 무서웠다.

그 당시 나는 온몸을 비닐포장했다. 몸에 껴입을 수 있는 옷은 다 껴입었다. 그래도 나는 온몸을 벌벌 떨었다. 뜨거운 햇살에 비닐을 감은 몸을 데웠다. 여행자들이 여행을 하며 즐거워할 때, 나는 내 몸을 뜨겁게 데울 곳을 찾아야 했다. 여행하는 차는 냉방차라 내가 무서웠다. 여행지 곳곳은 냉방빌딩이었고, 나는 그 냉방빌딩도 무서웠다. 저녁에 호텔에 가서 거꾸로 난방을 켰고, 뜨거운 열을 몸에 쏘였다. 남편은 더위를 못 이겨 죽을 맛이었다. 그렇게 힘든 여행을 하고 돌아올 때 남편은 나에게 다짐을 했다. 다시는 여행을 하자고 말하지 말라고.

그때를 생각하면, 나는 지금이 너무 좋았다. 날이 뜨거워서 좋고, 걸어 다니며 찜질할 수 있어서 좋다고. 그리고, 이렇게 산행을 하는 고행이 즐거웠다. 이것은 어차피 집에서도 받아내야 할 열기였다. 이런 고행을 나는 극기훈련이라 명명했다. 극기훈련을 하면 헝그리 정신이 깃들었다. 조금만 불편해도 불평하며 남을 탓하고 상대방을 공격하는 습성이 사라졌다. 그러나 추운 혹한 속이나 한여름의 뜨거운 열기 속에서 산행을 해주면 나는 순한 양이 되었다. 그럴 때 못할 것이 없었다. 정말 하기 싫은 일들을 씩씩하게 할 수 있는 힘을 주었다.

산에는 사람이 없었다. 바다와 산, 호수 모두, 뿌연 열기가 대기를 덮었다. 눈은 땀과 눈물이 범벅이 되어 수건을 적셨다. 눈을 뜰 수 없었다. 소매와 바지를 접어서 올렸다. 살에서 열기가 빠지기를 바랐다. 열기를 받으며 남편에게 얼음 주머니를 주었다.

- 이거 머리에 올리세요.
- 쓰러지면 사람들에게 욕먹어요.
- 늙은이들이 산행하다가 죽었다고요.
- 이 미친 뜨거운 날씨에 미쳤다고요.
- 맥 없이 폭염주의 하라 했는데, 산행을 했다고요.

남편은 낄낄 웃었다. 우리는 쉬다가 오르기를 반복했다. 그리고 계획한 산행을 반으로 줄였다. 꼭대기 정자에 올랐다. 주변은 조용했다. 교동도도 열기로 뿌옇게 섬 그림만 보여주었다. 논과 밭도 열기를 받았고 바다도 열기를 받았다. 온 천지가 열기로 열을 품었다. 꼭대기라 바다에서 오는 미풍이 우리를 살렸다. 돗자리를 깔았다. 북쪽의 소나무밭을 거쳐 불어오는 바람이 솔향을 냈다. 향긋해서 좋았다. 우리는 그곳에서 싸간 도시락을 맛있게 먹었다. 맛은 그야말로 최고였다.

산에 오면 맛의 투정도 사라졌다. 짜다느니, 달다느니, 맛이 없다느니 하지 않았다. 그렇게 맛있을 수가 없었다. 이것도 하나의 음식 치료방법이 됐다. 우리는 너무 가진 것이 많았다. 그래서 쓸데없는 말이 생기고, 쓸데없는 생각들을 가졌다. 그러다 보니, 온통 말싸움과 생각싸움으로 사람들이 사악해지는 것이 아닐까? 그리고 세상이 더 시끄럽게 입만 벌리면 상대방을 공격하고 자신만 옳다고 주장하는….

모두를 내려놓자 이곳에. 아무것도 보지 말자. 이곳은 산과, 바다, 푸른 논과, 평야, 뜨거운 태양이 있을 뿐이었다. 우리는 정자에서 한참을 쉬었다. 해가 조금 기운다 싶을 때 짐을 쌌다. 갑자기 검은 구름이 산을 덮었다. 위협적인 먹구름이 몸을 감쌌다. 우리는 마음이 조급해졌다. 이 비가 어떻게 변하고 천둥을 칠지 몰랐다. 발을 빠르게 옮겨 하행길로 내려왔다. 중간쯤에 비가 내리기 시작했다. 길을 잃었다가 다시 찾았다.

비는 오다가 말다가 했다. 비를 맞으며 집으로 오는 길은 상쾌했다.

이 뜨거웠던 열기를 받으며 산행한 것이 자랑스러웠다. 뭔가 큰일을 해낸 사람 같았다. 내적인 충족감이 충만했다. 스페인의 산티아고 성자의 길이 부럽지 않았다. 고행의 길은 이런 마음이리라. 집으로 돌아와서 목욕탕에서 찬물에 샤워하는 맛 또한 기쁨이었다. 묵은 때인 몸과 마음을 모두 다 씻어내는 기분이었다. 우리가 언제까지 산행을 할 수 있을지 모르지만 우리는 이렇게 깨끗한 마음을 가질 수 있어서 행복했다.

*

나는 신문을 봤다. 그럼 속이 터졌다.

제목은 "노동운동이 근로자 간 격차를 심화시켰다. 이럴 줄 알았으면 30년 노동운동 안 했을 것"이었다.

결국 민주노총 소속인 대기업 노동자는 계속 기득권에 집착하고 있다. 그 민주노총 노동자는 임금을 높이는 귀족노조가 됐다. 그들은 나라를 망치는 쪽으로 깃발을 흔들며 살아가는 꼴이 되는 것이다. 같은 노조이지만 하청업체는 그들의 인건비를 깎아서 귀족 노조들의 배를 채워주는 꼴이 된다. 그러다 보니 대기업 노동자는 하청업체의 노동자들보다 임금이 두 배가 됐다. 그들은 이제 완전히 편 가르기를 했다.

대기업 노동자들은 기득권 연장을 하며, 촛불시위로 권력을 잡았다. 그들은 문재인 대통령 핵심 역할을 하고 그 권력을 자기네 민주노총 산하에 두었다. 나라는 거꾸로 가게 되었다. 기득권자들이 흔들며 자기네 편익대로 움직인다면 어떻게 되겠는가? 모든 국민이 원하는 길이니 어쩔 수가 없는 것이다. 세상 구조는 그렇다. 악 쓰는 놈에게 떡을 하나 더 주고 배 채워 줄 수밖에 없다. 소상인들아 이제 피켓을 들고 악을 쓰며 단체로 시위하고 있다. 시위를 해야 자기들 관심을 가져달라고 호소할 수 있는 것이다.

우는 놈에게 어미는 젖을 준다. 사회구조가 그렇다. 가만히 있으면 누가 젖을 주겠는가? 뭐라도 단체를 만들고, 악을 쓰고, 떠들어야, 젖을 혹은 떡을 얻어먹을 수 있는 것이다. 현대자동차에서 자기네 노조 일만 하는 인간이 70명이 넘는다. 그들은 회사에서 일하지 않는다. 어떤 수단을 동원해서라도 회사를 괴롭혀서, 자기네 기득권을 유지하고 노조만을 위해서 일한다. 그들은 회사를 통해서 자기권익을 받아내고 돈을 뜯어내며, 노동자들을 위하는 일을 한다고 해서 그들(노동자들)에게 돈을 받고 배 뚜드리며 살아가고 있다.

하청업체를 후려쳐서, 아니면 납품자들을 후려쳐서 자기네 권익을 보호한다. 그래서 하청업체가 도산할 수밖에 없는 것이다. 이게 국가가 살아날 일인 것인가? 나는 신문을 읽으면 가슴이 답답하다. 국민은 어리석어서 모두가 노동자 편이다. 초창기 노동자들은 순수했고 악덕 회사에게 부적절한 대우로 민주노총이 생겼다지만 그 시절은 30년 전 이야기다. 이제는 역전이 되었다. 나라가 온전해질 수가 없는 것이다. 이제 회사가 망가지고 그들만 사는 길일 것이다. 그래서 회사가 온전해지겠는가 말이다. 회사도 망하고, 국가도 망하는 길일 것이다.

대기업 노조는 평생 귀족으로 살았다. 정권도 만들었다. 이제 역으로 민주노총은 정부도 고발했다. 높은 직 공무원은 모두가 고발 대상자로 전락했다. 공무원들은 신뢰를 가질 수 없다. 소신도 없다. 그들은 현 정부의 입맛에 맞게 선후배를 고발해야 했다. 이런 것이 무슨 올바른 나라가 되겠는가? 남편이 지금 현 서울 시장(박원순)을 처음 만날 때를 회상했다.

- 국정 때(P는 해고자 복지 진상위원회에 나타나서) 옛날 해고당한 모든 사람들을 보상을 해줘라. 그리고 복직을 해줘라.
- N 부처가 무슨 복귀시키고, 보상하는 부처냐? P야, 너 말조심해! 너 변호사지? 그런 근거 법에 있으면 가지고 와봐.
- N 국장 대신 가주었더니 별일이 다 있구먼?
- 너 처음부터 변호사 맞냐? 원칙과 법이 맞지도 않는 것을 하는 것이 맞냐?
- 이 사람 큰일 날 사람 아냐?
- 무슨 큰일?
- 말이 안 된다.
- 그럼 말이 되게 해봐라.
- 저런 놈은 말이 안 통해.

남편은 무조건 버텼다. 그리고 P는 그 자리를 피했다. 그리고 몇 년 후 P가 서울 시장으로 등극했다.

　요즘 신문은 볼 수가 없는 일들이 많았다. P 시장이 서울 강북구 삼양동의 한 단독주택 옥탑방에 간단한 가재도구를 챙겨 들어갔다고. 9평 남짓한 옥탑방에 살면서 서울 강북과 강남의 균형 발전 방안을 모색하겠다고. P는 보여주기 정치를 하고. M은 선풍기를 보내며 수고한다고. P는 '마치 신접살림에 전자제품 하나 장만한 것처럼 아내가 좋아서 어쩔 줄을 모른다'고 일각에선 '보여주기식 서민쇼' 더러는 '에어컨 켜고 맑은 정신에 열심히 일하는 게 맞지 않을까'라고 했다.

　여기에 P 시장을 경호하기 위해 경찰 40명 배치. 온 동네는 잠을 못 잔다고 보상하라는 데모가 일어났다. 시장이라는 사람이 자연스럽지 못하고 요동을 치는 것이 아름다운 짓인가를 생각했다. 그래도 국민들과 서울 주민이 좋다는데 어쩌겠는가? 그가 좋아 북 치고 장구 치는 것을 어쩌겠는가?

　무엇이 잘못된 것일까? 우리는 자연스럽게 순리대로 세상을 살고 싶다. 남에게 보여줄 것도 없고 남을 보고 싶지도 않다. 있는 것을 있는 대로 보여주고 보이는 대로 보고 싶다. 억지로 꾸며서 없던 것을 만들어서 보여주는 모습은 추했다. 정치적 목적을 가지고 국민에게 보여주려는 모습은 더 추했다. 왜 그런 헛된 짓을 해서 국민을 속이려 하는 것인지 나는 이해할 수가 없다. 정치인들이여! 양심껏 자연스레 자기의 본 모습을 가지고 국가를 위하고 국민을 위해 살아주십시오.

시민 운동권들은 경제를 모른다. 땀 흘리고 돈을 벌어서 사는 일을 해보지 못했다. 그들 중에서 정치권에 세력을 만들어서 세금잔치로 돈을 쓰는 사람들이 많다. 사업자들을 협박해서 돈을 뜯어 쓰며 살아왔다. 남의 돈을 그들은 쉽게 생각한다. 김대중 정권은 달랐다. 그는 그가 직접 신문사를 경영해서 경영이 어떤 것인가를 안다. 사업자 돈을 어찌해야 하는 걸 잘 안다. 그래서 IMF도 잘 극복하고 경제를 살렸다.

현 정권의 Y, N, M 등은 경제를 모른다. 그들은 경제인을 나쁘게 몰아간다. 노동자를 착취해서 돈을 벌었다고 생각한다. 그들은 기업인 돈을 뺏어서 서민을 나누어 주고 기업이 사라지기를 바란다. 그래서, 그렇게 정치하는 북한이 잘살고 있는 것인가? 북한 쪽에 본적을 두고 그들을 찬양하는 것이 그렇게 나라를 살리는 것인가를 나는 묻고 싶다. 하기야 내 주변 형제들도 그렇게 북 편향적인 인사들이 많아서 나는 할 말이 없다.

최저임금 사건도 그렇다. 자영업자들은 영세 상인들이다. 그들이 간신히 자영업을 하는 건데, 정권 측은 영세 상인들을 자본가로, 알바생과 노동자는 비자본가로 편을 갈라서 영세상인 돈을 뺏어서 노동자에게 돈을 주자고 한다. 사실 영세 자영업자나 노동자는 돈에 있어서 비슷하고 똑같음을 그들 어리석은 자들은 모른다는 데 문제가 있다. 결국 자영업이 망가지고 알바생도, 노동자도 더 이상 일할 때가 없어지는 것을 그들은 모르는 것이다.

자본가는 나쁘다. 노동자는 영세민으로 자본가 돈을 뜯어다가 나누어줘야 한다는 발상이 틀린 것이다. 그 이론은 현실과 맞지 않은 것이다. 경제라는 것은 가진 사람을 쓰게 만들어나가야 한다. 그래야 기업이 투자를 하고 일자리도 만들고 그래서 서로 상생하는 사회를 만드는 것이다. 그런데, 가진 사람들은 나쁜 사람으로 몰아넣는다. 그들의 세금을 높이 올리면, 그 가진 사람들이 움츠러들어서, 그들이 돈을 더 쓸 것으로 아니면 더 많이 투자할 것으로 생각한다는 것인가? 아니다.

가진 자들은 사업에 절대 투자 안 한다. 그러니까 일자리는 없어지고, 거기에 최저 임금 올려놓으니까 알바자리도 없어진다. 현 정권자들은 이런 경제 논리를 모른다. 노동자들은 더 죽을 맛이다. 언제까지 세금을 만들어서 계속 서민에게 돈을 주겠다는 것인지. 그런 거 상관없이 계속 그들의 정권 유지에만 집착하는 것일지도 모른다. 그러나 민심은 쉽게 변할 수 있는 것이다. 언제 어떻게 변할지 모르는 것이 민심이다.

남편의 N 부처에는 함께 일했던 Y가 있었다. 그는 노동 운동을 했고, 운동권 사람이었다. 그는 N 정권 때 같은 운동권자로 추대받아 N 부처에서 일했다. 사상은 달라도 Y는 순수하고 인격자였다. 남편은 그와 서로 잘 어울리고 즐기며 살았다. 세월은 흘러갔다. 다시 운동권 집단에서 정권을 잡았다. 그는 다시 추대받으며 큰 자리를 차지했다. 그는 자기 세상을 만나, 다시 여러 가지 특혜를 받으며 새 위치에서 잘살고 있다. 그는 그동안 함께했던 많은 부처의 사람들을 만나고 싶었다. 그러나 그 사람들은 그를 피했다. 그가 베푸는 잔치를 그들은 좋아하지 않았다. 그들은 그와 함께 어울리고 싶어하지 않았다. 그들은 그를 집권 권력에 아부하는 족속으로 비난했다.

사상과 이념은 무서웠다. 같은 이념을 가진 집단, 특히 현 정권의 집단은 같은 집단으로 결속하며 자신들을 묶었다. 그들은 분명 신들의 집단처럼 결속했다. 그 이념은 그들을 그 집단 속으로 철창을 쳐서 벽으로 막았다. 그들은 밖을 보지 못했다. 오로지 그 집단에만 충성을 맹세했다. 그것은 공산당과, 사회주의 의식과도 같았다. 그 외 그들은 종교 집단처럼 행동했다. 나는 그들이 불쌍했다. 자기를 버리고 집단에 충성하는 꼴이 우스웠다.

나는 속이 시끄럽고 불편하면, 손에 잡히는 아무 책이나 읽었다. 그리고 페이지도 아무 곳이나 펼쳐서 읽었다. "깨달음을 얻은 이 앞에서는 모든 언어가 무색해진다. 마음은 침묵하게 된다. 어떤 말을 해도 이치에 맞지 않다. 그에게는 두려움이 없고, 생각이 없다. 그대는 그를 바보라고도 현명한 자라고도 부를 수 없다."라는 구절을 읽고 생각했다.

나는 항상 내가 아무것도 아닌 존재라는 것을 깨달아야 하는데, 나는 그것을 알지 못한다. 거기에, 나는 남이 잘못을 하면 그것을 참을 수 없어 하는 것이 문제였다. 내 자신이 남에게 피해를 주지 않으면 되는 것인데, 남이 다른 사람에게 피해를 줄까 봐 미리 그에게 그렇게 하면 안 된다고 소리치는 것이다. 나는 나만을 생각하고 내 생각대로 살면 된다. 남이 바르지 않은 생각으로 살던, 올바르게 살던 그것은 내가 참견할 일이 아니다. 나는 마음의 수행을 할 필요가 있다. 마음을 고요히 하는 마음을.

　내 나이는 옛날에 이미 죽었거나 죽음을 맞이하는 시기였을 텐데…. 나라는 존재는 그냥 죽고 난 후의 그림자라는 생각. 애들은? 그들은 그들의 일로. 부모들은? 그들도 그들의 삶이라고. 나는 이미 세상을 떠난 존재로. 그들이 필요한 돈을 달라고? 그래, 그것은 그냥 그림자가 주는 것이고. 그 외 모든 것은 보지도 말고, 말하지도 말며, 화도 내지 않는 것으로. 그들과 나는 별개의 것. 나는 오로지 나, 내 안의 나만을 생각. 그렇게 결심하고. 오늘부터 축제의 날을 보내보자고. 나는 모든 것에 무감각 상태로.
　걱정, 욕심, 두려움, 비겁함, 애달픔 등이 나의 몸에서, 덩어리로 이탈되는 것이고. 모두가 사라지는. 그러면, 나는 어떻게 변할 수 있을까? 그것은 나도 모른다. 그리고 내 마음은 못 변할지도 모르고. 단지 시도를 해보자는 것이다.

*

이 동네에서 삼십 년을 살았고 내 집에서 이십 년쯤 살았다.

이 집으로 처음 이사왔을 때 나는 산이 있어 좋았다. 내가 아파트 담벼락 계단을 타고, 산 쪽으로 올라가면, 나는 금방 임금님이 되었다. 어느 임금님보다 나는 더 큰 정원을 가진 자가 되었으니. 서쪽 산 밑으로 대학병원이 있으며, 길 건너에 국립중앙도서관과 조달청이 있었다. 거기서 북쪽으로, 길 건너 강남고속터미널과 신세계 백화점이 자리를 차지했다. 아파트 남쪽으로 여러 법원이 함께 서 이어져 있었다. 예전에 이곳은 산을 타는 산동네로, 가난한 동네라고 소문이 있었다. 앞 도로에는 시냇물이 흘렀고. 장마가 지면, 개천의 내가 강이 됐다고. 배를 타야 학교에 갔다고. 초등생들은 6년 내내 우리 아파트 뒷산으로 소풍을 갔다고.

그 후 산자락을 뚝 잘라 이곳에 아파트가 들어섰던 것이다. 도로가 생기고 흐르던 냇가 위로 복개공사를 했다. 물이 흐르는 시냇가는 자동차 길이 됐다. 그 시냇가는 없어지고, 길과 차도가 만들어졌다. 나는 복개공사한 도로 밑에 시내가 흐르는지 몰랐다. 그 당시 도로 주변에 상가가 들어섰고, 그 상가가 모여 다운 타운을 형성했다. 상가 주변의 주택들은 아파트 타운으로 변해갔다. 옛날의 둥근 마을은 사라졌다. 또다시 세월은 흘러갔다. 큰 줄기의 다른 천변 도로를 복개공사 했다. 그 건설로 10차선 대로가 생겼다. 그 후 30년 세월이 흐르면서 아파트 단지는 15층에서 30층으로 재건축하기 시작했다.

옛날이 생각난다. 복개 공사를 하지 않았을 때, 나는 이 길을 따라 한참을 걸어 병원을 가고 도서관을 갔던 생각이. 지금은 모든 옛길이 사라졌다. 나는 그때, 수시로 그 냇길을 따라 언덕을 올라 병원에 갔고 도서관에도 갔다. 구 아파트 사잇길은 구불거렸지만 길이 빨랐다. 나는 그 길을 좋아했다. 오래된 아파트 언덕 사잇길은 봄이 되면 벚나무 벚꽃이 한창이었다. 사람들은 김밥을 싸서 벚꽃잔치를 벌였다. 벚꽃 아래에서 여는 단지 내 벼룩시장도 재미있었다. 여기 동네에서 그 아파트가 가장 오래되었다고 소문이 났다.

세월이 지나 벚꽃 나무가 많은 아파트 단지는 모두가 재건축되어 가장 비싼 아파트가 되었다. 친구 A는 자기네 주공 아파트 5층 단지가 강남에서 가난한 달동네라 칭했다. 그러나 재건축으로 35층 최고급 단지가 되었다. 그 A 친구는 25평을 평생 살았는데 지분이 많아 69평을 받았다. 그녀는 넓고 큰 평수를 받았다. 그렇게 몇 년을 산 후 그의 남편은 지병으로 세상을 떠났다. 나는 우리가 가진 모든 것들이 서서히 사라지는 것이 안타까웠다. 그러나 그것이 자연의 이치인 것을.

A 친구네 아파트 길 건너에 또 다른 재건축 바람이 일어났다. 고속도로 들어가는 IC 입구였다. 처음에는 몇 개 동만 재건축했다. 재건

축이 비쌌다고 소문이 났다. 3평이 늘어나는데 3억이 들었다. 주민들은 그 돈을 감당할 수 없어서 팔고 이사 갔다. 그 후 몇 년이 지나 그 옆 대단지 아파트가 재건축을 시작했다. 벌써 3년이 되어 입주시기가 돌아왔다. 삐까번쩍 대단지 새 아파트가 들어섰다. 이사갔던 친구들이 다시 자기네 새 아파트로 들어올 낌새였다.

우리 동네는 재건축 바람으로 평생 건축 먼지를 먹고 살았다. 구 아파트 단지를 새롭게 재건축을 돌아가면서 했다. 처음 삼십 년 전, 이곳으로 우리가 이사왔을 때, 이곳은 밭이 많았다. 밭 옆에는 큰 물구덩도 있었다. 아이들은 물조개를 잡아 어항 속에 넣었다. 하루아침에 열대어 어항 속에서 작은 물조개가 번져 가득 찼다. 겨울이 되면, 그 물구덩과 밭에 물을 채워 스케이트장을 만들었다. 아이들은 그곳에서 스케이트를 탔다. 물론 우리가 살기 전에 살던 내 친구네는 한강에서 스케이트를 탔다. 그때, 그 친구 아들이 한강에서 얼음 지치다 빠져 세상을 떠났다.

그런 텃밭에 시간이 지나면서, 골프 연습장이 들어섰고, 체육시설들이 들어섰다. 나는 그곳에서(개설된 체육센터) 골프를 배웠고, 테니스를 배웠다. 한참 후 다시 그곳에 학교가 들어선다는 설이 떠돌다가 그곳은 새 아파트가 들어섰다. 아파트값은 분양가가 무척 비쌌다. 사람들은 그 새 아파트가 비싸서 무섭구나 했다. 여하튼 너무 비싸다고 말들이 많았다. 결국 그 아파트 공사 내내 우리는 공사 먼지를 그곳에서 먹고 살았다.

이제, 우리가 전에 살았던 아파트도, 재건축 붐이 일어나고 있었다. 다시 이사 온 지금 아파트도 재건축이 언젠가 될 거라고 사람들이 말하고 있다. 거기에 옆라인 건너편 대단지가 재건축을 하겠다고 올해부터 주민이 이사가고 있는 중이다. 재건축을 해서 들어오는 팀과 재건축을 하겠다고 나가는 팀들이 온 동네를 떠들썩하게 했다. 우리가 여기에 사는 한 우리는 온갖 재건축 먼지를 밥처럼 먹고 살아야 할 것이었다.

여기서 오래 살다 보니 먼지구덩이지만 정이 들어서 나는 이곳이 좋다. 이곳의 역사를 알고 있어서 더욱 좋다. 백화점이 들어선 곳은 예전에 뽕밭이었을 것이고, 쉽게 한강에 닿던 곳은 고기 잡고 운반하던 포구였을 것이다. 뒷산에 오르면 남산이 보였다. 그 뒤로 북한산, 더 멀리 용문산? 아니면 경기도 어느 산들? 서쪽으로는 관악산, 남쪽은 우면산과 청계산 등이 보였다. 아마 내가 알고 있고, 익숙해서, 나이 들면서 더 이곳이 편한 곳이라 그럴 것이다.

오늘 아침 기온은 참을 만했다. 최고 기온이 39도라 했다. 방송에서는 에어컨 자제를 요구했다. 방이든 밖이든 체감 온도는 체온보다 높았다. 창밖의 햇살은 강렬했다. 나는 얼음 주머니를 발바닥에 대고 앉았다. 창 넘어 매미 소리는 발악을 했다.

- 이야~ 야~ 이야~~

- 시야~ 으야~~ 뭐라? 스 쓰~

- 시~ 스시~~ 얏야 ~이얏

매미 소리를 기록하려 했지만 정확히 기록할 수 없었다. 나는 내 집에서 이십 년을 살았는데, 앞으로 얼마를 더 살게 될지는 모른다.

다른 집은 이미 자기 집을 개조해서 살고 있다. 그들의 베란다를 거실과 이어, 더 넓은 거실을 만들었다. 유리창은 통유리를 달았다. 거실 의자에 앉으면 (우리 옆집들) 봄의 꽃이, 겨울의 흰 눈 풍경이 거실 그림으로 나타났다. 우아한 호텔 로비처럼 보였다. 사람들은 목욕탕 욕조도 호텔 샤워장으로 개조했다. 나는 그대로인 상태를 즐겼다. 베란다에 온갖 것들이 모였다. 파인애플 식초 담은 것, 바나나 식초 담은 것, 보리가루와 쌀가루, 콩 종류, 버섯 종류, 장 종류, 음료 종류 등 먹을 것과 세제류, 잡곡 종류 등 다양한 잡동사니가 가득하다.

나는 목욕탕도 원조 그대로를 좋아한다. 여름은 찬물을 받아놓고 더울 때마다 탕 속에서 몸을 식힌다. 겨울에는 뜨거운 물을 가득 채워서 몸을 덥힌다. 특히 산행 후의 몸을 물속에서 찜질하면 몸의 쾌적함이 그만이다. 사람들은 수시로 벽지를 바르고 바닥재를 새롭게 신제품으로 교체하는 것을 좋아하지만, 난 그대로가 좋다. 오래돼서 낡았지만 물 새지 않고, 하수구 막히지 않으면 매사가 순조로워서 난 행복하다.

카톡이 왔다.

<노회찬 의원을 보내며>

- 박종덕 기자 페이스북

난 그분과 취재 현장에서 봤을 뿐 그다지 친분은 없다. 평생 노동운동을 해왔다지만 어차피 노동운동 자체를 나는 순수하게 보지 않기 때문에 별 의미를 두고 싶지 않다.

니글니글한 인상 때문인지도 모르겠다. 그는 노동운동가이기에 앞서, 먼저 인간이 돼야 했다.

하지만 그는 박근혜 탄핵을 잔치국수로 조롱했고 황제수감이라며 국회에서 신문지를 깔고 별 쇼를 했다. 그리고 내 머릿속에는 그 기억밖에 없다.

하지만, 지금, 노회찬 뇌물죄는 드러났지만 박근혜 뇌물죄는 밝혀진 게 없다.

노회찬이 박근혜를 비아냥거릴 때 언젠가 이런 날이 올 줄 알았다.

엄밀히 따지면 그의 자살은 왜 인간이 돈을 벌어야 하는지를 몰라서 벌어진 일이다. 노동이란 정의를 빙자한 가면 속에 숨어서 자본을 탐하는 표리부동이 그를 죽음으로 내몬 것이다.

좌파 노동운동가는 자본을 저주했지만 결국 자본의 굴레에서 벗어나지 못한 것이다. 노회찬의 죽음은 인과응보이며, 자승자박이다.

- 맞아요. 맞습니다. 그런 사람은 그런 대가를 치르게 되어 있습니다.

한 정치인이 스스로 목숨을 끊었다. 정치인으로서 돈을 잘못 받았다고 한다. TV는 매우 양심적인 정치인을 잃은 것처럼 온통 난리다. 자살은 안타까운 일이다. 대통령도 조의를 표하고 비서실장과 수석들이 조문하고 여당 야당 국회의원들이 앞다투어 가며 조문하고 어떤 이는 슬피 운다. 그런데 내 마음은 덤덤하다. 내가 비정상인 것 같다.

5명의 해병이 죽었다. 훈련 중 순직했다. 나라를 지키는 일을 하다가 죽었다. 대통령은 조문 기간이 지나서 비서관 한 명을 보냈다. 비서실장도 수석들도 아무도 보이지 않는다. 정치인도 별로 눈에 띄지 않는다. 담당 장관은 의전 운운하며 그것 때문에 유가족이 짜증이 났다고…. 등등 난 알 수 없는 말을 한다.

그런데 내 마음은 아프다. 눈물도 난다. 내가 사랑하는 내 나라를 지키다가, 내 사랑하는 가족들을 지키다가, 내 친구들을 지키다가 그들이 죽었다. 너무 큰 빚을 진 것 같다. 마음이 왜 이리 아플까! 난 아무래도 비정상인가 보다. 낚시하러 가다가 죽어도 놀러 가다가 죽어도 나라 지키다가 죽은 이들의 죽음보다 더 슬퍼하는 나라!

과거 재판에서 증거 부족으로 무죄 판결받았을 때는 양심이 잠자다가 증거가 나오니 양심이 깨어서 죽음을 택하신 분을 양심적인 정치인으로 추모하는 행렬은 길지만 나라 지키는 임무 중 사고를 당하신 해병 용사들의 추모 행렬은 보이지 않는 나라!

난 이해가 되지 않는다. 난 비정상이다.

이제 용사들에게 나라 지키는 보람으로 부모 지키는 보람으로 사랑하는 사람 지키는 보람으로 군 생활 잘하라는 말하기도 어렵다. 슬프다!

-옮긴 글, 근홍

- 본 말이 전도된 사람들 아닙니까?
- 그럼 그럼요.

미국 아이비리그에 속한 코넬 대학교에 연세가 많은 경제학 교수가 있었는데 학생들에게 학점을 후하게 주는 교수로 유명했다. 그 교수는 오랫동안 경제학을 가르쳐 왔지만 단 한명에게도 F 학점을 준 적이 없었다. 그런데 이번 학기에는 수강생 전원에게 F를 주는 믿지 못할 일이 일어났다. 그 전말은 이러했다.

학기 초 수업시간 중에 교수가 오바마 대통령이 주장한 복지정책을 비판하자 학생들이 교수의 생각이 틀렸다며 따지고 들었다. 당시 오바마 대통령의 복지정책은 미국의 국민이라면 그 어느 누구도 가난하거나 지나친 부자로 살아서는 안 되며, 평등한 사회에서는 누구나 다 평등한 부를 누릴 수 있어야 한다는 것이었다. 그러자 교수가 학생들에게 한 가지 제안을 했다.

누구의 주장이 옳은지를 알아보기 위해 시험 성적으로 실험하자는 것이었는데, 시험을 치른 후에 수강생 전원의 평균 점수를 모든 수강생에게 똑같이 준다는 것이었다.

이 실험은 누구나 다 평등한 부를 누릴 수 있어야 한다는 복지정책의 타당성을 알아보기 위한 것이었다. 궁금하기도 한 수강생들은 이 실험에 모두 동의를 하였고 그 학기 수업은 예정대로 잘 진행되었다.

얼마 후 첫 번째 시험을 치렀는데 전체 학생들의 평균점이 B가 나와 학생들은 모두 첫 시험점수로 B 학점이 되었다. 공부를 열심히 한 학생들은 불평했지만, 놀기만 했던 학생들은 손뼉을 치며 좋아했다.

공부를 하지 않은 학생들은 계속 놀았고 전에 열심히 하던 학생들은 "내가 열심히 공부하더라도 공부를 하지 않는 다른 학생들과 평균을 내면 어차피 B 학점 이상 받기는 틀렸어"라고 생각하고 시험 공부를 그 전처럼 열심히 하지 않았다.

그 결과 전체 평균은 D가 되어 모든 학생이 D 점수가 되었다. 그러자 학생들의 불평이 커졌다. 하지만 열심히 공부하는 학생들은 거의 없었다.

열심히 해봤자 공부를 안 하는 애들만 좋은 일을 시켜주는 거라는 생각들을 하고 있었다. 3번째 마지막 고사에서는 전체 평균이 F로 나왔다. 그래서 약속에 따라 모든 학생들이 F 학점을 받게 되었다.

학생들은 서로를 비난하고 욕하고 불평했지만 정작 아무도 남을 위해 더 공부하려 하지 않았기 때문에 모든 학생들이 F 학점을 받게 되었던 것이다.

학기 마지막 시간에 교수가 실험결과를 요약해서 정리하여 발표했다.

"여러분이 F 학점을 받았듯 이런 종류의 무상복지 정책은 필연적으로 망하게 되어 있습니다. 사람들은 보상이 크면 노력도 많이 하지만, 열심히 일하는 국민들의 결실을 정부가 빼앗아서 놀고먹는 사람들에게 나누어준다면 누구든 열심히 일하고 싶지 않을 것입니다. 그런 상황에서 성공을 위해 일할 사람은 아무도 없을 테니까요!"

그 교수는 이 실험의 결과로 다음 5가지를 언급했다.

1. 부자들의 돈을 빼앗아 가난한 사람들을 절대로 부자가 되게 할 수는 없다.

2. 한 명이 공짜로 혜택을 누리면 다른 누군가는 반드시

그만큼 보상 없이 일해야 한다.

3. 한 명에게 무상복지를 주려면 정부는 누군가로부터는 반드시 강제적으로 부를 뺏어야 한다.

4. 부를 분배함으로써 부를 재창출하는 것은 불가능하다.

5. 국민의 절반이 일하지 않아도 나머지가 먹여 살려줄 것이란 생각은 국가 쇠망의 지름길이다.

6. 이 실험 결과를 보면 대한민국이 완전히 망하는 길로 들어선 것은 아닌지 걱정이 됩니다.

-〈대한민국은 망하는 길로 가고 있는가?〉(전원 F 학점)

나도 이 정부가 싫은 것은 우리나라의 부자들을 욕하며, 세금을 많이 걷어, 가난한 사람들에게 돈을 나누어준다는 것이 올바른 이론이라고 말하는 것이다. 거기에 가난한 자들은 이 정부를 찬양하는 것이다. 이런 논리로 국가의 경제를 추락해서, 현 정권자들이 100년을 집권하며, 국민에게 국가가 노예처럼 배급제를 주겠다는 점이다. 한마디로 사회주의를 만들고 공산화해서 모든 국민을 노예로 만드는 것인데, 그것을 찬양하는 국민이 대부분이라는 것이 통탄할 일인 것이다. 어리석은 국민은 이해할 수 있다. 그러나 지식인으로 이 정권에 찬사를 보내면서 자신의 입지조건을 더 높이려고 아부하는 자들의 악행이 밉다.

천재 미켈란젤로를 김상기 교수로부터 듣다.

어떤 장르로 이야기를 시작할 것인가 하면 15세기 르네상스의 시작을 말할 것이다. 르네상스는 이탈리아 피렌체에서 시작했다. 왜 피렌체에서 탄생했냐면, 그 당시 르네상스가 치열한 경쟁이 일어났기 때문이다. 16C 그곳에서 집단경쟁, 장르경쟁이 일어났다. 화가와 조각가의 대결로 누가 더 완벽한 표현을 할 것인가에 대한 경쟁이었다. 그 르네상스 시대는 위대한 시대, 창조의 시대, 아름다운 시대였다. 그 시대의 대표적인 미켈란젤로의 삶을 만나 르네상스를 이해하려 한다.

미켈란젤로는 1475년 이탈리아의 시골 카센티노의 카프레세에서 태어났다. 어머니는 그가 여섯 살 때 죽었다. 그는 좋은 환경에서 태어나지 못했다. 아버지는 엄마가 죽은 후 채석장 인부의 집에 맡겼다. 미켈란젤로는 13세까지 유모와 함께 어린 시절을 보냈다. 그는 가족과 떨어져서 외로웠다. 그는 어렸을 때 살던 피렌체를 보며 가족을 그리워했다. 소년이 되어 피렌체로 돌아왔다. 그는 길거리에서 조각을 했다. 그때 길 가던 로렌초 데 메디치가 그를 자기 저택으로 데려갔다. 그 당시 로렌초는 그 지역 영주였다.

메디치 가문은 영향력 있는 공화국의 실제적인 통치자였다. 그 가문은 르네상스 시대를 피렌체에서 열리게 했다. 로렌초는 미켈란젤로에게 철저히 플라톤 교육을 시켰다. 거기서 미켈란젤로는 플라톤 철학을 배우고, 제대로 최대의 교육을 받았다. 그는 플라톤 철학의 예술을 배우며 성장했고, 인간 본질을 파악했으며, 창조적 생각을 하였다. 그리고, 그는 멋진 최고의 예술을 창조했다.

미켈란젤로의 최초작품 〈계단의 성모〉는 1492년경 제작되었다. 그가 16살 혹은 이전에 제작된 것이다. 그 작품은 기술의 문제뿐만 아니라 놀라운 구성 솜씨도 엿볼 수 있다. 성모를 가득 차게 구성했으며, 정방형 토대 위에 성모가 앉아 있고 우아한 옷자락이 주름진 채 아름답게 돌 위로 흘러내린 훌륭한 작품이다. 그 작품은 원근을 표현했다. 아기의 도톰한 손, 성모의 오른발 등은 작가가 의도적으로 구성했을 것이다. 그때부터 미켈란젤로는 천부적 소질을 나타냈으며 그의 재주가 경이로웠던 것이다.

다비드상 역시 자신의 조각상을 대리석이라는 돌덩이가 아닌 마치 살아있는 듯한 다비드의 모습을 재현하였다. 그 모습은 아름다운 시각예술을 나타냈으며, 그 시각예술은 눈을 위한 위대한 예술로서, 나무랄 데 없는 완성도를 지닌 작품이었다.

피에타는 미켈란젤로가 비극적인 탄식을 초월한 아름다움을 나타냈다. 1499년 완성된 미켈란젤로의 〈바티칸 피에타〉에는 젊은 마리아의 침착한 아름다움이 주조를 이룬다. 그리스도의 몸은 잠든 아기처럼 성모 마리아의 무릎을 가로질러 뉘여져 있다. 젊고 아름다운 마리아의 모습과 어머니의 무릎에서 잠든 것 같은 그리스의 평온한 표정에는 고통의 긴장이 없다. 마리아의 가슴에 놓인 띠에 자신의 이름을 새겨넣은 이 작품은 미켈란젤로가 서명을 남긴 유일한 조각이었다.

다음은 미켈란젤로의 정신이 살아있는 미술관으로 이동해본다. 그곳은 피렌체 아카데미아 미술관으로, 세계에서 가장 유명한 조각상이자 미켈란젤로의 최고 걸작인 〈다비드상〉 원본을 소장한 미술관이다. 이 아카데미아 미술관은 원래 미술학도들에게 피렌체의 회화와 조각을 제대로 공부시키기 위해 설립한 미술학교였다. 다비드는 구약성경에 나오는 소년으로, 적군의 장군 골리앗을 쓰러뜨리고 승리한 후에 왕이 된 인물이다. 그 작품은 피렌체 시민에게 '힘과 분노의 재현'을 상징해서 표현했다. 〈다비드상〉은 싸움 전의 팽팽한 긴장을 유지하고 있는 모습이다.

미술관에서 김상근 교수는 한 학생에게 인터뷰했다.

- 미켈란젤로는 어떤 사람인가?
- 그는 강한 에너지를 가진 사람으로 멋진 예술가이며, 수 세기 동안 강한 에너지를 보여준 사람이다.
- 그는 학생에게 어떤 영감을 주고 있나?
- 나는 미켈란젤로에게 강한 영감을 받는다. 이곳에 오면 그를 존경하고 그 영

감을 얻으러 여기에 온다.

- 나는 당신의 영감을 존경합니다.

나(김상근 교수)는 미켈란젤로의 영감을 얻기 위해 대리석 채석장을 골랐다. 그는 그곳으로 이동했다. 그곳은 대리석 산지로 500년 동안 유지되었다. 1505년부터 대리석인 산 전체가 채석장이었다. 옛날의 흔적이 그대로 살아있었다. 카라라의 산인 대리석 산은 바다와 가깝다. 거리는 약 5km였다. 대리석을 캐서 로마로 운송하기가 쉬웠다. 미켈란젤로는 그가 직접 대리석을 채취해서 50개의 수레에 실어서 로마로 운송했다.

미켈란젤로는 위대한 영감을 자연에서 얻었다. 김 교수는 채석장에서 대리석 공방을 찾아 방문했다. 거기에는 모조품 전시로 가득 찼다. 멋지고 아름다웠다. 다시 김 교수는 마을로 내려가서 '미켈란젤로 식단'을 찾아 식당으로 들어갔다. 그의 식단은 피노키오에 보리를 넣어 삶아 만든 수프, 빵 2쪽, 짠 청어, 멸치조림이 다였다.

로마교황은 로마를 위대하게 만들려 했다. 그는 자기 묘지를 장식했다. 그가 죽은 후 권위를 높이려 했다. 그러나 재정난이 일어났다. 그래서 묘지 장식을 취하시켰다. 기초 석재로 1508년 교황 율리시스 2세는 시스티나 성당 천장화를 주문했다. 브라만테에게. 브라만테는 다시 미켈란젤로에게. 미켈란젤로는 '난 한 번도 그림을 그리지 않은 조각가야, 나를 실패자로 만들겠다고? 교황은 당장 올라가 주문한 것을 그리라고. 미켈란젤로는, 그럼, 난 내가 그리고 싶은 것을 그린다고. 그러라고.

그래서 그림을 한 번도 그리지 않은 자의 최고 작품 천지창조가 태어났다. 그 후 다시 예배당 제단 벽에 최후의 심판을 완성했다. 그것은 인간 육체를 찬양했다. 인물들의 나체는 대혼란의 한가운데서 아무것도 하지 못하는 그들의 무력함을 강조했다. 미켈란젤로의 진정한 천재성은 각각의 수많은 인물들의 심리적인 반응을 설득력 있게 탐구했다는 데 있다.

60대 후반부터 노년까지 그는 최후의 심판 광장에서 아름다운 건축의 왕답게 89세로 죽음을 맞이했다. 그는 죽는 6일 전까지 조각칼을 들고 있었다.

그는 위대한 조각가이고, 화가였다. 그는 정말로 강한 에너지를 주는 사람이었다. 거기에 다시 피렌체의 아카데미를 만들었다. 그곳은 조각가의 예술성을 교육했다. 그는 아직도 모든 교육학생에게 영감을 주고 있었다. 시간을 초월해 영감을 주고 있는 것이다.

친정어머니는 마음과 몸이 아프다.

- 야이~ 나 아파 죽겠다.

- 어디가 아파요?

- 다리가 째근째근 아프다.

- 그럼 병원 가셔야겠네요.

- 그래. 내 알아서 할게.

어머니는 시골에 혼자 사신다. 나이가 90세. 막내 여동생네 있다가도 지루하면 얼른 시골로 보내 달라고 조른다. 우리 집에 있으면, 사나흘을 못 넘긴다. 그는 빨리 시골에 가야 한다고 했다. 한참 후 그는 나에게 다시 전화했다.

- 야, 나 중앙병원 입원했다. 내가 알아서 수속 밟았으니까 걱정하지 마라.

- 알았어요. 아픈데 치료 잘하고 계셔요.

날씨는 무더웠다. 더위가 극심했다. 35도 이상이라 했다. 남편은 한마디 했다.

- 잘됐네. 이렇게 더울 때 한 일주일 에어컨 켜진 병원에 쉬는 것도 좋겠네.

- 그러기는 하네요.

나는 남동생에게 전화했다. 엄마가 아프시다고. 그랬더니 그러잖아도 막내 여동생과 병원으로 가고 있다고 했다. 그러면서 말했다.

- 시골 병원이 그렇지요 뭘, 노인이 아프다면 무조건 병원에 입원하라 하겠지요.
- 그렇기는 그래.
- 어쨌든 당신이 병원 가고 싶은 거니까.

다시 한참 후 여동생이 전화했다.

- 언니, 오빠랑 엄마 병원에 갔다가 지금 서울로 올라가요.
- 언니 엄마 때문에, 웃겨 죽는 줄 알았어요.
- 엄마가 스스로 그냥 자기 병원에 입원하고 싶다고 그래서, 의사가 그럼 그러라고 했대요.
- 냉장고에 먹을 것 잔뜩 사놓고 드시고 싶은 거 찾아서 드시라 했어요.
- 그래 잘했구나. 애 많이 썼다.
- 그리고 언니, 거기 병원에 같이 입원한 아줌마가 엄마 돌봐준다고 우리보고 집으로 가라고 했어요. 그래서 떠나왔어.
- 잘했어.

나는 날마다 엄마에게 전화했다. 당신은 기분이 좋았다.

- 아침 드셨어요?

- 그럼, 얼마나 맛있게 잘해주는지 몰라야.

- 하얀 쌀밥이 그렇게 찰찰하구먼. 조기 구이도 짭짤하게 맛이 있고. 따끈한

  국도 한 대접을 맛있게 주더구나. 아마 쌀하고 조기가 북한에서 온다더라?

- 잘됐네요.

어머니는 신이 났다. 나는 한편 머릿속이 복잡했다. 이 양반이 돈 아까워서 병원에 입원할 사람이 아닌데? 어찌 스스로 가서 억지로 입원을 한단 말인가? 평생을 살아온 당신의 모습이 전혀 아닌 것이 나는 이해할 수 없었다. 나는 내 안의 나에게 어머니에 대한 말할 수 없는 화가 올라왔다. 그러면서 뭔가 자연스럽지 않음에 내가 나를 이해시켜야 했다. 남편 말대로 그래, 90 노인이 너무 더워서 휴양하는 쪽으로 마음을 달랬다.

나는 날마다 병원으로 전화를 했다.

- 엄마 괜찮은 거유?

- 응, 괜찮아. 나 걱정하지 말고, 여기에 오지 않아도 돼.

- 알았어유. 잘 지내고 계세요.

나는 여러 가지를 생각했다. 내가 병원 간다고 하면 남편이 차 가지고 따라나설 테고. 남편은 열이 많아 이 더위에 오랫동안 운전시키는

것도 병이 생겨 힘든 일이다. 그리고 거기 가서, 이것저것 용품 사서 챙기고, 용돈 주고, 기름값 들면 그것도 경제적인 일일 것이었다. 어머니는 지금 90세다. 주변 시어머니를 보면 아마 100세는 너끈히 사실 것이다. 시어머니도 그럴 것이고. 그들은 건강한 체구를 가지셨고, 매사가 튼튼하시다.

오히려 자식들이 허약하다. 술에 담배에, 스트레스를 받은 자식들이 그들보다 수명이 짧아 보인다. 나는 이제 그분들의 죽음을 맞이하여 그들과 함께하되 지혜롭게 서로를 이해하며 수용하는 자세로 세상을 마무리하는 모습이었으면 좋겠다는 생각을 가졌다.

- 나여유. 식사하셨어유?

- 그려.

- 엄마 병원비는 내가 낼게유.

- 아니~

- 그럼, 누가 내유?

- 막내 여동생이?

- 아님, H(남동생)가?

- 그럼, 엄마가 낼겨?

- 미안시러서 그러지.

- 내가 낼 거니까 잘 치료하셔요.

- 그려. 고마워.

나는 날마다 어김없이 전화했다.

- 엄마 밥 드셨어?
- 응. 그런데 어지럼증 약을 의사가 사라고 하더라?
- 약값이 9만 원이래.
- 그럼 사야지요.

나는 머릿속이 다시 복잡했다. 당신 먹는 약이 한 주먹인데 또 약을 산다는 것도 그렇고, 사고 싶은 마음이 간절하게 있다는 것도 엄마답지 않아서 화가 났다. 어쩔 것인가? 그래도 사야 한다는데….

다음 날 여동생이 전화했다.

- 언니, 엄마가 무슨 어지럼증약을 샀다고 해서 약을 너무 많이 먹는다고 뭐라 했어.
- 아니 약이 좀 많아야지. 그걸 또 더 먹는다는 게 말이 되냐고.
- 그래 나도 그리 생각했다.
- 엄마 미쳤어. 무슨 또 약이냐고.
- 엄마가 그러데? 내가 먹어야겠다고. 그래서 그럼 그 약값은 엄마가 내라고 했어. 그랬더니 그런다고 했어. 그런 줄 알아.
- 그래.

어쩌면 내가 죽을 때도 나는 내 엄마를 닮아서 그럴 것이라 생각했다. 그리고 나는 절대로 죽음에 임박해서 약을 먹지 않으려 애쓰리라 다짐했다. 그리고 조용히 죽음을 맞을 수 있는 마음을 갖기를 기도했다.

병원 입원한 지가 일주일이 되어갔다. 어머니는 나에게 전화했다.

- 야이~
- 왜요?
- 내가 일주일이 되는 날이 언제지?
- 내일이 일주일째요.
- 내 옆 아줌마가 일주일 있었는데 십삼만 얼마밖에 안 나왔대.
- 다행이에요. 그런데 좋아할 거 없어요. 우리가 세금을 얼마나 내는데요.
- 요즘 세금 폭탄 때문에 젊은이들이 죽어요.
- 그렇기는 그래.

다시 오후에 엄마 전화가 왔다.

- 야이~ 나 의사 선생이 열흘 더 있으란다.
- 그러셔요.
- 엄마 맘대로 하셔요.

그러면서 나는 도대체 병원비가 얼마 나올지 걱정이 됐다. 갈수록 엄마는 엄마답지 못한 행동에 나는 짜증이 났지만 어쩌겠는가? 당신이 그렇게 되어가는걸.

시간은 흘러갔다. 어느 날 아버지 사촌 동생 부인의 전화가 나에게 왔다. 나하고는 당숙 숙모가 됐다. 올해 아버지의 사촌 동생(당숙)이 80세로 세상을 떴다. 그 숙모는 우리 어머니와 사촌 동서라 서로 친했다. 서로 간 시어머니들의 험담으로 즐겼던 사이였다. 그 집은 막내네 맏며느리였고, 우리 엄마는 제일 큰집 맏며느리였다. 큰집 시어머니와 셋쩨집 시어머니는 대단한 존재로 시집살이를 톡톡히 치른 사람들이었다.

그래서 그들은 서로를 이해했고 잔칫집에서 만나면 특별히 형님과 아우님으로 돈독했다. 그 당숙모가 나에게 전화를 걸어왔다.

- 조카, 여기 불광동이야.
- 예. 오랜만이에요.
- 건강하시죠?
- 그만그만해.
- 어머니는 건강하셔?
- 어머니도 그만그만하셔요.
- 어머니 좀 한번 보고 싶은데 내 몸이 부실해서.
- 괜찮아요. 걱정하지 마셔요.
- 조카 책을 읽고 나도 글을 쓰고 싶었어.

- 숙모님도 쓸 게 많으시죠. 시집 식구들이 대단하니까요. 쓰시고 싶으면 쓰셔요.
- 나도 할 말이 많은데.
- 그럴 거예요. 남들이 모르는 게 많잖아요. 할머니 할아버지가 당신들 몸을 얼마나 귀하게 하셨어요. 그걸 모두 삼촌과 숙모님이 다 받아내셨잖아요. 결국 부모님 돌아가시고 삼촌이 치매 걸려서 숙모님이 또 많이 힘들었잖아요. 그래도 어떻게 몸을 지탱하고 사시는 것이 용해요.
- 조카도 건강하고 몸조심하고 잘 살게.
- 네, 숙모님도 건강 잘 챙기셔요. 안녕히 계셔요.
- 네.

우리는 그렇게 전화를 끊었다. 당숙모님은 일찍이 폐가 망가져 폐 반쪽을 떼어냈다. 몸은 뼈다귀만 남았다. 힘이 부족하여 온몸이 떨렸다. 허약한 환자로 살면서 시부모 봉양을 평생 동안 했다. 90 노인들을 날마다 씻고 입혔다. 할머니가 먹는 것이 까다로워 하루 3끼를 당신 입맛에 맞게 해드려야 했다. 거기에 시댁 형제가 많아 말하는 참견자가 많았을 것이다. 여하튼 힘들게 희생하며 평생을 살아낸 훌륭한 당숙모였다.

나는 오늘 아프면서 깨어났다.

아침에 일어났다. 일어설 수 없었다. 화장실을 기어갔다. 또 허리 통증이 시작됐구나. 벽을 붙들고 소변을 봤다. 옷을 올릴 수 없어서 다시 기어서 바닥으로 자리를 옮겨 옷을 누워서 입었다. 머릿속에서 오만 가지가 밀려왔다. 아침은 무더웠다. 점심에 약속이 있었다. 미리 점심 찬을 만들어 놓으려 했었는데…. 나는 요가판에 누웠다. 허리를 움직였다. 움직여지지 않았다. 다리를 들었다. 고통스러웠다. 가슴을 들었다가 놓았다가 했다. 쉽지 않았다. 다시 일어섰다가 굽히기를 반복했다.

발자국은 옮길 수 있었다. 허리 조이는 밴드로 허리를 감았다. 그리고 아침식사 준비를 했다. 서 있는 것은 아주 불편했다. 배나 손을 벽이나 싱크대에 기대거나 붙잡아야 몸을 움직일 수 있었다. 갑자기 다시 머릿속에서 나를 반성하는 소리가 났다.

- 너 어떠냐? 몸이 불편하니 아쉬움이 많지?
- 정말 그렇구나. 몸이 건강하면 모든 사람들에게 잘할 수 있을 텐데!
- 귀찮아했던 일들이 후회스럽구나.
- 이렇게 아무것도 못 할 것을 주변 사람과 의견 충돌로 마음을 상하게 하고 탓을 하다니! 넌 왜 그리 그런 걸 못 깨닫느냐? 가까운 사람들을 불평하고 자

기 정서에 안 맞다고 떠드냐고. 넌 정말 어리석구나.

- 정말 몸이 건강하다면, 이것도 좋게 하고, 저것도 좋게 할 수 있을 텐데….

상차림은 지금 나에게 힘들었다. 허리가 아파서 끔쩍하기가 힘들었고 고통이 늘어났다.

- 그래 난 이 기억을 잊지 말자. 이렇게 고통스러운 것을 기억하자. 그래서 평소에 부정적인 것들을 조화롭게 이 순간을 생각하며 이겨내자.
- 앉을 때도 아이~고~ 아이~고 그리고 간신히 앉을 수 있는 이 순간을 기억하자. 그리고 몸이 편안해졌을 때 모든 것에 감사할 줄 알자.

아침 식사를 대충 끝냈다. 오늘은 부엌문을 닫아야 할 것 같았다.

- 청소? 그것도 나에게 먼 것들이야. 기어보자. 긴다는 자체를 고마워하자. 나는 기고 기었다. 그리고 서랍을 열어 진통제를 먹었다. 이빨 통증약, 오른손 어깨 아파 먹는 약, 허리 아파 먹는 약, 위장보호제, 약이 너무 많구나. 그래도 약을 먹어야 일상생활이 가능할 것이겠지?

그때 친정어머니에게 전화 왔다.

- 조금 있으면 노인급수 판정자가 온다더라.
- 그래요. 그냥 받아보세요.

- 엄마 우리 집에서 모신다고 했는데 동생네로 간 것이 다행이에요. 내가 허리 아파서 꼼짝을 잘 못 해요.

- 그래도 그것이 맛있는 빵하고 이것저것을 많이 사 왔어.

- 내가 이틀 동안 많이 울었더니 눈이 퉁퉁 부었어.

- 근데 엄마 왜 우시는 거야?

- 그냥 눈물이 나.

- 아니, 왜 눈물이 나느냐고요.

- 죽는 것이 무서워서요?

- 모두가 죽는 거라고요.

- 아니 냉장고에 있는 거 네가 다 가져가야지.

- 어련히 알아서 가져간다고요.

- 난 그런 거 이런 거 다 해놓고 죽어야 된다고.

- 그런 거 걱정하지 마셔요. 엄마는 100살까지 살 거니까요. 물론 우리 시어머니도 100살까지 살 거고요.

- 아니 울음이 왜 나오냐고요.

- 엄마 귀한 아들도 옛날에 갔고, 남편도 옛날에 갔는데 무엇이 서러워서 눈물이 나느냐고요.

- 서러운 거는 없어. 나만치 이렇게 산 사람이 어딨다고.

- 근데 눈물이 난다면서요. 그냥 자연스럽게 생각하라고요. 봄이 오면 여름이 오고, 여름이 오면 겨울이 오듯이요. 부처님을 믿든, 예수님을 믿든 사람들은 그냥 죽는 거라고요. 그렇기는 하더라고요. 어떤 이는 조용히 눈을 감고 죽어가고, 또 어떤 이는 이만큼 살았으니 고맙다, 감사하다고 하며 죽고, 또 딴 이

는 울면서 슬프게 죽는다고 하더라고요. 엄마. 그냥 자연스러운 일이라 생각하세요.

- 그리고, 엄마가 지팡이 둘을 사용하는 것이 남부끄럽다면서요. 나이 90인데 두 개면 어떻고, 세 개, 네 개 지팡이를 짚고 다니면 어떠냐고요.

- 판정을 받는다고 해서 요양원 가는 것도 아니고, 안 가고 싶으면 안 가면 되는 거잖아요.

- 거기에 가면 100살 넘게 살겠더라. 때마다 이것저것 맛있게 해주고 골고루 해주니까 신경 쓸 게 없고 그러다 보니 치매 걸리겠더라.

- 엄마 집에서 사나 거기서 사나 모두가 100살 넘을 테니까요. 신경 쓰지 말아요. 죽음을 내가 가겠다고 가고, 안 가겠다 해서 안 가는 것이 아니잖아요.

- 너네들이 나 때문에 오라 가라 하는 것도 별스러워서 싫구나.

- 그것도 그냥 자연스럽게 생각하라고요.

당신은 아직 모든 것이 똑똑했다. 자기 마음이 갈팡질팡했다. 그리고 당신은 이기적이었다. 막내가 노인 판정을 받는 것이 못마땅했고, 막내딸이 당신을 두고 나가는 것도 못마땅했다. 그는 당장 심심하고 말 상대가 필요했던 것이다. 당신은 가만히 있음을 하지 못했다. 사람들과 말하고 대장이어야 하는 것들이 있어야 했다. 그리고, 모든 말을 자기중심적으로 바꾸어서 했다. 내 동생들에게 말하는 것과 맏이에게 말하는 것이 달랐다. 자기를 중심에 두고 언니 오빠들은 당신을 많이 사랑하고 행복하게 해준다는 것을 강조했다.

그리고 막내를 몰아친다. 당신에게 효도할 것을. 나는 엄마의 이중적 모습이 싫었다. 엄마답지 못한 것들이 불편하고 괴로웠다. 시어머니는 당연한 것이지만 친정엄마의 머리 쓰는 모습이 추했다. 그래도 나는 모른 채 그런 것을 받아주어야 했다. 그래, 돈 드는 것도 아니고, 내 몸 건강할 때 받아주자. 내 몸 아프면 해주고 싶어도 해줄 수 없으니까 말이다. 그리고 결국은 나도 똑같아질 테니까. 이를 어찌할 것인가?

나는 인터넷을 찾았다. 도대체 요양원이나 요양병원은 얼마나 드는가를. 투석을 한다든가 어떤 병이 있을 경우는 다르지만, 보통 건강한 사람들이 그곳에서 살 경우 드는 비용을 찾았다. 계산법은 이랬다. 요양수가 + 식사 + 간식 +(상급침실 이용 여부) 등으로 산정됐다. 요양수가가 대개 35만 원(1달) + 식사 1~2만 원? + 간식 ? + 숙박 1일, 3만 원 정도. 이렇게 대충 계산을 해보면, 만 원 + 간식 35까지 대충 40만 원 + 90만 원 = 165만 원이다. 이 계산법은 사실 굉장히 많은 돈이 아니다. 그러나 나 개인으로 그 돈을 지불할 수는 없었다.

우리가 퇴직한 지가 10년이 넘었고 사실 우리 살아가기도 빠듯하다. 거기에 양쪽(친정, 시댁) 집 용돈이든 생활비를 지불하는데, 나 나름 최대로 최선을 다했으니까 말이다. 막내는 언니가 허리가 아프고 당신이 케어받을 나이인데 엄마가 언니네 집에서 케어받을 수는 없다고 강조했다. 그리고 자기는 말하지 않지만, 스스로 엄마를 케어할 수 없었다. 더욱이 오빠에게 올케도 없는데, 엄마 모시라고 강요할 수도

없는 것이었다. 우리는 지금 아주 복잡하게 어머니를 두고 고민해야
했다.

엄마는 요양원에 가면 안 된다고 나에게 강조했다.

- 거기는 자유가 없고, 무엇이 없으며 그래서 나는 싫다.
- 그럼 엄마가 지금 혼자 밥을 해 먹지 못 하잖아! 눈도 안 보이고, 뭣을 할 수
  있어야지. 안 가면 어떡하라고.

막냇동생은 엄마에게 소리 질렀다.

- 자기 집에만 가면 아프다고 전화하고 난리가 나면서.
- 우리 집에 오면 멀쩡하고 아프지 않잖아.

나는 이튿날 다시 엄마에게 전화했다.

- 엄마, 괜찮아요?
- 응. 죽을 먹고 하니까 괜찮아.
- 엄마 그 배가 꾀병이네.
- 엄마 집에 가면 아프고. 자식들 집에 오면 안 아프고. 병원에 가도 안 아프고.
  그 병은 꾀병이라고.
- 막내가 이것저것 맛난 것도 사줬구나.

- 어쨌든 안 아프니 다행이요.

막내는 노인 요양등급을 신청했는데, 어머니는 받을 수 없을 것 같다고 했다. 어머니에게 치매가 없고, 정신이 또렷했던 것이다. 아마 어머니는 속으로 신이 났을 것이다. 당신이 가고 싶지 않은 곳을 막내가 보내려 한다고 해서 섭섭하기도 할 것이고 말이다.

나는 고민했다. 저녁에 남동생에게 전화했다. 전화는 받지 않았다. 다음 날 전화가 왔다.

- 저예요.
- 막내가 요양원 등급을 받으려 했는데 못 받을 것 같다더라. 그런데 그 요양원 비용이 장난 아니더라. 요양수가 + 식사 + 간식 +(상급침실 이용 여부) 등으로 산정되는데, 요양수가가 대개 35만 원(1달) + 식사 1~2만 원? + 간식 ? + 숙박 1일에 3만 원 정도. 이렇게 대충 계산을 해보면 35만 원 + 간식 35까지 대충 40만 원 + 90만 원. 합이 165만 원이다. 그런데 이 계산법이 사실 굉장히 많은 돈이 아니다. 이 돈 너하고 내가 내야 하는데 우리 둘이 퇴직자잖아. 우리는 모실 수밖에 없는 거야.
- 엄마가 요양원에도 가고 싶지 않은 것 같고. 그러니 너와 내가 어머니를 모셔야겠다. 네가 열흘 내가 열흘 그리고 시골에서 열흘 이렇게 살아야겠다. 막내에게 엄마 모시라 하면 너, 뒤지게 혼난다. 엄마 돈 네가 다 썼다고 그럴걸? 그러니까 일단 우리가 돌아가면서 살아보자.

- 내가 아플 때는 네가 모셔가면 될 거야.

- 그리고 일주일 지나면 엄마 몸살 나서, 자기를 빨리 시골에 데려다 달라고 야단이 날 거고. 또 일주일 있으면 자기 데려가라고 난리가 날 거고.

- 울 엄마 왜 그리 난리인지 모르겠다. 우리 시어머니는 어느 스님이 올해 죽을 것 같다 했다고 조용히 죽음을 기다리시는지 아무 소리가 없어서 좋구먼.

- 난 우리 엄마가 이렇게 소란을 피우며 난리를 칠 줄 몰랐다.

- 알았어요. 그렇게 하지요.

- 그리고 이번 콘도로 가족여행 가서 어머니와 서로 협의를 해야겠다. 함께 살되 독립적으로 살자고. 상대방에게 간섭하지 말자고. 아들이 늦게 왜 안 오냐 어쩌냐 등을 말하지 말라고. 내 친구가 전화했는데 그 애랑 놀지 말라고 등등…. 관심을 끊으라고. 서로 정말로 필요한 거, 말해야 될 것만 말하자고. 엄마 자식이지만 당신 마음대로 모든 것을 참견하고 시비를 걸지 말라고. 자식이 말하고 싶은 거만 하게 하자고. 엄마는 듣기만 하라고. 이런 것들을 우리는 문서로 협약해 보자.

동생은 갑자기 ㅎㅎ하고 웃었다.

나는 남편에게 미안했다. 당신 어머니도 안 모시는데 우리 엄마를 모시게 한다는 것이 말이다. 거기에 내가 가끔 허리통으로 아파서 꼼짝을 못하는데 어머니까지 집에 있게 한다는 것이 그랬다. 올해는 뜨거운 불볕더위가 사그라지지 않는데 말이다. 어느 날 남편은 그랬다. 아프리카인이 날마다 웃통을 벗고 살 수밖에 없는 것을 내 스스로 올해 깨달았다고. 다른 집이 에어컨을 켜지 않으면 살 수 있는데 사방에서 에어컨을 켜댔다. 열려진 창으로 에어컨을 켜서, 위아래로 돌아가는 팬 열기는 우리 창으로 들어왔다.

어느 때부터인가 남편은 웃통을 벗었다. 아침부터 켜댄 에어컨 열기가 창을 통해서 들어오니 남편은 그 열기를 받아내야 했다. 그러다가 에라 모르겠다. 여기도 서프리카구나, 어쩔 수 없이 야만인이어야 하는구나, 했다. 그는 저녁, 수면 때만 에어컨을 켰다. 그러나 다른 집은 24시간을 켰다. 낮 동안 우리는 서프리카로 살았다. 그런데 친정어머니를 모시면 남편에게 웃통으로 있을 수 없을 것이고 정말 난감한 일인 것이었다.

산책을 하며 나는 남편을 달랬다.

- 인생은 항상 무거웠다, 가벼웠다 하는 것 같아.
- 엄마가 오면 무거워지겠지만 우리가 짊어지는 무거운 짐을 대신할지도 몰라.
- 일시적인 고통이 있지만 다른 고통이 줄어들고, 그 고통이 사라지면 새로운 고통이 밀려오고 하잖아.
- 그래서 나는 고통의 양의 합이 같다는 생각이 들어. 어쩌면 막내가 시집을 갈 수도 있고 그러면 그 방에 엄마가 있을 수도 있고.
- 어쨌든, 자기에게 고마워.

*

날씨가 무척 무덥다.

에어컨을 24시간을 켤 수는 없었다. 에어컨도 쉬고, 내 몸도 쉬는 것이 좋겠다. 나는 지하상가를 돌아다녔다. 밀라노 같은 지하상가가 백화점과 연결되어 있었다. 사방으로 번쩍이는 지하공간은 화려했다. 에스컬레이트 옆에는 분수가 뿜어졌다. 사람들은 분수 주위에 앉아서 누군가를 기다렸다. 젊은이들은 핸드폰에 집중했다. 등이 굽은 할머니는 평평한 자리를, 어느 젊은이가 일어서자 그곳을 재빨리 앉았다. 지하 사거리 기둥에는 커다란 둥근 시계가 움직였다.

나는 한 길을 잡아 불빛 따라 걸었다. 그곳은 분명 이태리 베네치아의 어떤 곳처럼 느껴졌다. 물의 도시 베네치아, 환상의 도시처럼 나는 그곳을 상상했다. 금방 웃음이 생기면서 나는 여행자가 되었다.

- 그래, 나는 지금 이태리 베네치아 여행자야.
- 여기는 핸드폰 거리야? 불빛이 아름답구나! 베네치아의 유리 가면을 팔던 그런 상점이구나!
- 어? 여기는 무슨 동굴 같네? 아름다운 비누숍이네. 이태리에서 파는 올리브 비누숍 같구나.
- 여기는 지하동굴인데. 베네치아, 배가 정착하는 정착지 같네. 그쪽으로 사람들은 아이스크림을 들고 굴속으로 들어갔다. 그곳은 영화관으로 영화가 상

영할 곳이었다.

- 사람들은 많아서 오가는 사람들이 서로 부딪혔다. 어른, 할머니, 할아버지, 애기, 어린이, 청년 모든 사람들이 연극 주연처럼 주인공으로 등장했다가 사라졌다. 혼란스러웠다.

- 나는 혼란스러운 주인공 사이를 빠져나와 다른 어둠의 공간 쪽으로 갔다. 계단을 오르니 주변의 빛이 밝아졌다. 사람들이 제각각 자기 모습을 가지고 책을 읽었다. 나도 그들처럼 책을 하나 찾아보려고 두리번거렸다.

- 베스트셀러 판이 나왔다. 온갖 책들이 주인공으로 등장했다. 여자가, 남자가, 음식이, 아파트가, 부동산이, 그리스도가, 부쳐님이, 과학이, 우주가, 맛이, 정치가, 뉴스, 등등이….

내 눈에 빛나는 것이 들어왔다. 이런 무더위에 뭔가 나를 시원하게 머리를 회전할 수 있는 것은 없을까? 생각했다. 그때 화려하게 장식한 『나는 소액으로 임대사업해 아파트 55채를 샀다』라는 책이 눈에 들어왔다. 작가는 이지윤으로 아주 젊은 여성이었다.

내 나이는 돈을 벌어서 어찌해보겠다는 것이 아니다. 이 작가의 정신적인 멘토가 보고 싶었다. 여기까지 사업가로 살아가는 그의 정신을 통해 강한 에너지를 받아 즐겨보자는 심산이었다. 그의 책은 역시 나를 실망시키지 않았다.

사람들은 누군가가 부동산 투자를 해서 돈을 벌었다 하면 평가절하를 하고 졸부로 여긴다. 그러나 부동산 투자를 한 사람들은 한 푼 두 푼 아껴서 열심히 산 사람들이다. 남들 놀 때 일하고, 남들 쉴 때 일했다. 그들은 되도록 소비를 하지 않고, 오로지 부동산에만 투자한 사람들이다.

-『나는 소액으로 임대사업을해 아파트 55채를 샀다』, 이지윤, 메이트북스.

나는 이 책을 읽어가며 서서히 책 속으로 빠져들어 갔다. 그래, 맞아, 정말 가장 중요한 것은 성공하겠다는 간절함이다. 그 간절함이 그를 성공으로 이끌었다. 그를 통해서 신선한 에너지를 받으며 나는 그가 되어 갔다. 이 더위에 그의 에너지를 받으니 힘이 났다. 그곳에는 정말 그의 살아있는 강한 에너지가 책 속에서 춤을 추고 있었다. 오늘은 여기까지로,

*

내일은 여름 가족 휴가로 속초로 간다.

소풍 전날처럼 준비할 것이 많았다. 콘도에서 해 먹을 음식과 거기서 필요한 물품들을 챙겨야 했다. 총인원은 11명 정도였다. 우리, 여동생네, 큰딸네, 남동생네, 친정어머니 등이다. 애들이 커서 모두 흩어졌다. 그래도 단출해졌다. 결혼한 큰딸네 애기들이 추가됐을 뿐이

었다. 창고문을 열었다. 가져갈 도구로 덮을 것, 바람 베개 등을 가방에 넣었다. 그때 남편이 작은딸에게 말했다.

- S야, 월요일 아침에 빈 병, 혹은 비닐 등을 수거통에 버려라.
- 아이고, S는 청춘 사업이 중하지. 못 버리면 그냥 그다음에 버려.
- 그게 얼마나 많은데? 안 된다고.
- 그래도 청춘 사업이 더 중하지요.
- 아빠, 내가 버리도록 할게요.
- 엄마는 문제야. 문제.
- 내가 뭐 강요한 것도 아니고. 당신은 꼭 자기 친구 누구랑 똑같아. 그 사람 욕하지만 자기는 더 하다고. 그래서 내가 똑같다고 했잖아.

나는 속에서 뭔가 치밀어 올라왔다.

- 엄마 맞아. 어제도 내가 맛소금 안 좋다니까 먹어도 된다고 했잖아. 그런데 인터넷 찾으니까 MSG가 들어가서 안 좋은 거잖아. 엄마는 문제라니까.
- 그래, 내가 이렇게 허리 안 아프니까 모든 것도 할 수 있어서 좋다. 잘못했네요. 잘못해서 미안하네요. 용서하세요. 뭐, 또 내가 잘못한 거 모두 말해. 모두 시정할 테니까. 모두 인정할 수 있어. 더 잘 못 하는 거 다 말해.

갑자기 조용해졌다. 나도 차라리 인정하니까 마음도 편안해졌다. 내 속마음은 작은딸이 처음으로 데이트를 한다니까 혹 결혼이 가능

할 수 있을까에 집중이 됐다. 그래서 그것이 중한 것이지 빈 병 쓰레기 못 버리는 것은 중하지 않다는 것이었다. 그러더니 둘이 합이 맞아 나에게 맹공격을 했다. 그런데 그 둘은 DNA가 똑같다. 그 너머 그 무엇을 그들은 이해 못 했다. 그래 내가 이해하자였다.

인간은 웃긴다. 다른 동물보다 머리가 있고 이성적이라 할 것 같지만 역사적으로 더 동물보다 야만적으로 인간을 학살하지 않았던가? 나는 그 야만적인 세포가 강한가 보다. 나는 이런저런 책을 읽으며 공격적인 사람이 되지 않으려 노력하지만 별수 없다. 나는 책 읽을 때의 이성은 사라졌고, 어떤 일의 상황이 생기면, 금방 동물적 행동으로 공격해 버린다. 내 주변에는 모두가 그런 사람들로 꽉 찼다. 그래서 더 자연적 현상이 돼버렸는지도 모른다.

일단 나에게 중요한 것은 침묵을 즐기자는 것이다. 남을 탓하지 말고 내 스스로 침묵하다 보면 실수가 없어지고 복잡한 상황이 일어나지 않을 테니 말이다. 그리고 모두를 수용하자. 그러면 길이 열릴 것이라고 생각하자.

2018년 여름, 가족여행을 갔다.

가족여행 전날부터 큰딸하고 연락할 일이 많았다. 우리는 전화로 언제 떠날 것인가에 대해서 얘기했다. 휴가철이라 좀 일찍 떠나기로. 함께 가면 차를 서로 앞뒤로 맞추기도 어려울 것 같아서 각자 알아서 편하게 떠나기로 했다. 그리고 가면서 전화로 확인하기로. 우리는 새벽 5시에 떠났다. 올림픽대로는 차가 많았다. 동쪽 차량 이동이 붐볐다. 우리는 춘천 고속도로보다 일반도로로 결정했다. 구 도로가 더 운치 있고 사람 사는 냄새가 났다. 양평 다리를 건너면서 산계곡에 하얀 연기가 피어올랐다.

하얀 연기는 햇빛의 반사를 받아 숲속의 열기가 만들어내는 현상이었다. 연기는 하얗게 산 계곡을 따라 피어올랐다. 그 모습이 장관이었다. 외국의 어느 곳보다 훨씬 아름다웠다. 스위스의 산은 삐쭉삐쭉 바위가 산을 만들었고 그 위에 눈과 빙하가 쌓여서 설산이 되었다. 그런데 요즘 그 빙하가 녹아 설산은 바위의 민낯이 되었다. 그런 산을 보다가 숲이 우거진 푸른 산을 보니 나는 감탄했다.

- 야, 우리나라 산이 멋있구나!
- 저렇게 아름다울 수가 없구나.

- 모두 푸른 숲으로 이루어졌구나!

- 얼마나 멋진가?

- 공연히 외국에서 아름다운 산을 찾을 필요가 없는데도 우리는 외국 산이 우리나라 산보다 더, 항상 좋은 것으로 여기는 어리석은 자가 되다니!

- 나는 매사를 반성해야 하는구나.

- 내 안의 내 것을 더 귀히 여기듯이 내 나라 것도 더 훌륭함을 왜 모르는 것인지를….

우리는 계속 달렸다. 한강, 소양강 등에 이렇게 무더운 더위에도 물이 흘러가서 고마웠다. 몇 년 전에는 물이 말라 바닥이 보여서 슬펐다. 가뭄은 나를 슬프게 했다. 다행히 말라가는 강이기는 하나 물이 흐르는 것이었다. 예전에는 대여섯 시간이 걸려야 속초에 닿았는데, 길이 좋아 세 시간이 조금 넘었다. 중간에 휴식을 하고 느리게 느리게 우리 숙소인 콘도에 닿았다. 조금 있다가 큰딸네가 도착했다. 우리는 대충, 요기를 하고 아쿠아 풀장으로 애기들과 함께 입장했다.

손자 웅과 예는 물놀이를 좋아했다. 웅은 잠수를 하고 물속에서 수영하는 것을 즐겼다. 우리는 웅이가 수영해서 저만치 멀리 가면 박수를 쳐줬다. 그는 신이 나서 물속으로 자맥질을 했고 다시 올라와서 물장구를 치며 수영을 했다. 그는 신이 났다. 우리는 뜨거운 온천물에 몸을 풀고 찬물에 몸을 식혔다. 시간은 금방 흘러갔다. 11시경 막내 여동생이 친정어머니를 모셔왔다. 나는 마중 나갔다.

- 언니 나 왔어.

- 그래.

- 난 수영 안 할래. Y씨도 등산한대.

- 너네 맘대로. 엄마는 수영장 앞으로 모시고 와.

- 응.

- 오후 3시경 입실이고, 12시에 방 배정을 받으니까 그때 문자 줄게.

- 응.

나는 엄마를 마중 나갔다. 내가 준비해온 수영복을 입히고 가운을 입혔다. 지팡이를 짚고 천천히 수영장 쪽으로 갔다. 대충, 샤워를 시키고 처음에 족탕에 발을 담그고 다시 온탕에 앉아 몸을 담갔다. 다시 밖으로 이동시켰다. 탕 밖은 시원했고 탕 안은 뜨거웠다. 히노키탕이었다. 당신이 스스로 뜨거운 탕으로 들어갔다. 몸이 기우뚱하면서 거꾸러지려 했다. 내가 얼른 몸 중심을 잡았다.

- 아이고 좋구나. 내가 네 덕을 보는구나.

- 누구네는 이런 것을 한 번 해보지 못하는구나.

당신은 말이 많았다. 무슨 말을 하는지도 알 수가 없었다. 이제 나도 엄마의 잔소리가 많아서 싫고, 괴로웠다. 뭣은 어찌해야 하고, 뭣은 그렇게 하면 안 되고 등등…. 주변에 90 노인은 없었다. 지팡이 짚은 사람도 없었다. 당신은 계속 말을 해야 하고 잔소리도 해야 했다.

나는 탕에서 나와 수영장으로 들어갔다. 수영을 두어 바퀴 돌고 다시 엄마가 있는 탕으로 갔다. 그는 탕 속에서 졸며, 몸을 따뜻하게 데웠다가 식혔다를 반복했다.

그날 저녁 우리네 삼 형제와 큰딸네 가족 4명까지 모두 모였다. 다른 집들은 부부, 아니면, 애기 하나 데리고 콘도에서 숙박했다. 우리 집은 식구 수로 우선 재미가 있었다. 남녀노소가 다 모였다. 6살부터 90살까지, 30대, 40대, 50대, 60대 90대가 총집합한 것이다. 그날 저녁은 여동생이 재워온 LA갈비에 맥주를 곁들이며 즐겁게 식사했다. 식사 후 콘도 정원은 시끄러웠다. 피곤한 사람들은 바닥에 누웠다. 그런데 막내 손녀 예는 노래하고 춤추는 데 가고 싶어 안달이 났다.

- Y야, 너 저기 가고 싶지?
- 응, 할미.
- 그래 가자. 내가 한턱 쏠게.
- 야, 자, 모두, 맥주 마시러 갑시다.

나는 야회 축제장에서 맥주를 시켰다. 테이블은 약 100석 정도가 될 것이었다. 모두가 꽉 찼다. 유명한 가수가 무대에서 기타를 치며 노래했다. 나는 맨 앞자리가 비어서 그곳을 차지했다. 주말이라 사람은 많았다. 우리 식구만 해도 10명은 넘었다. 한 테이블에 기본 십이만 원은 될 것이었다. 적어도 야외 음악회 비용은 의자 수로 총합을 하면, 아마 일천 만 원은 되지 않을까 생각했다. Y는 수영을 해서 피곤한데도 눈을 똑바로 뜨고 가수의 노래를 들었다.

- Y, 너 춤춰야지.
- 으~ 으~
- 아니, 작년에 그렇게 잘 추더니 쑥스러운거야?
- 저기, 이모네 할아버지가 춤추잖아!
- 너도 추어볼까?

술안주와 구름 연기가 피어나는 차가운 맥주가 테이블에 차려졌다. 안주는 실했다. 전복, 낙지, 소시지, 숯불구이 등 다양했다. 우리는 미리, 저녁 식사를 충실히 먹었기 때문에 배가 불러서 먹을 수 없었다. 가수 노래는 다양했다. 발라드풍으로 부르다가 댄스풍의 빠른 노래로 사람들의 흥을 돋았다. 마지막 Y도 사람들을 따라 춤을 추었다. 유럽의 한여름 축제처럼 울산 바위아래, 하늘의 별과, 시원한 바람을 쐬며, 모든 가족들이 음악에 따라 손뼉을 쳤다. 그렇다. 행복은 멀리 있는 것이 아니었다. 이런 것이 우리의 행복이었다.

다음 날 아침 우리 모두는 손자 U를 데리고 함께 방학 숙제를 하기로 맘 먹었다. 처음에 청간정을 들렀다. 바닷가에 세워진 누각이었다. 바다를 향해 인증사진을 찍었다. 이곳은 왕족과 사대부 등이 유람, 임지 발령, 파견 등 이동을 할 때 편안한 휴식과 풍류를 즐기기 위해 만들어진 곳으로 추정했다. 누각 옆에는 강물이 흘러 바다로 흘러 들어갔다. 바다와, 산, 강 등의 풍광이 아름다웠다.

다음은 고성 8경인 천학정(天鶴亭)을 들렀다. 자연경관이 수려했다. 기암괴석과 해안절벽 위에 세워져서 동네 어른들이 그곳에서 휴식을 했다. 그곳은 푸른 파도와 동해의 풍요로움을 만끽할 수 있고, 모든 근심걱정이 사라지게 하는 곳이었다.

우리나라의 휴전선 끝 공군 351고지를 방문했다. 그곳에서 교육도 받고, 전투비행기와 장갑차를 구경하고 사진을 찍었다. 대북방송을 했던 곳도 탐방하고 주변에 들러, 박물관에 들렀다. 휴전선 안에 살고 있는 동물들을 박제해서 박물관에 전시했다. 두루미, 왜가리, 독수리, 고라니, 살쾡이 등 못 보던 동물들이 많았다. 돌아오면서 허브 농장을 둘러보았다. 그리고 속초 시장에 들러, 애들이 좋아하는 유명한 치킨, 족발, 순대, 떡볶이를 사서, 숙소로 와 그날 마지막 만찬을 즐겼다.

다음 날 우리는 겨울 가족 여행을 기약하고 각자 집으로 헤어졌다. 무더운 휴가를 가족들과 함께 무사히 즐겁게 보낸 것이 감사했다. 행복이여 영원히!

*

콘도에서 이야기를 나눈 끝에 친정어머니는 우리 집에서 모시기로 했다.

서울 8월 날씨는 뜨거웠다. 불볕더위가 기승을 했다. 밤새워 더위가 식지 않았다. 나는 에어컨을 켤 수가 없었다. 에어컨을 켜면 눈이 시리고 아팠다. 몸은 뚱뚱 부었다. 잔기침이 계속되어 에어컨을 켜지 못했다. 나는 얼음 뭉치를 남편에게, 어머니에게 하나씩 안겼다. 나도 발바닥에 얼음 뭉치를 대고 잠을 잤다. 새벽녘에 찬 바람이 불었다. 각 방에는 선풍기를 돌려 각자의 몸을 식히며 잤다.

어머니는 말이 고파서 누군가 전화를 걸어오면 대화가 길었다. 보통 때는 힘이 없고 사그라지는 모습이지만 전화가 오면 목소리에서 쌩쌩하는 힘이 솟았다. 그에게 말소리는 그의 힘이며 삶이고 즐거움이었다. 그러나 그와 할 이야기는 없었다. 그의 소리는 수백 번 들은 소리를 계속 반복할 뿐이었다. 동생들도 모두가 그 소리를 듣고 싶어 하지 않았다. 내가 하는 소리들도 우리 딸이 들을 필요도 없고 듣고 싶지 않을 것이었다.

어머니는 깨어나자마자 한숨 소리를 냈다. 그리고 봉지에서 혈압약을 찾아서 물을 한 모금 입에 넣고 약을 먹었다. 그리고 조용히 앉아 있다. 나는 허리에 뜨거운 팩을 하고 키보드를 쳤다. 우리는 서로 말 없이 있다. 마음은 편안하다. 내가 어머니에 대한 어떤 생각이 없어서 좋았다. 어머니가 머리를 써서 생기는 일은 복잡했다. 시골에 혼자 있 으면 몸이 아프다고 전화를 했다. 그리고 스스로 병원에 갔다가 집으 로 갔다가를 반복했다. 우리 형제는 불편했다. 우리도 그를 따라 왔 다 갔다를 해야 했다.

나는 생각했다. 차라리 우리 집에서 당신이 불편하지만, 가만히 있 는 것이 나에게도 편하다. 우리 동생들도 마음이 편할 것이다. 당신 멋대로 마음대로 살았지만 이제는 서로 부대끼며 사는 연습을 해야 하는 것이다. 나는 남편에게 미안했다. 남편은 더워서 웃통을 함부로 벗을 수도 없었다. 가만히 앉아 있으며 말없이 사는 연습을 어머니는 할 필요가 있었다. 물론 나도 그럴 필요가 있는 것이다. 어머니는 욕 탕으로 들어갔다. 물을 틀었다. 저 양반이 목욕을 하시려나? 조금 있 다가 나오셨다. 키보드 치는 나를 보고.

- 넌 저렇게 공부를 하고 싶을까? 이렇게 늙어가지고.
- 아침에 일어나면 꼭 물을 한 컵 먹고, 눈을 시원하게 씻으면, 그렇게 좋다는
  구나.

나는 아무 말을 하지 않았다. 말을 하다가 당신도 말을 끊었다. 우 리는 편안한 마음으로 가만히 앉아있는 연습을 하는 중이었다. 어머

니가 말을 계속하면 들어주려 하지만 당신 비슷한 같은 시기를 겪은 이야기할 사람들이 이제 하나둘 모두가 세상을 떠났다. 공유할 사람들이 있다는 것은 축복이었다. 당신은 그냥 나를 바라보며 누워 있다. 사람이라도 옆에 있으니까 마음은 편안한가 보다. 어린 애들이 부모 옆에서 기다가 눕다가 하는 것마냥, 어머니도 그런 모습이었다.

만일 어머니가 똥오줌을 가리지 못하면 그때는 할 수 없이 요양원에 갈 수밖에 없을 것이다. 어쩌겠는가? 허리가 아파 내가 나를 건사하지 못하는데, 어머니를 케어할 수는 없는 것이다. 그때 어머니는 어머니를 도울 수 있는 곳으로 갈 수밖에 없는 것이다. 그러니 지금 모두를 관찰하고 내가 어머니인 것을 명심하자. 나는 어머니를 통해 나를 공부하는 중인 것이다. 아침 식사를 물었다.

- 엄마 아침 무엇을 먹을 거요?
- 우리는 빵을 먹으려고요.
- 응 나는 약을 먹어야 하니까 밥을 먹겠다.

어머니가 밥을 드시려면, 나는 국을 끓여야 했다. 냄비에 다시 국물을 내서 콩나물국을 끓였다. 그리고 달걀을 삶았다. 밥, 국, 단무지, 달걀, 우유, 참외 등으로 상을 차려서 방에 갔다 드렸다. 밥상을 물린 뒤 후식으로 커피를 드렸다. 모두 깨끗이 비워졌다. 당신이 시골집에서 아프다고 하는 이유는 사람이 그리워서가 아닐까? 사람은 사회적 동물이다. 그러나 나이가 들어 늙으면 홀로 외롭게 사는 연습을 해야 할 것이었지만, 어머니는 그것을 못 하는 것이다. 지금 어머니는 우리가 있지만 혼자 존재하는 연습을 하는 중이다.

어제 시골에 사는 후배 K 선생이 서울에 왔다. 나와는 나이 차이가 크다. 나는 그 K 선생을 보면 기분이 좋아졌다. 오랫동안 함께 강의했고, K 선생의 삶이 쉽지 않았음을 나는 잘 알았다. 그런데 요즘 그 선생은 대박이 났던 것이다. 남편이 평생을 제대로 경제성 있는 일을 하지 못했는데 지금 그의 남편은 자기가 하던 연구 줄기세포를 이용하여 화장품 회사의 주주로 월급쟁이가 되었던 것이다. 나는 그 K 선생이 존경스럽다.

결혼해서 평생을 시댁과 그 남편 뒷바라지를 한 것이었다. K 선생이 조교해서 남편 석사 박사를 시켰다. 그리고 과외를 해서 생활비를 벌었다. 그 후 자신도 석사, 박사를 땄다. 그는 주간에는 시간 강사, 야간에는 논술과외를 해서 경제를 책임졌다. 남편은 박사지만 경제성이 없었다. 그는 비경제인으로 평생을 살았다. 60이 다 되어 이제 빛이 나는 것이었다. 정말 오래 참아냈던 것이다.

그런데 요즘 60이 다된 후배 시간 강사들은 강의 시간이 없어졌다. 그들은 생활고로 고통이 생겼다. 어학박사, 철학박사, 신학박사 등 3개 이상의 박사학위를 가졌지만 생활은 곤궁해졌다. 주변 후배들의 생활은 100만 원짜리 인생이 됐다. 나는 그들이 안타까웠다. 계속 강의를 하고자 애쓰고 있지만, 연배가 같은 주임교수들은 자기 제자에게 강의를 주었다. 동료인 강사들을 밀쳐냈다. 같은 박사학위를 받았지만, 교수가 된 사람들은 정치적 성향이 강한 사람들이었다.

사실 박사 학위 소유자들은 실력이 비슷했다. 그러나 교수와 비교수는 차이가 많았다. 교수의 위치가 하늘이면 비교수 DML 위치는 땅이었다. 비교수들은 교수가 된 동료들을 존경할 수 없었다. 그들의 실력은 하늘만큼 높지 못했다. 같은 동료를 밟고 올라선 자가 많았다. 그들은 철저히 배타적으로 동료를 배반했다. 교수들은 스스로 자기를 드높이면서 비교수들을 내쳤다. 비교수들은 항상 그들로부터 비인간적 대우를 받았다.

교수들은 자기 제자를 만들려고 노력했다. 그것이 자기 세력 쌓기였다. 자기 제자를 통해 비교수들을 몰아냈다. 강사들은 차츰 서 있을 입지 조건이 약화되었다. 그들만의 강의 잔치가 확장되었다. 그리고 후배 강사는 선배를 잘라냈다. 차츰 선배 강사는 후배 강사들에게 밀쳐졌다. 그렇게 시간은 흘러갔다. 학교생활은 자연스럽지 못했고, 매사 불편스레 학교생활이 이어졌다. 그렇지만 학회나 논문 발표 때는 달랐다. 교수나 비교수나 연구한 학문적 업적이 많은 사람이 우위가 됐다.

논문의 업적이 많고, 열심히 학문 연구가 높아도 교수가 되지는 못

했다. 공부하지 않은 교수들은 제자의 논문에 자기 이름을 덧붙여서 자기 업적으로 기록했다. 그들은 그들이 편한 공부를 적당히 믹서해서 자기 업적으로 유지했다. 그들은 진정한 학문적 연구보다 자기 권력에 집착했다. 그들은 자기 제자를 만들어 자기 세력화에 힘썼다. 그것은 곧 힘이 됐고 세력이 됐다. 영리한 제자들은 자기의 진정한 학문보다 자기가 선택한 교수의 세력에 집중했다.

권력을 이용한 교수는 자기 제자를 자기 집사로 쓰는 경우가 많았다. 자기 권력에 집착하는 여교수일수록, 제자들에게 부엌일, 집안일, 자식 일까지 자기의 모든 것을 해결하도록 시켰다. 그들은 제자들에게 그 교수의 비서 겸 집사가 되어 그의 말은 곧 신의 말이 됐다. 그리고, 그들의 제자들은 그 교수의 학위를 받을 수 있었다.

그 교수에게 학위를 받은 제자들은 그 교수를 다시는 처다보지 않았다. 그 교수를 냉담하며 제자들은 떠나갔다. 거기에 어떤 권력형 남성 교수들은 차기 교수 자리를 놓고 여성 제자에게 암묵적인 성적 요구를 했다. 정치적 제자는 자기 욕심을 채우기 위해, 서로의 이익을 위해 합의했고, 그 교수와 함께 정치적 교수가 됐다. 학교 주변에서는 이런저런 소문이 떠돌아다녔다. 그러다가 세월이 한참을 지나면, 그 소문은 사그라졌다. 어쩌다가 정치적 교수가 버린 책 속에 '사랑하는 ○○에게'를 보면 그 옛날 그들은 정말 진실이라는 것을 생각하게 했다.

어느 사회건 바르지 못한 곳은 많았다. 미국 펜실베이니아주 가톨릭 성직자들이 70여 년 동안 수천 명의 아동을 성(性) 학대했다는 조사 결과가 나왔다. 한 성직자는 어린 소녀를 임신시키고 낙태하게 한 사실이 드러났지만 신부직을 유지했다. 최근 곳곳에 호주, 워싱턴 등 대주교들의 성추행들이 나타났다고 오늘 신문에 보도됐다. 이런저런 것들을 보면 어느 곳이든 우리가 깨끗할 것 같은 곳에 깨끗하지 못한 곳이 항상 인간이기 때문에, 존재하는 것이구나를 깨달았다.

나는 글을 쓰다 보면 어느 쪽으로 흘러갈지 몰랐다. 당장 중요해 보이지만 시간이 지나가면 그것은 너무 하찮고 가벼운 것일 때가 많았다. 그런데 한순간엔, 그 사연이나 기사들은 숨 막히도록 나를 긴장시키고 대단한 것들이었다는 것이다. 그것은 나의 감정 폭이 오락가락해서일까? 아니면 아직도 나에게 강한 에너지의 파장이 나를 유지한다는 의미가 되는 것인가? 그래, 좋은 의미로 해석하자고 나는 마음먹었다.

*

2018년 8월 21일, 어제 저녁잠을 못 잤다.

나는 딸네가 어떻게 사는지 궁금했다. 큰딸에게 문자 보냈다.

- 잘살고 있지?

- 엄마, 나 지금 산책 중이야.

- 애들하고?

- 아니, 나 혼자.

- 그래, 만나서 같이 하자.

우리는 우리 집 아파트 입구에서 만났다. 아파트 주위를 함께 걸었다.

- 야, 너네 지금 퇴직해서 고용보험으로 실업수당 얼마 나오냐?

- 엄마, 우리 못 받아. 용 회사 과장이 자퇴했다고 사인을 안 해줬어.

- 뭐? 그런 놈이 있냐? 평생 네 남편을 괴롭히고 승진도 안 시켰으며, 일만 부
  려먹었으면서?

- 엄마 나도 그놈 죽이고 싶어.

- 그놈 장가도 못 갔고, 용(사위)을 죽도록 시켜 먹고, 휴일도 없이 그놈 대신 일
  하면서 10년을 살았잖아.

- 대기업 삼성이나 LG도 과장들이 퇴사해도 마지막은 사인을 해줘서 고용보험
  금을 타 먹는다는데?

- 아이고 미친다 미쳐.

나는 숨이 막혔다. 애들이 둘인데 걱정스러웠다.

- 야, 안 되겠다. 거기서 스트레스받고 죽을 지경이라 회사를 그만둔 거잖아. 우

선 병원 그동안 다닌 거를 차트 뽑아서 그놈 때문에 몸도 상했다 하고, 그놈을 고발해라. 그런 악독한 놈이 있다냐? 인정머리 없이?

- 엄마 나도 그놈 죽이고 싶더라고.

나는 머리가 아팠다. 사위가 불쌍하기도 하고, 어리석어서 당하기도 한세월이 안타까웠다. 순둥이라 사람들에게 치이며 사는 것도 안됐다.

- 야, 남자들, 사기꾼이 얼마나 많냐? 너네 신랑 그렇지 않고 착한 사람임을 감사하게 생각하자.

- 엄마 나는 어떤 때는, 용이 답답하고 성질이 난다니까?

- 애 키우고 내 일하고, 청소하고, 밥 셋 때 챙기려면 미친다니까?

- 자기가 도와준다고 하지만, 느리고 속 터진다고.

- 너, 아빠, 매사에 훌륭하지. 그러나 나 속 터지게 하는 일이 얼마나 많냐?

- 그런 거 보면, 용이나 너네 아빠나 똑같다고 생각하면 되는 거라고.

- 10년 동안 그 회사에서 온갖 일 다 하고 그놈에게 당하면서 모든 일 처리를 다 했는데, 마지막 또 그렇게 배신을 때리잖아?

- 아빠가 공직에 30년을 몸담고 있었잖아?

- 같은 직책으로 선배 후배들은 외국으로 유학 갔다 왔다. 그리고 다시 외국 근무지 좋은 곳에서 좋은 세월을 보내고들 왔다. 그들의 모임은 그 외국에서의 행복함을 말하더라. 그때 나는 얼마나 속이 터졌다고. 아빠는 직책으로 외국 나들이를 한 번도 못 했다니까?

- 나는 그래서 결심했다. 내가 만들어서 내 돈 들여 여행하겠다고. 그리고 지금까지 실천하며 산 것이야.
- 너도 네가 모든 것을 해야 되겠다. 그러면 되는 거야.
- 왜 있잖아? 남자들 저는 못 하면서 여자가 설쳐댄다면서 꼼짝 못 하게 하는 어리석은 자들도 있잖아. 그런데 너네 남편은 수용적이고 순응하는 사람이니까, 그것도 좋은 거야.

우리는 이런저런 이야기를 하며 열심히 걸었다.

- 엄마 용은 책을 좋아하는 거 같아.
- 다행이다. 책을 읽다 보면 지식이 지혜가 되는 거야.
- 회사 다닐 때보다 마음이 편안한 거 같아.
- 다행이다.
- 무엇인가, 자기가 좋은 것을 찾아야 할 텐데….
- 용이 어렸을 때, 그의 엄마는 새벽에 학교에 다니고, 대충 김칫국에 애기 밥 말아서 먹여서 이모네 집 데려다주고, 이모네에서 대충 키워주었더라고. 그래서 몸이 바짝 말랐고 영양이 부족하여, 키도 자라지 못하고 몸이 허약했더라고.
- 거기에 가족력으로 젊어서 고혈압이 있다고 하니까 어린애에게 무조건 고혈압약을 먹였으니 몸이 망가질 대로 망가진 거지.
- 지금은 약을 떼려고 노력하고 있고. 아침, 6시 반에 일어나서 아침 운동을 한 시간 해요. 그리고 저녁엔 내가 한 시간 운동하기로 했어요.
- 내가 너희들 테니스 레슨을 시키는 것은 건강 때문이지. 건강이 최고잖아.

- 알아요.

- 요즘 식이요법으로 다시마 줄기를 아침마다 데쳐서 주어요. 고혈압에 좋다 하고, 몸속의 배출이 좋다 해서요. 그리고, 육고기나, 우유, 달걀 등을 삼가요. 야채를 중심으로 먹고, 체중도 줄이려고요.

- 그래 잘하고 있네.

- 시간이 늦었다. 우리 집으로 가자.

- 네.

우리는 헤어졌다. 집으로 오면서 가슴이 짠하며 슬펐다. 중간에 딸이 하던 말이 생각났다.

- 엄마 내가 용한테 그랬어요. 우리가 정말로 먹고살기 힘들면, 나는 애들 데리고 엄마 집으로 갈 테니까, 자기는 자기 집으로 가서 살자 했어요.

- 그래, 그러지 뭐.

- 우리가 외국 가서 떨어져서 이산가족이 되는 것이 아니니까요.

- 그래, 그런 마음이면 못 살 게 뭐 있냐?

그래도 그날 밤잠은 나를 설치게 했고, 한숨이 나오고, 슬퍼졌다. 그리고, 이튿날 나는 다시 우리 큰딸에게 문자를 보냈다.

- J야, 모든 걸 접고 차라리 그놈한테 가서 Y가 이만저만 해서 병원을 다녀야 했고, 더 이상 회사를 다니면 죽을 것 같아서 퇴사할 수밖에 없었다고 하는

것이 어떻겠냐. 우리는 지금 애들하고 굶어 죽을 지경이라며 선처를 해달라고 해봐라.

- 대기업도 퇴사하면 고용보험금을 타게 도와주는데 과장님이 그럴 수 있느냐면서 읍소 작전으로 나가는 것이 어떻겠니?

- 난 돈을 위해서 땅을 기며 그렇게 살았는데 그게 통하더라.

- 가서, 그 죽일 놈을 하늘 높이 칭찬해주면서 그렇게 해보라고.

*

아침에 카톡이 왔다.
미국 LA 교민이 보내온 가슴 아픈 글.

과거 우리나라 대한민국에서 박정희 대통령 시절, 박정희 대통령이 필리핀을 방문했을 때, 필리핀 대통령이 우리나라 대한민국을 무시하여 영빈관 숙소조차 안 내어주어 가면서 나의 영원한 조국인 대한민국 박정희 대통령조차 만나 주지 않은 채, 격을 낮춰 필리핀 총리로 하여금 대신 만나게 했던 나라. 우리보다 훨씬 잘 살았던 나라. 6.25 동란 중에 우리에게 육군을 파병해 주고, 6.25 동란 후에는 우리에게 경제원조까지 해 주었던 우리가 선망했던 필리핀이라는 나라.

그런 나라가 반미 좌파정권이 완전히 장악한 이후 오늘날 과연 어떤 나라로 변신되어 가고 있는지, 내 조국 우리 대한민국 국민들께서는 부디 똑똑히 두 눈을 부릅뜨면서 이를 잘 살펴보기 바란다.

1980년대 중반 필리핀의 마르코스가 미국 망명에서 귀국하는 정적 아키노 상원의원을 마닐라 공항에서 암살한 결과, 이에 분노한 좌파 국민들의 엄청난 시위로 인해, 마침내 마르코스가 권좌에서 쫓겨났다.

그 사건을 피플 파워로 미화하여 한국의 DJ가 1987년 대선에서 이를 이용해 대통령에 당선되었다. 그때 필리핀 시위 군중이 들었던 노란 리본과 입었던 노란 셔츠의 색깔을 DJ가 평화민주당 기본 색깔로 썼고, 바로 노무현을 거쳐 오늘날 세월호 리본으로까지 계속적으로 연계된 계기이다. 마르코스가 축출되고, 아키노의 부인인 코라손 아키노가 대통령이 되면서…. 필리핀도 민주화를 내세워 건방을 떨기 시작했는데.

그 첫 번째가 "양키 고우 홈"이었다.

(얼마 전 우리나라 광주 시내에 "미군 놈들 물러가라~!"는 대형 플래카드가 걸려 있는 것을 영상매체를 통해 이곳 미국에서 시청해 보면서 과거 필리핀을 보는 것같아 그만 소름이 끼쳐 미쳐서 경악을 금할 수가 없었음)

한편 아이러니하게도 아키노 대통령 역시 대 사탕수수밭의 지주로서 필리핀의 대부호라는 사실이다. 한마디로 말해, 오늘날 한국의 "강남 좌파"-(강남에 살고 있는 부유한 좌파 판검사와 국회의원, 정치인들)-인 것이다. 필리핀의 반미정책에 식상한 미국이 1992년 거주 인원만 무려 수백만 명에 이르는 해군기지와 클라크 공군기지를 단번에 철수시키면서 필리핀에서 빠져나갔다. 미국이 전략상 절대로 빠져나가지 못할 것이라고, 그동안 큰소리를 치면서 속으로 '설마' 해왔던 좌파들은 정말로 미군이 빠져나가자, "닭 쫓던 개, 지붕 쳐다보는 꼴"이 되어 허탈감과 무력함에 빠져들었으며, 곧바로 이에 대한 효과가 초래되었는데, 미군이 철수하자마자, 필리핀의 바로 코앞에 있는 스카보로섬에 대해, 중공이 무력으로 강탈해 갔다. 필리핀이 국제사법재판소에 제소하여 승소했음에도 불구하고, 중공이 오히려 그 섬에다 아예 군사 활주로까지 만들어 현재 남중국해 군사 요충지로 사용 중이라는 엄연한 작태로서, 역시 '국제관계는 힘의 논리일 수밖에 없다'는 냉엄한 현실이다.

이를 직시하지 못하는 나라나 민족은 결국에는 쇠퇴와 멸망의 길로 퇴출되어 나갈 수밖에 없다는 현실 인식이 무엇보다도 매우 중요한 사실이라는 점이다. 게다가 미군 철수와 함께 필리핀에 들어와 있던 외자(外資)들이 썰물처럼 빠져나가면서 필리핀 경제는 하루아침에 완전히 무너져 내리는 등, 뭣 모르고 건방을 떤 대가를 톡톡히 치렀고, 지금도 7백만 명이나 되는 필리핀 여성이 외국에 나가 가정부(옛날 식모) 등으로 돈을 벌고, 몸까지 팔아 가면서 번 돈으로 겨우 나라를 지탱해 나가고 있는 실정인데, 더 웃기는 것은 아직도 정신을 못 차리고 외국에 가정부 등으로 나가는 여성들이 대부분 대졸 출신의 고학력 출신으로 좌파적 사고를 가지고 있다는 사실이다.

사드 가지고 장난치는 걸 보니 한미동맹 파괴와 주한미군 철수가 목표인 것은 확실한 것 같고, 솔직히 아쉬울 것도 없는 미국도 이제…. 대충 이제 맘을 정리하는 것 같다. 미군이 철수하면 경제적 추락은 차치하고, 당장 우리 조국의 안보가 작살날 것은 분명하다.

북한이 쳐내려올 것은 불문가지(不問可知)이나, 그건 그만 제쳐두더라도, 서해는 중공의 바다와 어장으로 변하고, 동해는 일본 바다가 되고, 독도에 일본 해군이 주둔하는 건, 그야말로 시간문제라 할 수 있다.

중공은 지금도 서해를 인구의 땅덩어리 기준으로 3/4 이 자기네 것이라고 우기고 있는데, 만약 주한 미군이 철수하면, 해병대가 지키고 있는 백령도를 무력으로 '점령하지 말라'는 보장도 없다.

주한미군이 없으면, 일본이 독도를 무력으로 빼앗으려 들어도 속수무책일 것이다. 일본과 한판 붙는다면 해상전이 될 텐데, 지금의 우리 해군 전력이면, 우리 해군은 일본에 반나절이면, 괴멸된다는 시뮬레이션 결과가 나와 있다. 이런 일이 소설 같고, 영화에나 나올 것 같다고 생각한다면, 당신은 교만(驕慢)한 매국노(賣國奴)로서 It should be coming soon. 이다. 나는 이곳 미국 로스앤젤레스에서 평안히 살면서도, 배가 기우는 줄도 모르고 희희낙락하는 선객들로 가득한, 나의 영원한 조국인 내 나라 우리 대한민국에 대해 안타깝고 안쓰러운 마음을 금할 수가 없다.

내가 지금 우리 조국에 가서 간증이라도 하고픈 절박한 심정이다.

-필리핀을 닮아가는 내 조국 대한민국

나는 이 글을 읽으면서 눈물이 났다. 정말 우리나라가 위기에 처해 있음을 다시 실감했다. 그리고, 역사 속의 구한말이 생각났다. 일본이 한국을 집어삼켰고, 36년 동안 한국인이 노예생활을 했으며, 일본으로 끌려가서, 거기서 나고 지금도 살아있는 파친코들의 개목걸이(일본 태생 한국인을 지문을 찍게 하여 외국인으로 취급하는 일)가 생각났다. 민주화와 자유를 표방하면서, 미군을 철수시키고, 자기네식 정치로 계속 정권을 유지하며 살겠다는 그들의 방식에 겁이 났다.

그것은 공산당의 권력 장악이다. 무슨 국민을 위해서인가? 그동안

평생 데모로 살고 데모로 세금을 나누어 먹는 데 힘을 쓴 사람들이
어찌 경제를 알겠는가? 촛불을 켜고 시위를 위한 시위로 세상을 살아
온 자들이 정치를 하면 결국 시위 부대 정치일 뿐인 것이다. 그리고
그 시위부대 중심으로 정권을 유지하고 그들의 권익에만 힘쓰는 것이
안타깝다. 기존에 있던 것을 모두 철폐하고 그곳에 그들 식의 부적절
한 사업을 설립해서 이익에 집착하는 꼴이 안타깝다. 그것은 나라가
망가지는 지름길임을 왜 모르는지….

　나는 그들 정치가 망하기를 원하는 것이 아니다. 국민이든 시위자
든 그들을 좋아해서 선택됐으면, 그들은 진정한 나라를 위해, 나라
살리는 정치를 해달라는 것이다.

　우리는 지금 바람 앞에 등불이 된 나라가 됐다. 북한과 서로 손 잡
는 거 용서한다. 그러나 북한에 돈을 퍼 줘서 핵을 만들게 하는 것을
나는 용서할 수 없다. DJ 때부터 퍼준 돈으로 핵을 만들기 시작했다.
노무현 때도 그랬다. 이제 다시 문재인 정권이 돈을 퍼줘서 북한이 핵
을 완성하게 한다는 것을 나는 참을 수 없다. 다시 우리나라가 위험
에 빠져들 수 있어서 나는 걱정스럽다. 문제는 대부분 국민이 어리석
어서 그것을 용납하고 있음에 나는 더 슬프다.

　어찌 북한의 핵이 남한의 핵일 수 있다는 것인가? 그들은 적화통일
에 혈안이 되어있을 뿐이다. 우리 정치가 북한을, 남한과 동일시하

는 것이 나를 더 미치게 하는 것이다. 북한은 평생을 세뇌교육으로 다져진 국민으로, 남한에 대해 적화통일을 통하여, 집어삼키는 데 근본적 목적을 가졌을 뿐이다. 나는 이제 죽음이 와도 걱정되지 않는다. 다만 우리 후손들이 온전히 국가를 유지하며, 살아갈 수 있을지 걱정스럽다.

*

내가 이 동네에서 산 지는 20년이 되었다.

올여름(2018년)은 정말 유난히 덥다. 섭씨 33, 35, 36, 37, 39도 이렇게 계속 오르고 내려도 35도 이하는 내려가지 않았다. 지독한 더위가 계속되고 비도 오지 않아 여름은 온 천지를 불볕더위와 찜통으로 사람을 튀겼다. 오늘 아침 기온은 참을만했다. 방이든 밖이든 가만히 있어도 온도계는 섭씨 32도였다. 체감온도는 섭씨 39도라 했다. 창밖의 햇살은 강렬했다. 나는 얼음 주머니를 발바닥에 대고 앉았다. 창 넘어 매미 소리는 발악을 했다.

- 야, 야~ , 야~ ~

- ~ ~뭐라? 스~ 스 야~

- 시~ 시~ 실리~

매미 소리를 들어보려 하지만 정확히 기록할 수 없었다. 내가 이 집에서 이십 년을 살았지만, 내 주변을 관심 있게 쳐다본 적이 없었다. 이번에 나는 내 주변을 관찰해보기로 했다. 우리 집은 삼십 년 넘은 낡은 아파트다. 창문을 열면 복도가 끼어 있다. 복도는 낡은 미닫이 창문이다. 복도 창문을 열면, 아파트 마당에 차들이 꽉 차 있다. 예전에는 르망, 구닥다리 소나타가 주류였는데, 십 년 후, 차종은 SM5, SM7이 주차장 주인이 되더니 이제는 외제차 주인이 많다. 주차장을 지나면, 우리 집 언덕 위로 우리보다 늦게 지은 2차 아파트가 우뚝 솟아 있다.

사람들은 우리 동네를 1차 아파트라 부르고, 윗동네는 2차 아파트라 불렀다. 산을 깎아 세운 아파트라 바위와 언덕을 서로 끼고 둘 사이의 담으로 했다. 내 창문에서 2차 아파트를 보면 언덕으로 된 소나무가 숲이며 담장이다. 2차 아파트는 윗동네가 되고 1차 아파트는 아랫동네로 산아래 동네. 1차 사람들은 2차를 지나 계단을 내려가야 대로를 접했다. 이어서 대로 위의 다리를 지나야 백화점과 중앙선 전철을 탈 수 있다. 그에 비해 2차 사람들은 슈퍼를 가거나 상가, 은행, 학교를 가려면 1차를 통과해야 했다.

어느 해인가 두 아파트가 담을 두고 싸웠다. 차 도로가 아닌 담 사이의 쪽문을 두고 1차와 2차가 싸웠다. 1차에서 지그재그 둔덕 길을 올라가면 2차 담벼락이 나왔다. 그 담벼락은 얕았다. 한 발을 올리면 넘어갔다. 그런데 가끔 꼬마 학생들이 둔덕 길(바위로 됨)에서 벗어나서 나무를 잡고 더 빠르고 직선이 된 숲속 길인, 통로 길을 만들어서 2차 담장을 넘어갔다. 그곳은 자연스럽지 못한 길인데, 애들은 그 길을 놀이 삼아 즐기면서 담장을 넘어갔다.

2차 관리소에서 그 길로 못 다니게 대못을 박듯 철망 처리를 했다. 사람들은 원래 쪽문을 그런대로 그 길을 많이 이용했다. 이용객은 갈수록 많아졌다. 은행원, 상가 점원, 빌딩의 회사원 등이 전철에서 가까우니까 그 길을 이용했다. 길은 외길로 나무를 잡고 기어오르고, 바위 바닥을 기고 꼬부라져서 비탈을 지나야 담장을 넘을 수 있었다. 그러나 비가 오면 사람들이 90도 직선 코스라 여지없이 미끄러졌다. 어느 날 남편과 사무실 직원이 1차 관리 소장에게 건의를 했다.

그곳에 철 계단을 세워주면 좋지 않겠냐고. 결국 기역자 철 계단이 세워졌다. 2차 담장을 넘어서 기역자로 내려와서, 반듯이 이어진 철계단을 내려 올 때 우리는 비행기에서 내릴 때 사용하는 트랙처럼, 그 기분으로 손을 흔들며, 기분 좋게 내려왔다. 계단은 좁아서 한 사람씩만 통과했고, 중간에 내려오는 이와 오르는 이가 생기면 기역자 모서리 철계단에서 서로를 양보하며 통과했다. 우리는 그렇게 몇 년을 잘 지냈다.

그런데 어느 날 그곳에 출입금지를 붙여놓았다. 우리는 멀리 돌아서 전철을 탔다. 그곳에 대형 나무 계단을 직선으로, 담장까지 쉽게 오를 수 있도록 설치했다. 구청에서 아마 주민을 위해 설치했다고 들었다. 전 계단보다 낭만이 없어 아쉽지만 직선으로 빨라져서 편했다. 며칠 후, 갑자기 2차 아파트에서 넘어가는 계단을 사람 키만큼 담장을 높여서 통로를 차단했다. 여느 사람들은 그곳을 넘어갈 수 없었다. 넘어가려면, 2차 담장을 따라 뒷산 능선까지 가파르게 올라갔다가 다시 2차 담장 계단을 올라간 높이만큼 한참을 내려와야 했다.

1차 주민들은 화가 났다. 물론 나도 화가 났다. 2차 주민들이 미웠다. 무슨 심통이 그런 것인가를 푸념했다. 결국 대로로 계단을 만든 것이 화근이 되었다. 계단은 위험 표지를 달고 쓰지 못했다. 학생이나 젊은이들은 높은 담장을 그냥 넘어갔고 어떤 애기가 넘어가다가 다쳐서 폐쇄 표지를 달았다. 그 후 사람들은 통행금지 표지로 그곳을 통행할 수 없었다. 몇 개월 동안 주민과 학생, 회사원들은 멀리 돌아다녔다. 2차 주민들도 불편하기는 마찬가지였다. 처음 분양받아 사는 주민은 나에게 말했다.

- 삼십 년 전에 1차와 2차를 서로 잇는 대형 길이 있었어요. 그 길은 309동 앞 쓰레기통이 있는 곳이에요.
- 그곳은 큰 차도였어요. 그런데 2차 주민들이 가까운 1차 주차장에 차를 세웠어요. 그것이 화근이 됐어요. 그래서 1차 주민들이 그 길을 차단했어요.
- 그래서 2차 주민이 지금 태클을 걸고 있는 거예요.
- 그렇구나, 그런 사연이 있었구나.

몇 개월 후 1차 관리소와 2차 관리소가 합의를 보고 높게 쌓은 담장을 낮추었다. 그리고 낮추되 한 사람 간신히 넘어갈 수 있게 벽돌 몇 개만을 낮췄다. 나는 속으로 웃었다. 쪼잔하게도 길을 텄구나라고. 그래도 나는 그게 고마웠다. 족히 30분은 거리를 줄일 수 있고, 시간을 줄일 수 있는 것이다. 언젠가 우리 아파트나 위 아파트 모두가 허물러서 새 아파트로 생겨날 것이다. 그러나 나는 이 헌 아파트가 좋다. 이곳은 산 중턱을 깎아 만든 터라서 뜨거운 열기가 덜했다. 산 꼭대기에서 내려오는 신선한 공기가 시원해서 좋았다.

*

신문을 봤다.

나는 정치에 관심이 없다. 그러나 신문을 보면 다른 나라와 비교가 되었다. 내가 여행을 다녔던 기억으로 과거를 되돌아보게 되며, 우리 나라가 좌파 쪽으로 기울면서 남미의 나라가 될까 봐 걱정스러웠다. 제발 정치인이 중도의 정치를 해주기를 기원한다.

문재인 정부는 경제 성장모델을 '소득주도'로 바꾸겠다며 전면전을 치르고 있다. 지지율은 50%까지 내려갔다. 계속 이론을 꿰맞추겠다고 고집부린다. 정책 실장은 "소득주도 성장의 속도를 더 내야 한다"고 했다. 문 정권이 제 고집을 다스리지 못해 스스로 상처를 입겠다면 말릴 수 없는 일이다. (중략) 실험이 잘못돼 나라가 근육통이나 찰과상을 입는 정도는 어쩔 수 없다 쳐도 골격까지 상하게 해선 곤란하다. 그게 5년 왔다 가는 정권이 지켜야 할 금도다.

－「김창균 칼럼-자극으로 '소득주 구하기'」, 조선일보, 2018. 08. 29.

70여 년 동맹으로 이어온 한국과 미국의 관계는 근자에 매우 심각한 균열을 보이기 시작했다. 한국의 좌파 정부와 미국의 우파 정권 간의 필연적 충돌이며 신(新) 냉전의 산물이기도 하다. (중략) 결국 아시아는 미국 대(對) 중국, 러시아가 겨루는 신(新) 냉전시대에 돌입하게 되고, 한반도는 그 냉전 구도에 핵심적 자리에 처한 운명이다. 국제정치는 편 가르기 게임이고 중간은 없다. 문 대통령은 과연 어느 깃발 아래 설 것인가?

－「김대중 칼럼-미국편에 설 것인가 북한편에 설 것인가」,

조선일보, 2018. 08. 29.

위의 칼럼을 읽으면 정치인들은 좌파정책을 써서 북한과 똑같은 정치 경제 구조로 남한을 만들겠다는 심산이다. 결국 남한을 북한 식의 구조체계를 형성하고 자기들의 정치권력을 오래 유지하는 데 목적이 있다. 북한의 명령에 복종하고 남한의 존재를 죽이고 북한 식으로 살아가게 하겠다는 것이 참을 수 없다는 것이다.

*

2018년 8월 말.

나의 생활은 맑고 명쾌하지 못했다.

나는 강화도에서 서울로 돌아오면서 강화 슈퍼에 들렀다. 추석 명절을 위해서 강화도 섬 쌀과 찹쌀을 샀다. 남편은 말했다.

- ung네(큰딸) 것도 사주는 게 좋겠다.
- 어려울 때 도와야지.

나는 Ung네 걸 샀다. 사위는 회사가 망가져서 사퇴했다. 물가는 비쌌다. 배추가 한 포기에 13,500원이었다.

- 엉? 너무 비싸다.
- 양배추 한 통에 만 원, 부추 한 단에 9천 원, 오이 5개에 만 원.
- 갑시다.
- 점심으로 만두와 찐빵을 살까요?
- 그러지 뭐.

슈퍼 옆에 붙은 가건물에서 안흥 찐빵과 만두를 팔았다. 나는 1인 분씩 주문했다. 찌는 동안 나는 주인과 이야기를 했다.

- 사장님 몸 관리를 잘했네요.
- 그 나이에 그렇게 몸이 슬림하고 날씬한 것은 대단한 겁니다.
- 그래요? 칭찬하니 즐겁네요.
- 저는 입에 빨대를 물고 코와 십자로 맞춥니다. 배에 힘을 주고 턱을 반듯이 하고 양발을 11자형으로 굽혀지지 않게 반듯이 걷습니다.
- 그거예요. 그래서 몸의 균형이 잡혀서 아주 아름답습니다. 그 나이에 그럴 수가 없거든요.
- 그런데 어떻게 이 장사를 하게 되었어요?
- 우리 남편이 나에게 맞는 것을 해준 거예요. 내가 직접 만들지는 않으니까 이 것을 할 수 있어요. 아주 재미있어요.
- 그럼 됐지요. 재미있다는 것이 중요해요.
- 손님이 오면 긴장되고요.
- 그것도 좋아요. 집에서 마냥 퍼져서 사는 것이 아니라, 적당히 긴장함이 좋다 잖아요.
- 많이 파세요.

나는 찐 만두와 찐빵을 사서 차로 왔다. 다시 우리는 젓갈 시장으로 갔다. 친구들 선물용으로 새우젓을 샀다. 거기에 내 젓갈, 딸 젓 갈, 조기 말린 것 등을 사서 차로 왔다. 도로변에 할머니들이 파는 좌판에 들렀다. 고추, 수박, 호박, 오이 등을 사서 차에 실었다. 마음이 뿌듯했다. 차를 타고 바다향을 맡으며 우리는 달렸다. 섬으로 들어오는 차가 많았다. 우리는 서울을 향해 달리면서 기내식으로 만두와 찐빵을 먹었다.

집으로 돌아왔다. 1박을 하고 온 짐은 가득했다. 어제 산행을 해서 먹었던 빈 도시락들, 쌀, 야채, 젓갈, 산행에서 입었던 옷 등, 씻을 것, 빨 것, 버릴 것 등이 많았다. 남편은 차에서 짐을 몇 번 더 집으로 옮겼다. 작은딸은 쇼파에 앉아서 TV에 열중했다. 그는 버릇이 없었다. 내가 들어가도 아무 말이 없었다. 나이가 내일모레면 40세인데 어떻게 무슨 교육이 필요하겠는가? 나는 내가 할 수 없이 먼저 말을 걸었다.

엊그제도 이미 S와 한바탕 싸웠다. 우리는 서로 냉담이었다. 내 후배가 사기꾼이라 했고, 나는 그 후배가 하는 비트코인을 그가 알지 못해서 사건이 벌어진 것이라며 싸웠다. 그 사건으로 우리는 이십년 지기 선후배 사이를 쪽박 냈다. 나는 딸에게 말했다.

- 그렇게 똑똑한 애가 왜? 시집을 못 가냐?
- 엄마한테고, 어느 누구에게 지지 않는 네가 왜 제 일을 못 하냐?
- 엄마 일은 내가 잘할 테니 참견하지 말아.

우리는 악을 쓰며 싸웠다.

- 야, 너 밥 먹었냐?

- 아니.

- 우리는 차에서 찐빵하고 만두 먹었다.

- 너 족발 먹을래?

- 어제 아빠는 등에 뾰루지가 나서 곪았다. 그래서 고약 바르고, 족발 안 먹었
  거든.

- 안 먹어요.

나는 짐을 정리했다. 설거지하고, 빨래하고, 이것저것 제자리에 놓
고 버리기를 반복했다. 남편은 비 오기 전에 우리 집 근처에 사는 큰
애네 집에 가자고 했다. Ung이 좋아하는 자두 박스를 들것에 실었다.
거기에 쌀과 젓갈을 얹었다. 비가 와서 우산을 받치고 우리는 터벅터
벅 비를 맞으며 딸네 집으로 걸어갔다. 집이 비었을까 봐 딸에게 전화
했다. 전화는 불통이었다. 우리는 그냥 그네 집으로 갔다. 현관문이
열려 있었다.

아이들과 사위가 나왔다. 가져간 물건을 받아서 집안으로 들고 갔
다. 큰딸은 없었다. 일요일이라 아마 테니스 치러 갔을 것이었다. 제
입장은 방학 내내 애들과 남편 등을 아침, 점심, 저녁, 매 끼니를 밥
해주느라 힘들다고 했겠지만, 내 입장은 딸이 못마땅했다. 저에 비하
면 내일모레 칠십인 나는 지금도 친정어머니, 나이가 꽉 찬 막내딸,
남편 등에게 수시로 밥해주며 살고 있는데…. 그러면서 위로는 부모

들, 아래로는 자식이라고 고것들한테 이런저런 이유로 우리에게 손을 벌려, 힘겹게 살아가는데….

나는 남편에게 말했다.

- 무조건 잘해주는 것이 능사가 아니야.
- 우리가 자식을 도우려고 쌀을 사고 짐을 꾸려서 이렇게 비를 맞으며 갔다주려면 너무 힘들어요. 우리들이 부모님들에게 뭔가를 도와주려면 얼마나 힘들어요.
- 그렇다고 자식들은 그런 힘든 것을 알지도 못한다고요.
- 지금 서로 돕고 뭔가를 더 열심히 해도 모자랄 텐데….
- 지가 일요일이라고 테니스를 치러 가면 안 되지.
- 저가 자기 남편을 더 공부하게 하여, 자격증을 빨리 따게 해야 하는데….
- 그려요, 우리가 그들을 도우려고 하면서, 그들을 탓하지 말고. 그들이 스스로 어려움을 깨어나도록 기다리자고요.
- 우리가 아니어도 모두 다 잘 될 거고요. 힘들어하면서 그들의 허물을 탓하지 않도록 자연스럽게 삽시다.

그 후 몇 번 큰딸에게 전화가 왔다. 그러잖아도 쌀이 없었다 했다. 나는 이것저것 말할 수 없었다. 나는 내 미국 친구를 닮아가려 애썼다. 그 친구는 똑똑한 친정어머니한테 평생을 지시받았고 평생을 당신의 뜻을 요구하다가 돌아가셨다고. 그래서 자기 딸에게 평생을 말하지 않고 살고 있다고. 나도 딸이 사십이 넘어가면서, 모든 것을 그들에게 맡기기로 결심했다.

*

큰딸과 사위는 지금 성장하는 중이다.

사위가 회사에서 사표를 쓰고 난 후에 둘은 새로운 삶을 다시 시도하는 중이었다. 사위는 회사에서 열심히 일했다. 그는 성실하고 최선을 다하는 사람이었다. 어렸을 때 병원에서 혈압이 높다고 병원 처방을 받았는데 그네 부모는 무조건 듣고 처방한 사실이 사위 몸을 망가지게 했다. 오랫동안 복용한 고혈압 약은 멀쩡한 몸을 엉망으로 만들어 놓은 것이다. 어릴 때 그런 현상이 잠시 있을 수도 있는 거고, 식품으로 혈압을 유지하도록 해야 했는데….

회사에 다니면서 바로 위 상관은 사위를 괴롭혔다. 그 상관은 장가도 못 갔으니 충실한 사위를 십 년 동안 괴롭혔다. 모든 궂은 일은 사위가 했다. 휴일 근무도 사위가 했다. 그는 사위를 급사처럼 부렸고, 자기 하수인으로 사용했다. 그렇게 10년을 버텼다. 승진 자리는 자기가 차지했고 사위에게는 허드렛일만을 안겼다. 사위는 진실했고, 성실하지만 비위를 못 맞췄다. 내 딸은 그런 남편이 못마땅하고 답답했다. 딸은, 남편이, 자기 밥을 못 찾아 먹는다고 괴로워했다.

나는 딸을 위로했다. 사람은 모두를 갖출 수 없는 것이라고. 진실, 성실, 충실한 사람은 그런 일을 못 한다고. 아빠도 그렇다고. 그쪽 편에 있는 사람들은 윗사람들 비위를 맞춰서 자기 수익이 되는 일을 못한다고. 그래서 아빠 동료는 모두 공직에 있으면서 유학을 했고, 외국 다양한 곳에서 근무했지만 아빠는 한 번도 그렇게 못 살았다. 그러나 나중에 힘들게 살았던 사람들이 더 편하게 잘사는 것 같다. 딸은 그런 거 같다고 시인했다. 나는 딸에게 인생의 길은 어쩌면 동등할지 모른다고 말했다. 쉬운 길과 어려운 길이 오랜 시간을 지나 보면, 별 차이 없이 보였다. 결국, 그 인생이나 이 인생이나 서로의 합은 제로 게임으로 나타날 것으로…

*

아침마다 신문은 세상을 불편하게 했다.

통계청장 전격 교체로 문재인 정부가 신뢰의 위기를 맞고 있다. 사실을 사실대로 말하는 것이 죄가 되는 사회에선 허위가 판치게 된다. 통계청장 경질 사태는 단순한 인사파동이 아니다. 시장을 적대시하는 문재인 정부의 이념편향을 고스란히 보여주기 때문이다. (중략) 시장은 결코 민주주의의 적이 아니다. 소득 주도 성장은 틀렸다. 허황된 독단

론이 민생고를 가중시키는 지금의 상황은 명백한 정책 실패다. 서민경제를 초토화하는 현실을 정의의 이름으로 변명할 순 없다. 민초들이 내지르는 고통의 절규에 귀를 열어야 한다. 그게 바로 지도자의 진정한 용기다.

-「윤평중 칼럼-市場은 민주주의의 敵이 아니다」,

조선일보, 2018. 09. 10.

날마다 보는 신문을 보면 속이 시끄럽다. 나는 세상이 있는 듯 없는 듯 조용히 움직이는 세상이기를 바랐다. 세상의 지도자들은 자기를 내세우기 위해서 신문에 도배를 하는 것처럼 보였다. 자기 목소리가 더 크다고 악을 쓰며 발악을 하는 것이 훌륭하다고. 국민이 조용히 자기 일에 힘쓰며 최선을 하면 되는 것을, 정치지들은 왜? 무엇을 어찌해보겠다고 뭔가를 만들어내는지를 모르겠다. 그 어찌해보겠다고 하면 그것은 그만 탈이 생겼다. 나는 모든 것이 조용히 움직이되 움직임이 없이, 움직여주기를 바랐다. 예전에 어렸을 때 들었다. 스위스는 아침 일찍, 자전거 타고 가는 이가 대통령이라고.

우리나라도 그런 정치인이 있었으면 좋겠다. 누가 대통령이고 국회의원인지 몰라도 날마다, 아침에, 나라를 위해, 국민을 위해, 스스로 애써서, 우리 모두가 평안히 잘살고 있는 것이라고….

나는 요즘 너무 현실적이라 싫다. 좀 따뜻하고 푸근하며 아름다운 사람이었으면 싶다. 이런 날 시가 깃든 풍경을 읽어본다.

> 사람이 온다는 건
>
> 실은 어마어마한 일이다.
>
> 그는
>
> 그의 과거와
>
> 현재와
>
> 그리고
>
> 그의 미래가 함께 오기 때문이다.
>
> 한 사람의 일생이 오기 때문이다.
>
> 부서지기 쉬운
>
> 그래서 부서지기도 했을
>
> 마음이 오는 것이다 - 그 갈피를
>
> 아마 바람은 더듬어 볼 수 있을
>
> 마음.
>
> 내 마음이 그런 바람을 흉내 낸다면
>
> 필경 환대가 될 것이다.

-「방문객」, 정현종

우리는 사람이 방문하면 불편해진다. 그들에게 보여줄, 아니면 그들을 쳐다봐줄 것을 미리 걱정하며 괴로워한다. 그러나 위 시인의 시를 읽으며 방문하는 사람이 얼마나 위대한 일인가를 생각하게 했다. 우리 집은 항상 사람으로, 꽉 차는 일이 많아서 그럴 것이다. 사람이 많아지면, 그들을 먹이고 재우는 일로 나는 몇십 년 동안 지쳤기 때문에, 어쩌면 부정적인 생각이 내 안에 있을 것이다. 어쨌든, 주변 사람들은 항상 나에게 당신 집은 별난 집이라 했다.

오는 사람들이 많아서, 나는 옛날 이부자리를 하나도 버릴 수 없었다. 명절이나 생일이나 어떤 특별한 날에 사람들은 우리 집에서 먹고, 잠자는 것이 일상화되는 날이 많았다. 그러나 사람들이 우리 집에 온다는 것이, 그들의 일생이 온다는 것이라니! 정말 방문객들에게, 그렇게 어마어마한, 한 사람의 일생이 온다는 일이라니! 정말 그렇구나. 나는 언젠가 들었다. 한 사람이 죽으면 그 사람이 가졌던, 지식, 지혜가 도서관 하나, 사라지는 일이라고. 그와 마찬가지로 이제 우리 집을 방문하는 사람들에게 나는 극진히 환대하리라.

*

오늘 아침은 이상한 아침이 됐다.

나는 아침에 모여진 음식 쓰레기, 잡다한 쓰레기들을 모아 쓰레기 봉투에 넣고 외부에 있는 쓰레기통에 모두 버렸다. 버리러 가면서, 나는 투덜대며, 잠자는 작은딸에게 들으라는 듯이 소리쳤다.

- 나이가 내일모레면 40인데, 시집 못 간 것이 갑자기 시집을 갈 수 있는 것이 되는 것이 아니지!

- 후배들을 보니까 어차피 100만 원짜리 인생인 거야.

- 할 수 없지. 저도 50만 원짜리 인생에서 100만 원짜리 인생으로 바꿔야 하는 거라고.

- 아니, 석사, 박사 2개, 이것저것 열심히 공부하고 강사 했어도 60세 넘으니까 100만 원짜리 인생이니까?

- 저가, 그렇지 않으면, 당장 월, 수, 금 수학 선생을 화, 목, 토까지 해서 100만 원짜리 인생으로 바꿔서 독립을 해야지.

- 자식과 부모가 함께 살다가, 나중에 부모의 힘이 없어지면, 자식에게 굽히고 살며, 자식 눈치 보고 산다던데. 나만은 그러고 싶지 않은데….

- 힘 있을 때, 자식이 독립해야 하는 거라 하니까 독립을 시켜야 할 텐데….

- 저, 잘 났다고, 그렇게 소리치며, 나에게 반항하더니만….

- 잘난 것도 하나 없으면서. 뭐? 글 쓰겠다고, 컴퓨터가 없다면서 안달을 하더니….

- 그래서 컴퓨터 사주었더니. 그놈의 컴퓨터가 어느 날 쓰지도 않고 사라졌잖아? 새로운 아이패드로 바꾼다고. 그러더니 소식도 없잖아?

- 내가 너 진작부터 알아봤다고. 고등학교 다닐 때 아빠를 꼬드겨서 자기가 서울대를 갈 거니까 아빠가 자기 등을 밀어 달라 하더니만. 아빠는 그 딸이 서울대 갈 거라고 시도 때도 없이 딸애 등을 밀어주더구먼.

- 무슨 놈의 서울대? 서울에 있는 별 볼 일 없는 대학교에 들어갔으면서.

- 이제는 수시로 저가 남자를 골라 와서 시집을 갈 것처럼 말하더니? 나이 사

십에? 우리 죽거들랑 시집을 갈 수나 있을랑가?

- 내가 글을 쓰기만 하면 자기도 쓸 거라고. 그렇게 수십 번 나를 골리더니 나는 이제 네가 하는 말을 믿으면 안 되는 건데, 이상하게 내가 넘어간단 말이야.

너를 보니 너네 삼촌들이 생각난다. 너네 삼촌들이 모두 고시 병에 걸렸지. 셋째가 그랬고, 넷째도 그랬고, 막내도 그랬지. 그들은 고시 공부를 하면 건넌방, 쪽방에 커튼을 치고 공부했지. 처음에 그들은 열심히 공부를 시작했지. 한 달도 안 돼서, 공부를 하다가 소화가 안 되면 어머니에게 요구했지.

- 어머니 소화제 갔다 주세요.
- 그래, 여기 소화제.
- 어머니 더워요.
- 이거 안방 에어컨 가져가라.
- 어머니, 힘이 없어요.
- 그래 보신탕을 좀 먹어야. 판, 검사가 얼마나 어렵냐?
- 그래, 넌 ○○ 검사 해야지, 넌 ○○ 판사가 될 거고.

그들은 그렇게 돌아가면서 10년의 세월을 보냈고, 아무도 그렇게 된 사람들은 없었지. 그런데 너도 일찍이 그렇게 잠시 엄마를 현혹시켰고, 나도 네가 무엇인가 이루어질 거라는 허상에 들떴었지. 세상의 어미들은 아마 그렇게 속으면서 살고 속으면서 희망을 말하는 어미들일 것이야. 너네들이 열심히 공부해서 사회의 훌륭한 일꾼으로 뭔가 보여주는 인물이 될 거라고 나는 평생을 꿈꾸고 살았던 거지. 그러나 너네는 내 기대에 못 미치고 나를 실망시키는 때가 대부분이었던 거지.

그런 것을 알고, 나 스스로 나를 살리는 길을 선택했을지도 몰라. 시대가 그런지 너네 DNA가 그렇게 태어난 것인지. 너네들은 학생이니까 열심히 공부하는 학생이기를 바란 거지. 성적이 우수한 것보다 열심히 노력하는 자가 되기를 바란 것이고. 자식들은 노력하지 않고 높은 곳으로 적당히 놀면서 올라가는 길을 좋아했지. 그런 길은 있을 수도 없고 열리지도 않는다는 거지. 헛된 욕심에 헛꿈을 꾸는 자식들이기에, 내가 괴로웠지. 그들이 대학을 가고 졸업하면서 나의 기대는 허물어졌지.

내가 바라는 길과 자식이 가는 길은 서로 다르더라고. 애들이 고등학교에 입학하고, 내 마음을 바꾸었지. 애들이 공부에 뜻이 없어서, 건강하고 올바른 사람을 만드는 쪽에 가치를 두었어. 나는 공부를 열심히 잘한다는 것은 성실하고 자신에 대해 최선을 다하고 있는 사람으로 생각했기 때문이야. 그런데 학생의 본분이 공부인데 그것에 관심이 없으면, 자칫 흐트러져서 오히려 불량배가 될 확률이 있었기 때문에 우선 올바른 길을 걷게 하는 데 목적이 있었어.

그리고, 어렸을 때 이미 내 동생이 죽었고, 건강이 중요하다고 생각했던 거야. 그래서 알레르기로 고생하는 작은딸에게 테니스를 시켰지. 그 운동은 우선, 햇빛, 흙, 신선한 공기를 마시고, 체력이 생기면 자기 몸의 호르몬 체계에, 면역성이 생겨날 것으로 생각했고. 연년생인 큰딸은 왜 자기는 운동을 안 시켜주느냐고 항의를 해서 결국 함께 시켰어. 큰 애도 어렸을 때 이미 기관지로 죽음을 겪었기 때문이기도 하고. 그때 나는 애들을 가혹하게 한 점이 많았어. 레슨비는 남편 봉급의 반 이상이 되는데, 큰딸 애는 시간 개념이 없어 제 맘대로 시간을 맞춰 레슨을 받지 못했거든.

그럴 때, 나는 돈이 아까웠지. 20분 레슨에 10분도 못하는 꼴을 보면 나는 화가 났어. 그때 나는 딸애 종아리를 때려주었어. 꼭 시간을 지키라고. 큰딸 애는 공부에 관심이 없어서 열심히 피아노를 시켰어. 피아노 레슨을 해서 밥을 먹고 살지 않을까라는 마음으로. 피아노는 기술이니까, 공부가 부족하면 지방 이름 없는 피아노과에 보낼 욕심이었지. 고2 때 어느 날 피아노 학원 선생이 나에게 전화했어.

- 어머니, 딸애 레슨비를 이제 못 받겠습니다.
- 아니, 왜요?
- 딸이 피아노 치러 오지 않습니다.
- 그래요?
- 너 왜? 피아노 레슨 안 받니?
- 피아노 치려면 벌써 유학 갔어야 해서요.

- 그럼 너 어떤 공부 하려고?

- 나 이과 가서 의사 될 거예요.

- 너, 공부도 안 하잖아?

- 그래도 이과 갈 거예요.

이 집 식구들은 한결같이 꿈도 야무지고, 욕심도 많네. 열심히 공부는 안 하면서 자기 꿈들만 키우는 것이 나는 못마땅했지. 큰딸은 고2 때 이과로 옮겼어. 공부는 열심히 하지 않았지. 나는 속만 태웠고. 문제집을 사달라는 것은 많았는데. 그 문제집은 하나도 풀지 않고 버려졌지. 어느 날, 만화 가게에서 전화가 왔어.

- ○○네 집이죠?

- 그런데요. 빌려 간 만화책을 갔다 주지 않아서요.

내 머리에 쥐가 나대. 어찌할꼬. 어찌할꼬. 그 애의 이불과 책상을 뒤졌지. 만화책을 찾았지. 그가 학교에서 왔고. 나는 큰 애에게 종아리를 걷으라 하고 그동안 내가 가진 속 터짐을 회초리에 얹어 종아리를 때렸어. 네가 빌려 봤으면 제때 갔다 줘야 했다고. 그러나 그런 일은 그때뿐이었어. 그와 나는 그가 시집갈 때까지 불편한 관계로, 엄마는 '그래서는 안 된다', 그 애는 '그래도 나는 어쩔 수 없이 하고 만다'는 식이었지. 세월은 흘러갔고 그는 어엿한 어미가 되었어.

그 후 큰딸은 제 자식을 두고 어느 날 나에게 울면서 대들었지.

- 왜? 나는 어렸을 때 엄마에게 혼나기만 하고 살았어?
- 제 자식들을 혼내고 때릴 일이 없는 거 같은데….

거기에는 제 자식과 남편이 있었어. 나는 화가 났지. 그러나 할 말은 해야 했어.

- 그래, 너네 애들은 내가 봐도 혼날 일이 없구나. 그런데 너네 애들이 아마 너 때문에 속을 태울 일이 많을 거다. 너네 애들은 철저하고, 꼼꼼하거든.
- 그리고, 네가 나한테 평생 혼나고 살아서 네가 지금 반듯하게 살고 있고, 나랑 상관없이 너네들이 잘살고 있어서 나는 다행이라 생각한다.
- 네 멋대로 네가 살았는데, 내가 널 혼내키지 않아서 지금도 너네 식구들이 힘들게 살았다면 내가 얼마나 힘들겠는가? 네가 울든 말든 너네가 편안하게 살고 있으면 나는 그것으로 만족한다.

큰딸은 그렇게 울면서 대드는 일이 많았어. 그럴 때 나는 말했지.

- 그래, 너 지금 이제 어른이 되어가는 중이구나. 너 지금 잘 살아가고 있는 거야.
- 그 나이에 엄마한테 하고 싶은 말을 못 하고 사는 것도 좋은 일이 아니니까
- 우리는 서로 자기의 감정을 솔직히 말해서 소통을 잘하는 관계가 되야 좋은 관계가 되는 것이지.

- 네가 옳은 것은 옳다 하고, 내가 잘못인 것은 잘못이라고 시인하며 사는 것이 중요한 거 아닐까?

그래서, 결국, 나는 애들에게 공부를 포기하고, 너네가 하기 싫으면, 내가 공부를 열심히 하겠다 생각했어. 그 후 나는 늦게 다시 공부를 했던 거고. 결국 난 석사 학위와 박사 학위를 받았던 거지. 다시 이십 년 세월이 지나갔어. 작은딸이 시집도 안 가면서 글을 쓴다고 하면서 쓰지 않더라고, 그럼 내가 써야겠다는 것이고. 이 책을 쓰게 되었어. 이런 것도 어떤 인연일까 생각했지.

옳든 옳지 않든 세월은 흘러가는 거야. 아이들은 이제 테니스를 즐기지. 큰 아이가 테니스에 너무 집착해서, 자기의 가정에 대한 책임을 완벽하게 하지 못해 나는 불만이 컸어. 테니스 여성 동호인들은 대개 오, 육십 대 어머니 부대야. 그들은 선수같이 잘 치는 딸 애를 자기들 편에 끼웠어. 재미에 빠진 큰딸은 가정 살림이 뒷전일 수밖에 없었어. 어머니 부대의 아이들은 모두 컸거든. 삼십 대 딸은 한창 아이를 잘 키워야 했는데. 그것 때문에 난 가슴앓이를 많이 했지.

그러나 한편으로, 삶의 위기가 오면 큰딸은 테니스로 극복해 나가더라고. 남편이 실직해서 집에서 놀아도

- 괜찮아요. 힘들면 나라도 일을 해야죠.

- 더 힘들면, 난 애들 데리고 엄마네 집에서 살고, Y는 자기네 집에 가서 살면 되죠.

- 어쩌겠어요. 회사가 그렇고, Y 몸이 안 좋은데요.

- 그래. 그렇게 살면 된다. 그렇게 씩씩하면 되는 거야.

거기에 시집 못 간 작은딸도 그랬어. 수시로 나는 둘째에게 험한 소리를 하며, 천덕꾸러기로 그를 혼냈지. 그는 그러거나 말거나 하며, 자기 테니스에 열중했다. 그 운동으로 스트레스를 풀었다. 그리고 테니스로 건강을 유지했다. 그들은 테니스가 생활의 일부가 되었다. 그들은 그 속에서 자신의 희, 노, 애, 락을 찾으며, 운동과 함께하며 살아갔다. 큰 애는 어쩌다 이야기를 했더니 어머니 부대에서 삶의 공부를 했다.

- 엄마, 나는 X 선배가 그렇게, 애들 모두를 유학 보내서 공부시키는 것이 옳지 않은 거 같아요.

- 나도 그렇다. 유학시켜봐야 재미 동포, 재일 동포인 거야.

- 평생 자식과 떨어져서 외로운 삶일 뿐이야.

- 너 봤지? 아빠 친구 H씨네 아직도 미국 유학 중이고, 박사 받는 중이잖아. 그런데 아빠 친구는 퇴직했고. 이제 집을 팔아야 된다는구나. 아빠 나이가 70이 돼가는데, 그거는 옳지 않지. 근데, 그 부인은 그 아들 훌륭하게 키워야 된다고. 학위 따면 한국에서 교수? 못하지. 박사가 넘쳐나거든.

- 거기에 엄마 P 친구 아들, 미국에서 자리 잡았잖아. 벌써 십 년 됐다. 애기 날

때 미국에 P 친구 갔지. 그 후 이제까지 한 번도 못 만났잖아. 애기가 10살이 된 거잖아. 그게 뭐하는 짓이냐고.

- 너네 애들 공부 못하면 전문학교 보내면 되는 거야. 그 애 수준에 맞추면 되는 거라고.

- 제가 하고 싶은 거 시키면 그게 제일 자연스럽고 좋은 거라고.

- 아빠네 친구들 서울대 나왔다고 돈 잘 버냐? 그렇지 않아. 요즘은 학벌의 시대가 아니라고. 뭐에 소질이 있으며, 좋아하는 거를 찾는 것이 중요하다고.

- 어머니 부대의 E 언니도 애들 모두 유학 보냈대.

- 그 언니 나이는 50대 중반.

- 야, 그 언니 남편이 대기업 다니지?

- 응.

- 조금 있으면, 잘릴 건데. 그거는 아니지. 애들도 공부하고 부모 케어하려면 오히려 힘들지. 그리고 요즘 애들이 부모 케어하겠냐?

- 아빠 친구 Y가 애들 전부 유학하고 돌아왔는데, 너무너무 힘들어서 아줌마가 암웨이라는 다단계 판매하더라. 거기에 자식들은 백수란다. 우리 정신 바짝 차리고 살아야 해.

- 야, 근데, 너 어머니 부대(테니스 멤버)에서 많은 걸 배웠구나. 그래 네 중심을 잃지 않고 정신 똑바로 살면 되는 거야.

그 후 큰딸이 다시 전화했다.

- 엄마, 있잖아, 오늘 놀랄 일이 있어.

- 왜?

- 나, 오늘 엄청 바빴거든. 여행사 일로 본사 일에, 세미나 등으로. 그런데, 아빠 친구 아들 S가 전화가 온 거야. 오늘 만나 달라고.

- 너무 바빠서 거절하고 싶었는데, 예전에 그네 핸드폰 가게 직원들 여행도 보내고 해서 만났지.

- 그랬더니, 그 애 아무래도 다단계 하는 거 같아. 그 애 만나서 딱 거절하고 나오고 싶었는데, 참고 있었다고요. 그런데 저번에는 벤츠 탔는데, 이번에는 렉서스 타고 왔더라고요. 내가 강남에 사니까, 엄청히 부자로 생각하나 봐. 시집갈 때 중고로 사준 SM3를 나는 십 년 넘게 타고 다니는데 말이야. 그 애 미친 거 아냐? 엄마?

- 글쎄. 아빠가 교장 선생 했고, 거기에 20억 빚내서 볼링장 차릴 때부터 뭔가 부자연스럽더니 사달이 난 건가?

- 그 애 말 잘 들어줬고요. 너네 사람들 여행 갈 때 봐달라했어요. 그리고 나는 남편에게 물어봐야 한다고 했어요. 그런데 그 애 완전히 바람이 들었어요. 돈 한탕으로 하면, 대박이 나는 것처럼 말해요. 자기가 하는 일을 하면, 한국에서 상위 1~2%에 드는 상위 사람이 된다면서, 그렇게 하고 싶지 않느냐고 물어요.

- 그놈 미친놈이다. 땀 안 흘리고 돈 버는 것은 모두 감옥행이지.

- 이제 만날 날 없다. 그 집 식구들 감옥에나 가서 만날까 두렵다.

- 예전에 아빠 친구(그 애 아빠) 만났을 때다. 그때 그 친구가 말했다. 자기 제부가 5.18 때 감옥에 갔다 왔는데, 김대중 정부 때 8억을 받았다고. 지금 자기가 볼링장 차려서 돈이 억수로 벌리고 있어서, 제부가 집 짓고 남은 돈 3억을 자기에게 주었다고. 이자로 300만 원씩을 제부에게 준다 했다. 그러면서 아

빠에게 너도 돈 3억을 나에게 주면 이자 300만 원씩을 줄 거라고. 우리는 그런 돈도 없고 그런 것에 관심도 없어서 말을 하지 않았다.

- 그런데 그 친구와 우리와는 생각이 많이 달랐다. 우리는 그 친구에게 네가 20억을 투자했으면 그 돈을 모두 회수해서 빚을 갚을 때까지 돈을 쓰면 안 된다 했다. 근데 그 아저씨는 "무슨 소리냐? 돈이 잘 회수되는데 왜? 그래야 하느냐?"라면서 오히려 자기는 제2 볼링장을 차리겠다고 말했다. 우리는 더 이상 말할 수 없었다.

- 나는 그 사업이 그렇게 잘 되는 것이 신기했다. 사무실도 크고, 자식들도 모두 그 사업 쪽으로 불러들였다. 그리고 각각에게 책상과 사무실을 주었고, 직책을 주어 월급을 400~500만 원씩을 주었다. 아줌마에게 파출비까지 얹혀 주었단다. 대단한 사업이었다. 조금 있다가 아저씨는 그 무슨 캐딜락 대형 외제차를 운전해서 친구 결혼식에 왔고 아빠를 즐겁게 태워주었단다.

갑자기 시 한 편이 생각났다.

　　저게 저절로 붉어질 리는 없다.

　　저 안에 태풍 몇 개

　　저 안에 천둥 몇 개

　　저 안에 벼락 몇 개

　　저게 저 혼자 둥글어질 리는 없다

　　저 안에 무서리 내리는 몇 밤

저 안에 땡볕 두어 달

저 안에 초승달 몇 날

-「대추 한 알」, 장석주

우리 인생은 수많은 시련과 곤란을 겪어내고 지난한 과정을 이겨내는 것이 참 인생인 것이다. 함부로 욕심과 탐욕을 부려서 만들어지는 인생은 결국 자신을 망치는 길임을 우리는 알아야 했다.

*

일본 영화 〈내일의 기억〉을 봤다.

주인공 남자가 열심히 회사에 다녔다. 그는 과장으로 그 회사에서 유능했다. 그는 가장 중요한 광고 프로젝트를 땄다. 그 일을 성공시키려고 부하 직원들과 열심히 토론하고 새로운 아이디어를 발휘했다. 그런데 어느 날부터 그에게 이상한 징조가 나타났다. 날짜와 시간을 잃어버려, 중요한 회의에 참석하지 못했다. 심지어 전철역에서 회의 장소를 찾을 수 없어서 늦었다. 집에서도 그랬다. 자동차 키를 어디에 두었는가를 자주 몰랐다. 서류 뭉치를 읽고 난 후 잃어버렸다.

그의 부인은 남편을 병원에 데리고 갔다. 결국 그는 알츠하이머 판정이 났다. 그 후 그는 회사에 사직서를 썼다. 그의 몸은 서서히 망가졌다. 기억이 사라졌다. 그의 부인은 일일이 메모를 했다. 약을 몇 시에 먹으라고. 신은 어디에 있다고. 밥솥은 어떻게 열라고. 음식은 몇 분을 전자레인지에 데우라고. 나중에는 부인이 양치질하는 모습을 보이면서 이렇게 하라고. 그는 결국에 부인을 알아보지 못하는 지경까지 갔다. 그래서 부인이 그 남편을 보고 가슴 아파하며 울었다.

그 영화를 보며 나는 울었다. 그리고 내가, 남편이, 건강하다는 것에 감사했다. 주변 친구들이 지금 파킨슨병으로 고생하는 이가 많았다. 그 병도 일종의 뇌에 문제가 생기는 병이었다. 우선 각자가 마음을 편안하게 해서 스트레스를 받지 말자고 생각했다. 그리고, 나를 중심으로 자연스럽게 조용히 살며, 주변과 엮여서 스스로 고통스러운 일이 일어나지 않게 하자. 고요한 명상을 많이 하자. 푸른 숲과 맑은 공기를 찾아 심신을 단련하며 살자고 생각했다.

*

과거를 되돌아봤다.

1998년 10월 26일
내 노트가 바뀌었다. 나는 오늘 내 자신이 행복했고, 살아있음에 감사했다. 남동생 H가 캐나다로 출장을 다녀왔다. 그는 작은 언니(고종사촌 언니)를 만났다고. 그리고 그들의 삶을 말했다.

- 너 어떻게 언니네를 만났어?
- 언니와 매형이 나를 데리러 공항으로 서너 시간 운전하고 왔었어.
- 그래? 잘 살아?
- 슈퍼에서 아침 6:30~오후 12:30까지 일을 해.
- 언니네 집을 팔아 전세 2칸짜리 세를 들었어. 두 분이 하도 일을 험하게 해서 심하게 늙었어. 모든 한인들이 그렇게 산다더라고. 그래서 20~30년 동안 돈을 벌어서 큰 빌딩, 모텔 등을 사서 경영한다고 해.
- 가슴 아프다. 좀 더 편하게 살았으면 좋았을 텐데….
- 그들에 비해 우리네는 너무 일을 하지 않고 사는 거네.

그래, 나도 새로운 마음을 가지고, 더 열심히 살아야겠다고 다짐했다. 그 언니는 한국에서 항상 선글라스를 끼고 다니는 멋쟁이였다. 남편은 그 언니를 흉봤다. 아이고 그 형님네는 저녁에도 선글라스를 끼고 다니신다고. 매사 예쁘고, 아름답고, 멋있는 것, 맛있는 것만 추구하고 사는 사람들이었다. 그들은 세련되고, 멋진 사람들이었다. 남편과 나는 뭔가 뒤떨어지고, 부족했다. 그들이 빨갛고 화려한 채색을 가진 사람들이라면 우리는 검정색 바탕에 온통 회색 칠이 덧붙여진 사람이었다. 예전에 그들에게 우리는 어울리지 못한, 어둑한 사람들이었을 텐데….

그 언니와 형부는 깔끔했다. 둘이 손재주가 뛰어났다. 언니는 수시로, 재봉틀을 가지고, 그들이 필요한 것들을 만들고 치장했다. 아파트 거실에는 옛 고가구들을 비치했고, 그곳을 아름답게 장식했다. 현관 입구에 옛날 절구통을 놓고, 작은 수련이나 연꽃 식물을 키웠으며, 그 아래는 금붕어를 키웠다. 언니는 심심하면 자기네 집 가구를 수시로 옮겼다. 장롱은 북쪽에서 남쪽으로 다시 서쪽으로, 싫증 나면 동쪽으로 옮겼다.

아이들 방은 그 당시 유행하는 미니카를 바닥에서 천장까지 차곡차곡 선반에 장식했다. 그곳은 분명 유명한 박물관과 현대적 감각을 가진 아름다운 집이었다. 형부는 나무 병풍을 조각해서 세웠다. 그들은 손재주가 뛰어났다. 정말 예술가들의 작품처럼 만들어냈다. 형부는 사업을 해서 그런대로 잘 살았다. 그들은 이사를 갈 때 이삿짐센터 (그 당시 이삿짐센터는 없었다)처럼 포장해서 멋지게 포장 이사를 했다.

그때 나의 이사 방법은, 큰 보자기에 짐을 싸고, 묶고, 손으로 물건을 바리바리 들고 날랐다. 애기는 등에 업었다. 부엌살림을 머리에 이고 차에 실었다. 이사 갈 집에 도착해서, 차가 들어갈 수 없어서, 골목길에 온 살림 도구를 장사진처럼 길거리에 점점이 늘여 놓았다. 그런데 그 언니네 이사 방법은 달랐다. 우선 새 박스를 크기대로 주문해서 그곳에 살림도구를 넣었다. 그리고 테이프로 붙였다. 그 모습은, 완전 현대적 이사센터 방법이었다. 그러나 나는 속으로 이 박스가 비

쌀 텐데…. 그것도 돈이 너무 많이 들겠는데…. 그렇게 언니네는 더 좋은 곳을 선택하여 이사를 다녔다.

그러다가 작은 언니네는 큰 언니를 따라, 캐나다로 이사가는 이민 바람이 불었다. 어느 날, 투자 이민으로 캐나다로 이사 갔다. 그런데 거기서 그들이 슈퍼를 해서 돈을 벌다니. 어찌 그런 고생을 사서 한다니 말이다. 그들은 옷이면 멋진 옷을. 얼굴에 화장을 하면 영화배우처럼. 그들은 매사 영화 주인공처럼 세련된 옷, 집, 차를 소유했는데…. 그런 사람들이 슈퍼 일을?…. 상상이 안 되었다.

이 땅에서 건강하고 즐겁게 산다는 것은 중요하다. 내가 내 맘대로 내 나라에서 사는 것을 소중히 여기고, 감사히 살아야 할 것이다. 이렇게, 이곳에서 내 말을 하고, 내 멋대로 사는 것이 얼마나 행복한가.

지금은 그들과 삼십 년의 세월이 지났다. 우연히, 캐나다 록키산맥이 힐링 TV 채널에 떴다.

- 야, 록키산이 멋있구나. 거기 하얀 설산으로 도로를 타고 가는 여행자들이 많구나.
- 멋있겠다!
- 우리도 한 번 거기에 가볼까?
- 작은 언니네 집으로 여행 갈까?

- 난, 안 가.

- 안 가면, 나 혼자 가지 뭐.

- 옛날에 캐나다 여행 중 동부로 가서, 당신의 냉방증으로 온몸에 비닐 옷을 뒤집어쓰고 체온을 따뜻하게 하려고 애쓰면서, 아파서 고통을 호소하며, 벤치에 누워 있던 자기를 생각하면 지긋지긋하다.

결국 남편과 나는 록키 산맥 때문에 싸우게 됐다. 가만히 생각해 봤다. 남편은 Nam씨인 그 집 식구들을 싫어했다. 그들은 이기주의자였다. 자기 것에 충실하고 남을 배려하지 못했다. 그들은 한국적 인정이 없었다. 나의 고모는 인정이 넘쳤고, 매사를 배려하며 베풀었다. 고모가 죽고, 그 집안 사람들은 고모부의 성향대로 자기 본성에 충실하며 살았다. 고모가 살아 있을 때는 모든 관계가 잘 유지되었었는데….

고모는 올케인 우리 엄마를 챙겼고, 엄마는 형님을 최대로 모셨다. 고모는 서울에서 수시로 엄마 집에 왔고, 한 번 오면 한 달 이상을 머물렀다. 남편 없는, 둘은 찰떡궁합으로 오고갔다. 고모가 오시면, 엄마는 바빴다. 고모가 좋아하는 밥을 삼시 세끼 맞춰주었다. 국수가 좋다 하면 국수를. 상추쌈이 좋다 하면, 텃밭에서 상추를 뜯어 상추쌈을 챙겼다. 그래서 그들 식구들과 우리는 고종사촌 간이지만 어느 친척보다 사이가 돈독했다. 다만, 고모네 식구들은 항상 귀족적 계층처럼, 우리는 그 아래 계층으로 보았다.

그들은 우리네보다 교육, 문화 등 모든 것이 앞섰다. 그들은 모두 우수한 수재였다. 그들은 서울로 유학했고, 서울에서 자리 잡았다. 어렸을 때도 지방에 살면서 새로운 양옥집에 다다미방, 공기총, 탁구대, 잉꼬새, TV, 자가용, 오토바이, 화려한 하와이 국화, 내가 알 수 없는 외화 꽃 등이 피었다. 고모네 집은 내가 주변에서 볼 수 없는 것들을 갖추고 살았다. 그때 우리 집 화단은 채송화, 국화, 다알리아, 봉숭아 꽃, 칸나 꽃 등 우리 주변에 흔한 꽃들만 피었다.

나는 고모네 집이 좋았다. 그러나 고모만 좋았다. 다른 식구들은 불편했다. 그들은 이질감을 주었다. 같은 또래 남자는 공격적이었다. 언니들은 친절하지만 낯설었다. 똑똑한 자기 남동생을 세우며, 나를 좀 낮추는 느낌? 원래가 그랬던 것이 나는 당연하다 여겼다. 나는 그들에게 좀 모자라는 사람, 부족한 사람으로 비쳤다. 그러나 그런 것에 나는 신경 쓰지 않았다. 나보다 한참 어린 사촌 동생들은 맹랑했다. 착한 거 같으면서도 정서가 안 맞았다. 남자 동생은 맹랑해서 역겨울 때도 있었다. 옛날에 화장실은 마당을 지나 담장 끝에 있었다.

- 야! 너 무서우니까 문 앞에 꼭 있어야 돼?
- 춥단 말이야. 오빠 빨리 응가하라고.
- 너 방에 들어가면 죽을 줄 알아?
- 오빠! 추워 죽겠어. 춥다고.

고종사촌 동생들이 화장실에서 그렇게 난리를 치고 싸웠다. 오빠는 여동생을 제 휘하로 삼았다. 제 말을 듣지 않으면 주먹으로 윽박지르면서 때렸다. 나는 그런 것이 이해가 안 됐다. 왜? 저럴까? 어느 날 고모 집을 가면, 사촌 남동생은 멋진 바바리코트에, 바이올린을 메고 다녔다. 나는 어? 멋지구나! 이런 악기도 있구나. 전축에서 음악이 나오면 언니들이 한창 트위스트 춤에 열광했다. 나는 그 집만 가면 문화적 충돌이 머릿속에서 일어났다.

추석이 되면, 커다란 누렁 시멘트 표지로 된 설탕 포대가 배달됐다. 맛소금이 들어왔고, 사과 상자가 들어왔다. 나는 거기서 처음으로 부사라는 사과를 맛봤다. 그때 나는 기절했다. 이렇게 맛있는 사과가 있다니! 언니는 말했다.

- 얘, 이게, 청와대 사과야.
- 그렇구나. 맛있네, 언니.

그곳은 내가 알지 못하는 것들과 아는데 맛보지 못한 것들이 많았다. 그곳에서 처음으로 라면을 맛봤고, 주걱에 소다를 넣고 비벼서 부풀면 맛있는 설탕과자를 먹었다. 그 집은 새 문화를 받아들였고, 그 문화를 즐기는 곳이었다.

그 후 반세기가 훌 넘어 그들은 대부분 외국에서 살았다. 큰 언니가 캐나다. 작은 언니도 캐나다. 큰동생은 죽고 두 번째 동생은 중국에서 살았다. 같은 또래 교수는 한국에 살고, 막내 고종 여동생도 한국에 살았다. 움직임이 좋을 때 고모는 캐나다 딸네 집으로 나들이 갔다. 갔다 오면 고모는 새 모습으로 나타났다.

- 이게 양가죽 코트란다.
- 이건 비싼 원피스다.
- 얼마예요?
- 100만 원은 훨씬 넘지.
- 100만 원?
- 우리 선생 봉급 1년치잖아요?

그들은 식구끼리 생일 요리를 불러 식사해도 100만 원이 넘었다. 성인이 되어, 나는 그들의 음식 문화에 낄 수 없었다. 나를 초대해도 그들 문화에 맞추기가 어려웠다. 세월은 빠르게 지나갔다. 서서히 고모는 세월을 이겨내지 못했다. 몸이 안 좋다고 했다. 2007년 봄 어버이날, 나는 콘도를 예약했다. 우리 엄마와 고모, 동생네를 데리고 콘도로 떠났다. 홍천? 설악? 잘 기억이 나지 않았다. 갈 때 고모는 포도와 바나나만 먹었다. 그런데 그날 휴게소에서 고모는 우동을 맛있게 먹었다. 오랜만에 처음으로 이렇게 맛있게 먹었다 했다.

콘도 갈 때 잡음이 많았다. 아들 내외는 반대했다. 딸도 반대했다.

- 어머니 몸이 편찮아서 안 돼.

- 야, 조카가 데려간다니까 갈 거다.

- 괜찮아, 내가 모셔 갔다가 모셔 올게.

결국 우리는 고모를 모셔 갔다. 그리고 나는 속으로 '너네들도 휴일이라 어차피 고모를 집에 놔두고 너네끼리 놀러 갈 거면서…'라고 욕했다. 그해 고모는 즐겁게 콘도에서 올케인 어머니와 밤새며, 이바구를 했고, 즐겼다. 집에 모셔다 놓았다. 마지막이 될지 몰라 성의껏 고모 용돈을 주고 헤어졌다. 차를 타고 떠나면서 손을 흔들었다. 고모도 눈시울을 적시며 손을 흔들었다. 그해 여름 우리는 브라질에 있었다. 언뜻 '혹시 고모가…?' 생각이 들 때쯤 고모는 세상을 떠나셨다.

한국에 와서 고모가 세상을 떴다고 들었다. 나는 마음이 편안했다. 우리는 그해, 이미 오월 팔일 어버이날 콘도에 가서 편안한 이별 잔치를 하지 않았나 생각했다.

*

1998년 10월 27일, 내 생활은 힘들고 벅찼다.

완결되어 가는 마지막 박사 논문 심사로 지도교수의 눈치를 살펴야 했다. 마음은 급하고 빨리빨리 완결해야 했다. 지도교수는 전화로 계속 미루었다. 나만 속 태웠다. 논문 심사비니 출판비가 더 들 텐데…. 이미 월급을 당겨 써서 돈은 마이너스 형편이었다. 그래, 늦는 게 낫겠다. 돈이 없을 때 미루어져서 시간을 버는 것이 낫겠다 생각했다.

아침에 전화한 시어머니는 울음보가 터졌다.

- 나 외로워죽겠다.
- 내가 큰 애미 밥을 먹고 사는 게 소원이다.
- 내가 막내아들 왜? 내가 밥을 해줘야 하느냐?
- 나는 돈이 더 필요하구나. 돈 좀 더 부치거라.

등등 시어머니는 불만을 삼십 분 내내 곡사포로 울면서 하소연했다. 나는 속으로 생각했다. 당신은 그렇게 소리를 지르며, 우는 것은 아직 건강하시다는 증거라고 생각했다.

나는 학자로서 의무를 다하지 못하는 것이 아닌가를 반성하며, 죄의식을 가졌다. 시간을 내서 공부하려 하지만 왜 그리 잡일에 시달릴 것이 많은지…. 다시 마음을 다잡고 최선을 해보자고 스스로 다짐했다. 허리 통증은 참을 만하니 이때 더 집중해서 공부에 심혈을 기울이자. 어느 때는 눈도 침침해졌다. 우선 식사를 충실히 하고, 야채와 신선한 과일을 신경 써서 먹어야겠다.

2018년 9월 5일, 남편 친구 부부와 식사를 했다.

우리는 서로 오랜만의 만남이었다. 친구 U는 몸을 다쳐서 수술했다. 그는 앞으로 넘어졌다. 처음에는 목을, 다음은 코를 수술했다. 처음엔 몸을 움직일 수 없었다. 수술이 잘 되어 그는 움직일 수 있어서 다행이었다. 수술 후유증은 오래갔다. 다른 사람들은 그가 완벽히 건강한 사람으로 인식했다. 그러나 본인은 후유증으로 손이 불편하고 발이 불편했다. 그의 부인은 남편이 엄살이 심해서, 더 통증을 말한다고 생각하고. 친구 U는 자신의 통증을 부인이 몰라준다 했다.

시간은 빠르게 갔다. 수술한 지 1년이 넘었다. U는 일주일에 3번 물리치료를 받았다. 수술 교수들은 성공이라 했다. 그러나 U는 무슨 이런 것이 성공이냐고 따졌다. 교수들은 수술했지만 걷지 못하고 일상적인 생활을 못 하는 사람들에 비해 당신은 정말 대성공이라 말했다. 우리도 작년에 비해 U 사장님이 성공이라 말했다. 작년에 U 사장이 이렇게 걷고 생활할 수 있을까를 염려했다고. 그에 비해 얼마나 성공한 것이냐고 했다. 그것은 시인한다고. 그러나 손의 통증으로 테니스를 못 치고, 골프를 할 수 없다고.

U는 말했다.

- 가장 행복한 것은 일상생활을 잘 할 수 있는 것이에요.

- 그동안 왜, 그런 걸 몰랐나 모르겠어요.

- 네. 맞아요. 행복은 멀리 있는 게 아니에요.

- 우리가 항상 우리 몸을 써서 스스로 일상생활을 할 수 있다는 것이 행복인 것입니다.

우리는 그날 오랫동안 우리의 삶을 되돌아봤다. 그리고 우리가 사는 날까지 건강하게 우리 스스로, 우리 건강을 지키며 사는 것을 목표로 했다.

*

2018년 9월 8일, 산행을 하기로 했다.

아침 새벽에 일어났다. 어제저녁 남편이 딸을 불러 화를 냈던 생각을 했다.

- 얘야, 너 이리 와 봐라. 너에게 할 말이 있다.

- 너 40이 되어가는데, 시집을 간다는 거냐? 안 간다는 거냐?

- …

- 좋다. 시집을 가든, 안 가든 우리 집은 함께 사는 공동의 집이다.

- 그런데, 너는 네 맘대로 살고 있는데, 그래서는 우리 함께 못 산다. 엄마랑 아빠가 여행 갔다 와서 시차 적응이 안 되어 잠을 못 이루고 깜박 잠을 자려 하는데, 넌 말이야, 밤 1시고 2시고 상관없이 음식을 만들어 먹고, 거기에 목욕탕에서 샤워를 하며 소란스럽게 소리 내서, 잠을 깨게 만드는데, 그거는 아니잖냐?

- 알았어요. 조심할게요.

- 너 밖에서 술 먹고 들어와서 옷을 훌렁 벗고, 창문 열어놓고 술 취해 잠들어 자는데, 내가 일일이 창문 닫고, 불 끄고 해주는 것도, 이제 나이 들어서, 아빠가 할 일이 아닌 거 같다. 너 어렸을 때 목욕시키고, 똥꼬 닦아 줬는데 이제 그만 하는 게 좋겠다.

- 난 네가 이렇게 천하의 명충인 줄 몰랐다. 모두가 너보다 못한 놈들이 제 짝 찾아와 잘들 사는데 네가 그렇게 바보인 줄을 몰랐구나.

- 너, 분명히 집에서 술 먹지 말라 했지?

- 너 아빠가 술을 얼마나 좋아하냐? 그런데도 너 때문에 금주했는데….

- 네가 술 먹고 술 주정뱅이로 살아가면 뭐가 되냐? 결국 알코올 중독자로 죽는, 그런 인생으로 살아갈래? 무슨 인생이 그러냐고!

- 결혼을 하든 안 하든 상관없다. 우린 너랑 같이 살려면 그렇게 사는 거는 못 본다.

- 학원에서 힘이 들어서 술을 먹을 수밖에 없었어요.

- 너, 오늘 아침에도 그렇다.

- 엄마랑 볼일이 있어서, 일찍 나가면서, 자반 고등어와 두부를 금요시장에서 사 달라 했는데. 너 싫다는 것이 말이 되냐? 그게 무슨 가족이냐? 너도 그 고

등어 자반 먹으면서 말이다.

- 그때 몸이 아파서 그랬고요. 결국 사다가 김치 냉장고에 넣었다고요.

- 네가 시도 때도 없이 밥 먹잖아? 밤 1시 2시에 밥 먹고 이빨도 안 닦고 잠자니까 그렇지. 너 맨 아픈 데밖에 없을 거다. 아마 이빨도 안 좋을걸? 늦게 밥 먹고 그냥 자니까. 제때에 음식을 먹고, 규칙적인 생활을 해야 몸이 살아나지. 네 몸이라고 네 멋대로 하면 분명히 네 몸이 너를 병들게 할 수밖에 없는 거라고. 이 세상은 공짜가 없는 거지.

- 그리고, 너 화장실을 보고 나면, 네가 변기를 깨끗이 청소해라. 내가 그동안 네가 지저분하게 사용한 변기를 날마다 두 손으로 닦아냈다. 나는 그런 꼴 못 본다. 이제부터는 네가 변기를 사용한 후 깨끗이 청소를 했으면 좋겠다.

- 네, 알았어요. 그리고 조심할게요.

아빠랑 딸은 밤 한 시에 오랫동안 말이 오갔다. 전날 남편 친구에게 막내아들 서른 살짜리가 결혼한다고 청첩장을 받았고, 그것으로 시집 못 간 딸을 보며 울화통이 터졌던 모양이었다. 나는 십 년 동안 친구 애들이 결혼할 때마다, 가슴앓이로 잠을 못 잤었다. 이제 결혼과 상관없이 딸아이의 추태를 짊어지고 사는 것이 고통이 되었다. 이젠 딸이 주인이 되어갔다. 모든 것은 제가 옳았다. 나이 든 부모의 말은 안중에도 없다. 우리는 갈등이 계속 심화되어 갔다.

그 애는 우리와 달라도 너무 달랐다. 우리는 매사 성실했지만 그는 그러지 못하니까 더 괴로웠다. 나는 남편에게 수시로 말한다. 이 이상 더 함께 살 수는 없다고. 일본의 어느 아들이 집에서 굴림하며, 늙은 어미를 노예같이 부려먹는다고. 돈 달라, 슈퍼에서 뭐 사 와라, 그렇지 않으면 때린다고. 결국 경찰에서 그 아들을 데려갔다고. 나는 그럴 수 있을 것이라 이해했다. 나이가 들면 독립하지 못한 자식은 고립적이며, 비사회적이고, 알코올 중독에, 고독한 우울증 환자가 된다. 거기에 그들은 부모를 공격하는 맹수의 본능을 표출하는 장애아가 되는 것이다.

나는 모든 잡념을 떨쳐버렸다. 도시락을 챙겨서 남편과 산행을 하기로 했다. 이번에는 서쪽 산을 선택했다. 강화도 뒷산으로 올라갔다. 사람들은 추석맞이 벌초로 온 산이 시끄러웠다. 햇살은 쨍쨍 빛났다. 언덕의 캠핑장은 차로 꽉 찼다. 놀이터에는 애기들이 많았다. 길가에 꽃들이 아름답게 피어 있었다. 나는 꽃 검색을 했다. 하얀 무늬가 줄로 들어 있는 잎과 줄기가 꽃처럼 아름답다. 그 안에 흰 꽃이 피었다. 이름은 설악초였다.

짙은 보라색 꽃인 닭의 장풀, 노란 꽃인 마타리, 자주색과 붉은색인 물봉선화가 길가를 장식했다. 나무 그늘에는 바람이 시원했다. 숲속은 길었다. 전날 잠을 설쳐서 눈이 따갑고 불편했다. 숲속을 힘들게 걸어서 모퉁이 산을 오를 때 힘겨웠다. 공동묘지를 관리하는 사람은 힘겹게 잔디를 깎았다. 기계소리가 산을 울렸다. 쉬다 오르기를 되풀이했다. 중턱에 올랐다. 소나무 사이로 바다가 보였다. 이미 바닷

물은 썰물이 되어 작은 섬들이 줄지어 서 있었다.

그동안 보지 못한 갯벌이 한없이 넓은 공간으로 보여졌다. 영종도 섬도 육지가 되었다. 태양이 모래 벌의 물을 먹었다. 사람들이 달려갈 수 있는 섬들이 서로 손 잡고 서 있었다. 신기했다. 한 번도 이렇게 갯벌 속을 넓게 보여주지 않았는데? 그 공간은 넓었다. 그때 예측했다. 이쪽 산 밑 논들이 아마 예전에, 이렇게 간척사업으로 논과 밭이 되었을 것이라고. 우리는 잠시 쉬다가 다시 산을 올랐다. 사람은 개미 새끼도 없었다.

나는 이런 산을 좋아했다. 우리는 통째로 산을 가지고, 바다를 가졌으며, 들을 가졌다. 오늘은 북한의 땅이 다 보였다. 이쪽은 개성의 송악산이라고. 저쪽은 교동도이고 그 앞이 북한 땅이고. 벌써 누런 벼가 논을 장식했다. 서쪽의 석모도 해변가에 누런 벼 이삭이, 바둑판 속의 모양을 갖추고 그림처럼 풍경화로 보여졌다. 석모대교에는 자동차들이 개미 떼처럼 오고갔다. 작년에는 배를 타고 갔던 차들이었다. 석모대교가 생긴 후로 뱃길로 통행하던 것들은 사라졌다.

그렇게 뜨거웠던 태양이, 9월이 되면서 열기가 사라지다니! 제아무리 힘이 세더라도 세월은 못 이기는 것이구나. 우리도 이제 서서히 시들어져 가는 것일 텐데…. 나머지 인생을 어떻게 자연스럽게 마무리할 것인가를 생각해 볼 것이니라. 이럴 때 나는 내가 즐겨 읽던 『내

영혼이 따뜻했던 날들』(포리스트 카터)에서 주인공 이름, 작은 나무가
생각났다. 작은 나무는 아빠가 세상을 뜬 지 1년 만에 엄마도 돌아가
셨다. 그때 작은 나무는 5살이었다.

처음으로, 작은 나무가 할머니네 집으로 와서 잠들 때, 창밖을 보
며 할머니는 노래를 불렀다.

숲도, 가지를 스치는 바람도,
이젠 모두 그가 온 걸 알지.
아버지 산이 노래 불러 맞아준다네.
아무도 작은 나무를 무서워하지 않아.
작은 나무가 착한 걸 아니까
모두가 소리 높여 노래하지.
"작은 나무는 외톨이가 아니야."
장난꾸러기 라이나도
졸졸졸졸 물소리 울리며
즐겁게 춤추며 산을 내려간다네.
"내 노래 들어봐요.
우리 형제가 찾아왔어요.
작은 나무는 우리 형제,
작은 나무가 여기 있어요."

어린 사슴 우스디도
메추라기 미네리도
까마귀가 그까지 노래 부르네.
"작은 나무는
상냥하고, 강하고, 용감하다네.
작은 나무는 절대 외톨이가 아니야."

할머니 노래를 따라 부르면서, 나도 바람이 재잘거리고, 시냇물 라이나가 내 이야기를 노래 부르며, 형제들에게 전하는 소리를 들었다.

작은 나무는 산 형제들을 좋아하고, 함께하고 싶어 하는 것을 느껴 기뻐했다. 그래서 작은 나무는 울지도 않고, 편안하게 잠이 들었다. 나의 죽음도 작은 나무처럼 모든 것에 감사하고 기뻐하며, 편안히 잠 들기를 바다를 향해 기도했다.

*

1998년 10월 29일.

아침 날씨가 맑다. 내 몸의 컨디션이 좋았다. 일찍이 방 청소를 하고, 빨래를 해서 집안일을 끝냈다. 오랜만에 책상에 앉았다. 15C 형태론 공부를 했다. 공부하면서 형태론이 재미있다는 생각을 했다. 학문의 오묘함을 느꼈다. 이런 느낌을 가지면 나는 내적으로 기쁨이 샘솟았다. 매일은 아니더라도 이러한 기쁨이 자주 들었으면 좋겠다. 그럴 때 새로운 학문이 나에게 무엇인가를 제시해 줄 것 같은…. 지루하고 힘겨운 학문이 아니라 나에게 즐거운, 손에 잡힐듯한 그 무엇이, 나를 행복하게 했다.

*

2018년 9월 18일, 나는 이별을 준비하기로 했다.

저녁에 큰딸, J가 전화했다.

- 엄마 오늘 Ung(손자)이네 담임 선생님 면담 갔어요.
- 응, 그랬구나. 그래서 Ung이 팥빙수 예쁘게 먹는 사진을 찍어 보냈구나.
- 예쁘더라.
- 글쎄, 담임 선생님이 Ung 때문에 못 말린대요.
- 오늘 학교에서 색종이로 만들기를 했대요. 아이들이 서로 예쁜 색 색종이를 차지하려고 했는데, 그 예쁜 색종이가 Ung이에게 돌아왔대요. 그런데 Ung이가 그 예쁜 색종이를 친구들에게 잘라서 모두에게 나누어 주었대요. 그리고 자기는 조금 남았길래, 선생님이 그것은 네가 쓰라고 했는데, 나중에 보니까

그것도 선생님 몰래, 다른 친구에게 주더래요. 선생님이 어쩔 수가 없었대요.

- 그랬구나. 넌 어찌 그리 착한 애를 낳았다냐?

그리고 우리는 서로 웃었다. 나는 다시 딸에게 말했다.

- 너 오늘 저녁에 산책할래?

- 엄마 나 오늘 일도 많았고, 학교에 들러 학부모 간담회도 해서 너무 피곤해요.

- 그래, 너 지금 목도 쉬었구나. 쉬거라.

- 그럼, 있다가, 너네 집으로 우리 집에 있는 화과자와 복숭아즙을 갖다 줄게.

- 아니, 오지 말아요. 내일 내가 엄마네 집 가서 테이스 레슨비도 가지러 갈 거
  니까 그때 내가 가져갈게요.

- 그래, 그럼, 그러던지.

전화를 끊고 생각했다. 내가 산책을 하다가 들려서 주려 했는데…. 분명, 엄마가 저네 집에 들리는 것이 싫구나. 이제는 우리가 서로 적당히 이별할 때가 되었구나. 며칠 전에도 그랬다. 나는 김치와 피자 만든 것, 다시 음식 만들 것 등을 챙겨서 갔다. 사위랑 그동안 책 본 것 등을 오래 얘기했다. 그때도 시간이 많이 지연되었다. 딸은 같이 산책한다고 기다리다가 말이 길어지니까 산책 안 가겠다며, 힘들어했다. 손자인 Ung은

- 할머니 언제가?

하며 나를 쳐다봤다. 사위가

- 할머니 가시면 하고 싶은 컴퓨터를 하라고 했더니 그러네요.

다시 작은 손녀, Ye가 말했다.

- 할머니 왜? 안가?

나는 별반 아무 생각 없이 들었다. 그리고, 아이스크림값을 애기들에게 주고 집으로 왔다. 그리고, 다음 날, 딸애한테 '아니, 오지 말아요'라는 의미는 달리 들렸다. 아! 내가 뭘 모르고 있구나. 이제는 딸네 집을 방문하는 것이 아니구나를 생각했다.

나는 옛날에 어찌했을까?를 생각했다. 어느 해, 친정엄마가 아프다 했다. 나는 한참 강의로 바빴다. 엄마를 우리 집으로 모셨다. 병원에 들러 치료를 했다. 엄마는 말했다.

- 얘야, 고맙구나.
- 니를 어려서 잃어버렸구나. 그래서 굴다리 밑에서 찾았구나. 널 잃어버렸으면, 어쩔 뻔했을까 싶구나.
- 정말, 고맙구나.

그때, 어머니는 아들 중심의 의식이 강했다. 딸은 아들에 비해 허깨비로 여겼다. 그런데 당신을 내가 모신다는 것에 미안함을 가졌던 것이다. 그리고, 아들 집에서 아마, 며느리에게 푸대접을 받았던 모양이었다. 모든 재산은 며느리네에게 갔다. 당신이 농사지어 만든, 청국장, 호박, 깻잎 김치, 콩, 팥 등 당신이 만든 것들을 머리에 이고, 아들 집으로 날랐다. 그런데 아파 누워있는 당신에게 며느리는 살뜰히 챙기지 않았던 모양이다. 그렇게 열흘 이상을 우리 집에 계셨는데, 아들 며느리는 코빼기도 보이지 않았다.

나도 은근히 화가 났다. 저희들에게 그렇게 헌신을 했구면, 그럴 수가 있는 것인가 말이다. 그렇게 세월을 보냈던 생각이 났다. 그 후도 그런 일은 계속되었다. 십 년 후 수시로, 어머니는 우리 집으로, 시골에서 올라왔다. 누군가가 그랬다. 시어머니나, 친정어머니가, 자기 집 현관문으로 들어오면, 늙은 호박이 들어오는 느낌이 났다고. 그런데, 나도 몸에서 불편해졌다. 당신이 오면, 요구 조건이 많았다. 그러면서, 나는 죄의식을 느꼈다. 어찌 그리 부모를 거부할 수가 있는가를….

나는 엄마가 오면, 한참을 내 안의 것과 싸워야 했다. 몸은 엄마를 밀쳐냈고, 이성적으로 그래서는 안 된다는 의식으로 말이다. 엄마는 잔소리가 많았다.

- 너, 걔랑 놀지 마라.

- 너 그래서는 안 된다.

- 너 또 어디 가니?

- 돈을 아껴 써야 한다.

- 이래서는 안 되니라.

- 저래서도 안 되는데….

난 속으로 엄마를 욕했다. 내 나이가 이제 60이 다 되어가는데, 무슨 그런 소리를. 그러면서 세월을 보냈다. 그리고 이제는 다시 어머니가 우리의 짐이 되었다. 막내 여동생은 어머니를, 노인 등급 받아서, 요양원에 모시고자 했다. 어머니는 그곳에 자유가 없다고 안 가고 싶어 했다. 그러나 막내 여동생은 어머니를 장기요양인정 신청을 했다. 그래서 어머니를 검사했다. 그러나 어머니는 등급판정을 받지 못했다. 어머니는 90세이지만 너무 똑똑했다.

너무 똑똑해서 간섭하는 일이 많아 자식들은 괴로웠다. 우리 집에서 계시다가 어머니는 아들네 집으로 옮겼다. 거기서 한 달 있다가 다시 시골로 내려가셨다. 가실 때 막내가 따라가서 오랫동안 비웠던 집을 깨끗이 청소해줬다. 나는 막내에게 문자를 보냈다.

- 야, 너 외국 갔다 왔다며? 잘 갔다 와서 다행이다.

- 시골, 엄마네 집 네가 청소다 해주고 갔다며?

- 수고했네. 너, 복 많이 받아라.

나는 동생에게 미운 사람이라는 동영상을 보내줬다. 성당에서 각론을 하는 신부가 물었다.

- 혹시 지금 나는 그 누구도 미워하지 않으며 살고 있다 하시는 분 계십니까? 있으면 손을 들어주세요.

처음에 아무도 손을 들지 않았어요. 신부는 다시 물었어요.

- 혹시 지금 나는 그 누구도 미워하지 않으며, 살고 있다 하시는 분 계십니까? 있으면 손을 들어주세요.

어느 할아버지가 조심스럽게 손을 들었어요. 그래서 신부님은, 할아버지의 아련한 말씀이 해탈의 경지에 이르겠구나, 생각했어요. 할아버지는

- 나도 젊을 때, 미워하는 사람이 많았어요.
- 그런데, 92세가 되니까
- 걔들이 다 죽었어.
- 다 먼저 죽어서 미워할 사람이 없어.
- 오래 살면 돼. 그럼 미워할 사람이 없어.
- 아이고 배꼽이야, 재미있네. ㅋㅋ
- 언니, 그런데, 오빠가 엄마 모시느라고 힘들었나 봐. 엄마 잔소리 때문에. 엄마가 시간 되면, 안 온다고 전화해대고 오빠는 바빠죽겠는데…. 오빠가 짜증이 밀려오더래. 어쩌냐?

- 그런 때는 서운해도 엄마에게 화를 내야지.

- 그냥은 안 되지. 서로 이해하며 살도록 해야지.

- 형부도 Seung(작은딸)에게 선언했지.

- 결혼하든 안 하든 이제 함께 못 산다고. 올해 내로 따로 살아야 한다고.

- 그러니까 우리 엄마도 그러려면 따로 혼자 살아야지.

- 형부 잘하셨네. 우리 애들도 나가 살더니 사람이 됐더라고. 모든 것을 감사할 줄 알고 하더라고. Seung(작은딸)이 잘됐네.

- 그 애 자신은 미정이야. 지금 계속 싸우는 중이고.

- 말도 안 하고 그래. 내가 걔를 마음속으로 버려야지.

- 우리 큰 시누이 아들도 이제 35살인데 분가시켰어. 결혼을 안 하니까. 그리고 시누이가 울었대.

- 그렇구나.

나는 그동안 Seung과 싸우며 카톡 보냈던 것을 다시 읽어보았다.

- 나는 네가 결혼 못 하고 낙오자로, 술 중독에, 고독자로 죽을까봐 한숨을 자지 못했다. 젊어서는 아빠가 술에 취해 사고로 죽어서, 너네를 제대로 못 키울까 봐 숨을 죽이며 살았다.

- 이제 네가 그럴까 봐 다시 숨통이 막힌다.

- 얘야 갑자기 생각났다. 모든 길은 통한다. 편한 길이 자연스럽고 쉽다고. 그것이 도의 길이라 했다. 네 짝을 멀리서 찾지 마라. 난 네 짝으로 Sin 기자를 말하고 싶다. 우선 3년 동안 함께 테니스 쳤잖아. 그 사람, 흉악범 아니잖아. 그

리고, 외국인도 아니잖아.

- 그럼, 성공이지. 나이도 비슷하고, 경상도가 고향이고. 등잔 밑이 어둡다고 엄마는 그 사람도 좋을 것 같다. 함께 공치고, 밥 먹으면 되는 거라고.

- 학력, 돈, 권력 필요 없어. 돈 없으면 네가 벌어. 네가 버는 50만 원? 충분히 밥 먹고 산다. 쌀 없으면, 내가 쌀 사줄게.

- 엄마 결혼해서, 아빠 군 봉급으로 살았다. 그때 그 돈으로 우유 못 사 먹지. 그리고 셋방 살았어. 그런데 지금 노력해서 잘 살잖아. 넌 엄마 닮아서 잘 살 거다. 돈 좇으면 돈이 도망간다더라. 서로 협력해야 돈이 들어온다더라. 멀리짝 찾지 말고 Sin 기자 꼬드겨서 결혼하라고. 언제부터 내 맘에 그렇게 생각이 들더라고. 나의 예감이야.

- 너, 너무 버티며 살아야 별수 없느니라. 너 말했지? '난 행복해, 나만 행복하면 된다'고. 그런데 그거 부모를 불행하게 하는 거는, 모두가 불행해지는 거지.

- 자연스레 사는 것이 행복이라고. 넌 우리를 닮아서 모두가 잘 될 거야.

- 순종하고 따르는 것이 득이 되더라. 엄마는 매사 손해 보려 한다. 나중에는 손해가 더 큰 이익이 돌아오는 게 많더라.

- 넌 분명 네 새끼를 낳아야 부모 귀한 줄을 알 거다. 네가 부모 마음을 어찌 알겠니.

- 네 새끼가 떼깡을 놓고, 악을 쓰며, 반항하고, 공격해야 네가 날 이해할 거다.

- 네 남편이 있어야 사랑을 알고, 새끼가 있어야 세상을 알게 되는 것이다.

- 난 처음에 아빠를 소개받아서 금방 사랑이 생기고, 어쩌고 하는 것이 없었어. 결혼할 시기가 된 거였다고. 사촌 고모인 M, 너 알지? 그 고모가 말했어. 아빠가 못생겼다고. 그래서 싫다고.

- 난 아빠가 거짓 없고, 진실할 것 같아서, 그냥 결혼했다고. 만난 지 2달 되어 약혼하고 결혼했다고. 주변 친구들은 얼굴 따져서 결혼했고, 돈, 권력에 집착하며 결혼했지. 아빠는 군대도 안 갔고, 돈도 없으며, 시어머니도 호랑이라고 소문이 났지만, 아빠만 보고 결혼했다고.

- 지금은 엄마가 제일 잘 산다고. 인생의 무게는 똑같아. 처음에 좋으면, 나중에 나쁘고, 처음에 고생하면, 나중에 좋더라. 인생은 그런 거라고. 인생은 네가 창조하는 거라고. 여자는 자기 새끼가 생기면 저절로 지혜가 생기더라고.

- 넌, 엄마를 닮아서 모든 게 다 잘 될 거야.

- 주변 사람들 부모 인생 따라간다잖아.

- 성실히 사는 것이 가장 중하지. 너 흑역사 만들지 말고, 너 지금 학원 학생들 가르치는 것은 좋은 에너지로 바꾸는 것이고, 좋은 일이구나.

- 우주의 원리대로 별 남자 없다니까. 네 마음에 괜찮다 싶으면 그냥 네가 결혼하자고 제안하는 거야. 집 없으면, 네 방에서 살아. 돈 없으면, 엄마 것 먹고 살으라고.

- 엄마도 그랬어. 쌀 없으면, 신안동(친정)에서 갔다 먹고 살았고, 살 곳이 없으면, 신안동 여인숙에서 살았어.

- 그리고, 노력했어. 너도 알다시피.

- 너 이 위기를 잘 넘겨서 새로운 인생을 펼치기를 바란다. 네 몸이 이제 대드라인까지 왔다. 저녁에 함부로 음식 먹지 말고, 꼭 양치질하고 잠자라고. 옥수수 사다 놓았으니 배고프면 꼭 먹으라고. 달걀도 먹고. 푸른 주스 좀 그만 먹어라. 그것이 네 몸을 훑어내서 너를 죽일 거다. 거기에 탄산수? 그게 무슨 음식이냐? 절대 자연스럽지 못한 음식이다.

- 그냥 자연스럽게 식사하라고. 이제 이빨도 나빠질 때가 됐고, 몸도 늙어서 젊음을 유지할 수 없을 때가 됐다. 나는 네가 병원에 가서 너 스스로 슬픈 인생이 되는 일은 없었으면 좋겠다.

- 오죽하면 아빠가 속 터져서 너에게 네가 그렇게 천하의 바보 멍충이인 줄 몰랐다 했겠냐?

- 너, 네 새끼가 사십까지 너처럼, 살면, 너 어떻겠냐?

- 아빠 친구 셋째 아들 이제 삼십도 전인데 막내까지 장가를 보낸다고 청첩장이 오니, 아빠가 속 터져 미쳐 죽는 것이다.

- 거기에 너, 남자 소개만 하면, 얼굴이 내 이상이 아니라는 둥, 그 남자 사진을 보여줘야 선을 본다는 둥, 사진이 오면 무조건, 부정적이고, 자기 취향이 아니라고 하잖아. 그런데 너, 네 새끼가 그러면 넌 어떻겠니?

- 불같은 네 성미에, 아마, 네 새끼에게 그랬을 거다. 정신이 틀려먹었다고. 우리도 그래. 아빠 말대로 올해 12월이 되면 우리는 자연스럽게 각자 혼자 사는 연습을 해야 할 것 같구나.

- 그냥 빈 주차장 공간을 찾아 들어가듯 그렇게 남자를 찾으라고. 아현동 P 아줌마 고속버스에서 만나서 결혼했는데, 너무도 잘 살잖아?

- 인생 별거 아니다. 만나서 괜찮으면 그냥 결혼하라고.

- Sin 기자 괜찮다니까. 3년 공치고, 먹고, 만났으니까. 다른 데 가서 사람 찾아야 그게 그거라니까?

- 모든 사람들이 따로 살아야 사람 된다더라.

- 이모 아들, Jae나, Youn도 혼자 사니까 사람이 되었다더라. 걔네 아르바이트 해서 용돈 벌며 학교에 다닌다더라.

- 이모 시누이 아들도 35세인데 장가도 안 가고 해서 월세방으로 분가했다더라. 너, 12월에 나가도 슬퍼하지 마라. 유럽 애들 20세에 모두 분가하더라. 넌 지금 40세인 편이잖아? 어차피 엄마네도 20년 후면 거동도 못할 거고. 넌 그때 60세가 될 테니까 말이다.

- 지금 엄마에게 성질내고 말하지 않아도 섭섭하지 않다. 열심히 그렇게 해라. 나 안 아플 때 용서하마.

- 그리고, 12월이 되면 모든 잡비를 엄마로부터 끝을 낼 것이다. 언니도, 너도.

- 이제 엄마도 힘이 없고, 끝낼 데가 됐다고 생각한다.

- 너네 공부 다 시켰고 지금까지 너 먹이고, 재우고 키웠다. 핸드폰 비 등 그 외 모든 것도 네가 다, 비용을 지불해주기 바란다.

- 그래도 나는 아직, 외할머니와 친할머니를 책임져야 하니까 말이다.

*

2018년 9월 14일.

- 얘야, 넌 말이다 대학 끝마칠 때까지 얼마나 착했는지 모른다. 두부 심부름도 잘하고. 그런데, 졸업 후 술을 먹은 다음부터, 넌 흑역사를 만들기 시작했다. 그렇게 10년을 흑역사로 허송세월을 보냈다.

- 이제 깨달음이 올 때도 됐지 않냐?

- 어제 산책하며 Yong(사위)이 그러더라? 너 때문에 Jin(언니)이랑 이혼하려 했

다고. 너랑 Jin이랑 애들 앞에서 얼마나 술을 먹고 난리를 쳤으면 그랬을까를 생각했다.

- 얘야 이제 새롭게 네 착한 본성으로 돌아올 때가 되지 않았냐? 10년이면 강산도 변한다. 너, 그렇게 많은 책을 읽고 살았는데…. 네 호르몬도 좋은 에너지로 바뀔 때가 됐는데….

- 제발 네 몸을 위해서, 푸른주스, 탄산수를 줄이고, 네 몸은 네가 지켜줬으면 고맙겠다.

- 병원에는 가지 말자. 그리고 시티콤 개그에 나오는 악동자인 궁예 같은 흑역사는 만들지 말자. 남에게 뭐든 베풀어서, 좋은 에너지를 받자. 너는 이제까지 네가 학원에서, 애들에게, 수학 가르치는 것이 가장 훌륭한 일이구나.

- 그 에너지 모아서, 다른 더 좋은 에너지로, 너를 행복한 사람이 되게 했으면 좋겠구나.

- 넌 정말 착하고, 공부 잘하고, 엄마 말, 잘 듣는 엄마 딸이어서 행복했었다. 그 자리로 다시 올 것을, 엄마는 기대한다.

*

2018년 9월 15일.

예술의 전당에서 문화 사랑방 모임을 가졌다. P 방장님은 카톡에 설명했다. 프랑스의 자존심인 구노의 탄생 200주년을 기념하여 괴테의 파우스트를 볼 예정이라고. 그리고, 7월에 본 것도 복습하겠다고.

<작품개요>

작곡 : 샤를 구노(1818~1893)

원작 : 요한 볼프강 폰 괴테(괴테가 1790년~1831년에 쓴 희곡, 16세기 독일의 파우스트 전설에 근거, 제1부와 제2부로 구성, 신과 악마 사이의 쟁점이 한 인간을 통해 전개되어 나가는 과정을 묘사)

대본 : 쥘 바르비에 &미셸 카레

초연 : 1859년 3월 파리 리리크 극장

배경 : 16세기경 독일

<등장인물>

파우스트(테너) : 평생을 세상의 진리를 탐구하는데 바친 연금술사적 학자. 박사

메피스토펠레스(베이스) : 악마. 파우스트에게 젊음을 주고 계속 그와 함께 다닌다.

마르그리트(소프라노) : 파우스트랑 사랑에 빠진다.

발랑탱(바리톤) : 마르그리트의 오빠. 군인.

바그너(바리톤) : 발랑탱의 친구

지벨(메조소프라노) : 마르그리트를 사랑하는 젊은이

마르타(메조소프라노) : 마르그리트의 동네 아낙

늙은 철학자 파우스트는 일생을 연구에 바쳤지만 정작 인생이 무엇인지 알지 못한다. 그는 행복한 사람들을 저주하고 죽고 싶은 심정이다. 그때 악마인 메피스토펠레스가 등

장해 파우스트가 원하는 모든 것, 영광, 권력 등 무엇이든 줄 수 있다고 말한다.

파우스트는 '다른 모든 것 다 필요 없고, 오로지 젊음을 달라'고 말한다. 메피스토펠레스는 조건을 내걸고, 파우스트와 계약하여 서명하게 하고, 마법의 약을 마시게 한다. 파우스트는 멋쟁이로 변한다.

마을 축제가 한창이다. 흥겹게 마시고 노래한다. 군에 입대하는 발랑탱은 여동생을 돌봐달라고 친구 지벨에게 부탁한다. 이때, 메피스토펠레스가 끼어들면서 나타나 '황금송아지의 노래'를 부르며, 점쟁이로 등장한다. 바그너에게 돌격을 하다가 죽을 것이라고, 지벨에게 당신이 닿는 꽃은 모두 시들어 버릴 거라고. 발랑탱에게 아는 사람에게 살해될 거라고. 메피스토펠레스에게 분노해서, 발랑탱이 칼을 빼들지만, 그의 마력으로 칼이 부러져버린다. 모두 그의 마력에 놀란다.

유명한 왈츠에 처녀들이 춤춘다. 파우스트는 그중 마르그리트에게 반한다.

마르그리트의 집 앞 정원 ; 지벨이 만지는 꽃은 모두 시들어 버려 탄식한다. 메피스토펠리스가 파우스트를 데리고 이곳에 나타난다. 여기서 메피스토펠레스가 보석상자로 마르그리트를 유혹한다. 그리고 파우스트와 사랑에 빠지게 만든다. 임신한 마르그리트는 파우스트에게 버림받았다.

교회에서 기도하는 마르그리트에게 메피스토펠레스가 위협하고, 저주해서 그녀는 실신한다.

병사들이 돌아오고, 발랑탱은 여동생의 부정을 듣고 교회로 달려간다. 파우스트는 마르그리트에게 수치와 불행을 준 것을 후회한다. 발랑탱이 파우스트에게 결투를 신청한다. 메피스토펠레스의 도움으로, 발랑탱은 여동생을 저주하면 죽게 된다.

감옥 : 마르그리트는 아기를 죽인 죄로 감옥에 갇혀있다. 파우스트가 그녀를 데리고 도망치려하나 제정신이 아니다. 이곳에 온 메피스토펠리스를 보자 '악몽이여 물러가라. 하느님이여 지켜주소서'라며 절명한다. 메피스토펠레스는 '심판은 끝났다'고 외치지만 오히려 천국 문이 열리고 천사들이 마르그리트의 영혼을 데려간다.

프랑스 작곡가 샤를 구노(1818~1893)는 가곡 [아베마리아]와 오페라 [파우스트]로 유명하다. 아버지는 화가, 어머니는 피아니스트였다. 파리 음악원에 입학한 18세 즈음에 교회음악 작곡가가 희망이었다. 1839년 우수한 신진 예술가에게 주는 '로마대상'을 받아 로마에 유학했다. 다섯 살에 세상을 떠난 그의 아버지도 1783년 미술분야에서 이상을 받았다. 로마에서 구노는 조반니 피에르루이지 다팔레스트리나(1525~1594)의 교회음악에 큰 영향을 받았다. 그리고, 다시, 독일음악에 대단한 충격과 깊은 인상을 받았다.

1859년 3월 19일 파리 테아트르 리리크 무대에 오른 [파우스트]는 독일 음악의 장중함, 이탈리아의 유연함, 프랑스의 관능미를 더해 구노 인생의 최고의 성공을 안겨주었다. 이때부터 구노는 프랑스를 대표하는 오페라 작곡가로 인정받았다. 구노의 대표작이자 최고의 인기작은 [아베마리아]였다.

[파우스트]에서 괴테는 여주인공 그레첸을 소박하고 신앙심 깊은 전형적인 독일 시골처녀로 그렸지만, 구노의 마리그리트는 대담하고 애교가 넘치는 프랑스 처녀로 그려졌다. 이는 구노가 추구한 음악적/극적 여성성을 이해한다면, 마리그리트가 더 뚜렷한 현대적 개성을 지니게 된 것도 이해할 수 있는 것이다.

오페라 [파우스트]를 관람하며, P 방장님은 다시 이것저것을 설명했다.

오페라, 로미오와 줄리엣은 현대판으로 재해석해서, 율동을 첨가했다. 관객에게 새로운 즐거움을 주고, 춤을 추며, 노래를 불렀다. 그때, 많은 사람들이 그 오페라를 현대적으로 해석하며, 즐기게 하는 것이 중요했다.

그중 유명한 영화 [웨스트 사이드 스토리]가 그랬다. 뮤지컬 원작으로 셰익스피어의 '로미오와 줄리엣'을 현대적으로 재해석한 작품이었다.

그리고 뮤지컬은 번스타인이 작곡했다. 배경은 1950년대, 뉴욕의 웨스트사이드로 이탈리아계 백인 청년갱단 제트파와 프에트리코 이민자 청년 갱단 샤크파가 싸웠다. 이 이야기는 구역 다툼으로, 운명적으로 만난 제트파 리더 제프의 친구 토니와 샤크파의 리더 베르나르도의 여동생 마리아의 비극적 사랑을 다룬 이야기이다. 여기의 장점은 레너드 번스타인의 아름다운 음악과 선율이었다.

미국은 이민자의 나라이다. 1860년대는 감자기근으로 아일랜드계가 처음 이민을 했다. 그 후 1890년대는 북유럽인으로 스코틀랜드계가 이민했다. 1900년대는 러시아인 130만이 이민했다. 그때 유태인들도 함께 왔다. 뒤늦게 1930년 후반, 중남미에서 미국으로 이민 왔다. 이민자 엄마 아빠는 일을 했고, 뒷골목에서 애들은 패싸움을 했다. 먼저 온 이민자들은 제트파였고, 후에 온 중남미 이민자들은 샤크파이었다. 그들은 구역끼리 싸웠다. 결국, 현대판 로미오와 줄리엣처럼 비극적인 사랑을 노래하는 이야기인 것이다.

우리 방장님 머릿속은 예술 문화가 가득 찼다. 그 속에는 그림, 음악, 건축 등이 있고, 유명한 화가. 건축가, 음악가가 있다. 그는 우리 친구들에게 자신이 가진 모든 것을 보여주고, 가르쳐주며, 감동을 주려 애썼다. 그런데 내 머리는 돌대가리였다. 그가 말하는 것은 나의 머리로 30%~40%밖에 수용되지 못했다. 나는 되도록 그의 말을 기억하고자 노력했다. 그러나 그의 말을 알아들을 수가 없는 때가 많았다. 나는 한국 이름에 평생 길들여진 머리였다. 그런데 방장님이 말하는 것들은 각 나라의 특성을 지닌 새로운 언어라 머릿속에서 거부반응을 일으켰다.

나는 그것이 나를 더 힘들게 했다. 방장님은 파우스트를 부르는 로베르토 알라냐(테너)와 메피스토펠레스(베이스)를 부르는 브린터펠을 열심히 설명했다. 그러나 나는 절대로 그들의 이름들과 작품들의 제목 등을 알아듣지 못했다. 그냥 그들의 이름을 종이 쪽지에 기록했다. 어쩌다 시간이 있을 때 그들의 이름을 네이버 사이트에서 찾았다. 기록된 이름들은 네이버 사이트에 나오지 않았다. 예를 들어 '브리터널'이라 기록했다. 그런데 다시 심사숙고해서 찾으니, '브린터펠'이었다. 이름을 찾다 보면 그들의 작품이 나왔다. 그때 나는 방장님의 말을 이해했다. 그리고 그들의 작품을 찾아보고 다시 그 작품을 감상했다.

알베르토 알라냐를 찾아 오페라를 들었다. 예술의 기쁨이 나에게도 샘솟았다. 그것은 내게 맞는 정서였다. 나는 신났다. 그의 노래가 그렇게 기쁨을 줄 수가 없었다. 야, 이거로구나. 방장님을 통해서 나는 새로운 예술 세계를 맛봤다. 제목도 몰랐다. 그러나 그의 음악을 들으면 나만의 기쁨이 생겼다. 그래, 예술의 즐거움은 이런 것이었구나!를 생각했다.

*

남편 D 친구 부부와 골프를 쳤다.

공을 함께 친다는 것은 서로의 관계를 확인하며 우정을 다지는 일이기도 했다. 서로 못 만나고 교류를 못 해서 소통이 되지 않았더라도, 필드에 나가면 금방 친해졌다. 그리고, 우리는 오랫동안 공을 치며, 세상 돌아가는 이야기를 하며, 함께 즐겼다. 특히 자기 주변 이야기, 슬픈 일, 좋은 일들을 이야기하며, 공감했다. 그러나 가끔 의견이 충돌되고 상대편에게 필요 이상의 격한 감정이 일어나는 말을 해서, 서로의 상처를 받기도 했다.

친구 D는 돈 욕심이 많았다. 매사를 돈으로 계산했다. 먹는 것, 타는 것, 생활하는 것 등을 계산했다. 음식점을 가면 그 음식점 수익성을 계산했다. 여행을 가면 여행비를 따져, 가성비를 계산했다. 친구 D는 아마 죽을 때까지 회사를 운영할 것이다. 오 년 전부터 회사를 끝낼 거라고 말해 왔지만, 그들 부부 욕심은 그런 생각이 없는 것을 나는 잘 알고 있었다. 그들은 자기 회사 것으로 모든 경비를 충당했다. 그래서 그들은 그들이 하고 싶은 것들을 모두 회사 경비로 처리했다.

그들은 일 년에 두 번, 겨울과 여름 한 달씩, 골프 리조트로 여행 갔다. 그것을 그들은 최대의 행복이었다. 가장 저렴한 곳으로 가면,

서울에서 사는 것보다 더 경제성이 있다고 강조. 그곳에서 삼백만 원이면, 골프, 식사, 세탁, 청소 등 일체 모든 것을 해결한다고. 한 사람당, 하루에 5만 원이 드는 것이라 했다. 그러나 나는 그런 삶을 좋아하지 않았다. 내 집에서 잠자고, 먹고 싶은 것을 자유로이 만들어서 먹고, 하고 싶은 것을 하는 삶이 행복했다. 날마다 골프를 쳐서, 행복이라고? 나에게 그것은 지겨움으로 변할 것이었다.

나는 나다움의 삶을 사랑했다. 그렇다. 머릿속은 불행이고, 불편하며, 힘든 것들인 것이었다. 당장 뜨거운 여름에 아픈 엄마 밥상 차려주기, 술통을 끼고 사는 시집 못 간 딸과의 전쟁, 퇴직한 남편과 마음 상하지 않고, 즐겁게 살아가기, 사위가 사표 써서, 속 썩이고 있는 큰 딸 위로하며, 살아내기 등등 말이다. 그래도 지금 당장 내 스스로 허리 통증이 없어서, 모두를 용서 할 수 있어, 나는 행복했다. 당장 사업하는 동생, 돈이 없어서, 셋집 전세 출혈로 하소연을 받아줘야 하는 입장이었다. 그 고통도 나는 내 삶의 즐거움으로 생각했다. 또다시 친구에게 빌리면 되겠지 생각했다.

사실 돈을 빌리는 게 중요한 것이 아니라, 돈을 얼마나 빨리 갚을 수 있을 것인가가 문제였다. 동생 사업이 60세가 넘었는데 잘 풀릴 것인가를 생각하는 것이었다. 아이고, 이거고 저거고, 모두가 잘 풀릴 것으로 생각했다. 인생은 그랬다. 나쁜 것이 계속 밀려오는 일인 것이다. 좋은 것들은 오지 않아 보였다. 인생은 명쾌히 수학적으로, 깨끗하게 계산되지 않았다. 더 나쁜 것들이 안 오면 다행인 일이었다. 그래서 올같이 더운 해는 처음이었을 때, 친정엄마가 우리 집에 있다는 것은 큰일이었다.

남편이 함부로 옷을 벗을 수가 없었다. 나는 냉방증이 심해서 에어컨도 켤 수 없었다. 이래저래, 더위 타는 남편은, 불볕더위로 온통 힘이 들었을 터였다. 그때 나는 남편에게 말했다.

- 엄마가 우리 집으로 와서 불편하지만, 엄마가 우리에게 더 힘든 불행을 막아 준다고 생각하시유.
- 어차피 우리가 겪어내야 할 일입니다.
- 그래도 그동안 힘들 때 엄마가 우리를 도와줬으니 빚 갚는다 생각하시유.

내가 밥상을 차려서 엄마에게 갔다 주면,

- 얘야, 미안해서 어쩐다냐?
- 딸에게 미안할 거 없어요.
- 병원에 누워서 아들, 딸에게, '나 아파서 죽겠다'고 전화해서 불러대는 것보다 차라리 우리 집에서 내가 밥상 차리는 게 편안해요.
- 그리고, 맛있게 드시는 것이 병원에서 코 뚫고 있는 것보다는 좋잖아요?

어머니는 나름 나에게 폐를 끼치지 않으려 애썼다. 거실에 있다가 안방에서 남편이 나오면 작은 방으로 기어가셨다.

- 아니 더 TV를 보시지요.

- 아니다. 나 때문에 사위가 TV를 못 볼까 봐.

- 드라마도 끝났고. 눈도 아파서.

- 식사는 뭐로 할 거예요?

- 난 밥을 먹어야 해, 약을 먹으니까.

- 그래요.

당신은 한 번 먹은 음식은 먹지를 않았다. 당신은 매번 음식이 달라야 했고, 국물이 달라야 했다. 여동생은 그런 엄마가 미웠다. 그러나 나는 엄마를 미워할 수 없었다. 내가 엄마를 똑 닮았다. 같은 음식에 질려서 나는 냄새도 맡기 싫어했다. 차라리 맹물 먹고 굶는 편이 나았다. 그 애미에 그 딸인 내가 어찌 어머니를 욕할 수 있겠는가 말이다. 그랬다. 여름내 외국 가서 골프치느니 여기서 이렇게 지지고 볶고 사는 것이 내 삶이고, 내 행복이었다. 이런 것이 내가 나이가 들어, 내 생각도 유행가처럼, 익어가는 것일까? 어느 날 큰딸이 나에게 하소연했다.

- 엄마 나는 요즘 눈 만 뜨면, 아침에 밥, 점심에도 밥하는 거, 저녁에도 또, 밥을 해서, 밥 먹이는 것이 일이야.

- 나 너무너무 힘들어.

- 너 이제 사십에 힘들면? 엄마는 ?

- 나도, 외할머니 밥상, 아빠, 네 동생 데리고, 밥, 해 먹고 살잖아. 그것도 너보다 삼십 년 더 밥 많이 했잖아?
- 요즘 애들에 비해, 그렇기는 하네.
- 애들이 방학이고, Yong이 집에 있으니까 머리가 터져요.
- 그런데, 거기에 시댁 식구가 있냐? 모두 다 네 식구들이잖아.
- 그래, 애쓰기는 한다. 다른 젊은 주부들은 밥하기 싫어서 카페에서 식구들 모여 샌드위치와 커피로 식사를 땜질하던데.

삶이란 항상 불평하고 힘들다고 하소연하는 것, 그것이 삶이었다. 그냥, 멀쩡히 조용한 것은 평화롭지만, 그것은 진정한 삶이 되지 못하는 것처럼 생각이 들었다. 그렇다. 이제부터 나는 굴곡진 삶을 다시 깊게 사랑해보자고 생각했다.

*

2018년 9월 20일, 오늘 신문을 읽었다.

정상회담의 합의엔 북한 핵시설, 핵탄두, 핵물질 리스트에 대한 신고 문제와 구체적 비핵화 일정 등 미국이 요구해온 비핵화 조치가 전혀 포함되지 않았다. 문 대통령은 방북 전인 13일 "북한이 '미래 핵' 뿐 아니라 현재 보유하고 있는 '현재 핵'도 폐기하겠다는 것"이라고 했었다.

-「김정은 "핵 없는" 한마디에 …. 공중정찰, 해상훈련 포기」, 조선일보,

2018. 09. 20.

나는 김정은이 핵을 절대로 포기할 자가 아니라고 생각한다. 핵을 버리면 자기가 죽을 것이라고 생각할 것이다. 그는 핵을 통해 경제를 살리고, 핵을 통해 남한을 집어 삼키려 하는 자일 것이다. 그런데 그가 핵을 포기했다고 생각하는 문 정부가 어리석은 것인지, 아니면, 문 대통령이 일부러, 그렇게 해서 자신을 역사의 위대한 사람으로 남고자 하는 것인지 알 수 없었다. 사람들은 각자의 욕망에 사로잡혀 욕망을 좇다 죽는다. 문제는 그 욕망이 지배층의 잘못으로 나라와 국민이 사라진다는 것이다. 이미 우리나라는 36년의 일제 치하의 굴욕을 받았지 않았던가?

나는 이 나라가 무서워진다. 북핵 문제를 두고 걱정하며, 북핵 얘기를 하면, 남북 화해의 반대자로, 평화의 반대자로 비난받으며, 좌파인 가족 식구에게도 비난을 받았다.

- 형님 그 소리 어디서 들었어요?
- 인터넷에서.
- 그거 사실이 아니라고요.
- 거짓이라고요.

- 거짓인 걸 함부로 말하지 마세요. 형님!

난 어이가 없었다. 난 제부가 싫었다. 난 다시는 만나고 싶지 않았다. '그럼, 네가 아는 모든 것은 모두가 맞냐?'고 묻고 싶었다. 그러나 가족 모임으로 좋은 날 즐겁게 식사하자고 모였는데, 그 소리 해서 무슨 이득이 있겠는가를 생각했다. 나는 그 뒤에 함께 할 수 없음이 내 몸에서 일어났다. 저보다 나이가 열 살을 더 먹었는데 말이다. 그렇게 나에게 반박을 하는 것이 상종을 못 할 사람으로 내 몸이 부르르 떨려서 진정이 안 됐다. 평생을 함께하고 조용히 서로를 위하면서, 형과 동생으로 위로를 하며, 오손도손 살았던 모두가 사라졌다.

그 후 우리는 그래도 부딪힐 일이 많았다. 그러나 내 안의 살 떨림이 나는 그를 용서할 수 없었다. 나는 제부를 멀리해야 내가 살 것 같았다. 그러나 우리는 정치 얘기는 피했고, 만남을 피했다. 내가 스스로 피하는 것이 나를 위한 것이었다. 지금도 나는 그를 피하며 사는 것이 좋았다. 여동생이 만나자 하는 것도 미루고 미루었다. 나는 지금 내 마음을 치유하는 중이고 마음에 딱정이가 져서 떨어져야 할 때까지 기다리는 것이었다.

김정은 핵은 명실상부하게 방 안의 코끼리가 된다. 코끼리와 사람이 방 안에서 동거하게 되면 사람 생각은 중요하지 않게 된다. 사람이 코끼리를 없는 것으로 치든 말든 코끼리가 움직이거나 배가 고프면 그것이 실존적 위험이다. 사람들은 코끼리가 일어서면 놀라 피할 뿐 어쩌지 못한다. 이들이 가장 믿는 것은 늘 그랬듯이 '설마'다.

-「양상훈 칼럼-김정은 核, 이러다 '방 안의 코끼리' 된다」,

조선일보, 2018. 09. 20.

이번 문 대통령이 합의해서 북한에 퍼줄 돈이 150조라 했다. 나는 이 돈은 남한을 다 팔아서 몽땅 북한에 퍼다 줄 돈이라 생각했다. 거기에 미친 집값이라며 국민들 특히 강남에 사는 사람들을, 모두가 나쁜 사람들로 몰아넣어 세금 축출에 혈안이 된 정부는 이상한 나라의 집권당으로 여겨졌다. 강남에 살기 위해서 얼마나 노력하고 밤새워 돈을 벌었다는 생각은 왜? 못하는 것인가? 남이 잘 살면 배가 아프다는 말이었다. 세계의 유명한 부자들은 다 그런 어려움을 거쳤던 사람들임을 왜 모르는지.

우리나라가 어떻게 변화해 갈지 나는 걱정스러웠다. 너무 한쪽으로 기울어서 가는 모습이 불안했다. 좀 느리게 천천히 변화를 가지며 가야 하는데, 현 정권은 뭔가 빨리 이룩하고 만들어보자 했다. 그럴수록 부작용은 더 커지고 더 쉽게 망가지는 것을 왜 모르는지 이해가 안 갔다. 모든 세계 정치인들은 모두가 그랬다.

그리스가 8년간 이어진 구제 금융 프로그램에서 벗어난

지, 한 달도 안 돼 선심성 정책을 대거 쏟아냈다. 그리스는 국가 부도 직전에 몰려 2010년부터 유럽중앙은행(ECB)이 주축인 국제채권단에서 수혈받은 돈으로 연명해왔다. 각고의 노력으로 8년 만에 수혈을 중단했다. 그리고 이제 다시 돈을 푸는 과거로 돌아가겠다고 선언한 것이다. 스페인도 나랏돈을 푸는 정책을 내놓은 것이다. 스페인 총리는 취임 100일을 맞아 전임 정부의 긴축정책을 중단하겠다고. 공공의료 서비스를 개선하겠다고. 공무원 임금 올려주고. 지방자치단체에 교부금 넉넉히 주겠다고. 총리는 천문학적 재정투입을 예고했다. 원전을 폐기하고 재생 에너지로 전환하겠다고. 2025년까지 원전 5기의 가동 중단. 다시 정권을 찾은 스페인 사회당은 선심성 정책을 내놓으며 시계를 거꾸로 돌리고 있는 것이다. (중략) 문제는 이 남유럽 국가들이 다시 늪에 빠지면, 유럽국가들로, 다시 전 세계로 연쇄적인 파장을 부른다는 것이다. 나랏빚이 그리스는 184%, 이탈리아는 131%로 유로화 국가로, 빚더미 1~2위이다. 여섯 번째인 스페인은 97%로 유로존 평균(86.7%)보다 큰 편이다.

-「경제 위기 벗어나나싶더니… 다시 고개드는 南유럽 포퓰리즘」,

조선일보, 2018. 09. 19.

세계 어느 나라든 국가를 장악하기 위한 권력자들은 똑같았다. 우리나라가 선심 정치를 하고 기업을 죽이며, 부자들의 돈을 뺏어서 저소득층에게 돈을 퍼 주고 하는 형태가 너무나 똑같았다. 나의 미국 친구가 미국에서 한국으로 와서 나에게 말했다. '미국 부자들은 가난한 사람들을 욕하는데, 한국은 가난한 놈들이 부자를 욕한다'고 했다. 그것은 잘못이라고. 이치에 맞지 않다고. 미국은 가난한 놈이 일을 안 하고 부자 놈 것을 얻어먹는다고 욕한 것이라고. 한국도 마찬가지인데 왜 부자를 욕하는지 알 수가 없다고.

나는 생각했다. 그것은 정치인들의 농간이라고. 이분법으로 부자 놈은 악으로 가난한 놈은 선으로, 정치 논리를 써서, 공산당처럼 이용한 것이라고. 지금 정부는 적폐를 써서 선과 악으로 사용하고 있는 것이다. 정치인들은 왜 그리 야비한지, 모두가 지옥으로 떨어졌으면 좋겠다. 그들의 머리는 국민을 이용하고, 포퓰리즘 선심을 써서, 오로지 집권과 권력에만 혈안이 되어있을 뿐이다. 국가의 미래를 책임지지 않았다. 지금 한국의 경제는 계속 추락하고 있다. 집권당은 그런 거 상관없다.

집권당은 자기들이 하고 싶은 거를 모두 실행해서, 국가가 망가지면, 더 쉽게 자기네 마음대로 국가를 뒤흔들어 댈 수 있다는 쪽에, 강했다. 나는 국가가 걱정스러웠다. 이 나라를 이렇게 5000년 역사 중, 가장 잘사는 나라가 망가져 가는 것이 안타까웠다. 나야, 이제 수명이 길지 않으니, 살만큼 살았는데, 우리 후손들이 걱정스러웠다. 집권당은 이제까지 경제를 위해서 돈을 벌어보지 못한 사람들이 많다는 것이 문제다. 김대중 대통령은 그가 돈을 벌어봤으니 경제 사정을 잘 알았다. 어쩌면, 나라를 운영하는 일은 실제로 자기 스스로가 힘들어, 돈을 벌어 봐야 하는 것일지도 모른다.

나는 나를 생각해봤다. 내가 대학을 졸업하면서 취업을 하려고 애를 썼다. 처음에 사립학교를 추천받아서 쉽게 교사로 취직했다. 몇 년 있다가 학교 내에 이사장단과 교직원의 불화로 나는 퇴직했다. 다시 임용고시를 보고 시골 교사로 취업했다. 5년 뒤 결혼하고, 애기 낳아서 퇴직했다. 생활이 궁핍하면서 재취업을 시도했으나 쉽지 않았다. 그때 나는 기술자이어야 취업이 쉽다고 생각했다. 그래서 나는 기술자가 좋아 보였다.

다시 석사, 박사 공부를 했다. 그리고 대학 강사로 끝날 때까지 일했다. 그리고 다시 이것저것 강의를 들으며, 경제공부에 힘썼다. 돈은 쉽게 벌려지는 게 아니었다. 그러나 나는 열심히 최선을 다했다. 후대로 내려와서, 내 딸들은 지금 한창 고민 중이었다. 큰딸은 남편이 퇴사했으니, 답답했다. 자기가 외항 항공사라도 시험을 볼까 생각 중이었다. 결혼 못 한 작은딸 역시 마찬가지로 고민했다. 아빠는 말했다.

- 네가 이제 결혼을 하든 안 하든 이제 상관없다. 그러나 이제 함께 살 수는 없다. 네가 스스로 독립해라.

- 네가 학원에서 집으로 돌아와서, 밤 1~2시에 음식을 먹으니 우리는 잠을 잘 수가 없다.
- 너도 알다시피 우리는 나이가 들어 평소에도 잠을 못 잔다.
- 그런데 네가 그 시간에 부신덕거리면 우리는 잠을 못 자서 그다음 날 아무 일도 못 한다.
- 네, 알고 있어요. 그래서 언니가 외항사 일을 하면 나도 함께하려고요.
- 그래 좋겠구나. 그러나 뭐든 실천을 해야지 마음만 가져서는 안 되니라.

그렇다. 꼴랑 학원 강사 50만 원으로 살아간다는 것은 쉽지 않을 것이다. 남편은 돈 버는 게 쉽지 않음을 몸소 체험하게 해야 했던 것이다. 그놈은 하루 쉬고 하루 일해서, 받으려 하는데 그게 말이 안 되고, 투잡, 쓰리잡도 해야 한다는 것이다. 나도 그랬다. 둘째 놈은 월, 수, 금만 강의하는 데 화목토도 강의해서 두 배를 받아 살아야 하는 것이라고. 나는 우리 새끼가 그렇게 멍청이면서 부모 빈대로 먹고살 줄은 꿈에도 생각 못 했다. 모든 것이 내 탓이라 생각했다.

그러면서 남편은 둘째에게 말했다. 너 그래도 내 H 친구 아들보다는 훌륭하다고. H 친구 아들은 어디 다단계에 빠져 외제차 몰고 다니며 으스대는 것이 인생을 망쳐가고 있다고. 그보다 넌 매우 훌륭하다고. 돈 욕심 부리지 않고, 한탕주의에 빠져들지 않았으니까 말이다. 그러나 스스로 살아가는 것이 좋겠다고 설명했다. 이제 엄마도 마지막 인생에, 자유를 주어야 한다고 강조했다. 딸애는 아빠의 말을 열심히 들었다. 그리고 뭔가 마음이 불편했는지, 몸을 비틀면서 움직였다 (그때, 우리는 음식점에서 막걸리를 먹고 있었다).

- 아빠, 나 화장실 좀 갔다 올게요.
- 그래.

그 후 둘째 딸은 음식점에서 사라졌다. 아마도 듣기가 괴롭고 힘들었을 것이다. 그 애는 독립이라는 것이 무척 힘든 일인 것이다. 물론 경제도 안되고 심리적인 독립도 두려워서 말이다. 나는 내 딸에게 보냈던 문자를 살펴보았다.

- S야, 술 좀 적당히 먹어라. 술 취한 네 모습, 그건 아니잖니?
- 아빠가 술을 얼마나 좋아하냐?
- 그런데도 너 때문에 집에서, 금주를 선언하고 술을 안 먹잖냐?
- 너, 흑역사는 그만 만들자고.
- 술을 아주 먹지 말라고는 않겠다. 다만, 음식을 즐길 만큼만 먹으라고.
- 그리고, 넌 술만 먹으면 술주사가 생기더라고. 무슨 잔소리를 하고, 소리치고, 야유하며, 난리를 치더라?
- 그런데, 너 아빠 알잖아. 평생 직장에서 술 먹고, 그 스트레스를 술로 풀어서 직장 상사들, 개자식이니, 나쁜 놈이라고, 밤새워 욕하며, 술 주사로 잠 못 들던 시절이 얼마나 많았냐?
- 평생 아빠한테 그렇게 살았는데, 자식한테 그렇게 험한 소리로 엄마 괴롭히

는 소리 듣는 거 끝내며 살고 싶다.

- 제발, 즐겁게 살자고. 내가 너한테 용돈 달라, 생활비 달라는 거 아니잖니?

- 너 학원에서 늦게 와 술 먹고, 양치질 안 하고, 잠자서, 이 다 빠지겠다. 몸 망가져서 병원에 입원하지 말라고.

- 너 때문에 속 썩여서 아빠 먼저 죽게 하지 말라고.

- 자식 속 썩이면 아빠가 먼저 일찍 가는 거 알지?

- Y 외삼촌이 암에 걸려서 죽고, 곧 외할아버지도 죽은 거 알지?

- R 아줌마 아들, 교통사고로 죽었고, 곧 그 남편도 죽었잖아.

- U 테니스 아줌마 아들 죽고, 그의 남편 암으로 갔다고.

- 아들이나 딸이 죽으면, 아빠들이 스트레스로, 일찍 죽는다고 의사들이 말했다. 아빠가 가면, 너 큰일 아니냐? 이제 적당히 술 먹고, 네 짝 데리고 오라고.

- 네가 약속한 거야.

- 네가 나에게 신랑 찾아오라면, 별이라도 따오지. 너의 반란과 반항으로 여기까지 온 거잖아.

- 신랑감으로 뿔러스 아니면, 마이너스 10~15세 어느 것이든 우리는 모두가 좋다고.

그렇게 나는 실갱이를 하며 나이 든 딸을 데리고 사는 것이 얼마나 힘든가를 생각했다. 사실 늙다리 애들은 할 일이 없는 것이다. 애 키울일이 있나? 돈 벌일이 있나? 항상 부모의 캥거루 가족이니 말이다. 청소, 빨래 모든 것은 대충 자기 것만 챙기면 되는 것이다. 밥 신경을 쓸 일 있나? 뭐 할 일이 없는 것이다. TV를 보든지 인터넷, 혹은 스마트 폰만 즐기면 되는 것이었다. 그러다 보니 늙다리 애들은 무능해서 늙고, 병들며 죽어 가는 길에, 길들여지는 일밖에 없었다. 그런 생각은 나의 머리와 가슴을 터지게 하는 것일 뿐이었다.

드디어 이별의 날이 결정 났다. 며칠 동안 아빠와 실갱이를 하며 저스스로도 고민을 했을 것이다. 추석이 지나면 언니네 빈 오피스텔로 독립하기로 했다. 보증금은 딸이 모은 칠백만 원에 내가 삼백을 보태기로 했다. 거기에 모자라는 월세 이십만 원을 내가 보태기로 하고, 아빠가 관리비를 내주기로 했다. 그리고 그가 먹는 것은 우리 카드로 구매하라고 남편은 제안했다. 일단 우리는 서로 분가하기로 합의를 보았다. 큰딸은 어느 점쟁이가 동생이 분가해야 시집을 갈 수 있다 했다고. 나는 좋다고. S는 속으로 쾌재를 부르고 있을 터였다.

그동안 아빠와의 갈등으로 심란하게 마음의 고통을 받았을 것이다. 경제력은 없지 학원 강사비 50만 원으로 어찌할 수가 없었을 것이다. 그래도 2년 동안 우리 집에 살면서 칠백만 원을 모았다는 것이 훌륭했다고, 남편은 칭찬해주며, 나머지를 채우고, 부족한 걸 채워서, 분가하기로 했던 것이다. 일단 우리는 심리적인 자유가 생겼다. 각자 자기 인생을 자기가 책임지고 살기를 바았다.

*

2018년 9월 23일, 내일은 추석날이다.

추석 전날 새벽에 잠이 깼다. 이제 막 새벽 1시였다. 잠이 오지 않았다. 걱정이다. 아침이 되면 동서와 조카들이 대거 추석을 쇠러 올 텐데…. 일찍이 제사 음식과 집에 오는 손님들의 아침 식사를 준비해야 할 텐데, 이렇게 잠이 오지 않아서, 몸에 탈이 생길까 봐 걱정이었다. 피곤하면, 허리를 못 쓰는데 말이다. 할 수 없이 일어나 잠 오기를 기대하며, 책을 읽었다.

> 삶은 불안정한 것이다! 이 진리가 그대 속으로 깊숙이, 아주 깊숙이 파고들게 하라. 그것이 그대의 가슴 깊은 곳에서 하나의 씨앗이 되게 하라. 삶은 불확실한 것이다. 그것을 확실한 것으로 만들려 하지 말라. 그것이 삶의 본질이다. 따라서 그것에 대해선 아무도 어떻게 할 수 없다. 그대가 무엇을 한다면, 그것은 독이 될 것이다. 그것은 삶의 아름다움을 죽이기만 할 것이다
>
> -『장자, 도를 말하다』, 오쇼, 청아출판사.

할아버지는 우리가 슬리크(여우)의 영토 안에 앉아 있다고 말씀하셨다. 사람들은 여우 사냥꾼이라면 누구나 여우를 죽이는 것으로 생각하지만, 그건 전혀 사실이 아니었다. 할

아버지는 지금까지 한 번도 여우를 죽인 적이 없었다. 여우 몰이를 하는 이유는 개들 때문이었다. 할아버지는 개들이 쫓아다니는 소리를 듣기만 하시다가 여우가 굴로 들어갔다 싶으면 개들을 도로 다 불러들였다. 말하자면 여우 몰이는 개들을 훈련시키기 위한 놀이였다.

-『내 영혼이 따뜻했던 날들』, 포리스트 카터, 아름드리미디어.

나는 인생의 이치를 자연에서 깨달을 때가 많았다. 인간의 본능을 이해하지 못하면 동물에서 찾았다. 자연은 분명 모든 것이 자연스러웠다. 장자 말 대로 쉬운 것이 자연스럽다 했으니 거기에 도가 있는 것이다. 추석 명절이 돌아오면 집안은 시끄럽고 심란했다. 주범은 시어머니의 욕심이었다. 큰아들네 집에서 제사를 지내기로 했으면, 그것에 따라서 가족이 모이고 즐겁게 명절을 쇠면 그것으로 행복할 것이지만, 시어머니는 그런 것을 바라지 않았다.

당신이 모든 것을 관장하고 지시하며, 자식들을 지휘해야 했다. 이번에 당신은 또 어떤 꼼수를 부릴까를 나는 생각했다. 당신은 큰아들네 집으로 모이는 꼴이 싫었다. 그는 막내아들을 괴롭혔다. 내가 아파서 죽을 것 같다며 막네네에게 나를 보살피라고. 그러면서 다른 아들네에게도 큰 형네 집 안 가기를 바랐다. 그러면서, 고거 봐라. 네가 제사를 지내봐야 동생들은 가지 않을 것이라고. 온갖 핑계를 대며, 동생들을 함께 모이는 것에 탓을 붙여 가지 말라 했다. 당신이 중심이 아니고, 형 중심으로 모이는 꼴이 못마땅했던 것이다.

둘째와 셋째 며느리들은 이제 그런 거와 상관없었다. 일찍 오겠다고 연락 왔다. 얼른 제사 음식 끝내고, 지하상가 탐방에, 한강 탐방하는데 마음을 두고 있었다. 나는 명절을 즐기는데 가치를 두었다. 모처럼 만나고, 맛있는 거 먹고, 쇼핑하고, 저녁에 찜질방 가고 하면 되는 것이었다. 나는 시어머니가 부리는 꼼수를 평생 겪었다. 이제 그러려니 했다. 내가 아무리 잔치를 벌여 행복하게 하려도 그는 모두를 망쳤다. 이번 당신 생일 88세, 미수 잔치를 해주려 했는데 나는 이번 추석 명절을 보고 접기로 했다.

내가 잔치를 벌여 놓으면 또 어떤 꼼수로 남편과 나를 골탕 먹이겠는가? 역시 당신은 잔치를 받을 자격이 없었다. 만약 잔칫상을 계획해서 벌려놓으면, 당신은 "아니야, 나는 안 하련다"라고 뒤집어서, 남편을 곤혹스럽게 만들어 놓을 것이다. 그리고 당신은 틀림없이, 나, 그 잔칫상 대신 돈으로 달라고 했을 것이다. 이제 나는 당신의 꼼수를 그만 당하고 싶었다. 그래서 인생을 적당히 편하게, 돈 안 들고 지내고 싶었다.

토스트로 아침 식사를 간단히 먹었다. 새벽 1시경부터 잠이 깨서 잠을 못 자다가 4시경에 잠이 들었다. 그래서 늦잠을 잤다. 나는 마음이 급했다. 둘째네와 셋째네가 집으로 금방 들이닥칠 것 같았다. 시골에서 새벽부터 운전하고 오면 배가 고플 것이었다. 쌀을 씻어 밥

솥에 넣고 스위치를 눌렀다. 큰 압력솥에 소고기 사태와 차돌박이, 무, 배추, 대파를 넣고, 양념거리를 넣어, 푹 삶았다. 밑반찬으로 새로 담은 김치와 알타리 무를 썰어놓고, 김을 썰었다. 그렇게 준비를 해 놓으니 편안했다.

조금 있다가 둘째네와 그의 큰아들 식구들이 함께 들어왔다. 우리 는 서로 함께 인사를 했다.

- 아이고, 힘들었겠다. 어서 와.

- 안녕하세요? (둘째네, 큰며느리 J)

- 배고프겠다. 여기 솥에서 밥 뜨고, 저기, 솥에서 국 떠라?

- 네, 큰엄마.

- 밥 먹고 너네는 서울 구경 가라? 우리가 다 할게.

- 그래도 되유?

- 그럼. 그럼.

- 어디 갈 건데?

- 롯데월드 애들 데리고 놀러 가려고요. 그래서 표도 미리 예매해 왔어요.

- 그래 잘했구나.

- 설거지는 우리가 할게. 싱크대에 놓고 부지런히 놀다 와라.

나는 남편을 불러 애기들 용돈을 주라 했다. 그리고 그들은 전철을 타러 떠나갔다. 그때 마침, 셋째네가 초인종을 울렸다. 현관문을 열었

다. 나는

- 어서 오세요.
- 형님 저 왔어요.
- 어서 오세요.

셋째 삼촌은 아주 오랜만이었다. 그를 못 본 지가 칠팔 년 되지 않았나 싶다. 그는 나에게 눈을 맞추지 못했다. 나도 그가 탐탁하지는 않았다. 그와 나는 서로 정서가 달랐다. 그는 큰형수인 나를 당신 어머니 편 쪽에서 욕했다. 어떻게 욕했는지는 모르나. 하여간 난 시댁 쪽에서 시어머니 중심으로 이루어졌던 시댁 일에서 부당한 며느리일 뿐이었다. 그는 자신을 높이고 자기중심적인 사람이었다. 시어머니와 같은 성향이었다. 나는 그런 류의 사람을 싫어했다. 남을 배려하지 못하고 자기식의 자아에 빠져서 상대방에게 자신을 드러내며, 자화자찬에 강한 사람들이었다.

한마디로 정치적인 성향이 강하면서, 자기 존재감을 극대화하는 사람이기도 했다. 여하튼 내 취향이 아닌 사람임에는 틀림없었다. 거기에 시어머니와의 불화로 그는 나를 적대시했다. 가족 결혼식에서 그는 나를 보면, 눈총을 주었다. 나는 그의 적이었고 어머니의 적이었다. 내가 60세를 넘기면서 시어머니에게 정신적 독립을 선언했을 때부터, 우리는 서로 적의 관계였다. 그때 나는 삼십 년 넘게 시댁에 봉

사했고, 생활비와 부대비용 등을 지불하며 살았다. 그런데도 시어머니 마음에 안 들면 새벽녘에 전화해서

- 난, 너 때문에 한숨도 못 잤다. 네가 그럴 수가 있는기가?
- 어머니, 잘못했어요.
- 다시는 안 그럴게요.
- 죄송해요. 어머니.

삼십 년 후 어느 날 나는 문득 생각했다. 그런데 내가 뭘 잘못했는데? 명절마다 하루 전전에 식구들 먹을 고기 열 근 사가고, 제시비 주고, 생활비 주며, 다시 명절 용돈 주고 가는데, 거기에, 서울 집에 돌아가서, 그다음 날, 새벽 시어머니 맘에 안 든다고 혼나는 것인데…. 이건 아니잖냐?

그때의 반란은 시작되었다.
- 나, 너 때문에 한숨도 못 잤느니라.
- 어머니! 내 나이가 환갑이 넘었어요.
- 나 이제 그 집 며느리 그만할래요.
- 저 그 집 며느리, 호적에서 빼주세요.
- 저, 이혼할래요.

그리고 전화를 끊었다. 그 후 셋째 삼촌과 시어머니와 나는 적이 되

었고 적으로 살았다. 나는 제사나, 차례에 참석하지 않았다. 삼촌은 나를 악으로 지칭했을 것이다. 그런데 우리가 제사를 모시게 되었고 자기가 우리 집을 온다는 것은 큰일일 것이었다.

셋째 삼촌은 사연이 많았다. 그는 경찰청장으로 퇴직을 했다. 퇴직을 하고 4년 동안 시골에서 혼자 작은 아파트에서 살았다. 우리는 명절 때마다 셋째네가 참 이상하다고. 셋째 며느리에게 문제가 있을 것이라고. 아니야, 셋째 삼촌이 문제일 것이라고. 형제들은 그들을 심심풀이 땅콩, 이야기로 삼았다. 그런데 드디어 올 초 봄에 셋째 삼촌이 결국 셋째네 집으로 들어가서 산다고 소식이 전해졌다. 남편은 말했다.

- 제까짓 놈이, 돈 없으면 집으로 기어들어 갈 수밖에 없는 거야.
- 그래?

그 후 여러 사연은 모두가 사그라졌고, 우리 집으로 제사를 지내려 나타났다. 형제들이 모여 즐겁게 식사를 하고 술을 먹으며 건배를 외쳤다. 그동안 쌓인 묵은 감정 찌꺼기는 사라졌다. 이튿날 차례를 지내고 형제들은 악수를 하고 건강하라며 손을 흔들고 떠나갔다. 시어머니 때문에 틀어진 형제들의 우정은 살아났다. 그 후 남편은 편안한 동생들의 모임을 즐겼다.

큰딸 Jin은 분노가 쌓였다.

Jin네 옛 사무실인 오피스텔로 작은딸 Seung이 분가하기로 했다. 봄부터 오피스텔 세입자가 없어서 그곳은 빈 곳이었다. 계속 관리비와 융자금만을 출혈하고 있었다. 그런데 Seung은 경제력이 없었다. 결국, 아빠가 관리비 부담을 하는 것으로 했고, 나도 보조금 1/3을 보조하기로 했다. 여기에, 보증금 일천만 원인데, 그는 700만 밖에 없어서 내가 300만 원도 추가 보조하기로 했다. 오늘 Seung이 빈 오피스텔에 가서 청소를 하고 왔다.

- 괜찮니?
- 아무래도 벽지를 새로 하면 좋겠어.
- 그럼 세입자로서 주인에게 해달라고 해야지.

그는 언니에게 전화했다. 그러나 받지 않았다.

- 걔는 항상 바빠서 전화를 못 받더라?
- 맞아, 언니는 전화 받을 때가 없어.

한참 후 전화가 왔다.

- 엄마, 도배를 해야 된다면서요?

- 그래, 다음을 위해서, 그리고 집을 보호하는 차원에서, 어차피 새로 세입자를 놓으려면 도배를 하는 게 좋지.

- 그럼 어디서 할까요?

- 그래 어디 싼 데, 좀 찾아보자.

그래서 찾았는데, 이것저것 고칠 곳이 많았다. 나는 잘 아는 인테리어업자 S 사장에게 이틀 후에 하기로 했다. 그런데 그는 좀 비싼 편이었다. 나는 문자로 S 사장이 2일 후에 하기로 했다고 문자를 보냈다. 그랬더니 잠시 후 Jin에게서 격한 소리로 전화가 왔다.

- 엄마 그 비용이 얼마예요?

- 모르지. 한 50~60만 원 되지 않을까?

- 그거 내가 다 내야 해요?

- 그 오피스텔, 네 것이잖아.

- 난 이름만 반쪽인 거잖아.

- 아니, 엄마는 Seung에게 더 유익하게 하고 난 손해 보는 느낌이라고요. 내가 여행사 차려서 거기서 생긴 돈으로 오피스텔 살 때도 S 이름을 억지로 등기 하라 했잖아요.

- 어? 그게 무슨 소리니?

- 그때 너 S 몫으로 내가 이자 냈잖아? 그리고 한참 후에 그 돈 내가 너에게 갚아줘서 너 작은 집 사지 않았니?

- 네 사무실, 오피스텔에 내가 수리비, 팔백만 원인가, 내가 내줬잖아. 그리고, 그 오피스텔 네 이름으로 융자가 안 나와서, 내 이름을 빌려준 거잖아. 그리고 그거 네가 관리해서 월세 받는 거고. 그 월세에서 융자금 내고 있는 거잖아.
- 그리고, S의 세금 내가 내주고 있잖아. 네 사무실 오피스텔 세금도 내 이름이 있어서 반은 내가 내고 있잖아.

분노가 섞인 억양으로 그는 나에게 따지며 물었던 것을 나는 수학적으로 계산하며 말했다. 결국은 반반임을 확인시키려 애썼다. 잠시 분노의 말투는 사그라들었다.

- 아니, 몰라요. 다음부터는 내가 아는 싼 곳을 찾아 도배도 할 거고요. S 사장에게 안 할래요.
- 그래. 그건 네 맘대로 하라고.

J는 각진 소리를 완화하면서

- 알았어요. 이번 도배비는 내가 낼 거예요.

그래, 네가 많이 힘들겠구나. 남편이 사표를 냈으니, 작은 돈에도 각을 세우는구나 생각했다. 남편은 그래 우리가 내줘라 했다. 나는 전화를 J에게 했다.

- 우리가 도배비용을 낼게.

- 아니에요. 내가 낼 거예요.

- 우리가 낼게.

- 아니라니까요? 내가 낼 거예요.

- 그래. 그럼, 그러든지.

J는 다시 각을 세워서, 목소리를 세게 높였던 것이다. 나는 갑자기 자식이 무서워졌다. 너무 가깝게 무슨 공동의 투자 작업이 얼마나 어려운가를 확인했다. 아버지 사업을 자식에게 물려주고 함께 경영하는 것이, 얼마나 고통스러울 것인가를 생각했다. 주변에 그런 사람들은 많았다. 아주 적은 돈을 몇십 년 동안 아껴서 모은 돈은 아들들에 의해서 금방 소비되었음을 알리는, 뉴스를 통해 들었다. 그래, 적당히 거리를 두고 자식과의 관계를 불편하지 않게 유지하는 것도 하나의 방법이리라.

나는 다시 S에게 말했다.

- 너네 형제는 무엇이든 동업을 하면 안 된다. 각자가 알아서 새롭게 너네 일을
  만들어야 한다.
- 성향과 생각이 달라서 싸울 수밖에 없어.

이제 S 때문에 일어나는 정신적 문제를 해결하려 하니 또다시 J가

부리는 욕심 때문에 불편한 심리적 일이 그 자리를 메웠다. 그래, 인생이란 그런 것이었다. 문제가 일어났다가 가라앉고, 다시 새로운 문제가 생기는 것이 인생인 것 같았다. 누가 암으로 아프다든가, 갑자기 사고가 나서 죽는 일이 없으면 인생은 성공이었다.

한참 후, 딸 J에게 전화가 왔다.

- 엄마 미안해요. 엄마에게 화나서 말한 거.
- 그런데 그거 55만 원 받아야 하는데, 50만 원에 해 준 거라고요.
- 그래?
- 난 S가 끼면 이상하게 싸움이 되더라고요.
- 어쨌든 미안해요.

그리고 전화는 끊었다. 나는 다시 속이 불편해졌다. 그래서 오랫동안 마음을 달래고 문자 보냈다.

- J야, 네가 사과해줘서 고맙다. 그러나 넌 요즘 화를 내는 일이 너무 잦구나.
- S는 결혼도 못 했고 불쌍하지 않냐? 너네 애들이 그런 상황이 왔을 때 결혼한 자가 너처럼 공격하면 너 좋겠니?
- S에게 내가 더 해준 게 뭔지 모르겠다.
- 너는 U 아줌마에게서 네가 필요한 돈 800만 원, 내가 8만 원씩 이자도 내고 있잖아. 그리고 일단, 다달이 50만 원씩도 지원하고 있고, 이번 추석에도 너네 애기들 옷, 18만 원어치 사줬다. 내가 좋아서 했다. 그러나 내가 돈이 많

아서는 아니다. 이자가 몇백씩 나가니까.

- 내가 골프치는 거 6만 원씩 회원권으로 친다. 한 달에 30만 원씩 쓸 자격, 엄마랑 아빠랑 있다고 생각한다.

- 그 대신 너네 테니스 레슨비도 지불해주고 있잖니?

- 네가 나에게 공격하듯이 네 시어머니에게도 그럴 것 같구나. 그럼 우리 너무 슬프다. 너네 시어머니나 나나 그렇게 너네 친할머니처럼 부당한 대우 받을 일 없구나.

- 우리들에게 잘할수록, 복이 돌아온다. 너같이 공격형은 자기 스스로를 망가지게 할 수 있음을 말하고 싶다.

- 나는 이제까지 동생들에게, 또는 부모들에게, 베풀기만 했지, 동생들을 두고 시기하고 질투한 일이 없구나.

- 이번에 갈수록 욕심과 욕망으로 가득 차 가는 네 모습이 무섭구나. 난 내일에 최선을 다할 뿐이다. 다른 사람은 신경 안 쓴다.

- 나는 네가 항상 유하고, 수용할 줄 알고, 겸손하며, 친절한 오너가 됐으면 좋겠다. 그런 사람만이 성공한다고 들었다. 넌 사실 그런 사람이었는데, 테니스를 잘 치면서 네 모습이 달라진 것 같더라.

- 나는 산에 가서 항상 기도한다. 네가 사업도 잘되고, 건강하며, 멋진 오너가 되라고.

- 생각난 김에 다 이야기하자.

- 셋째 작은 엄마 딸 S가 30만 원씩 용돈도 준다고 자랑하더라. 거기에 둘째 작은 엄마 아들 K도 저네 엄마와 큰엄마인 나까지 용돈 주고 가더라.

- 난 말 안 하고 싶었는데, 진실은 알리고 싶더구나.

- 모든 것을 고맙게 생각하는 사람이 성공한다.

- 난 네가 있어서 고맙다. 그것으로 만족한다.

- 너도 동생이 있어서, 부모가 살아있고, 건강해서, 고맙게 생각해줬으면 좋겠다.

- 욕심내지 마라. 너네 동서 될 사람에게 시기와 질투를 가지지 마라.

- 40세가 되면 학벌이 평준화란다. 60세가 되면 모두가 평준화가 되는 거 같더라.

- 각자가, 얼마나 마음 따뜻하게 살았냐에 따라 함께 노는 사람들이 많으니라. 왕따당하지 않고 말이다.

- 미안하다. 말이 많아서.

나는 큰딸에게 문자를 보냈다. 서로의 감정을 이야기하는 것은 쉽지 않았다. 사십이 넘으면서 자식은 예전의 자식들이 아니었다. 자기 주장을 앞세워서 나에게 지시하려는 경향이 짙었다. 나는 잘못하는 것은 시인하려 했다. 그리고 미안하다고 했다. 잘못은 잘못이니까. 그러나 큰딸의 욕심으로 부정적인 상황이 일어나는 것들은 옳지 못함을 알려야 했다. 그래서 딸의 잘못을 깨우치고 싶었다. 그런 것이 삶의 역사이며, 더 나쁜 상황으로 가는 길을 차단할 수 있을 것 같았다.

이튿날 큰딸 J가 아침부터 전화가 왔다.

- 엄마 지금 어디예요?

- 응, 집이야.

- 엄마, U(손자)가 짜장면 먹고 싶대요.

그때, 우리는 뒷산으로 산책을 하려는 중이었다. 나는 남편에게 말했다.

- 손자가 점심때 짜장면 먹고 싶대요.
- 그럼, 사줘야지.
- 아빠가 그러겠대.
- 어디서 먹을까요?
- 요기, 사해루에서 먹자. 12시경 거기서 만날까?
- 네, 좋아요.

거기서 그날 짜장면을 먹으면서, 우리들의 감정을 풀었다. 그리고 손자들이 좋아하는 딸기 빙수와 맛있는 커피를 먹었다. 그리고 손자는 겨울 방학 때, 스케이트장을 가자 했고, 스키장을 가자 했다. 행복은 그런 것이었다.

*

추석 명절 휴가는 길었다.

시댁 식구가 1박 2일로 한차례 왔다가 갔다. 그리고 다시 친정 식구 형제와 그의 자식들이 대거 몰려와서 1박 2일 지내고 갔다. 우리는 일 인당 200~300g씩 참가자들을 참작하여, 생삼겹살을 주문해서 샀다. 그런데 시댁 식구들이 가고 나서 먹은 양을 계산했더니 삼겹살 500g씩을 먹었다 했다. 우리는 기절할 일이라 했다. 친정 식구들은 다시 추가 주문해서 조달했다. 나는 사람들이 모여서 먹는 것은 행복이고 축복이었다.

시댁은 5형제였다. 둘째 삼촌은 야간 근무조라 참석하지 못했다. 그들 식구와 장가간 아들 내외, 애기들이 참가했다. 셋째네는 그들 내외와 아들이 참석했다. 넷째네는 언젠가부터 불참했다. 어머니 오셨을 때, 삼촌만 참가했다. 이유는 복잡했다. 어느 해 시어머니에게 선생 하는 며느리가 생활비를 안 부쳤다고. 진 새벽부터 시어머니가 열을 내며, 넷째 며느리에게 욕했다. 생활비를 보내지 않았다고. 넷째는 열이 나서 그달에 생활비를 내지 않았다. 화가 난 시어머니는 교육청에 전화를 걸어 넷째 며느리를 욕하며 벌을 주라 했다고. 그리고 교사직을 사퇴시키라 했다.

그 뒤부터 시어머니와 넷째 며느리는 거리를 두었고 서로 멀리했다. 그리고 가족 일에 참가하지 않았다. 물론 시어머니 생활비도 사라졌다. 막내네는 시어머니의 입맛에 맞게 시어머니가 관리했다. 설날에 시어머니는 막내며느리와 둘째 손주가 멀미를 해서 서울에 올 수 없다 했다. 그래서 당신 막내아들과 그의 큰 손주만 데리고 차례에 참석했다. 이번에는 당신이 우리 집에 오고 싶지 않았다. 그리고 막내를 자기 곁에 두고 자기를 보살피라 강요했다. 그래서 시어머니는 자기가 아파서 서울에 못 간다고 했다.

어느 날 막내며느리는 나에게 말했다. 형님네가 제사를 옮겨 갔으면 좋겠다고. 자기도 서울에서 제사 좀 지냈으면 좋겠다 했다. 그러나 시어머니가 돌아가시기 전에 그들은 우리 집에 올 수 없었다. 둘째 며느리는 '건강하신 시어머니가 어쩐다고요? 갑자기 아프신 것인지 이해할 수 없다'고 했다. 거기에 넷째 며느리는 교회의 광신도였다. 십일조는 아마 시어머니보다 더 중요한 것일 터였다. 그는 모두가 하느님의 뜻이며, 주님의 뜻이었다. 제사는 필요 없었고 가족도 중요하지 않았다.

막내네도 주님의 뜻을 받들었다. 명절은 일요일이었다. 주님을 위해 교회를 가는 것이 더 중요한 일인 것이다. 결국 가족의 모임은 우리, 둘째, 셋째 이렇게 모여 살아갈 것이었다. 어느 가족이든 온전히 화합하며 오손도손 살기는 어려운 일이었다. 옆집을 봐도 윗집, 아랫집을 봐도 모든 형제가 화합할 수는 없었다. 이 정도의 상태로 형제끼리, 며느리끼리 모여서 밥 먹으면 성공이었다. 우리는 오전에 전을 부치고 제사상을 준비해 놓고, 며느리끼리 지하상가로 쇼핑갔다.

지하상가는 시골에서 온 둘째 동서의 혼을 뺐다. 이것도 사고 저것도 사고, 며느리 것도 사고 자기 것도 샀다. 꽃도 샀다. 나는 그들에게 한 벌씩 옷을 사줬다. 그 옷은 싸며, 품질이 좋았다. 둘째는 키가 작아서 시간이 오래 걸렸다. 옷을 입으면 옷이 사람을 눌렀다. 우리는 그것은 사지 말라고 셋째와 고개를 흔들었다. 셋째는 몸이 뚱뚱한 편이라 옷 고르기가 어려웠다. 색감이 좋고 천이 좋으면 몸이 옷을 맞춰주지 못했다. 우리는 저녁 5시까지 지하상가를 돌아다니며, 각자의 취향에 따라 옷을 사며 즐겼다.

그런데 셋째 사돈네 옷을 샀는데, 그 옷이 작다는 것이었다. 우리는 그 옷을 바꾸러 다시 지하상가를 갔고 그사이 우리는 또 다른 옷을 샀다. 여자들의 취향은 그랬다. 우리는 웃으며 즐겼다. 부랴부랴 빠른 걸음으로 집으로 돌아왔다. 저녁상을 차렸다. 아이들은 한가득 모였다. 상을 차려서 건배를 하며 즐겼다. 몇 년 동안 말 못 한 사연들은 길었다. 말 많은 셋째 삼촌은 어떻게 퇴직하고 4년 동안 자기 혼자 작은 시골 아파트에서 살았을까?

이야기는 끊임없이 흘러갔다. 둘째는 와인을 즐겼다. 남편이 우리에게 자기네가 설거지할 테니 찜질방에 가라 했다. 셋째와 둘째는 여기서 그냥 이야기하자 했다. 모두가 말이 고픈 나이가 되는 것인가?… 우리는 저녁 늦게까지, 이야기꽃을 피우며 잠잤다. 나이가 60세를 넘으니 모두가 평준화가 되는 느낌이 났다. 셋째 삼촌은 젊을 때 자기가 박사라고 얼마나 거드름을 피웠던가? 둘째 삼촌은 다른 형제보다 공부가 약간 부족하다고 스스로 생각했겠지만, 늦게까지 자기만 혼자 직장을 가지고 있어서 뿌듯할 것이었다.

둘째 삼촌은 사업을 하다가 망하기는 했어도, 아직까지 성실하게 돈을 벌었다. 그런 것이 훌륭했다. 아들들도 모두 결혼시켰고 며느리들도 함께 직장 생활을 했다. 큰 며느리는 간호사로 돈을 벌었다. 작은 며느리는 피아노 학원을 차려 생활비를 벌었다. 젊을 때는 그 집이 부족한 느낌을 가졌지만 육십이 넘어서는 그 집이 가장 빠르게, 가족 모두가 일찍 자리를 잡아 편안했다. 셋째네는 그 집 딸이 대학교 다닐 때 오빠, 오빠 하며 따라다녔다. 일요일마다 오빠네 집을 들랑날랑하며 아부를 해댄다며 우리 작은딸은 욕했다.

그러나 지금은 딸 둘 낳고 집이 3채란다. 아직 나이도 어린데. 대여섯 나이가 많은 우리 작은딸을 생각하면, 그 집 딸은 대성공이었다. 그 집 작은아들은 취준생으로 공부하고 있었다. 이것저것 평가를 하면 그중 둘째네가 나은 것이다. 그러나 인생 전체를 생각하면 고통의 양과 무게는 같은 것이라 생각이 든다. 그게 이거고, 이게 그거인 것처럼 느껴진다. 그래서 나이를 먹으면 편안한 것이 아닌가. 나는 동서들에게 말했다.

- 야, 우리는 모두 성공한 인생이야.

- 너, 암 안 걸렸잖아?

- 그리고, 지금 건강하잖니?

- 그래서, 우리는 성공한 사람들이다.

- 맞아요. 형님.

- 우리 내년부터는 너네 남편들 생일 때, 만나서 밥을 먹어보자.

- 내 남편 생일 때 시간이 되면, 강화도에서 일박 이일 하며 밥 먹자.

- 좋아요.

이렇게 우리는 이번 추석 명절을 즐겁게 보냈다.

*

<문화사랑방 공지>

가족들과 추석 잘 보내고 27일 문화 사랑방 덕수궁 탐방 있습니다.

- 10시 30분 대한문 앞에서 만나요.

- 11시에 덕수궁 석조전 관람.

- 12시 덕수궁 미술 관람.

- 1시 20분 북엇국 먹고.

- 2시 30분 남산 탐방.

산사나무 마가목 보리수의 빨간 열매가 우리에게 손짓합니다.

나는 덕수궁 탐방을 위해서 아침 식사를 서둘렀다. 은행 처리는 남편에게 부탁했다. 전철을 타려면 1시간 전에 떠나야 했다. 나는 시간이 바빴다. 집에서부터 뛰었다. 그런데 H 친구한테 전화가 왔다. 자기가 차를 가져갈 테니 함께 가자고 했다. 나는 다시 오던 길을 되돌려 큰 도로 쪽으로 뛰었다. 사거리 모퉁이에서 차를 기다렸다. 시간은 한참 지나갔다. H를 만났다. 나는 내비게이션를 켰다. 덕수궁 주차장은 없었다. 근처 주차장을 찍었다. 롯데캐슬 주차장이 나왔다. 우리는 무조건 그쪽으로 달려갔다.

남산 3호 터널을 지나 서울역 쪽 방향으로, 다시 서소문 쪽 방향으로, 그리고 주상복합 지하 3층에 주차했다. 우리는 뛰었다. 방향 감각을 잃었다. 새 길에 새 건물들이 즐비했다. 어쩌다가 시청청사를 봤다. 사람들에게 덕수궁 길을 물었다. 청사 건너편에 돌담길이 보였다. 길을 따라가서 대한문에서 친구들을 만났다. 우리는 대부분 65세를 넘긴 어르신이 되어 입장료는 무료였다. 시간은 조금 남아 있었다. 멀리서 온 친구들과 우선 커피를 시켜 마셨다. 그리고 석조전으로 들어갔다.

중앙홀-석조전의 로비와 같은 공간. 접견실과 대기실이 연결되어 있다. 각 방은 고증자료의 검증을 거쳐 준공 당시의 실내 모습으로 재현하였다. 입식 전등, 탁자, 안락의자 등이 배치되었다. 벽은 황금색 휘장 같은 문양으로 장식되었다. 벽 위로 이층 난간이 보였다. 거기서 이 중앙홀을 내려다보이게 했다.

귀빈 대기실-황제를 만나기 위해 기다리는 공간으로 대기 중에는 관리들과 간단한 대화를 나누거나 황실에서 제공하는 비스킷, 샴페인 등의 서양식 다과를 즐겼다.

석조전 건립 - 대한제국 최대의 서양식 건물인 석조전은 신고전주의 양식의 건물로 지층은 창고와 주방 등의 준비실로 구성되었고, 1층은 집무 및 접견을 위한 공간, 2층은 황제와 황후의 생활 공간으로 꾸며져 있다. 전통적인 궁궐은 편전과 침전이 별도의 건물로 분리되어 있는데, 석조전은 이들을 한 공간에 둔 서양식 궁전이다.

건립은 1910년 준공. 그 후 영친왕 귀국 시 임시 숙소. 덕수궁 미술관, 이왕가 미술관, 민주의원 의사당 등 다양한 곳으로 쓰였다. 2층은 황제 서재가 있다. 사랑방과 같은 공간으로 황제가 책을 보거나 손님을 맞이하는 방이다. 책상과 원탁은 현대적 가구로 꾸며졌다. 황후 거실도 황후가 책을 보거나 내빈을 접대하는 방으로 가구가 화려했다. 황후 침실은 황비가 별세하여 사용하지 못하였다. 그곳 옷장과 책상 등은 현대적이었다. 남쪽 창 난간으로 나오면, 석조전 건물 벽은 그리스의 도리아식 장식을 한 아름다운 기둥으로 장식되어 있다.

기둥 사이로 정원의 백일홍 나무 꽃이 아름답다. 정원 중앙에는, 잔디 정원, 그 가운데에, 예쁜 분수대가 장식되었다. 그리고 덕수궁 돌담 위로 현대형 빌딩이 빌딩 숲을 이루어 덕수궁을 지키고 있었다. 베란다 복도에서 풍광을 구경하고, 안쪽으로 들어오면 대식당이 있었다. 대형식탁과 의자, 그리고 식탁 위의 접시, 유리잔, 꽃장식 등은 현대의 호텔 레스토랑과 비슷했다.

광무개혁-고종은 대한제국을 선포한 이후 근대적인 내정개혁으로 국가 발전을 꾀하였다. 이 노력을 황제의 연호인 '광무'를 따서 '광무개혁'이라고 부른다. 광무개혁은 옛것을 바탕으로 삼고 새로운 것을 보탠다는 '구본 신참(舊本新參)'의 이념 아래 정치, 법률, 토지, 군사의 제도를 근대적으로 개혁하고자 하였다.

우리는 덕수궁 석조전 해설사에게 여러 가지를 들었다. 그런데 M 친구가 그 해설사에게 우리 궁궐이 이렇게 다른 나라에 비해, 너무 좁은데, 왜? 규모가 작은가를 물었다. 다른 친구들이 예전에 우리네, 농촌이나 도시형 방 구조를 참작하면, 이 정도면, 큰 것이 아닌가라고 답했다. 그런데 사실은 옛날에 무척 궁궐답고 컸었다. 그런데, 일본 놈들이 황제의 권한을 축소하기 위해서 덕수궁 궁궐을 분할해서 외국에 팔아버렸고, 그 자리에 외국 대사관이 들어섰다고 역사에 기록되었다.

이런저런 것을 생각하면 우리의 역사는 슬펐다. 나는 지금도 항상 위험한 시기로 생각했다. 지금 집권자가 북한의 김정은의 입맛대로 정책을 펴가는 모습이 걱정스럽고 한심했다. 이대로 간다면 과연 우리나라 존재가 살아낼 수 있을지, 걱정이 컸다. 필리핀과 같은 상황이 되지 않기를 빌었다. 자유민주주의를 지켜내기를 바랐다. 대부분의 국민이 이 정부에게 한 표를 줬다는데 할 말은 없다. 그런데 지금 청소년들이 일자리가 없어서 1960년대처럼 독일이나 일본 그 밖에 다른 나라로 일자리를 찾아 나섰다는 것이 슬펐다.

어찌할꼬? 어찌할꼬? 나는 계속 걱정이 일어났다. 나는 정치와 무관하지만 석조전을 보면서 한일합방과 더불어 나라를 걱정하던 100년 전의 그 시절 그 모습이 어쩌면 지금과 똑같은 상황이 오지 않을까 생각했다. 일자리 될 만한 것은 모두 적폐로 몰아 일자리를 죽게 했으며, 자기네 식의 경제성이 없는 것만을 살아나게 했다. 그러나 그런 일자리는 나라 세금만 축나는 일이었다. 그들은 데모 운동권에만 능숙했지 경제성을 몰랐다. 세금을 축내며, 국민에게 세금으로 환심을 살 뿐인 것이었다.

그래서 그들은 세금을 베풀어 자기 표를 얻는 정권에 능했다. 그리고 그들은 부유한 기업이나 부유한 부자들을 적폐로 몰아서 죽이고자 했다. 거기에 어리석은 국민은 그동안 힘들고 잘살게 된 것은 상관없이, 함께 부자들을 적폐자로 동참하는 데 박수를 쳤다. 그래서 어쩌자는 것인가? 모두가 못살고 똑같이 가난하게 살자는 것인가? 공산당같이? 웃기는 것이 공산당 집권자들이었다. 그들은 모두가 잘 살자는 주의를 제창하고 있는데, 그것은 사실상 공산당 집권자만 잘 사는 것이다. 그런데 국민들은 국민 모두가 잘사는 것으로, 이해하고 있으니, 속이 터졌다. 그런 것은 있을 수 없는 일인 것이다. 모든 것을 제쳐놓고, 나는 자유민주주의를 사랑한다. 그것이 지켜지기를 바라는 것이다.

그런데, 현 집권당이 주장하는 이론이나 사실을 적폐로 몰면서 북한 공산당이 남한을 침입했다는 사실들을 은폐하며, 역사 교과서에서도, 그 역사적 사실을 빼고 북한을 옹호하며 남한을 북한화하려는 것들이 나는 무섭다는 생각이 드는 것이다.

천안함 사건은 남한이 주도했다고 했다는 말을, 그 당시 우리나라 국회의원(그 시절 야당의원들)이 말했다는 것을 들었다. 그 당시 야당 국회의원을 나는 이해할 수 없었다. 그런 국회의원을 뽑아주는 우리 국민에 대해, 나는 참을 수 없었다. 나는 그런 어리석은 것에 대해 속이 터졌다. 그런데 그런 사람들이 내 친구고, 내 가족인데 나는 할 말이 없는 것이다. 무조건 나는 자유민주주의를 지키는 우리나라가 존재하기를 기원할 뿐이었다.

추석 후의 5일째 날.

시외숙모가 나에게 전화를 했다.

- S(우리 큰딸)네 엄마야?

- 네. 외숙모(시댁외숙모). S 애미야, 자네가 제사만 지내면 안 되겠어?

- 네?

- 이번에 우리가 추석에 성묘 가느라고, 어머니 집에 들렀잖아.

- 네. 그런데요?

- 외삼촌이 자기 누이 불쌍해서 죽겠다더라고.

- 명절에 아무도 안 오니까 외롭다면서. 그러니까 다른 형제들은 명절에 어머
  니네 집으로 와야지. 누구누구 왔어?

- 둘째네랑 셋째네요. 그리고 그 집 아들 며느리요.

- 넷째 삼촌은 추석날 아침 일찍 온다는 것을 몸이 아프니까 (폐 수술함) 차라리
  오지 말라 했어요. 막내네는 어머니가 아프니까 잘 보살피라 했어요, 남편이.

- 제사하면서 사람 오는 거 힘들지 않아?

- 힘들지만, 형제들이 좋아하니까요. 그리고 저는 오는 사람 안 막고, 가는 사
  람 안 잡아요.

- 죽은 조상보다 산 조상이 더 중한 거라고. 나는 나이 드니까 어머니 편이라
  고. 그렇잖아?

- 우리 제사 지내겠다 한 적 없어요. 둘째네 보고 제사하라 해서 둘째 삼촌이
  형이 있는데 왜 내가 지내느냐면서, 형이 안 지내면 내가 지내겠다 했다고요.
  그래서 우리가 형이니 내가 지내겠다 한 거잖아요.
- 이번 추석에 어머니만 남겨놓고 아무도 안 오니 어머니가 외롭지 않겠어?
- 어머니가 우리 집으로 안 오신다 하니 마음대로 하시라 한 거지요. 억지로 한
  다고 해서 어머니가 오십니까?
- 그럼 추석 쇠고 내려갈 때, 동서들이 어머니 집을 들려서 친정으로 가야할 거
  아니야? 이번 명절에 아들들이 코빼기도 안 보이는 것은 아니지.
- 전날부터 막내네가 챙겼을 것이고요. 저번 주 주말에 아들과 며느리, 손자 손부
  애기들 모두가 산소 가서 절하고 어머니와 함께 즐겼잖아요. 그랬는데 뭘요.
- 그려? 그런 소리는 안 하던데? 벌초도 안 해서, 자기가 했다던데?
- 그게 무슨 소리예요? 내가 이십 년 동안 벌초비 10만 원씩 내서 벌초했구먼요.
- 그래? 그래도 그렇지. 어머니를 보고 갔어야지.

나는 갑자기 짜증이 났다. 나는 전화를 끝내고 싶었다.

- 결국, 외숙모 명절 때, 어머니 집 들려서 삼촌이나 조카들이 처갓집으로 가라
  하면 되겠지요?
- 그래.

나는 얼른 전화기를 끊었다. 이제 명절이 편안해지나보다 했더니
또다시 시어머니의 소란은 되풀이되었다. 시어머니의 폭발 분노는 죽

을 때까지 일어날 모양이었다. 마침 둘째 동서에게 문자가 왔다.

- 형님 이번 추석에 많이 힘드셨죠? 몸살은 안 나셨는지요. 너무 음식이 맛있어서 형님네 집에만 가면 너무 많이 먹어요. 예쁜 옷도 너무 고마워요. 몸조리 잘하셔요.

- 그래, 마음이 편해서 음식이 맛있는 거야. 오늘 시외숙모님이 전화 왔어. 그런데, 웃기는 것이 나보고 그러더라? 너만 알고 있어. 말 안 하려다가 하는 거야. 나보고 제사만 지내면 안 되겠냐면서, 다른 형제들은 어머니네 집으로 가야 한다는 거야.

- 어머니가 외삼촌에게 그렇게 시킨 거 같더구먼.

- 나는 그냥 그랬어. 나는 우리 집 오는 사람 안 막고, 가는 사람 안 잡는다고. 나보고 사람 와서 힘드니까 오지 말라 하고 제사만 지내래. 다른 형제들은 어머니네 집으로 가게 하란다. 그게 말이 되는 소리냐? 정말 웃기는 소리더라고.

- 우리 남편 제사 지내겠다고 뺏어온 것도 아니고요. 둘째 삼촌 보고 어머님이 제사 지내라고 강요하니까 둘째 삼촌이 내가 형이 있는데, 왜 제사를 지내느냐, 그래서 결국 걱정 마라, 내가 지내겠다 했다고 했지.

- 외숙모는 추석날 형제들을 어머니에게 다 보내야 하는데, 내가 안 보낸 것처럼 말을 하더라고.

- 결국 난 나쁜 사람인 거지. 그리고 또, 산소 벌초를 안 해서 어머니가 풀을 다 뽑았다는 거야.

- 무슨 소리요, 우리가 10만 원씩 주고 해마다 사람 시켜서 벌초했다고 다시 강조했지.

- 그리고, 저번 주에 어머니하고 둘째네, 그 집 손자, 손부, 애기들 막내 삼촌네 모두 데리고 산소에 갔고, 절하고 놀다 왔는데, 아무도 어머니를 찾지 않았다 하면 그것은 안 된다 했지. 이미, 미리 만나지 않았냐고 했어.
- 그 소리는 없었으니, 자기는 모른다고. 외숙모는 계속 산 조상을 먼저 챙기라고.
- 나중에 짜증 나서, 나는 오는 사람 안 막고 가는 사람 안 잡는다 했소이다. 그리고 명절에 제사 지내고 내려갈 때, 어머니 인사하고 집으로 가라고 하겠다 했어.
- 이제 외삼촌네도 징그럽더라. 우리에게 감 놔라, 대추 놔라 말할 수는 없는 거 아니냐고.

다시, 다음 날 오전 둘째 동서에게 전화가 왔다.

- 형님 우리 집에 난리, 개난리가 났어요.
- 왜?
- S(둘째네, 큰아들)네 집으로 출근 전 6시에 어머니가 전화해서 호통을 치고 울며불며 소리쳤어요.
- S(둘째네 아들) 아빠 어머니랑 대판 싸우고 밤새워 술 먹고 고통스러워했어요.
- S(둘째네 아들) 아빠가 어머니에게 셋째네, 넷째네에게 아무 소리 안 하면서, 만만한 우리 식구들에게만 큰소리쳐댄다면서, 처음으로 어머니에게 안 할 소리를 다 했어요.
- 둘째 동서도 뒤지게 혼나서 나중에는, 어머니에게 당신이 그렇게 이름 있는 가문처럼 말씀하시던데 이런 것이 무슨 좋은 집이냐고 대들었어요.

- 잘했어.

- 그리고 성묘 갔을 때 못 가는 사람들 미리 대추니, 밤, 먹을 것을 싸가서 성묘 했잖아요. 그렇게 했으면 된 거잖아요,라고 했고요.

- 명절날 자기는 밥만 먹었다고. S 아빠도, 어머니! 나도 물 말아서 명절에 밥 먹고 출근했다고, 그러면서 싸웠어요.

- 둘이 싸우다가 어머니가 아들, 며느리, 자기 마누라를 어머니가 욕하니까 성질이 나서 안 할 말을 하더라고요.

- 이 집안, 이렇게 시끄러운 것이 모두 어머니 때문에 그렇다고 했어요.

- 난리 났겠다. 봄에 우리 집안 꼴이 큰 애미가 잘못 들어와서 이 꼴이 됐다고 어머니가 말하니까, 시아주버님이 모든 것은 어머니 때문이라고 반박해서, 시어머니 6개월 동안 말 안 하고 살았잖아.

- 이제 또 그러겠네.

- 너 이 굴레를 벗어나려면, 너 어머니에게 말해.

- 나, 환갑도 넘었으니, 어머니가 아들하고 살고, 나는 친정, 부여에 가서, 농사 짓고, 조용히 살겠다고.

- 나 봐라 나를 못살게 굴어서, 이 집 호적에서, 며느리(나) 빼라고. 이제 그만 이혼하고 살겠다고 했지. 그 뒤부터 나를 괴롭히지 않잖아.

- 너도 그럴 수밖에 없어, 야.

- 알았어요.

- 그런데 형님. 우리 제사 때(형님 없을 때) 이제까지 부침이 없이 제사 지냈어요.

- 그랬구나.

그렇게 우리는 바쁘게 전화를 끊었다. 평생, 분란을 일으켜서 집안을 들쑤시며 살았던 시어머니는 결국 또다시 집안을 들쑤셔놓았다. 그 양반은 그런 것이 당신의 일인 것이었다. 작은딸이

- 그럼 명절 때, 그 집은 뭘 먹고 살았을까?
- 제사비 100만 원은 뭘 했고?
- 모르지.

나는 이제 모른다. 우리(동서들)는 이제, 40년 이상, 시댁 시집살이를 했다. 우리는 지금부터 자유롭게 살 의무가 있다고 우리들끼리 외쳤던 것이다.

*

작은딸이 독립을 했다.

언젠가부터 우리와 작은딸 S는 조화롭지 못했다. 우선 잠을 자는 때가 달랐다. S는 늦게 일어나고 늦게 잤다. 우리는 일찍 일어나고 일찍 잤다. 나이가 들면서 S는 자기식의 자기주장이 강했고 나는 어미로서 S를 지배하려 했다. 나는 S에게 밥을 제때 먹으라고 했다. S는 밤 12~1시경에 밥 먹고, 술 먹고, 과자 등을 먹었다. S는 학원 수업이

많아서 힘들어서 어쩔 수 없다 했다. 나는 그런 것이 못마땅했다. 한밤 중에 부엌을 들랑거리며 음식을 챙겨 먹는 소리는 우리의 숙면을 방해했다.

나이가 들면서 남편과 나는 숙면을 할 수 없었다. 호르몬이 늙어가서 그런지, 아니면 잠자는 호르몬이 줄어서인지 알 수 없었다. 잠을 자지 못하면 이튿날은 눈이 흐려졌다. 부연 안개를 눈이 짙어지고 다녀서 생활하기가 곤란했다. 그런 상태로 잠을 이루지 못할 때 S는 우리들의 잠자는 시기를 방해했다. 어느 날 남편은 S를 불러 놓고 함께 살려면 서로 이해하고 상대방을 배려할 줄 아는 사람이 되어야 함을 강조했다. 그렇지만 나쁜 식습관은 변하지 않았다. 거기에 혼자 심심하니까 술을 먹는 횟수가 많아졌다.

나는 S가 혼자 술을 즐기는 것이 못마땅했다. 시댁 식구들은 술을 즐겼고, 술을 너무 많이 먹었다. S는 시댁 핏줄을 닮았다. S는 그 모습대로 술도 먹을 것이었다. 어떤 때는 술에 취해서, 잠들고 잠을 깼다. 나는 걱정이 커져 갔다. 이러다가 알코올 중독자가 될 것이라는 걱정이 커졌다. 요즘 혼술에 혼밥을 먹는 결혼 못 한 젊은이가 많다고 들었다. 그들은 서서히 사회의 낙오자가 되었고, 다시 우울증 혹은 조울증으로 자살자로 변한다고 들었다.

그중 한 사람으로 변할 수 있는 자가 S였다. 나는 속이 탔다. 어떻게 여기까지 왔을까를 반성했다. 사람이 제때 결혼하고, 애들 키우고,

그 애기들을 위해서, 돈을 벌며 사는 것이 인생이고 행복인데, 요즘 젊은이들은 그런 것을 거부하고 오로지 즐기고 자기 편한 대로 적당히 살려는 것이 자기 스스로를 망치는 것이었다. 그 젊은이들이 나름 이유가 있겠지만 말이다. 우리는 결혼해서 젊을 때, 제대로 갖추고 살지를 못했다. 차가 있나, 집이 있나, 없는 대로 살면서 채우고 살았다. 그렇게 살면 되는 것을 요즘 젊은이들은 그러지를 못했다.

남편은 어느 날 규칙을 정했다. '나는 절대로 집에서 술을 먹지 않겠다. 너도 술을 집에서 먹지 마라. 너 알지? 내가 얼마나 술을 좋아하는지. 술을 먹고 싶으면 밖에서 먹어라. 나도 집에서는 술을 먹지 않고 밖에서만 먹겠다.' 그렇게 규칙을 정했다. S는 처음에 미칠 것 같이 힘들어했다. 모든 생활을 술 중심으로 스트레스를, 우리 몰래 풀며 살았는데 그것을 금지시켰으니, 죽을 맛인 것이었다. 그래도 이 집에서 함께 살려면, 서로 노력해야 했다. 나도 그 규칙을 위해서 갑자기 생활 패턴을 바꾸려니 힘이 들었다.

저녁은 대개 테니스 경기를 끝내고 집으로 오는 것이니까 남편과 나는 맥주나 막걸리 아니면 와인 한 잔 등을 하면서 고기나 소시지, 햄에 야채, 과일로 식사를 했는데 남편이 만든 규칙에 따라 식사를 준비해야 했다. 저녁 메뉴는 밥, 찌개, 밑반찬으로 했다. 365일, 밥 중심으로 삼시 세끼 밥을 먹는 것은 지겨웠다. 나는 밥이 싫었다. 그러나 우리는 그 규칙을 지켜야 했다. S도 지켜야 했다. 세월은 빠르게 지나갔다. 갈수록 우리는 아픔이 찾아오고, S는 늙어가고 있었다. 옆집 은행 다니는 언니가 퇴직을 했고, 금융투자사 다니던 언니도 퇴직했다.

은행 다녔던 언니의 어머니는 94세이고, 금융투자사 다녔던 언니의 어머니는 99세였다. 그들은 퇴직하고 계속 어머니 수발을 들었다. 어머니들은 이제 자기 몸을 간수하지 못해 수시로 똥오줌을 쌌다. 나이든 딸들은 지금 하고 싶은 여행도 못 하고, 어머니 수발을 들었다. 그리고 그들도 어머니들처럼 늙어갔다. 나는 그들 언니 인생들이 불쌍했다. 그것은 우리 작은딸이 그 지경으로 살 것이었다. 나는 우리가 늙어 몸 수족을 쓰지 못할 때, 딸 S를 괴롭히고 싶지 않았다. 그래서 우리는 서로 합의하에 독립하기로 했던 것이다.

S는 경제적 독립을 할 수 없었다. 그가 받는 학원비로는 힘들었다. 우리는 그가 쓰는 오피스텔 관리비와 월세의 반을 지원하기로 했다. 그는 나갈 때 자기가 쓸 모든 것을 구비하고 나갔다. 그의 집과 우리 집은 1.5Km가 될 것이다. 그는 수시로 우리 집을 왔고 필요한 것을 가져갔다. 아침에 생야채를 먹으려고 오이를 찾았다. 오이가 없었다. 옷을 세탁하려고 물비누를 찾았다. 모두 사라졌다. 커피도 없네? 화장지도 통째로 사라졌네? 그는 자기가 쓸 물건을 슬금 슬금 가방에 넣어 사라졌다. 남편은 말했다. 쟤는 우리 집이 슈퍼라고.

그는 돈 한 푼을 아끼려고 애썼다. 부모가 쓰는 것은 당연했고, 제 돈은 피같이 아꼈다. 그러니까 그는 우리 집에 올 때, 절대로 버스 타고 올 아이가 아니었다. 이제부터 사람이 되어가는 중이었다. 나는 속으로 쾌재를 울렸다. 그래 너, 한번 살아봐라 이놈아. 이 세상이 얼마나 힘들고 살기가 어려운가를…. 다른 나이 어린 사촌들은 이미 아이 둘을 낳고, 집을 사고, 애기들을 돌보는데 말이다. 나는 내가 뭘 잘못 교육시켜서 S가 이 지경까지 왔나 하는 생각을 하면 잠을 못 잤다.

그러다가도, 그래, 이 나이까지 아프지 않고, 건강하게 살아줘서 고맙구나. 그리고 속임수를 쓰면서 사람들을 괴롭히는 망나니가 아니어서 고맙구나. 함부로 남자를 사귀어서 애기를 낳아 나에게 떠넘기면서 고통을 주지 않아 다행이구나. 그래! 넌 너대로 사는 것이고, 우리는 우리대로 살아가는 것이 인생인 것을 인정하며, 즐겁게 살자에 마음을 두기로 했다.

*

나는 오늘 은행구좌 기기에서 송금을 할 수 없었다.

급하게 송금할 계좌를 들고 은행 자동기기로 갔다. 자판을 눌렀다.

송금할 곳을 눌렀다. 자판의 글자가 내 눈에서 이중으로 나타났다. 순간 당황했다. 다시 숫자판이 나왔다. 숫자판이 흔들렸다. 안경을 벗었다. 하얀 안개가 시야를 가렸다. 나는 모두를 취소했다. 잠시 쉬었다가 다시 컴퓨터 작동을 시도했다. 간신히 송금해서 확인하고 자동기기에서 물러났다. 자동기기 박스에서 나와 걸어서 한길 쪽으로 나왔다. 나는 안과를 찾았다. 길 건너 빌딩 3층에 C 안과가 있었다.

C 안과에 갔다. 11시부터 시작이라 했다. 다른 곳에 들러 11시에 병원에 갔다. 간호사가 지금 수술 중이니 2시에 오라 했다. 내일도 11시는 수술이 있으니 2시 이후에 오라 했다. 나는 집으로 왔다. 테니스 멤버인 Y에게 전화했다.

- 내가 눈이 안 좋아서 C 안과를 가려 하는데 어떻습니까?
- 언니 그곳이 안 좋다고 소문이 자자해요.
- 옛날에는 안 그랬고, 우리 남편과 어머니가 거기서 수술도 받았거든요.
- 그런데 이번에 O씨가 그곳에서 검진을 가서 피박을 썼어요. 필요 없는 검진까지 해서, 20만 원을 청구했대요.
- 그리고, O씨는 성모병원에서 수술했대요.
- 차라리 언니, 큰 성모병원으로 가세요.
- 네, 알았어요. 고마워요.

나는 서둘렀다. 12시가 가까웠다. 점심시간과 겹치면 한두 시간 더 늦어질 것이었다. 나는 시간을 보며 12시 전까지 가려 애썼다. 그리고 빠르게 달려갔다. 초진 접수처로 갔다. 접수를 하는데, 접수자가 이곳은 제 3의 곳이라 일반 병원에서 소견서를 써오라 했다. 그렇잖으면 가족병원에서 소견서를 받아서 안 센터로 가라 했다. 소견서를 받는 데 25,000원이라 했다. 너무 비쌌다. 그러나 안과에서 소견서를 안 써줄 수도 있었다. 그냥 하겠다 했다. 시간은 오후 3시경 소견서를 받아서 안 센터로 가는 것이었다.

나는 가정의학 병동으로 가서 간단한 질문에 대답했다.

- 언제부터 눈이 안 좋은가?
- 한 달 전부터.
- 언제부터 더 심한가?
- 추석 지나고부터. 아무래도 일이 많아서 힘들어서인 것 같아요.

다시 안센터로 옮겼다. 9번에 가서 눈 검사를 하세요. 9번은 시력 검사하는 곳이었다.

- 이거 보여요?
- 아니요.
- 이거는요?
- 안 보여요.

- 안경 쓰고 보세요.

- 이거는요? 왼쪽 가리고요.

- 3, 5, 2, 6,

- 이거는요? 오른쪽 가리고요.

- 4, 2, 안 보여요.

됐어요. 11번으로 가세요. 긴 의자에는 사람으로 가득 찼다. 젊은 의사 3명이 검진했다. 기다리는 사람은 30여 명이 넘었다. 내 앞에 있는 사람은 노 할머니였다. 아들딸이 데리고 왔다. 그 사람 검진 시간이 길어져서 내 차례는 한참이 걸릴 터였다. 내 이름이 호출되었다. 어린 여의사였다. 손가락은 길고 가느며, 가냘펐다. 컴퓨터 자판은 빠르게 두드려졌다. 검진 의자에 앉았으나 아직 노 할머니 서류를 컴퓨터에 입력하고 있었다. 그러면서 말했다.

- 이마와 턱을 기계에 바짝 대세요.

- 눈을 크게 뜨세요.

- 오른쪽을 보고.

- 다시 왼쪽을 보세요.

- 위쪽을 보세요.

- 아래쪽을 보세요.

- 이 서류 가지고 20번으로 가세요.

나는 20번으로 갔다. 거기는 더 많은 사람들이 즐비하게 앉아 있었다. 아마 100여 명은 넘을 것이었다. 컴퓨터 자막에 이름이 나왔다. 1~6번, 21~25번에 이름이 차례로 순서 따라 이름이 기록되었다. 그런데 20번에는 없었다. 나는 답답했다. 나는 TV를 보며 기다렸다. 한참 있다가 이름이 불렸다. 20번 방으로 들어갔다. 검진자가 많았다. 호출자도 10명쯤 되었다.

- 여기 앉으세요.

- 이마와 턱을 바짝 밀어 넣으세요.

- 위, 아래, 오른쪽, 왼쪽. 됐어요. 옆방으로 가세요.

- 이쪽으로 앉으세요.

- 이마와 턱을 이 기계에 붙이세요.

- 위, 아래, 오른쪽, 왼쪽으로. 11번 방으로 가세요.

다시 11번 방으로 갔다. 의사는 내 눈에다 동공이 커지는 것을 20번 방 가기 전에 넣어 주면서 눈이 안 보일 거라 했는데, 다시 동공 커지는 시약을 넣어주고, 10번 방에 갔다 오라 했다. 10번 방에서 내 눈을 검사했다. 아주 센 도수를 안경에 끼워 좌판을 읽게 했다. 아주 썩 잘 보였다. 신기했다. 그리고 11번 방앞에서 이름 호출을 기다렸다. 사람은 더 많아졌다. 내 옆 할머니들이 이야기했다.

- 수술했어요?

- 했지요. 백내장 수술을.

- 그런데 더 안 보여.

- 눈도 시리고 아파.

- 아니 통증도 없다고 하던데 그래요?

- 아니야. 많이 아파.

아무리 현대 의학이 좋고 어쩌고 하지만 그런 것이 아니구나를 생각했다. 나는 백내장 수술만 하면 깨끗할 것이라 생각했다. 그러나 그렇지를 못했던 것이다. 옆방 선배 의사가 퇴근했다. 그 방 환자가 11번 방으로 옮겨졌다. 1시간 기다렸는데, 1시간 더 기다리려니 짜증이 났다. 나는 계속 투덜댔다. 관리하는 간호사가 선생님들 불쌍해요 사람이 많아서 밥도 못먹었다고요 했다. 그렇기는 하겠다며 나는 기다렸다. 우리 딸들이 공부 못해서 의사가 못 된 것을 다행으로 여겼다. 한 번 사는 인생 백수라도 제멋대로 사는 게 낫다 생각했다. 늦게 내 이름이 호출했다.

- 검사기에 앉았다.

- 눈을 크게 뜨세요.

- 오른쪽, 왼쪽, 가운데, 눈 감으면 안 돼요.

- 왼쪽으로. 눈 뜨세요. 감으면 안 돼요.

- 아이고 눈시려. 나 죽겠네요.

나는 죽을 지경이었다 센 빛으로 내 눈을 훑었다. 눈물이 쏟아졌다. 그 빛은 나를 죽일 것 같았다. 불빛이 내 눈을 죽일 듯이 눈 속으로 달려들었다. 불빛이 나를 죽일 것 같았다. 그 상황을 나는 설명할 수 없었다. 그냥 죽음으로밖에. 오랫동안 의사는 꼼꼼히 나의 눈을 뒤적였다.

- 수술해야 돼요?

- 아니요.

- 이런 정도의 백태는 누구나 낍니다. 심하지 않아요.

- 6개월마다 다시 검진하세요.

그리고 나왔다. 눈에 시약을 넣어서 눈은 잘 보이지 않았다. 나는 더듬더듬 집으로 오면서 생각했다. 검진하다 사람이 죽겠구나를. 병을 고치는 것보다 굶고 검진하다 사람 병이 더 악화될 수 있을 것 같았다. 나는 다시는, 병원에 검진하러 가고 싶지 않았다. 웬만하면 나이 들어 적당히 살다 가기를 원했다. 병에 대한 면역을 키우는 것이 최선의 방법이라 생각했다. 이제부터 먹고 싶은 것만을 먹는 것이 아니라 몸이 필요한 것을 먹고자 애썼다.

*

책을 읽었다.

책은 말했다. 삶은 경험이지 이론이 아니다. 삶에는 해석이 필요 없다. 삶은 살아야 하고, 경험해야 하고, 누려야 하는 것이다. 삶은 수수께끼가 아니라, 하나의 신비다. 수수께끼는 풀어야 하는 것이지만, 신비는 풀릴 수 있는 것이 결코 아니다. 신비란 그대가 그것과 하나가 되어야 하는 것, 그대가 그 속으로 사라져야 하는 것이다. 그리하여 그대 자신이 신비 자체가 되어야 하는 것이다.

삶은 하나의 초대다. 그대는 손님이 되어 그 문으로 들어가야 한다. 삶은 그대를 맞아들일 준비가 되어 있다. 따라서 삶과 싸우지 말라. 삶을 해결하려고 고뇌하지 말라. 삶은 수수께끼가 아니다. 삶과 하나가 되라. 그러면 그대는 삶을 알 것이다. 그대가 존재 전체로 삶과 함께하기를, 삶과 함께 흘러가기를, 그리하여 삶과 하나가 되어 그대와 삶 사이에 아무 구분이 없고, 어디까지가 그대이고 어디부터가 삶인지 구분할 수 없게 되기를 바란다. 삶의 모든 것이 그대가 되고, 그대의 모든 것이 삶이 된다. 이것이 바로 구원이다. 문제 해결이 아니라 구원인 것이다.

나이를 먹을수록 삶은 어렵다는 생각이 든다. 그것은 생각이 많아서일까? 아니면… 생각에 치우쳐서 고달픈 일거리를 해결하려 해서일까? 나에게 보여지는 일들은 불편한 일들이 많았다. 당장 동생 집이 이사를 가야 하는데, 돈이 부족하여 이사 갈 수 없는 일, 그래서 모자라는 돈을 빌려줘야 하는 일, 큰 애 남편이 사표를 써서 돈을 벌어야 하는데 무엇을 해서, 어떻게 먹고살 것인가를 함께 고민해야 할 일, 작은딸은 과연 시집이나 제대로 갈 것인가? 아니면, 못 가서 제대로 돈을 벌며, 홀로 독립하고 살 수 있을 것인가?

시어머니와 친정어머니는 마지막 인생을 아픔이 없이 사는 날까지 살 수 있을 것인가? 등등이, 날이면 날마다 불편한 걱정거리로 다가온다. 거기에 나는 아픈 곳이 많아지고 매사 마음이 힘들어진다. 여기에, 눈까지 불편해서 보이는 것을 반으로 봐야 하는 것도 불편하고 힘들다. 한쪽이 고도의 근시안으로 시력이 약해졌다 한다. 내 취미는 글 읽고, 잡일 쓰는 것인데, 눈이 온전치 못하니 말이다. 눈물도 마르고, 고도 근시로 한쪽 눈이 역할을 하지 못해서, 눈의 기능이 제대로 온전할 수 없는 것이다.

그래서 나는 수시로 나에게 마음을 다져 먹는다. 기쁘게 살자. 기쁘게 매사를 받아들이자. 내 몸에 통증이 없음에 감사하자. 남편이 아프지 않음에 감사하자. 필요는 자연스러운 것이라 했고, 욕망은 욕심으로 부자연스럽다 했으니 자연스러움을 찾으며, 자연스럽게 살도록 노력하자.

*

마음의 갈등은 잠을 설치게 했다. 그래서 글을 쓰며 달랬다.

산이 좋아 산을 탈 때(2018.10.7)는 산속에 내가 있어 좋았다. 산을 오를 때, 힘들지만 잡념은 생기지 않았다. 한여름의 뜨거운 태양이 사그라지고 제법 선선한 바람이 불었다. 길가에는 아름다운 들꽃들이 한창이었다. 노랑색 국화 같은 작은 꽃이 바람에 살랑살랑 흔들렸다. 꽃 검색을 하면 꽃 이름은 산국, 감국이라 했다. 산국은 더 색이 진하고 주황색이 짙었다. 감국은 연노랑색이었다. 꽃모양이 비슷했다. 하얀색 꽃은 구절초라 했다. 나는 보라색으로 생각했는데, 꽃 검색으로 구절초였다.

멀리서 바닷물이 들어오고 있는지 물이 빠지고 있는지 알 수가 없었다. 바다는 섬 사이를 오고 가고 있었다. 예전에는 섬 사이의 바닷길을 배가 오고 갔지만, 이제는 다리를 놓아 다리 위로 차가 다녔다. 들판은 황금색이었다. 반듯한 바둑판으로 이어졌다. 산기슭 캠핑장에는 아이들이 뛰어노는 소리가 들렸다. 숲속에서는 도토리가 바람에 떨어졌다. 바닥에는 산밤나무에서 떨어진 밤송이가 입을 벌리고, 그속에 작은 알밤이 박혀 있었다. 아무도 그 알밤을 줍는 사람이 없었다. 산은 조용했고 바람만 불었다. 산길은 간밤에 폭우가 있었던지,

움푹 패인 길 사이로 물이 흘러갔던 자국으로 자갈과 흙이 길을 흐트러지게 했다.

남편과 나는 햇살이 드는 작은 거북바위에 자리를 폈다. 그곳에서 쉬며, 점심 도시락을 펼쳤다. 고시레를 하고, 깻잎장아찌로 흰 쌀밥을 싸서 먹었다. 꿀맛이었다. 산에서 먹는 밥은 그 어디서 먹는 맛과 달랐다. 신 김치도 맛이 최고였다. 집에서 먹는 맛은 이런 맛을 가질 수 없었다. 사람들이 반찬 투정을 하는 것은 죄가 될 것이리라. 산을 타거나 농부가 일을 하고 먹는 것은 맛없음을 말할 수 없을 것이리라. 그렇다. 시장이 반찬이었다. 나이 들어 이렇게 맛나게 먹을 수 있음이 감사했다.

산등성을 지나 하행하다가 다시 작은 산을 올랐다. 비탈 산을 깎아서 새로운 무슨 터전을 만들려고 사람들은 키 큰 소나무를 모두 베어냈다. 그런 모습을 보면 나는 슬펐다. 인간들의 욕심이 또 산허리를 베어내는구나. 그놈의 욕심들은 언제까지 계속될 것인지 나는 알 수 없었다. 민둥산을 통해 들어오는 바다를 보면서 이 모습을 만들려고 사람들이 또 다른 작업을 해서 그들의 목적을 만드는구나. 그대로 봐도 좋으련만….

우리는 산 옆구리를 돌아 하산했다. 저수지 옆 펜션에는 차가 없었다. 다른 때 같으면 펜션마다 사람과 차가 가득 차 있을 텐데, 10월의 첫 주말인, 이번 주말은 사람이 없었다. 그래도 가을 햇살이지만 뜨거웠다. 햇살을 등에 받으며, 힘들게 언덕을 오르락내리락하며, 하산했다. 저수지 낚시터는 한산했다. 몇몇 사람과 청둥오리들이 고기를 낚으며 낚시터를 지키고 있었다. 마을 입구와 동네에 사는 멍멍이들만 심심해하면서 우리를 보고 짖었다. 덩달아 다른 강아지들도 하늘을 보며 짖어댔다.

그래, 너네들도 심심하겠구나. 멍멍 짖어라. 그래야 너네도 주인에게 밥을 얻어먹는 맛이 나지. 어떤 놈은 허스키로 멍~ 멍~, 또 다른 놈은 앙칼지게 멍~ 멍~ 댔다. 작은 강아지는 꼬리를 흔들며 따라왔다. 이놈아 가라. 네 주인이 걱정할라. 어서 가거라 이놈아. 나는 강아지를 쫓아 보냈다. 잘못하면 나를 따라 올 기세였다. 길가에 노란 꽃이 예뻤다. 아니 이 꽃도 감국인가? 산국인가? 그런데 잎이 달랐다. 잎이 칼자루같이 삐쭉빼쭉했다. 꽃 검색을 해보니 왕고들빼기로 나타났다. 신기했다.

나는 오늘 하루 산행을 하며 들꽃과 바람, 바다를 보며 즐겁게 놀았다. 그리고 저녁에 맛있는 잠을 잘 수 있어서 행복했다.

*

친정어머니의 죽음이 시작됐다.

오늘이, 7일째로, 먹는 것을 하지 못했다. 처음 일주일 전, 8일 (2018.10.8)에 엄마는 나에게 전화했다.

- 내가 아파.

- 어디가 아파요?

- 밥을 통 ~ 못 먹었어.

- 그럼 병원에 가셔야지.

- 가만 있어 봐. 조금 괜찮아.

- 알았어요.

이튿날 내가 전화했다.

- 엄마 괜찮아유?

- 응, 그만그만해.

- 근데 나, 어제저녁 죽을 뻔했어. 잠자다가 목구멍이 막히고 숨을 못 쉬고, 해서 내가 손가락을 목구멍에 집어넣어 쑤셔가지고 숨을 쉬었어. 그랬더니 아침에 똥으로 시뻘건 피가 두덩이 쏟아지더라고. 그리고 힘이 없어서 똥을 싸고 그랬구나.

- 괜찮겠어요?

- 그만그만해.

- 참을 수 있는 거유?

- 응.

나는 그냥 노인병이거니 하고 말았다. 그런데 자꾸 핏덩이가 걸렸다. 노인들 피는 마지막에 나온다는 것을 들었었는데…. 나는 다시 남동생에게 전화했다.

- H야, 너 시간 있니?

- 왜요?

- 내일 휴일이고 우리 함께 골프 치러 가기로 했으니까 네가 어머니 모시고 막내네 집에 모셨다 놓고, 운동 끝내고 어머니 우리 집에서 모셔야 되겠다. 그러는 게 좋겠다.

- 알았어요.

- 누나, 어머니가 괜찮다는데요?

- 그래? 그럼 참아보자.

이튿날 우리는 형제끼리 모여서 공을 쳤다. 운동이 끝나고 식사를 하는데 엄마가 아프다면서 남동생에게 당신 좀 데려가라 했단다. 그리고 남동생은 어머니를 모시러 시골로 갔다. 나는 동생에게 말했다.

- 너무 심하게 아프시면 일단 병원으로 옮겨.

- 오빠, 엄마 시골 병원에서 치료하다가 요양원으로 모셔야 해. 언니도 이제 늙었어. 언니도 케어를 받아야 한다고. 그러니까 시골이 좋으시다니까 시골 병원에 모시라고. 그리고 오빠는 일해야 하는데, 오빠가 어떻게 모시냐고.

- 알았어.

남동생이 어머니를 모시러 시골에 갔다. 한 시간 후 어머님이 전화를 했다.

- 나야.

- 응, 엄마, 괜찮아?

- 나, 못 먹어서 힘이 없지, 아프지는 않아.

- 아까, 나에게 전화하실 때 아파죽겠다고 했잖아.

- 아니야, 나 안 아파.

그리고, 전화를 끊었다. 나는 엄마의 태도가 못마땅했다. 운동하는 중에 몇 번을, 당신이 아프다고 전화를 해서 모셔오겠다 했는데, 갑자기 태도를 바꿔 안 아프다면서 병원을 안 가겠다고, 뗑깡을 놓고 있었다. 나는 머리가 아팠다. 이 양반의 속셈이 뭘까를 생각했다. 막내 여동생이 병원 갔다가 요양병원에 가게 할까 봐 그러시는구나를 생각했다. 그리고 우리는 다툼을 벌였다. 당신은 병원에 안 가겠다 하고, 나는 아프니까 가야 한다고 했다. 거기에, 당신은 아마 당신의 속셈으로, 딸인, 내 집으로, 모시는 것도 불편했던 모양이었다. 조금 있다가 다시 남동생에게 전화가 왔다.

- 누나, 엄마가 말하는데 동네 사람들이 엄마를 보고, 이렇게 누워 있으면 어떡
  하냐, 훌륭한 아들딸들이 왜 안 모시고 가냐, 하면서 떠들어 대는 것이 싫어
  서 나에게 전화했다네요. 엄마는 조용히 쉬고 싶었고, 아들네 집에서 조용히
  눕고 싶다고 하셔.
- 그리고 엄마가 병원에 가서 검사받는 거 싫대. 자기는 안 아프대.
- 그냥 조용히 누워 있고 싶대. 아들네 집에서.
- 알았어.
- 지금 3일째, 아무것도 못 드셨대. 정신은 멀쩡하셔.
- 아무래도 엄마 멀쩡하실 때 엄마 보러 오시는 게 좋을 것 같아.
- 알았어.

남편과 나, 여동생은 차를 타고 동생네 집으로 갔다.

- 엄마 아파요?
- 아니, 하나도 안 아파.
- 아무래도 나 이번에 죽을 것 같아.
- 그래요?
- 아이고 우리 서서히 이별해야겠네요.
- 엄마 슬퍼?
- 아니. 세계 갈 곳 다 갔고, 볼 거, 먹을 거 다 했는데, 뭘. 나만치 살기 어렵지.

- 아이고, 다행이네요.

어머니는 아무것도 못 드셨다. 그렇게 많이 먹던 약도 입에 넣지 않았다. 물도 안 마셨다. 당신이 죽을 것 같다는 말을 되풀이했다. 몸은 편안했다. 그러다가 누구 나쁜 친척 이야기가 나오면 벌떡 일어나 그 친척에 대해 나쁘다고 소리치며, 그러면 못 쓴다고 야단을 쳐댔다. 우리는 3일째, 못 드신 양반의 소리에서 쉿소리 바람을 들었다. 물을 못 마시니, 입은 바짝 말라 있었다. 당신의 말소리는 우렁차서 벽을 뚫었다. 나는 어머니를 보고

- 엄마 훌륭하셔. 병원에 간다고 해결되는 게 아녀요.
- 그럼, 그럼, 내가 심장에 스탠스 박을 때 봤어.
- 온몸에 주삿바늘을 넣을 데가 없어서 발가락 끝에다 놓고 목과 배로 호수를 박아 음식을 넣는 것을 봐서 알아. 나는 그렇게 죽고 싶지 않아. 지금 병원에 가봐라. 맨날 검사만 하고 지랄을 떨 텐데.
- 맞아요. 엄마. 그러니 엄마가 훌륭해요.

우리 형제는 서서히 어머니의 죽음을 말하기 시작했다. 그리고 우리는 모두 각자 집으로 돌아갔고 돌아가면서 어머니 옆에 있기로 했다. 다음 날 내가 운동을 하는데 남동생에게 전화가 왔다. 어머니가 밤새워 운다고. 나는 다시 엄마에게 전화했다.

- 나요. 엄마.

- 응.

- 근데, 엄마 어제저녁 내내 울었다며? 왜? 슬퍼?

- H가 이혼하고 혼자 사는 것도 슬프고 안 돼서 그래.

- 아니, 애들 북경대, 칭화대 다 졸업시키고, 취업해서, 잘살고, H도 애인 생겨
  서 여행도 가고 그러는데, 뭐가 서러워서 그래?

- 엉~ 엉~ 그게 아니고.

- 그럼 왜 슬프냐고.

- 이미, 사십 년 전에 다 큰아들도 가고, 삼십 년 전에 아버지도 가고, 손자도
  갔구먼, 엄마가 뭐가 슬퍼유? 이제 우리도 뒤따라갈 거구먼.

- 아니, 그게 아니라, 아버지 죽어서도 못 울고 그랬잖아.

- 그럼, 실컷 우셔요.

- 엉~ 엉~

- 그렇게 우는 것도 힘이 있는 거니까, 더 우셔요.

- 그리고, 엄마 우리들이 먼저 가서, 엄마 혼자 2백 살까지 살면 행복하겠어유?

- 그게 아니잖아유, 어제는 그렇게 조용히 즐겁다 하시더니만, 엄마가 울면, 지
  켜보는 아들이 슬퍼서, 스트레스받잖아요. H도 이제 죽은 아버지보다 나이
  가 많아요. 그럼 안 되지요.

- 알았어, 끊어.

갑자기 죽음을 앞에 놓고 어머니는 울증이 생겼나 보다. 계속 울고,
불고를 했다. 그래서 사람들이 죽음 앞에 실어증이 생긴다고 들었다.

우리 어머니도 그런 과정을 거칠 모양이었다. 우리는 다음 날 남동생 네 집으로 모두가 모였다. 어머니는 울증에서 벗어났는지 울지는 않았다. 어제까지 어머니의 말소리는 쇠통을 달은 쇳소리가 났다. 그러나 오늘은 말소리에 힘이 없었다. 어제, 그저께, 못 먹은 4일째 날, 어머니가 남동생에게 전화를 했단다. 오뎅 국물과 튀김이 먹고 싶다고.

남동생은 퇴근하고, 어머니가 원하는 것을 사 갔다. 처음으로 어머니는 오뎅 하나, 튀김 고구마 하나, 고추 튀김 하나, 오징어 튀김 하나 그렇게 먹고, 국물 3/4을 드셨다고. 그다음 날 어머니는 힘이 생겼고 우셨다. 힘이 생겼지만 당신이 걸을 수가 없었다. 그래서 당신은 슬펐던 것이다. 아마 당신이 먹으면 벌떡벌떡 걸어 다닐 수 있을 거라 했는데, 그렇지 못해서 슬퍼서 울었고, 살아야, 누워서 살 수밖에 없어서, 생을 포기하기로 한 것인가? 나는 어머니 속을 모를 일이었다. 이제 어머니는 울음 없이 고요했다. 여동생은 엄마에게 물었다.

- 엄마, 뭐 먹고 싶은 거 없어요?
- 응.
- 물 드릴까요?
- 아니.

엄마 전화는 계속 왔다. 제부나 우리 남편은 막내 여동생에게 비서실장이라 했다. 비서실장은 바빴다. 어디서 엄마가 아프다는 소리를 들었는지 주변 친척이나 아는 사람들이 계속 전화를 했다. 외삼촌, 셋째 이모, 막내 이모, 큰외숙모네, 아들, 딸 등등…. 그러나 힘이 없어서 전화는 받지 않았다. 그러나 누군가 전화했다고 말하면 엄마는 막냇동생을 욕했다. 명절이 지나도 생전 언니에게 전화를 안 했다고. 어머니는 계속 자기 말을 했다.

- 내가 잘 먹어서 쉽게 안 죽어.
- 작은아버지가 욕심이 많아서 누나하고 조카하고 싸움만 한다고.
- 내가 할머니 돌아가서 장례 치르고 남은 돈을 작은아버지에게 다 주고 왔잖아. 오래 지내다가 내가 아파, 제사를 지낼 수 없어서 할머니(서모) 제사를 내가 따로 돈 주고 절로 옮겼잖아. 자기 어머니인데, 찍 소리를 안 하잖아.
- 작은아버지가 누이 논을 빼앗아서 농사짓다가 다시 싸워서 조카가 논을 빼앗아서 지금 논을 놀린다고. 서로 욕심을 부리며 싸우는데, 볼썽사납지.
- 작은아버지가 우리 큰딸에게 500만 원을 받고 다른 애들에게 돈을 받아서 가족묘를 만들겠다 하는데, 그놈의 속은 누구라도 후려쳐서, 돈을 뜯어내려는 거 다 알고 있지. 천하의 도둑놈인께.
- Y(큰딸) 아버지 묘소에 갔다가 작은아버지 집을 들러 용돈 삼십 만 원을 주고 갔더니 그놈이 그러더라. 정년 퇴직자는 돈이 수두룩하다고. 돈이 얼마나 많은지 모른다고. 우리 동네 정년 퇴직자들이 차도 사고, 땅도 사더라고. 돈이 수두룩하니까 자기를 더 많이 줘야 된다나? 그런 미친놈이 어디 있다냐?
- 나 아파 죽겠다.
- 오줌 하루 한두 번 눕는구먼. 어제 오후 5시, 오늘 오후 5시에.

엄마는 계속 식구들 틈에서 말을 했고 우리 소리를 들으며 참견했다. 제부와 남편은 서로 이야기했다.

- 엄마는 이 집 회장.
- 아들은 이 집 영접인.
- 여동생은 비서실장.

전화는 친척들에게 돌아가면서 왔고, 비서실장은 전화를 받고 이야기를 전달했다. M 언니(큰외숙모 큰딸)는 말했다고. 외할아버지가 검은 똥만 누다가 돌아가셨다고. 엄마랑 비슷하다고. 엄마도 검은 똥을 쌌고, 약을 먹지 않고, 병원도 안 간다고. 아픈 곳이 없다고. 기저귀 차고 누워 계신다고. 오빠네 집에서 죽겠다고. 모두들 오시지 말라고. 이상 있으면 연락하겠다고. 지금 생각하니, 엄마가 작년 겨울 양평콘도 가기 전부터 문제가 있었던 것 같다고. 속도 안 좋으시고 막내네 집에 두 달 있는 동안, 치매기가 있었고, 갑자기 막내가 며느리로 보여서 저년 땜에 우리 집안이 망가졌다고 욕하고 울었던 것 같다고. 아무래도 2018년을 넘기기는 어려울 것 같다고 했다.

식구들은 저녁을 먹었다. 그리고 죽음에 대해 남편은 말했다.

- 죽음은 (마지막으로) 모두가 사라진다. 의식만 남는다. 의식은 사라지지 않는다.
- 어머니를 보면 안 들리던 귀가 더 뚜렷해지셨다. 그것은 몸과 관계가 없다. 말

을 못 하지만, 의식은 더 밝아지셨다.

- 내가 알기로, 숨이 끊어지면 에너지가 뭉쳐서 다른 형상으로 또다시 간다. 그
러나 어디로 갈지는 모른다. 형상으로 간다. 그것이 본래는 의식이 된다.

- 소크라테스는 '본래 죽음이 뭐냐, 그것이 본래 뭐냐'라고 했다. 소크라테스가
사람들을 선동한다고. 그래서 사형을 내리고, 독약을 주게 했다. 소크라테스
는 '그럼 빨리 독약을 줘라. 그는 내가 죽어서 없어지느냐? 그 자리에 있느
냐?' 그는 그것이 알고 싶었다. 그리고 그는 독약을 먹었다. 그때 장면은 다리
가 굳어져 마비가 오고, 다시 손이 마비됐다. 마지막으로 말을 못 하게 입이
마비가 되고, 몸이 꺼져갔다. 그리고 그는 자신은 살아있고. 그것은 형상이
며, 곧 의식이고, 그것은 죽지 않는다는 것을 표현 못 했다. 그러나 그 의식은
있고, 말로 할 수 없다는 것을 안 것이다. 깨달은 사람은 어디로 안 가는 것이
다. 자연 그대로, 우주 존재 자체가 되는 것이다.

- 물방울이 강이 되고 바다기 되어 결국 우주가 되는 것이다.

- 안 태어나는 것은 하나의 의식이 형상으로 안 들어가서 그냥 하나의 존재로
남는 것이다.

- 어머니는 점점 형상 상태로 간다. 마지막 남는 것은 형상이고, 원래대로, 유일
한 생명이다. 다른 게 아니다. 형상으로 영원히 사는 것이다. 숨을 멈추면, 그
것은 고통이 아니다. 정말 원래대로 돌아간다. 편안한 상태로 쉬는 것이다.

- 누구는 죽음을 축하한다. 껍질만 사라지는 것이다. 죽음은 편안한 휴식인 것
이다. 아무 걱정 없이 편안한 상태로 가는 것이다. 다른 형태로 다시 오실 수
도 있는 것이다. 나이가 들어, 죽음에 이르러, 어머니처럼 좋은 기분으로 편
안히 가는 게 축복인 것이다.

- 이탈 순간에 혼, 백, 영은 사람의 수태가 되는, 혹은 동물의 수태로 가는 순간, 어디로 갈지는 모르는 것이다.

우리가 이야기를 하는 동안 어머니는 이런 소리 저런 소리를 듣고 말했다.

- 아버지가 죽을 때(폐암으로) 아버지는 아파 죽겠다고 엄마를 꼬집으면서 의사를 불러오라고 소리쳤다.
- 의사가 왔다 가고 잠시 후 다시 아파 죽겠다며, 또 의사를 불러오라 했는데, 난 아픈 데가 없구나. 그래서 다행이구나. 이것도 고마운 것이지.
- 얘야, 이리 와 봐.

나는 요 위 엄마 옆으로 갔다.

- 어디에 쌀이 있고 찹쌀이 있으니까 네가 다 갖다 먹어라. 다른 애들은 밥을 잘 안 해 먹으니까.
- 예 알았어요.
- 어디에 참깨가 있으니 그것도 갖다 먹고. 내가 만든 수의 옷이 방 어디에 있으니 찾아봐. 수의 옷 가운데에 초상화를 찍어서 넣어두었고. 만일에 수의 옷이 좀먹었으면, 다시 하도록 하고.
- 그리고, 상복도 아무나 입혀서 돈 들게 하지 말고, 상주 옷도 아들딸, 사촌 그렇게 두 벌씩만 사용하고.

- 네네. 우리가 알아서 다 할게요. 걱정 마셔요.
- 엄마가 병원에서 안 돌아가시니까 좋네요. 식구들이 모여서 잔치하듯 밥도 먹을 수 있고, 맛있는 것도 사서 즐기며 먹으니 좋네요.
- 이번 주 토요일, 일요일 우리 모두 함께 보냈으니 다음부터는 돌아가면서 엄마 옆에 있을게요.

남동생은 백주를 매형에게 권했다. 둘은 술의 역사와 그 지방의 술 특성을 말하면서 주거니 받거니 했다. 우리는 맥주를 마셨다. 그곳에서 산, 족발은 맛이 좋았다. 다음 주는 증손자들까지 불러 이곳에서 맛있는 음식을 먹기로 했다. 사람이 많으면, 음식이 맛있어졌고, 좋은 이야기로 즐기면, 그것이 잔치가 되는 것이었다. 결국 우리는 어머니가 가시는 날까지, 이별 잔치가 이어질 것이었다.

*

신월동 아저씨에게 보이스톡으로 전화가 왔다.

신월동 아저씨는 우리 아버지의 사촌 동생이다. 아버지와 아주 막역한 사이였다. 그런데 아버지는 30년 전에 이미 돌아가셨고, 그 아저씨(나는 어렸을 때부터 삼촌으로 호칭했다)는 지금까지 사신다. 항상 우리 어머니를 형수님이라며 존경하고 시동생으로 의지했다. 그 아저씨부

217

인과 어머니와도 같은 종족 계열이라 특별한 동서지간이었다. 그 아줌마는 마음씨가 곱고 일본에서 고등교육을 받아 아는 것이 많았다. 어머니를 형님이라며 당신네 시댁에 일이 생기면 상의하고 논의했다.

그들은 별난 시동생과 시어머니에 대해 성토하며 위로하고 살았다. 그들의 성토를 위해서 나는 그들을 우리 집으로 초대했고 거실에서 잠자며 묵은 이야기를 밤새워 하며, 그들은 즐겼었다. 그럴 때 미웠던 시누이인 청량리 고모를 끼워서 이야기했었다. 그것이 10년 전 이야기였다. 어느 날부터 신월동 아줌마는 다리를 수술했고, 팔을 수술했다. 그러다가 치매가 걸렸다. 신월동 아저씨가 아줌마 수발을 모두 했다. 그 아저씨가 휴대폰으로, 그것도 '보이스톡을 해요'라는 것이 내 핸드폰 카톡으로 떴던 것이다. 10년도 넘게 연락이 없었는데 말이다.

나는 다시 보이톡 전화로 신호를 보냈다. 한참이 지나서 아저씨가 받았다. 이제까지 그 양반이 살아 계신 게 신기했다. 폐 반쪽을 떼어, 없애는 수술을 했다. 숨은 항상 가빴다. 허리는 반으로 접혀서 걸었다. 그분이 오시면 나는 버스 정류장으로 마중 나갔다. 그분을 모시고 우리 집으로 와서 우리 어머니를 만나게 했었다. 나중에는 식사를 잘 못 했다. 그래서 만남을 가질 수 없었다.

그런 분이 보이스톡을 해서 나에게 연락을 하는 것이 신기했다. 거기에 지금 당장 어머님이 돌아가시려고 스스로 아들 집에서 물만 드시고 있음을 감지하고 있음이 신기했다.

- 야, 어머님은 괜찮으신가?

- 지금 어머님이 아파요.

- 많이 아픈가?

- 그래요.

- 아이고 불쌍하고나.

- 아저씨 불쌍하기는요. 아버지 가신지 30년이 넘었구먼요. 지금 어머님 나이

  가 90이거든요.

- 그렇기는 하구먼.

- 너네 서방은 뭘 하냐?

- 아저씨, 우리 서방 나이가 내일모레면 칠십이 넘는데 뭘 하다니요?

- 아니 그래도 그렇지. 난 80까지 일을 했구먼.

- 아니 뭘 하셨는데요?

- 경비를 했지.

- 그전에는 노인 회장을 했다고. 지금은 후배에게 넘겨줬어.

- 아이고 훌륭하십니다.

- 넌 학교에 다니지?

- 아니요? 저도 퇴직했어요. 그래야 후배들이 일하지요.

- 그렇기는 그래.

- 오랜만에 전화를 하니 기쁘구나.

- 건강하시죠?

- 난 아직 자전거를 타고 다니니까.

- 대단하셔요.

- 아줌마는요?

- 장기 요양원에 들어갔어.

- 그렇군요.

- 그래 어머니 잘 보살피고, 잘 있어.

- 네.

아저씨와 이야기를 하고 나니 십 년의 세월이 금세 가버렸다는 사실을 발견했다. 이렇게 세월이 빠른 것이구나를 생각했다.

그리고 잠시 신월동 아저씨의 삶을 기억해 냈다. 우리 아버지는 왜정시대 도시로 가서, 교육을 받았고 그 아저씨는 시골에서 초등학교만 졸업했다. 초등학교는 산 두어 개를 넘어야 등교할 수 있었다. 읍에 있는 학교로, 그곳에서, 유일한 곳이었다. 사촌끼리 모여서 학교를 갔다. 그중에서 나이 찬, 큰 집, 큰아들인 아버지가 대장이었다. 사촌 동생들은 아버지 책가방을 들고 가라 시켰고, 그러지 않으면 사촌 동생들을 뒤지게 혼냈다. 그런데 그 아저씨가 제일 말을 안 듣는다고 어느 날 우리 아버지는 그 사촌 동생을 뒷동산 소나무에 매달아 놓고, 저녁이 되도 풀어주지 않았다. 온 동네가 난리가 났다. 그리고 그 아저씨를 찾아 산에서 데리고 왔다고.

그 뒤부터 아버지는 별난 이름을 8개씩 달고 다녔다. 내가 어렸을 때 할머니 집을 가면 사람들은 나를 보고 얘기했다. '자가, 판영이 딸인가벼? 그런 가벼.' 그러면서 동네 사람들은 말을 섞으며 손가락질을 했다. 그 후의 삶들은 자세히 알 수 없었다. 어머니와 그 아저씨 아줌마가 만나면 그들의 이야기를 들으며 가족들의 관계를 알아챘다. 신월동 아저씨는 돈을 잘 벌었다. 가락 시장에서 수산물센터에서 일을 했다.

아저씨는 재주가 있었다. 전국 홍합을 수집해서 밤에, 그것도 새벽 장에서, 중간 상인들에게 모두 다시 되팔았다. 내가 알기로 새벽 2~3시면 작업이 끝낸다 했다. 그래서 돈을 잘 번다고 했다. 그렇게 몇 년, 오랫동안 그 일을 했다. 어느 날 일손이 부족하면 그 아줌마는 서울에 온 우리 엄마를 모셔갔다. 그곳에서 홍합 작업을 엄마가 며칠 동안 도와줬다. 그럼 아저씨는 엄마에게 돈 100만 원씩을 주머니에 찔러주었다. 하여튼 그 아저씨는 돈을 종이같이 벌었다. 심신은 고단하고 힘든 작업이었지만 말이다.

몇 년 후 그 집 큰아들이 아버지를 도왔다. 그런데 그 아들은 아버지 일을 혼자 독식하고 싶어 안달이 났다. 아버지의 홍합 총판매처는 돈이 되는 곳이었다. 그 아들과 며느리는 나이 든 아버지와 어머니를 몰아냈고 그 자식들이 물려받았다. 그곳에서 아버지와 어머니는 평생을 일했고 돈을 벌었으며, 자식들을 먹이고, 공부시켰다. 사업하다 실패한 큰아들은 아버지 일터를 차지했고, 그곳에서 아버지 몫을 해서,

더 큰 돈을 벌어서 확장하려 애썼다.

몇 년 후 그곳은 사라졌다. 큰아들은 다시 실패자가 되었다. 아버지의 사업이 아들에게 돈을 만들어주지 못했다. 세상의 이치는 그런 것이었다. 아버지의 사업이 아들에게 물려준다 해서 아버지처럼 돈을 벌지 못한 것이 많았다. 물론 세상의 흐름이 다르고, 시대적 상황이 다를 수 있었다. 각자가 자기의 독특한 것을 자기가 개발하고 성장해야 자기 것이 될 수 있었다. 그 아저씨는 그 후 미국에 사는 외동딸이 돈을 부쳐주었다. 뉴욕에서 장사를 하는 딸은 돈을 잘 벌었다고. 그래서 딸이 생활비를 보탠다 했다.

십 년 전에 그 아저씨가 우리 엄마 만나러 우리 집으로 왔을 때, 아저씨 허리는 반으로 접혔다. 폐가 안 좋아 수술을 했다고. 폐 반쪽을 잘라냈다고. 걸을 때 숨이 가빠서 조금 걷다가 쉬다가 다시 빠르게 걸었다가 다시 앉아서 쉬었다. 외모 옷차림은 다림질한 양복에 하얀 와이셔츠 거기에 빨강 넥타이를 맸다. 몸은 늙어 앙상한 굽은 모습이지만 옷차림은 반듯했고 여느 신사 모습이었다. 나는 그 모습이 훌륭해 보였다. 절룩한 다리를 끌고, 수술한 팔은 장식품인 아줌마를 아저씨는 귀부인처럼 모시고 다녔다.

모든 일체를 아저씨가 아줌마를 수발했다. 아줌마는 입만 성했다. 말하고 먹고 하는 일만 할 수 있었다. 그래도 입담이 좋았고 어머니

와 짝짜꿍이 잘 맞았다. 우리 어머니 시집살이와 그 아줌마 시집살이
가 대단해서 일어났던 사건들을 이야기하며 그들은 시어머니를 욕하
며 즐겼다. 우리 어머니는 큰집 큰며느리였고 그 아줌마는 둘째 할아
버지의 큰아들 큰며느리였던 것이다. 그러니까 우리 할아버지 형제가
3 형제였다. 쫑마리(막내)네 할아버지네 맏며느리도 우리 어머니를 항
상 그리워하고 만나고 싶어했다. 거기 셋째 할머니도 맏며느리를 혹
사시키는 데 대단한 할머니였기 때문에 서로의 이야기꽃을 피우는 것
이 소원이었다.

그러다가 어느 해, 둘째 며느리 아줌마는 엄마에게 전화를 걸어 이
상한 소리를 해댔다. 그 후 그 아줌마는 치매로 제정신이 아니었고
소통을 할 수가 없었다. 그리고 오늘, 어머니가 죽음에 이르러 그 아
저씨가 나에게 어머니 소식을 물었던 것이다. 나는 '보이스톡을 해요'
라는 문구가 신기했다. 십 년 동안 관계가 두절되었는데, 내 카톡을
어떻게 찾았으며 보이스톡 하는 법을 상 노인이 어떻게 할 줄 알았는
가가 신기했다. 아무래도 보이지 않는 영감이 그 아저씨에게 어머니
의 느낌을 가졌던 것이다.

다시, 어머니가 다니던 절에서도 큰 스님이 아들에게 전화했다. 남동
생은 중요한 일로 전화를 받지 못했다고 한다. 그것도 신기했다. 어머니
는 십 년 전부터 다리가 아파 절을 다니지 못했다. 갑자기 큰 스님이 동
생에게 전화를 한 것은 어머니가 어떠신가를 묻고 싶어서일 것이다. 그

것도 어머님 죽음을 알아서일 것으로 보였다. 분명 우리는 알지 못하는 다른 세상의 이치가 있어 보였다. 나는 그런 것이 신기했다.

*

2018년 10월 20일, 아침이 밝아온다.

나는 어머니와 함께 누워 있다. 어머니는 죽음을 기다리셨다. 어머니가 나를 눌렀다. 얼음물을 달라고 했다. 찬물에 얼음을 띄웠다. 수저로 얼음을 녹여 그 물을 어머니 입에 넣었다. 어머니는 그 물을 목으로 넘겼다. 다시 얼음 조각을 어머니 입에 넣어드렸다. 어머니는 얼음을 입에 넣고 우물거렸다.

- 내가 죽는 것이 늦는구나. 내가 잘 먹어서 그래. 네가 잠을 못 자서 미안하구나. 아무래도 내가 내 살이 다 빠져야 죽겠구나.
- 아이고, 엄마 늦게 가셔도 괜찮아요. 상관없어요. 걱정 마셔요.
- 너네가 차 타고 여기까지 오고 가는 것이 미안해서 그러지. 거리가 멀 텐데….
- 엄마 괜찮아요. 여기 이곳은 시장이 가까워서 필요한 것을 금방 사서 먹을 수 있어서 좋아요. 뭐든 필요한 것을 살 수도 있고요.

어머니는 어제저녁 갑자기 참외가 먹고 싶다고 했다. 밤 10시가 넘었다. 남편은 시장과 슈퍼를 찾아, 참외를 사려 했다. 시월 중순은 참외가 있지 않았다. 모양이 비슷한 망고를 사 왔다.

- 엄마 참외가 없대요. 없어서 모양이 같은 망고를 사위가 사 왔어요.
- 긁어서 입에 넣어봐. 나는 참외즙을 짜서 먹으면, 속이 시원할 거 같았는데….

나는 망고를 긁어 수저로 어머니 입에 넣었다. 어머니는 고개를 흔들었다. 그만 두라고 머리를 흔들었다. 시다고. 싫다고. 한밤중은 어머니의 고통이 있었다. 끙, 끙거렸다.

- 죽는 게 쉽지가 않어.
- 이만큼 사는 것도 쉽지가 않지.
- 엄마, 병원에 가볼까?
- 아녀. 몸이 안 아픈데, 왜 가는겨?
- 목숨만 길어지지.

어머니는 온몸이 쑤시는 것이었다. 나는 등과 몸을 마사지했다. 팔 근육과 다리 근육이 서서히 빠져나갔다. 찬물을 다시 입에 넣으라 했다. 몇 모금을 목으로 넘겼다. 아침이 되어 오줌을 누고 싶다고. 나는 어머니 바지를 벗겼다. 앙상한 뼈에 살이 없는 가죽이 출렁거렸다. 정말로 이제 어머니가 돌아가시겠구나를 생각했다. 나는 어머니를 일으켜서 앉아 세웠다. 그리고 기저귀를 벗기고 그 위에 오줌통을 넣었다. 어머니는 오랫동안 오줌통에서 머물렀다. 누런 오줌이 오줌통에 가득 찼다. 밤새 먹은 얼음물이 몸을 통해 밖으로 나온 것이었다.

간신히 어머니를 위로 올리고 오줌통을 뺐다. 그리고 물티슈로 닦고, 마른 티슈로 닦은 다음 아기분을 살에 발랐다. 분향이 보송, 보송 피어올랐다. 다시 기저귀를 채우고 옷을 입혔다. 그리고 요 위에 눕혔다.

- 속이 시원하구나. 오줌을 누니까 속이 시원해.

나는 다시 어머니 어깨를 주물거렸다.

- 이쪽이 아프구나. 그만해라. 너도 힘들 텐데⋯.

어머니는 잠이 들었다. 가는 앓는 소리, 아이고, 아이고 소리가 났다. 그러면서 빨리 죽어야 하는데, 죽음이 늦다고 걱정을 했다. 나도 나중에 엄마처럼 죽고 싶었다. 치매 없이, 암에 걸리지 않고, 조용히 집에서 죽음을 맞이하며, 죽기를 바랐다.

다음 날.

딸이(할머니도 볼 겸, 외삼촌네 집으로) 손자들을 데리고 왔다.

　그 주말은 내가 어머니를 돌보는 당번이었다. 어머니는 내가 있어 편안하다 했다. 큰 애 Jin네가 온다 했더니 먹을 것을 챙겨 먹이라 했다. 그동안, 어머니는 이것저것을, 쉿소리를 내며 관여했고, 당신의 생각들을 말했다. 그러나 물만 먹은 지 2주가 되는 날부터 쉿소리가 사그라졌고 TV 소리를 싫어했다. 일어나 앉고 눕는 것을 우리가 도와야 했다. 몸의 살이 반으로 줄었다. 허벅지 살이 사라졌다.

　딸네 식구들은 모두가 감기에 걸렸다. 어른은 어른대로 기침이 거칠었고, 애기들은 애기들 대로 목쉰 기침을 해댔다. 어머니는 다시 나에게 말했다. Jin이네 약을 해먹으라고 설명했다.

- 큰 배를 사서, 뱃머리(윗 부분)를 잘라내거라. 그리고 속을 파내라. 그 속에 갱엿을 쪼개 넣고, 콩나물을 사서, 머리와 꼬리를 따고 배 속에 함께 넣고, 배 뚜껑을 덮고, 찜통에 쪄서, 속에 생기는 물을, 식구들 모두가 마시게 해라. 그리고 겉에 남은 배 껍질과 속은 베주머니에 짜서, 온 식구를 먹게 하라. 그리고 병원에 다니게 해라. 그래야 기침이 멈춘다 해라.
- 알았어요.
- CHae(당신 손자)도 기침이 심해서 그렇게 하고, 병원을 다녀서 나았다.
- 알았어요.

나는 아이들을 데리고 시장통을 거닐었다. 남편은 잠시 어머니를 돌보시라 했다. 아이들은 신이 났다. 호떡도 사 먹고, 옥수수도 샀다. 저녁 찬으로 족발, 족발 껍질, 족발 뼈를 사고, 칠면조 다리 훈제도 샀다. 야채를 사고 과일도 사고, 그들이 필요한 애기들 옷과 할머니 갈아입을 옷과 이불, 요, 저네가 필요한 것들 이것저것 등을 함께 샀다. 한참 쇼핑을 하고 돌아오니 배가 출출했다. 우리는 저녁상을 차렸다.

어머니의 죽음은 우리의 즐거운 저녁 식사와 우리의 만남과 함께했다. 그랬다. 삶과 죽음은 같은 것이었다. 슬픈 것도 아니었다. 나는 자주 어머니에게 물었다. 엄마 슬퍼? 하면 엄마는 뭐가 슬퍼? 이만큼 오래 살았는데, 라고 했다. 우리는 맥주를 들고 건배하며 족발을 먹었다. 그날 사위는 다음 주부터 자기가 선택한 회사로 출근하기로 했다. 4개월 전 우리는 사위의 퇴직 때문에 모두가 힘들어했고, 이제 다시 다른 직장을 선택했으니, 뭔가 숙제를 해결한 마음으로 모두가 축배를 들었다.

우리의 일이라는 것이 그랬다. 일이 생기고 그 일이 마무리되는. 그러다가 다시 일이 생기고 다시 그 일이 해결되는. 그런 것이 인생이고 그런 것이 인생의 리듬인 것이었다. 그래서 내 책 제목, 수레바퀴가 인생의 이치에 맞아 보였다.

*

나는 신문을 읽었다.

신문을 읽으면 속이 불편했다. 온 세상이 어지럽고 혼란스러웠다. 나는 그 세상을 살고 있기에 세상을 읽을 뿐이다.

> 문재인 정권이 가는 길은 분명해졌다. 안보 면에서 '평화'를 명분으로 '군사'를 내주고 미국과의 원(遠) 거리를 감수하면서 북한과 손잡겠다는 것이고, 경제 면에서 성장을 버리고 복지와 분배로 가는 노선을 고수하겠다는 것이다. 정치적으로는 '50년 집권'을 내세우며 일당 독주로 가겠다는 것이다. (중략) 문 대통령은 지금 북한과 김정은에 경도 내지 심취해 있는 것 같다. 그가 대한민국의 장례를 갖고 위험한 '도박'을 하고 있다는 사실이다.
> ─「'문재인 對 反문' 전선」, 조선일보, 2018. 10. 23.

나는 요즘 세상의 신문을 읽으면 온몸이 떨리고, 무서운 공포증이 생겼다. 역사는 반복이라 했다. 과연 우리나라가 살아서 존재할 수 있을까를 생각했다. 현 정권이 계속 좌 편향으로 직진하고 있으니 말이다. 그리고, 자유민주주의 국가가 존속할 수 있을 것인가를 생각했다. 현 정권의 진보파는 나라를 발전시키는 진보가 아니라, 공산주의를 찬양하는 세력이라는 것이 인간을 미치게 하는 일인 것이다. 어째서 진보와 공산주의가 동급인지 나는 이해가 안 된다. 좌파 공산주의를 찬양하는 국민이 대다수이니 그것이 문제인 것이다. 이 정권을 찬양해서 함께 권력을 나누고 이익을 추구하는 국민이 많으니 국가가 추락할 수밖에….

열심히 일해서 돈을 버는 문화가 아닌 것이다. 열심히 일하고 돈 버는 기업을 죽여서 돈을 뜯고, 세금으로 만들어서 동등하게 나누자는 것이다. 난 정치를 모른다, 그런 것도 필요 없다. 열심히 일하고 돈 벌어서 자기 삶을 충실히 사는 부지런한 국민일 뿐이다. 현 정권은 부지런히 모은 국민 돈을 적폐로 몰아가고, 열심히 모은 돈을 세금으로 추징한다. 그것을 가난한 사람과 게으른 자에게 퍼주어서 정권자들의 평등한 노예로 만들자는 것 같다. 결국 그들을 이용하여 현 정권에 영원한 복종자로 만드는. 그것은 그들이 원하는 평화, 전쟁이 없는 나라, 복지국가를 건설하는 것이다.

이럴 때 한일 합방하던 1910년 생각이 났다. 그 시대와 너무 비슷한 상황이 벌어져가고 있음을…. 현 집권당과 추종자들은 일본의 체제와 너무 비슷하게 행동하고 있음을….

*

나는 수시로 작은딸에게 문자로 편지를 썼다.

- 얘야, 너 술 좀 적당히 먹고 있지? 술 취해서 인사불성인 것, 그것은 아니잖니? 결국 엄마 아빠 속 썩여서 일찍 죽이는 거잖아?

- 흑역사 그만 만들고.

- 술을 먹지 말라는 게 아니잖니.

- 음식 즐기는 양만 먹자고. 넌 술만 먹으면 잔말이 많잖니? 소리치고, 야유하고. 난 평생 아빠한테 그렇게 살지 않았는데, 넌 술만 먹으면 험한 소리로 엄마를 괴롭히더라? 나 이제 그런 거 끝내고 싶다.

- 제발 즐겁게 살자고~ 내가 너한테 용돈 달라, 생활비 달라는 거 아니잖니?

- 너 술 먹고 양치질 안 해서 네 이 다 빠지겠다. 몸 망가져서 병원에 입원하지 말자고. 너 때문에 속 썩어서 아빠 일찍 죽게 하지 말라고.

- 자식 속 썩이면 아빠가 먼저 일찍 가는 거 알지?

- 죽은 외삼촌이 암 걸려서 죽고, 외할아버지 바로 암 걸려서 갔잖아.

- T 아줌마 아들 교통사고로 죽고, T 아줌마 신랑 곧바로 심장마비로 죽었잖아.

- K 아줌마 딸이 암으로 가서, K 아줌마 신랑 스트레스 받아서 갔고.

- 아빠 가면 너 큰일 아니냐? 이제 적당히 술 먹고 네 짝 데리고 오라고. 네가 약속한 거야. 나한테 신랑 찾아오라면 별이라도 따오지. 너의 반란으로 이렇게 된 거잖아. 네 나이보다 위로 아래로 10~15세 플러스, 마이너스 모두를 찬성한다고.

- 테니스 치는 거 좋지요. 제발, 저녁에 술 좀 띄엄띄엄 먹으시오. 몸 상하지 않게.

*

  평온한 일상은 글이 되지 않는 것인가? 여하튼 요즘 신문들은 조용할 날이 없었다.

> 류이량은 장제스 정권의 장기 집권을 비판하는 대표적인 기자였다. 장제스는 권력을 맏아들 장징궈에게 물려주기 위해 집권 후반기 비판세력에, 대한 탄압의 고삐를 바짝 조였다. 결국 1978년 장징궈는 총통으로 취임했다. 그는 반대 세력을 가혹하게 탄압했다. 반대하는 모든 지식인들을 잡아넣었다. (중략) 그는 1988년 심장병으로 사망했다. 1996년 대만에선 사상 처음으로 직선제 총통 선거가 실시됐다.
>
> —「34년전 대만 기자 암살처럼… 카슈끄지 사건이 '사우디의 봄' 부르나」,
>
> 조선일보, 2018. 10. 24.

  역사를 보면 역사의 이치를 알 수 있다 했는데, 요즘의 우리 시대의 흐름은 종잡을 수 없는 것이다. 뭔가 계속 잘못되어 가는 느낌이 나는데, 그것을 꼭 집어서 말할 수 없는 것이다. 우리 같은 퇴직자는 밥 세 끼만 잘 챙겨 먹으면 된다는 것이지만, 나라가 계속 추락하는 느

낌을 가지면, 참을 수가 없었다. 이제까지 이 나라를 만들고 세우는
데 얼마나 많은 선조들이 노력했는데 말이다. 그것을 지키지는 못할
망정 나누어 먹으며 배 채우는 데 집중하다니 한심스러웠다.

*

안산에 갔다.

아침에 서둘렀다. 그날 내가 어머니를 돌보는 당번 날이었다. 이제
어머니는 19일째 찬물과 얼음물로 연명하신다. 몸무게는 많이 줄었
다. 그러나 아직 목소리는 건강하다. 틀니를 빼서 그릇에 놓았다. 몸
을 뒤척였다. 신음소리는 계속 몸속에서 일어났다. 당신은 말했다. 나
는 아픈 데가 없다고. 그런데 어깨와 몸이 쑤신다 했다. 나는 물었다.

- 엄마 뭐 필요해?
- 아이고, 아녀, 아녀.

어머니는 필요 없다고 손을 흔든다. 그렇게 시간은 흘러간다. 청소
하고 이것저것 정리하고. 그러다보면 시간은 지나간다. 어머니가 물이
먹고 싶다고 하면, 자리에서 일으켜서 물을 먹게 하고 소변이 마렵다
고 하면 기저귀 위에 소변통을 넣어 받아내고, 티슈로 닦고, 애기분을

바르고 옷을 입힌다. 그렇게 몇 번 하면 금세 저녁이 온다. 어머니는 밤새 끙끙 앓는 소리를 한다. 그러면서 스스로 궁시렁거린다. 죽음이 쉽지 않구나. 죽음이 쉽지 않구나. 그런 소리를 들으면 나는 당신 걱정이 불쌍했다.

우리도 그렇게 죽음을 맞이할 것인데…. 어떻게 하면 몸이 덜 쑤시고 가실 수 있을까를 생각했다. 그리고 나는 몰핀 주사를 놓으면 되지 않을까 생각했다. 남편은 내 말에 절대 반대하면서, 그것은 의료행위에 위반이고, 큰일 난다는 것이었다. 그럼 통증 소염제 같은 것은 없을까를 생각했다. 그래서 아는 간호사에게 물었다. 그는 몰핀은 암 환자에게만 허용한다고. 힘들면 진통제를 갈아서 설탕하고 물에 타서 아니면 얼음에 얼려서 먹여보라고.

다음 날 당번인 여동생에게 그런 것들을 말했다. 동생은 처음에 얼음물에 가루로 된 소염제를 어머니에게 타서 먹였더니 쓰다면서 싫다고. 다시는 먹지 않겠다고 했다. 다음은 구수한 오뎅국물에 타서 먹였더니 잘 드셨다고. 그날 통증이 없이 잠도 잘 잤다고. 우리 식구들 모두는 어머님이 통증 없이 주무시듯 죽음을 맞이하시기를 기도했다. 나이가 들면 우리도 마찬가지로 통증에 시달린다. 나도 그렇다. 눈이 아파서 눈 통증, 이가 아파서 치통, 남편은 담적증이라 했다. 나이 들면, 통증과 염증이 생기는 것이 자연현상이리라.

그다음 내 당번 때 어머니는 기운이 났다.

어머니는 오뎅국으로 속을 달래면서 기운을 차렸다. 오뎅국물이 영양소가 있는 물이었다. 다시마, 멸치, 마른 표고버섯, 새우, 파, 마늘을 넣고 푹 끓였다. 거기에 나중에 오뎅을 넣고 끓여서 그 국물만 어머니가 먹었다. 기운이 나서 소변을 볼 때도 당신이 허리를 들을 수 있었다. 앉아서도 그 오뎅국물을 당신이 수저로 먹었다. 입이 쓸 때는 호박엿을 먹었다. 전날 아들에게 엿이 먹고 싶다고, 엿을 사오라 했다고. 아들은 엿이 없어서 온갖 곳을 찾아 사 왔다고. 어머니는 다시 나에게 생배춧국이 먹고 싶다고.

나는 생배추를 시장에서 샀다. 솥에 배추를 살짝 데쳤다. 그곳에 다시마, 멸치, 새우, 파, 마늘을 넣고 끓였다. 배추 데친 것에 된장, 고추장, 마늘을 넣고 손으로 조물거려 끓는 다시국물에 넣고 푹 끓였다. 어머니가 다시 "애. 청양고추도 듬성듬성 썰어 넣어"라고 했다. "안 매워요?" "그래야, 속이 시원하지." "알았어요." 나는 청양고추와 양파를 썰어 넣었다. 그리고 그날 한 대접을 어머니는 후딱 드셨다. 이튿날 새벽 우리는 서울로 돌아왔다. 남동생이 휴대폰으로 문자를 보내왔다.

- 누나가 효녀십니다.
- 엄마가 아침에 배춧국 반공기 드시고

- 다시 방금, 배춧국 반공기 2번 드시고 맛있다 합니다. 누나 배춧국 잘 끓였다고 계속 칭찬하고 계십니다. 저 배춧국 아껴 먹어야겠습니다.

이제 어머니는 다시 살아나고 있었다.

*

나는 작은딸에게 문자를 수시로 보냈다.

- 야, 생각이 났다. 너 오피스텔에서 시간이 나면 벤처기업 인터넷으로 만들어도 좋겠다.
- 언니랑 유튜브 찍으려고요. 낄낄.
- 엄마가 극기 훈련하고, 물리치료(병원에서) 차원에서 좋은 산으로 등산 왔다. 온 김에 산신령에게 너를 위해 기도했다.
- 넌, 너 스스로 네가 가진 알집을 깨고 나오는 것이 너를 살릴 거라고 생각한다.
- 그냥 자연스레 결혼하고 사는 것이 행복이고, 성공이라 생각한다. 이제 여자답게 상대방에게 예쁜 모습을 보여주는 게 좋은 모습이라고요.
- 남자들이 그런 모습을 좋아하니까. 네가 낳는 네 새끼도 그럴 거니까. 네가 이해하고 사는 것이 자연스러운 것이라고.
- 어제 치마 입으니 얼마나 예뻐? 나라도 반하겠다. 그거라고. 그런 모습이 좋

더라고.

- 넌 술 먹고, 말만 하지 않아도 멋진 여자야. 그런데 술을 먹으면 말 많은 주사를 하고 상대방을 공격하더라고. 그러니 남자들이 다 도망간다고.

- 너, 50만 원짜리 월세 방에서 혼술(혼자 먹는 술)에 혼밥(혼자 먹는 밥) 먹다 죽는 거 너무 슬픈 인생 아니냐? 명륜동 어떤 곳에 평생 10년째, 그렇게 홀로 사는 월세자 있구나.

- 넌, 모두가 잘 될 거다. 오늘 기도 많이 하고 가마.

- 엄마, 오피스텔에 필요한 거 품목이에요.

- 쓰레기 봉투, 컵, 식기, 욕실 발깔개, 수세미, 퐁퐁, 바가지, 빗자루, 쓰레받기, 대걸레, 비닐봉지, 뚫어뻥 변기 청소용, 도마, 채소 그물망, 전기콘센트.

- 알았어.

- 엄마, 눈 검진하다가 죽을 뻔했어. 난, 다시는 검진이고 수술이고 안 하고 죽기로 했다.

- 어제 코디가 정수기 청소하고 필터 갈으러 왔더라.

- 내가 코디 언니한테 이제 퇴직할 때 됐지요? 물었더니 자기는 개인 사업자라 퇴직이 없단다. 그럼, 그 사업자 내려면 어떻게 하느냐고 물었지. 그것은 웅진 코디하다가 내면 되는 거래.

- 순간 생각했다. Y(사위)도 학습지 판매사업자는 어떨까? 생각했다. 그러다가

- 그래, H(외삼촌)도 중장비 회사 퇴직하고 세일즈한다더라. 그러면서, 다른 중장비를 중국, 일본에 보완해서 판매하고 외국 중장비 갔다가 다시 한국에도 팔고, 두산과 합작해 만들어서 판다더라.

- 그래, 다시 생각해봤지. 인생은 세일하다가 죽는다고.

- 종교 세일로 신도 끌어들이고, 보험 세일, 여행사 세일, 약품 세일, 학원 학생 세일, 음식점 세일, 백화점 세일, 집 세일, 국가는 인재 세일해서 공무원 만들고 말이다.

- 너도 잘 아는 K 아줌마네 아저씨(70세 한참 넘음) 유한 약품 세일해서, 지금까지 1,000만 원씩 아줌마 갔다 준다더라. 아직도 자가용 없이 전철 타고 말이다.

- 그래서 Y(사위)가 제일 잘할 수 있는 세일이 뭘까를 찾았다. 그걸 발견하는 것이 중요하다고 생각했어.

- 엄마 오늘 스케줄 있어요?

- 없으면 저녁 함께 먹자고요.

- 그래, 지금은 수원 가야 해.

- 갔다 와서 밥 먹자. 저녁에 봐.

- 수원 갔다 와서 영상 찍어볼까요?

- 그래 요리하는 거 찍어보지 뭐.

- 일단 컨셉을 잘 생각해서 와 봐.

- 지금은 없어요. 아무거나 닥치는 대로 찍는 거지요.

- 그것도 좋고.

*

사위인 Y의 생일날이다.

회사를 다니면서 바로 위 상관 N이 Y(사위)를 10년간 괴롭혔다. Y는 성실하고 부지런하며, 최선을 다하는 사람이다. N은 야비하고 치졸하며 Y를 괴롭히는 것을 즐기며 살았다. 모든 일은 Y가 하며 이권은 N이 차지했다. 회사 임원들에게 업적은 N의 것이고, 잘못은 Y의 탓이다. N은 결혼을 못 했다. 그 스트레스를 Y에게 풀었다. 모든 작업은 토요일에 일을 만들어서 휴일에 작업을 완료하게 만들었다. N은 가정을 가진 Y를 시켜 괴롭히는 것을 즐겼다.

Y는 참고 참으며 회사 일을 했다. 속에서 부글부글 끓는 것을 참으며 살았다. 그 아래 부하 M은 N에게 아부했다. Y는 아부하고, 결탁하는 일을 못 했다. 고지식하며 직선적인 사고로 주어진 일을 책임있게 할 뿐이었다. N과 M은 서로 호의적이며 협력했다. 둘은 짝짜꿍이 잘 맞았다. 어렵고 힘든 일은 Y에게 주어졌고 그들은 쉽고 편한 일로 업적을 쌓았다. 둘은 매사에 Y를 이용했고 자기들끼리 Y를 밀쳐냈다. 그들은 학력이나 모든 면에 Y에게 뒤지는 것을 힘으로 밀어냈다.

점점 Y(사위)는 속에서 끓는 스트레스가 자기 몸을 지배했고, 그 스트레스는 병으로 나타났다. 그는 숨을 쉴 수가 없었다. 참을 수 없는 분통은 곧 병이 되었고 몸을 움직일 수 없는 지경까지 가버렸다. 나는 딸에게 말했다. 몸이 중하다고. 몸이 아파서 죽으면 삶이 무슨 소용인가. 결국 Y는 사표를 썼다. Y의 아버지는 이 어려운 지경에 무슨 사표를 쓰느냐면서 노발대발하셨다고 한다. 나는 그래도 몸이 먼저라고 했다.

사표를 썼다고 하니 상관 N은 성질이 났다. 저 스스로 부하직원을 괴롭힌 것은 알지 못하고 네가 감히 사표를 썼냐면서 보복했다. 휴직이나 퇴직하면 6개월 동안 주는 휴직 혹은 퇴직 급여를 받지 못하게 했다. 딸은 당장 식구 4명이 먹고 살 수 없어서 고민했다. 나는 당장 쌀을 사다 주며, 나누어 먹고 살자고 했다. 나는 N에게 속으로 욕이 나왔다. 그래, 너 잘 먹고 잘살아라. 이 빌어먹을 놈아.

그래도 세월은 흘러갔다. Y는 책을 읽고 자신을 생각했을 것이었다. 나는 정말로 네가 좋아하는 것을 찾으라 했다. 직업을 찾아 이력서를 냈다. 2곳에서 면접을 보러 오라고 했다. Y는 자격시험을 보려고도 노력했다. Y는 힘쓰는 일은 어려울 것 같았다. 책을 좋아하고 머리 쓰는 일이 맞을 것 같았다. 그는 결국 부동산 사업 쪽 회사로 마음을 굳혔다. 그가 책을 읽는 동안 그쪽에 흥미가 있는 것 같았다.

우리 집에서 Y의 생일잔치를 벌였다. 그리고 모두가 축하주를 했다. 회사에서 여 사장님은 Y에게 생일 파티를 해주었다고. 나는 Y에게 물었다.

- 저번 회사보다 나은가?
- 네, 저번보다는 나아요.

- 그럼 됐다. 저번보다 못하면 그건 큰일 아닌가?
- 네.

이제 부동산에 대해서 실무를 공부하고 이것저것 등을 공부해야 했다. 그리고 자격증 공부를 해서 자격증을 따야 했다. 나는 그에게 제안했다.

- 공부도 하고 인맥도 쌓고 하는 것으로 대학원을 가도 되는데?
- 석사를 따면 자격이 주어지고, 실무도 배우고, 인맥도 튼튼해지는데.
- 엄마 그런 게 있어요?
- 그럼, 나도 6개월 들었었어. 광운대에서 1년 6개월 더 배우면 석사를 마치고, 자격증도 받는데 그때 나는 강의를 하느라 바빠서 못했지.
- 그러다가 공부가 맞으면 박사과정도 들어갈 수 있고 박사학위를 따면 강의 도 줄걸?
- 그래요? Y는 교육이 맞는다고 했어요.
- 그럼 그러든지.
- 그럼 좋겠다. 나는 엄마 아빠 죽으면 언니와 오빠만 믿어야 돼(작은딸).
- 올해는 꼭 인맥을 많이 쌓아야 해. 나는 그거밖에 할 일이 없더라고요. 오빠 잘 부탁해요.

우리는 케이크를 자르고 이것저것 맛있게 먹으며 축배를 들었다.

- 엄마 우리는 자주 만나야 돼요. 그래야 좋은 아이디어가 나오지요.

- 그래, 그러자꾸나. 잘 가거라. 안녕~

나는 속으로 생각했다. 그래, 사람이 성장하려면, 힘든 일이 있어야 하는 거구나. 전 회사의 N에게 Y가 고마워해야 되는 거구나. 그렇게 10년 동안 못살게 굴어서 더 멀리 더 높게 뛸 수 있는 능력을 만들게 하는 것이니까. 그려, N아 고맙구나! 우리 사위를 더 크게 해줘서. 당장은 힘들고 괴롭지만 말이다.

*

나는 먼 과거로 나를 떠나게 하고 싶었다.

20년 전 나는 무엇을 했을까를 생각했다. 지금, 현재가 암울한 마음이 들 때, 과거를 생각하면 '그때 그랬는데…' 하고 그때를 그리워하며 웃었다. 나는 내가 메모한 이십 년 전 노트를 살폈다.

- 오늘 날씨는 맑다. 아침에 빨래를 해서 햇빛에 널었다. 내 컨디션은 좋았다. 책상에 앉아 구결 문장을 읽었다. 나는 15C 형태론을 조사하는 과정이었는데, 잠시 구결 문장과의 비교를 하며, 문장 구성과 형태론을 비교해 보았다. 그런데 뭔가 재미있었다. 학문의 오묘함을 느꼈다. 무엇인가 학문적 부딪힘이

마음에서 일어났고, 거기에서 기쁨이 샘솟았다. 그것들은 아마 연구자의 희열일 것이었다. 지루하고 힘들며, 내가 할 일이 무엇인지 알 수 없어서 암울하고 답답할 때가 많지만 오늘 공부는 즐거웠다.

- 무엇인가 학문적으로, 새로운 나의 길을 찾을 것 같아서 기뻤다. 그 느낌은 그 연구의 길이 손에 잡힐 듯했고, 그것은 순수하고 깨끗한 연구자의 것일 것 같았다. 그동안 학회에서 벌어지는 여러 가지 일들은 항상 나에게, 회의적이었다. 학회에 가면 보이지 않는 갈등이 많았다. 그곳은 사실 내적으로 보이지 않는 학자 간의 심리적 이기심이 팽배했다. 각자 자기 학문을 내세우고 자기 제자를 내세워 자기 학풍을 높이려 했다.

- 반대파 학풍을 가진 사람들과 서로 대치하며 자기 주장을 강조하면서 싸웠다. 그러나 그런 것은 건강한 모습이다. 같은 파 내에서 서로 밀치고 공격하며, 인간의 사적인 감정을 드러내서 이권을 챙기는 모습은 아름답지 않았다. 어디든 싸움은 일어나게 되어 있다.

- 다만 힘 있는 교수들이 자기 제자만을 챙겨, 학회 지원비를 자기 제자 쪽에 지원해서 부작용이 많은 것이다. 실력 있지만, 행정에 밝지 못한 교수의 제자들은 찬밥 신세가 되어 안타까웠다.

- 나는 적어도, 그런 곳에 참여하고 그들의 잔치를 지켜보는 연구자일 뿐이다. 나는 모두를 수용한다. 그 자리에서 그들을 빛내주면 되는 것이다. 나는 어느 편도 아니다. 각자의 연구 발표를 듣고 되새기며, 그들의 학풍에 적응하는 것이다. 그리고 내가 정말로 필요한 것이 무엇인가를 찾을 뿐인 것이다.

내가 적어도 이십 년 전 나는 무엇인가 연구하려고 열심히 노력했었구나를 생각했다. 그리고 열심히 공부한 것이 기뻤다.

이십 년 전 나는 어디서 살았던가? 그곳은 서울의 남쪽 작은 아파트였다. 큰딸, J가 다른 것은 잘 아는데, 공부에 취미가 없었다. 주변 친구들 자식은 모두가 훌륭했다. 그런데 J는 그들보다 부족한 게 많은 것 같았다. 사람들은 말했다. J의 아빠는 훌륭한데 그 기대만큼 J는 학교에서 우수하지 못하다고. 그것은 사실이었다. 우리는 J가 열심히 공부 잘하기를 바라지만 J는 공부에 뜻이 없었다.

그런데 J의 생각은 욕심이 많았다. 자기가 아빠처럼 행시에 도전해 보겠단다. 전에는 관심 없었는데 지금은 권력과 지위에 관심이 많고. 나는 J에게 수없이 속아왔다. 앞으로도 속을 것이고 계속 속아줘야 할 것이라고. 그래, 큰 뜻을 가지고 산다는데 그렇게 사는 것은 좋은 일이구나. 믿어주자. 네 맘대로 살다 보면, 또 다른 길이 생기겠지. 열심히 믿어주마. 너희 할머니네 삼촌들도 평생을 아빠처럼 행시와 사시에 목매달며 살았고, 이루지 못한 삶을 살고 있지 않은가?

'가는 사람 잡지 말고, 오는 사람 막지 말자.' 이십 년 전의 나의 철학이었다. 내 이웃에 황 씨 아줌마가 살았다. 키는 작고 눈은 별처럼 반짝반짝했다. 손은 작았고 몸은 잽쌌다. 그에 비해 나는 키가 컸고 허리가 길고 가늘었다. 몸은 느리고 매사가 뭉그적대며, 몸이 빠르지 못했다. 우리는 그래도 삶은 조화로웠다. 황 씨는 솜씨가 좋았다. 그의 집은 항상 닦고 쓸었다. 바닥이 반짝반짝 빛났다. 수시로 고추를 갈아 생김치를 담갔다. 나는 그가 우리 집에 갔다 준 생김치를 좋아했다.

황 씨는 웃는 모습이 아름다웠다. 아닌 것은 아니었고, 맞는 것은 맞았다. 우리는 서로 조화롭게 잘 맞았다. 그런데, 가끔 그 집 아들을 황 씨가 귀히 여겨서 나는 못마땅했다. 황 씨는 자기 어린 아들에게 쩔쩔매며 아들 편을 들었고, 우리가 생각할 수 없는 일들을 황 씨는 어린 아들에게 당했다. 그렇지만 우리는 그런 것과는 상관없이 함께 테니스를 배웠고, 함께 쳤다. 우리는 서로 떨어질 수 없는 관계로 함께 공치고, 놀았다.

세월은 빨랐다. 아이들은 자랐다. 그 집은 좀 더 큰 집으로 이사 갔다. 여전히 테니스 운동을 함께했다. 같은 회원이 되었다. 회원이 많아지면서 보이지 않는 갈등이 생겼고, 우리들의 관계는 소원해졌다. 황 씨는 다른 회원을 더 선호했고 그들과 친밀해지면서 나를 밀쳐냈다. 그는 예전의 그 모습이 아니었다. 그의 이중적 태도가 나는 못마땅했다. 그때 나는 그 지역을 떠나야 했고, 다시는 그와의 만남은 이루어지지 않았다. 십 년 지기의 애틋함은 그때 이미 사라졌다. 그래서 아마 그때, 나는 '가는 사람 잡지 말고, 오는 사람 막지 말자.'라는 철학을 말했던 것이리라.

*

나는 가끔 책장의 책을 뒤적이다가 아무 책을 읽었다.

책 중간에 이런 구절이 있었다.

- 책을 다시 읽을 것. 일주일에 시 한 편을 외울 것. 이 도시를 하루에 두 시간 이상씩 걸을 것.

나도 언젠가 이런 것들을 노트에 나열했고, 그렇게 하려고 애쓴 적이 있었다는 생각을 했다. 분명 그때는 젊었고, 무엇인가에 쉽게 적응하던 시절이었다. 그러다 보니 대학 시절이 생각났다. 학교는 항상 혼잡했다. 남학생들은 수업을 듣는 것보다 시위를 하거나 술을 마시는 일이 많았다. 여학생들은 고등학교의 엄격한 규율을 벗어나 자유분방함을 찾았다. 그래서 그들 또래끼리 시끄러운 음악 다실을 찾았고, 거기서 하루종일을 노닥거렸다.

사람들은 우리를 보고 놀고먹는 대학생이라고 했다. 어쩌다 학교를 가면 학교 교문은 군인들이 지켰다. 팻말에는 휴교라고 적혀 있었다. 우리는 수시로 학교를 가지 못했다. 나는 영문과 친구를 찾든지 우리 과 친구를 찾아 함께 모였고 함께 놀았다. 음악을 좋아하는 친구는 음악 다실을 찾아 음악을 즐겼다. 음악이 아니면 오빠 친구들을 소집해서 미팅을 했다. 친구들은 오빠가 많았다. 봄이 되면, 딸기밭에서 미팅을 했고, 가을에는 배밭에서 미팅을 했다.

어쩌다 학교를 가게 되면, 우리는 공부는 뒷전이고 노는 것에 몰두했다. 교수님에게 공부하기 싫어서 야외수업을 요청하며, 수업을 어찌하면 하지 않을까에 목적을 두고 교수님을 따돌렸다. 3시간 수업은 30분을 채우지 못했다. 수업에 열심인 학생들은 나같이 농땡이 학생들을 적으로 몰았다. 그러나 나는 그런 것을 알아채지 못했다. 그들도 나같이 공부하기 싫은 학생으로만 여겼다. 그 당시 나는 완전히 날 건달이었다.

나는 놀고먹고, 즐기는 것에만 몰두했다. 중 고등학교 때 억압받고 놀지 못한 것을 한풀이하듯 빈둥 빈둥 시간을 보내며, 즐겁게 놀기를 바랐다. 그러나 나는 내가 바라는 놀이가 없었다. 뭔가 열심히 내 몸을 써서 놀기를 원했다. 노는 문화가 나에게 없었다. 친구들과 차 마시고, 음악 듣고, 시골 친구 집에 놀러 가는 것이 놀이였다. 어쩌다가 기타를 배우기로 약속했다가 친구가 일주일 만에 끝내서 함께 끝낸 것, 또 다른 친구가 테니스를 치다가 이틀 만에 끝내자 해서 끝낸 것 외에 특별히 한 것이 없었다.

어쩌다 서울로 유학 간 친구들이 오면 그들은 달랐다. 뭔가 그들만의 문화가 있어 보였다. 옷 색깔도 화려했다. 얼굴에 빛나는 멋진 기운이 돌았다. 우리는 그들을 부러워했다. 역시 서울은 틀리구나. 그들만의 자존심과 자부심, 거기에 자만심이 가득했다. 나는 그들을 보면 벨 없이 가난했고 빈티가 나며, 같은 옷을 입어도 내 것은 우중충했다. 그들이 시끄럽게 떠들며, 말하는 것은 화려했다. 내가 있는 곳은 왠지 어둑하며, 칙칙했다.

어쩌다 음악 다실, 지금은 커피숍일 것이다. 그곳에서 동창으로 만나면, 고등학교 동기지만 그들은 큰소리와 몸짓으로 우리를 주눅 들게 했다. 자기들의 화려한 모습을 우리에게 보여주고 자신들을 과시했다. 특별시, 서울의 대학교는 우리에게 선망의 대상이었다. 그곳을 가면 별과 달을 따고, 자신의 희망과 꿈을 펼칠 수 있는 곳이라 생각했다. 그곳은 공부를 아주 더 잘해야 했고, 각자 가정이 돈 많은 유학 자금이 넉넉해야 했다. 입학금, 하숙비, 교통비, 용돈 등은 장난이 아니었다. 그 당시 우리 아버지 공무원 월급 1년치가 있어야 입학금이 됐다.

그래서, 서울의 여대를 보내는 집안은 부자였던 것이다. 이러거나 저러거나 세월은 흘러갔다. 대학을 지나 50년의 세월이 지나고 다시 그 시절을 되새겨 보니 모든 것이 우스웠다. 그렇게 자랑스러운 서울 유학생이 꼭 행복하게 잘 사는 보장의 시대는 아니었다. 그 후는 또다시 각자가 어떻게 노력하며, 자기 삶을 충실히 사느냐에 따라 자기 인생의 길이 있었다. 어느 때인가 서울 유학생 동창이 함께 골프치며 말했다.

- 난 대학 생활이 슬펐다.
- 아니? 왜?
- 나는 서울로 유학 온 학생이 적어서, 우리 과에 왕따가 되어 슬펐어.
- 아는 친구도 없고. 말할 사람도 없었어.
- 과에서 일어나는 투표도 힘이 없어. 함께하는 친구가 없으니까.
- 그랬구나.

그렇게 자기들끼리 서울에서 학교 다니다가 고향도시로 와서는 자기들만의 특유한 몸짓을 하며 화려함과 자만심을 드러내더니만. 이 나이가 되어 자기들의 본심을 말하다니. 나는 속으로 놀랐다. 차라리 내가 내 맘대로 자유롭게 내 학교를 활보하며 멋대로 학교생활을 했던 것이 훌륭했다는 생각이 들었다.

다른 친구들은 그런 속내를 말하지 않았다. 그렇게 말한 것은 그 친구가 진실하고 거짓이 없는 친구였기 때문이었다. 그래, 모든 것은 장단점이 있기 마련이었다. 친구들이 아이를 키우면서 너나할 것 없이 유학 보내는 것이 유행이었다. 없는 돈을 억지로 자금을 출혈해서 보냈다. 그것이 꼭 성공처럼 보였다. 나는 공무원이라 가슴 아파하며, 한국을 고수했다. 그런데 지금 유학 간 애들이 성공했냐를 물으면 말할 수 없는 것이 많았다.

결국 애들 따라 미국 간 친구들이 울며 겨자 먹기로 불편하게 애들 옆에 사는 경우가 많았다. 그들은 그곳을 돈이 없어 떠날 수 없어서 사는 경우가 많았다. 그러나 돈이 있는 친구들은 되돌아와서 살았다. 그런 친구는 열에 하나였다. 그렇게 한국으로 와서 사는 것이 어려웠다. 지금 생각하면, 돈이 없어 유학 못 보낸 내가 나은 것이었다. 우리는 결과가 어떻게 변할지 몰랐다. 그냥 주어진 것에 최선을 다하는 것을 나는 목표로 삼았다.

웃기는 것이 대학 졸업 후 40년이 넘어 우리 과는 캄보디아로 여행 갔다. 그때 처음으로 나는 내가 우리 과의 악동임을 알았다. 그때 공부에 몰두해서 오로지 서울 K대에 편입하겠다고 했던 친구가, 나와 내 친구들 때문에 공부를 못해서 K대에 편입을 못 했다고 들었다. 나는 그에게 정말 미안했다. 그는 대학 때, 아르바이트와 공부 때문에 한 번도 미팅을 못 했다고 했다. 그래서 우리 과 총무가 그럼 지금 시켜줄까, 하고 물어서 여행 친구들이 박장대소로 웃었다.

그 친구의 남편은 우리가 다녔던 대학 총장이 되었다. 그 친구는 젊어서 학원 원장을 해서 돈을 많이 벌었다고 들었다. 어쨌든 그는 성공했고 성공한 삶이었다. 그는 시를 잘 써서 시집도 냈다. 그의 삶은 찰지고 아름다웠다. 우리 주변에 그렇게 성실하고 아름답게 축복받으며 사는 친구들이 많으면 나도 성공적이었다. 인생은 그랬다. 지금 현재 내가 있는 곳에서 최선을 다하며, 성실하게 주변 사람들과 잘 어울리며 행복하게 살면서 나이 들면 되는 것이라 생각했다.

*

「서울은 왜 불패(不敗)인가」라는 신문 기사를 우연히 봤다.

나는 그 글에 호기심이 일어났다. 그리고 읽었다.

> 우리는 서울이 '매력 자본'이라는 사실을 종종 망각합니다. 소설가 홍형진의 최근 에세이 제목은 '다들 서울에서 살길 원한다'입니다. (중략) 혁신의 대부분은 인간의 교류에서 시작하고 그 기회는 사실상 대도시에만 존재하더라는 체험담이죠. 실제로, 을지로 뒷골목, 생태찌개 집에서 소주를 한잔하는데, 손님 상당수가 20~30대 젊은 세대라는데 작가는 놀랐다고.
>
> -「why-서울은 왜 불패인가?」, 조선일보, 2018. 10. 06.

나는 아직 서울에 살고 있음에 감사했다. 나는 지금 시대적 흐름을 가지고 있는 이곳에서 살아 숨 쉬는 것이었다. 내 어렸을 적에, 아버지를 따라 처음으로 새벽 6시경 남산에 올랐던 기억. 힘들게 소나무를 잡고 올라서, 희뿌연 안개에 쌓인, 검은 기와집들을 보았던 기억. 처음으로 창경원을 구경했고 힘들어서 아버지의 목마를 타고 낙타가 신기해서 몰두했던 기억들이 났다.

나는 그 신문 조각을 사진으로 찍어서 독립한 딸에게 보냈다. 그리고 문자도 보냈다.

- 얘야, 너, 매사 훌륭해졌더라?
- 오! 너 좋은 일이 많아질 거야. 우선 모두를 받아들이는 순종, 그리고 오만하지 않는 겸손함이 너를 즐겁게 할 거야.
- 진작 너를 내보냈으면 좋았을 것을. 그런데 아직 늦지 않았다. 넌 결혼하면, 엄마 닮아서 잘 살 거다. 우선 넌 모든 것을 아끼잖아. 그리고 가성비를 따져서, 싸면서 맛있는 걸 사서 먹잖아.
- 매사 모든 것을 잘하고 있어. 훌륭해. 빨리 남자가 너랑 맞으면, 결혼하는 거야. 그럼 성공이라고.
- 네가 한국인, 맘에 맞는 남자 만나서, 재미있게 살면, 그게 성공이라고. 그래서 우리 여행 갈 때 네 짝도 함께 홍콩 데리고 가면 좋겠다.
- S야, 파이팅!
- Y 오빠(사위)가 일하게 되면 같이 배웠으면 좋겠어요. 부동산이건 영상 관련 일이건. 아니면 공부방이건. 그런데, 아직은 때가 아닌지 여의치는 않네요.
- 잘 될 거야. 걱정 마.

- Y(사위) 오빠 부동산 쪽 회사로 갈 것 같더라. 언니가 많이 조언한 것 같아. 언니는 테니스 치면서 스스로 큰 사람이 되었더라. 함께 테니스 치는 주변 언니들을 보고.

- 언니가 여성들의 이상한 마인드를 잘 받아서 넘기고, 포용하며, 세상 사는 이치도 많이 깨달았더라.

- 그래서 제 스스로, 제 남편의 부족한 점을 잘 이해하며, 조화롭게 사는 것이 훌륭하더라. 제 남편 부족한 것을 탓하지 않고, 돈이 없으면 저 스스로 아르바이트라도 할 것이라며, 남편에게 건강이나 했으면 좋겠다고 말하는 게 더욱 훌륭하더라.

- 인간은 그런 것이야. 탓하지 않고 수용하는 자세와 겸손함이 있으면 만사가 이루어지는 거 같더라.

- 아마 너도 이제 그럴 거다. 그러면, 모든 것이 이루어질 것이다.

- S, 파이팅!

- 죽음과 삶은 함께하는 것 같더라.

- 외할머니는 자기가 병원 가면 살 수 있지만, 링거 꽂고 오래 사는 건 아니라 했다.

- 당신이 이 나이(90세)만 하면 행복하게 훌륭히 살았다 했지.

- 나도 할머니 같은 죽음을 가지고 싶다 했지.

- 삶은 그런 거 같아. 너도 얼른 네 삶을 살았으면 좋겠구나.

- 우리를 닮아 너도 행복한 삶이 될 거다.

- 잘 자거라.

- 경제가 부족해서, 더 일자리를 알아보고 있어요. 그래서 학원 원장님한테 일

단 말해놨어요. 화목 선생님이 자주 바뀌는데 이번 연도까지는 기존 화목 선생님이 계속할 거 같은데, 혹시 바뀌면, 꼭 내가 했으면 좋겠다 했어요. 원장은 그럼 자기가 훨씬 좋다 했습니다. 그 자리는 자주 선생이 바뀌어 골머리를 앓았거든요. 그래서 빈자리 나면, 제가 하겠다 했어요.

- 잘했구나.
- 외삼촌은 아마 대박이 날 수 있겠구나.
- 어제 광주에 가서 물건 하나 팔고 왔다는구나.
- 오늘은 미국 친구 만나 점심 먹고, 화, 수, 목요일은 대만으로 출장 간다더라. 큰 건이 하나 또 있는가 보더라.
- 외삼촌 신났다. 어제저녁 내가 외할머니 옆에서 잠자는데, 외삼촌 집에 물난리가 나는 꿈을 꾸었단다. 아마, 외삼촌 돈복이 오려는가?
- 어제 아빠랑 기가 세고 운이 좋다는 군자봉에 올라 너를 기도했다. 좋은 일들이 생기라고.
- 너도 이제 순종하는 마음과 겸손함을 가져서 대박이 날 거다. 아마.
- 남자 못생겼어도, 두둑한 복을 지니고, 테니스 잘 치면 그만이다. 멀리서 찾지 말고 주변에서 찾으라고.

나는 계속 작은딸과 문자로 관계를 맺었다. 나는 독립한 딸이 외롭고 힘들 것을 생각하여 좋은 말로 달래고 얼랬다. 그러다가도 우리는 싸우면서 욕했다. 그는 이상한 소리를 하며, 내 속을 뒤집었다. 그럴 때 나도 그에게 문자로 퍼부었다.

- 그래, 너, 혼자 사니까 행복하냐?

- 너, 엄청 행복하겠다!

- 너 같은 그런 독립은 독립이 아니야. 네가 잘났으면, 제대로 된 독립을 했어 야지. 아직도 캥거루 가족이면서. 그거는 아니잖니?

- 너, 네가 그렇게 잘난 게 뭐냐? 너네 친가나 외가나 너처럼 시집 못 간 놈은 너뿐이라고.

- 그게 무슨 인생이라고. 네 새끼 키우며, 오손도손 사는 게 행복이여, 이놈아.

- 혼자 사는 게 무슨 잘난 거라고. 천하의 멍청이들이나 혼자 사는 거지.

- 네가 무슨 어미를 욕해?

- 너, 내가 낳아서 힘들게 공부시키고, 이제까지 테니스 레슨비 줘가며, 운동시 키고, 이 나이까지(38세) 늙어 돈 댄 거밖에 없다고.

- 너의 그 몹쓸 성질 빨리 똥통에나 버려라.

- 진작, 학원 원장이 여름에 사람 필요로 할 때, 좋은 마음으로 빈자리 선생을 해줬어야지. 바보 같은 놈아. 그것을 몰라? 나는 네 놈이 못된 것을 그때도 알 아봤다.

- 너, 더러운 성질을 버리고 참아야 복이 돌아오고 돈도 생기는 겨, 이 바보야. 어느 때 함께 축령산 갈 때다. 그때, 차가 밀린다고 너 개 난리를 치며, 지금은 참고 사는 때가 아니라면서 우리를 혼내켰지? 넌 그때 내 새끼가 아니더구 먼. 뭐? 요즘 그렇게 참는 시대가 아니라고?

- 어떤 놈이 널 떠받치고 살겠냐? 네가 남자 놈을 떠받쳐야, 너한테 남자가 오 는겨 이 바보야. 그러니까 지금까지 시집을 못 가는 거야. 넌 그래서 바보 멍 청이라고. 시집을 가려면, 네가 찾아야지. 바보야, 기다리면 남자가 생기냐?

네가 찾아서 만들어야 되는 거라고.

- 하다못해 내가 살 집을 찾는다면, 집이 나한테 찾아오냐? 내가 살 집을 찾아야지. 그리고, 허름해도 고쳐서 살면 되는 거지. 돈도 없으면서 완벽한 집을 원하면, 그게 너, 살 집이 되는가 말이다.

- 널 보면, 나는 속이 터진다. 혼자, 사십 넘어, 평생, 50만 원짜리 인생으로 살다 죽는 것이 행복하냐?

- 오죽하면, 아빠가 천하의 멍청이 지혜롭지 못한 놈이라 했겠냐.

- 너 자신 좀 알아라. 언니 욕할 거 없느니라.

- 네 생각을 버리고, 삶에 뛰어들어 살라고. 머리로만 살면 메마른 이론만 늘어난다. 생각으로 삶을 낭비하지 말라고. 우물 속에 사는 개구리가 되지 말기를 빈다.

- 걸 그룹인 유지나가 의정부에서 우유 배달하더라.

- 일주일에 3번 배달하고, 45만 원 받는다더라.

- 새벽 3시에 배달해서 6시까지. 그러면 스케줄에 문제가 생기지 않아서래.

- 그래도 노래하는 게 가장 행복해서 뜨기만을 기다린단다.

- 걸 그룹 뜨면 돈 버는 줄 알았는데, 수입은 소속사가 다 가져갔대. 오히려 밥값을 엄마에게 부쳐달라 했단다.

- 우리 각자는 자기 스스로 궁글리는 재주를 만들어서, 먹고 살아야 한단다.

우리는 한동안 바빴다. 서로 소통할 일이 없었다. 작은딸은 이제 독립 생활을 잘 적응하고 있겠지 생각했다.

- 잘살고 있냐? 늙지 않고 병원에 가지 않으려면 잘 먹으라고. 아파서 누우면, 슬프니라.

- 삶은 기다려주지 않는다. 걷잡을 수 없이 빨리 흘러가는 것이 시간이다. 넌 10년을 허송세월 보냈느니라.

- 와이셔츠 사서 네 방에 놓았다. 가져가라고.

- 엄마는 외할머니한테 간다.

- 네 오피스텔 물 샌다며?

- 인테리어 사장님이 시간이 안 나서 내일 가보겠다고 전화 왔다.

- 삶은 그런 거야. 삶은 네 멋대로가 아니야. 기다림이지. 넌 참으면 안 된다 했지?

- 넌 이제부터 참는 공부를 해야 하는 거야. 진정한 공부는 교과서나 책에 있는 게 아니라고.

- 누구든 아르바이트해서 돈을 벌면, 그 돈이 모두 모여지겠니? 밥 먹고, 교통비 쓰고, 몸 아파서 약 사먹고, 사는 집 물 새면 고치며 사는 거지. 그리 해서, 예상 외 돈이 많아지고, 그것이 모여서 빚이 되는 거야. 그런데 그런 것이 인생이라고.

- 갑자기 너네 친할머니 묻지도 말고, 따지지도 말라며, 50만 원 부치라 하더니만 엊그제는 보일러 터졌다고 75만 원 부쳐라 소리치는데, 88세 노인에게 엄마가 '난, 퇴직자'라며, '내가 돈이 어디 있느냐'고 싸우리? 그거는 아니지. 그냥 주고 말지.

- 네가 언니네 오피스텔이 아니라 다른 오피스텔로 세 들어갔는데 하수구 막혔어. 그때 주인이 말 없이 고쳐줄 거 같아? 어림없지.

- 네가 고쳐 쓰든지 나가든지 하라고 할걸?

- 세상이 그래. 언니가 관리비 못 내고 안 고쳐준다는데, 고쳐주는 이 10%도 안 돼. 그래서 세입자는 슬픈 거야.

- 왜? 사람들이 자기 집을 사고 싶은데. 그런 일 안 겪고 싶다고.

- 우리 집 천장으로 물이 새서 이번 여름에 난리 났잖아? 네가 양동이 열 개를 거실과 부엌에 놓고 물 받았잖아. 그리고 인테리어 업자 와서 우리 집 수리했는데, 문제는 물 샌 집인 위층에서 그 수리비를 안 내서 얼마나 싸웠냐? 그래서 나는 윗집에 제안했지. 내가 이분의 일을 낼 테니 너네가 이분의 일을 내라고. 처음에는 그것도 안 내려고 난리를 치는데, 좋은 게 좋다고 그렇게 하자고 달래서 받아낸 거였어.

- 그거 때문에 법원 가서 싸우면, 그 비용 누가 내겠니? 변호사비만 날린다고. 그냥 합의해서 약간씩 손해 보며 사는 것이 이익이 된다고.

- 너처럼, 수학적으로 따져서 살 수 없음을 넌 공부해야 잘 사는 거다.

- 요리조리 따지고 잘났다 하는 놈들이 왜 잘못 사는지 넌 한참 더 공부해라.

- 네가 돈 버는 것이 네가 다 가질 수 있는 것이 아니라는 것이다.

- 아빠가 간밤에 자다가 심장이 벌렁벌렁, 배가 벌렁벌렁 죽을 뻔했다. 난 왠지 죽음을 기다리는 외할머니가 도와줬을 것으로 생각한다. 항상 우리를 보고 너네가 오래 살아야 한다고 했고, 그래야 네 딸린 것들을 잘 챙길 수 있다고 했다.

- 아빠는 조심히 몸을 사리고 있다. 모두가 평화롭지만, 나이가 찬 아빠랑 엄마는 어떻게 죽음을 맞이할지 모른다.

- 죽음 앞에 선 외할머니는 엄마와 아빠에게 항상 '너네가 오래 살아야, 모든

식구를 잘 건사하는데.' 그리고 자기는 빨리 가야 하는데, 빨리 가지 못한다고 계속 말한다.

- 난, 네가 살아 있는 공부를 해서, 진정한 사람다운 사람이 되기를 기원한다.

*

2018년 11월 4일, 시어머니 생일 잔치를 하는 날이다.

며칠 전부터 셋째 동서가 나에게 문자를 보내왔다.

- 형님…. 잘 지내시나요? 이번 일요일에 어머님 생신인데 어찌할까요?
- 그렇잖아도 둘째 동서에게 물어서, 나는 이것저것 이번 달에 어머니한테 들어간 돈이 100만 원 이상이 들었고, 내가 생일잔치를 하겠다 하면, 또 '난 생일 잔치 안 할란다.' 하면서 그거 돈으로 달라 할 것이고(이제까지 그분은 그러셨다. 거기에 내가 돈을 찍어 내는 기계도 아니고, 퇴직자로 간신히 살아가는 자식을 그분은 상관없는 분이시다).
- 나는 그냥 어머니가 정한 법칙대로 통장으로 20만 원(아들 5명, 20만 원씩, 총 100만 원)만 부치고 말란다고 했어.
- 둘째도 이번에 또다시 뒤지게 어머니에게 혼나고, 덧정 떨어져서 전화도 못 받고 하니까 올해는 조용히 보내는 것이 좋겠다고 하더라고.
- 생신비 부치고, 아들들이 전화해서 위로하라고 하지 뭐….

- 나는 지금 우리 친정어머니가 아들 집에서 물만 드신 지 20일 됐어. 이제 오
  뎅국물 조금씩 드셔. 당신이 병원에는 안 가신다고 해서 형제들이 돌아가면
  서 보살핀다네.
- 네. 걱정되시겠어요.
- 제가 둘째 형님하고, 연락해 볼게요. 건강 조심하시고 안녕히 계세요.

셋째가 나에게 문자를 보낸 것은 특별한 일이었다. 그는 평생에 시
어머니 생신을 위해 음식을 만든 일이 없고, 솔선수범으로 자처한 일
이 없었다. 거기에 그는 둘째와 내 속을 박박 긁은 일들이 많았다. 그
동안 어머니 생신날이 되면 미리 전날, 나는 서울에서 시골로 새벽부
터 달려갔다. 둘째 동서와 만나서 시장을 보고, 밤새워 육, 해, 공(돼
지고기, 소고기, 닭고기, 왕새우 등)을 지지고 볶고 튀겼다. 그리고 아침
일찍 상을 거하게 차려서 케이크에 촛불을 켰다.

아침이 되면, 그때, 셋째 동서가 집 안으로 들어왔다. 어머님 "저 왔
어요" 하고. 어머니는 "그래, 와 줘서 고맙구나" 했다. 나와 둘째는 속
이 터졌다. 아니, 그럴 수가 있는 것인가를 묻고 싶었다. 시어머니답게
"얘야, 네가 그럴 수 있느냐? 일찍 와서 함께 거들어야지" 라고 하는
게 시어머니답지 않은가를. 그는 그렇게 우리들의 얄미운 존재였다.
나는 그리고 그날 하루종일 눈먼 강의를 하며, 시달렸다는 기억이 있
었다.

나는 다시 둘째에게 문자를 보냈다.

- 셋째가 어머니 생신 어쩌냐고 문자가 왔어.
- 그냥 어머니 규칙대로 20만 원씩 부치자고 했더니. 너에게 전화해서 상의한
  다더라고. 그래서, 그렇게 하라 했지.
- 전화 왔었던가?
- 갑자기 셋째가 그러니까 이상한데? 생전 어머니 생신에 대해 말이 없더니 말
  이다.

그다음 날, 막내(다섯째 동서)가 나에게 카톡 문자를 보내왔다.

- 형님! 잘 지내시죠?

어머니 생신 때 아주머님하고 내려오실 수 있나요? 넷째 형님(넷째 동
서도 어머니와 싸워서 몇 년 동안 시댁 출입을 안 했다)네도 오기로 했어요.
P동 맛집, 한우농장 30년 점심특선 간장게장 소불고기 집이에요.
식사는 여기서 점심 특선으로 소불고기 먹으려고요.
어머니께서 그러시자 해서요.

- 아주버님과 형님이 내려오시면, 5형제가 다 모일 것 같아요.
- 내려오실 수 있으면, 언제 오시는지 알려주세요. 예약해야 해서요.
- 네. 우리 참가합니다.

- 점심 특선 1만 원. 오! 너무 좋네요.
- 예약했어요. 한우 농장, 13명(5형제 부부, 시어머니, 막내네 애기들)이에요.
- 알았습니다.
- 그리고, 이번에 20만 원씩은 내야 할 것 같아요. 지난번에 어버이날, 그때도 어머니가 20만 원씩 달라고 하셨잖아요. 아마 생일 때도 그렇게 생각하고 계신 것 같아요. 다 걷어서 식대비로 20만 원 쓰고, 나머지 80만 원 드리는 게 어떨까 하는데요. 다른 형님은 다 그렇게 하자고 하시네요.

나는 지금 친정어머니가 아파서(20일째 맹물을 드시고 있습니다) 내가 당번이라 어머니를 돌보고 있습니다. 그래서 미리 생신비 20만 원을 송금했어요. 그리고, 우리는 꼭 참가하겠습니다.

- 네. 그럼, 그 돈 빼고, 드리면 되겠네요.
- 그러세요.
- 빨리 건강이 좋아지시길, 저도 기도할게요. 형님.
- 고맙습니다.

P 친구에게 문자가 왔다.

- 어머니는 어떠신가요? 너한테 전화도 못 하고 있다.
- 넌 괜찮니?
- 그럼. 지금 내가 우리 어머니 잘 지키고 있다. 내일 새벽에 T시로 시어머니 생

신 잔치하러 가려고.

- 무슨 생신 잔치냐? 요즘 장수시대라 happy birthday to me

본인이 밥 사는 것이 예의인데….

- 그래도 좋은 때 생신이네. 그냥, 우리가 애 많이 쓰면서 살지ㅋㅋ
- 그래, 맞아 맞아~

다음 날, 남편과 나는 새벽에 A시에서 서울로 왔다. 그리고 T시로 고속버스를 타고 출발했다. 아침이지만 차는 밀렸다. 행락철이라 우리는 승용차 대신 버스를 타기로 했다. 버스는 전용차선이라 차가 빠르게 갔다. T시는 우리가 태어났고 자란 곳이었다. 하차장에 내렸을 때 너무 많이 변해서 방향을 알 수가 없었다. 대형 박스 빌딩 2개가 다리와 에스컬레이터로 이어졌다. 하나는 승차장이고, 다른 하나는 하차장이었다.

나는 승차장에서 저녁에 서울로 가는 고속 버스를 예약했다. 남편은 너무 늦는다고 했다. 나는 오늘 새로운 T시를 여행지로 탐방하자고 했다. 우선 식당 방향의 시내버스를 탔다. 자리는 널널했다. 차창 밖은 낯선 곳이었다. 빙빙 돌고 돌았다. 예전에 화려했던 구 시가지가 낡고 허름했다. 중국풍의 외국인이 많았다. 돌고 돌아 중앙역을 지나 다시 남쪽으로 그러다가 굴다리를 지나 아파트 촌에서 내렸다. 예전의 모습을 찾아 식당을 발견했다.

식당은 공원 중턱에 있었다. 시간이 남아 공원으로 올라갔다. 공원은 아름다웠다. 정자가 있고, 유원지 유래비도 있었다. 깨끗한 화장실과 언덕 위의 웅장한 느티나무가 훌륭했다. 아름드리 느티나무가 빽빽이 줄지어 서 있었다. 몇백 년은 되었을 것이었다. 건너편, 숲과 또 다른 건너편 숲의 붉은 단풍이 장관이었다. 분명, 가을잔치로 최고였다. 걷고 숨 쉬고, 아련한 추억을 되새기며, 가을 단풍과 함께 그렇게 즐겼다.

시간이 되어 식당으로 모든 식구가 모였다. 시어머니가 한가운데 모였다. 나와 둘째는 어쩌든 시어머니와 거리를 두고 싶은 곳을 찾았다. 남편이 나에게 말했다. 오랜만이니까 어머니에게 절을 하자고. 우리는 허리를 굽혀 절했다. 어머니는 왜 너네는 안 하느냐고. 셋째 아들에게 지목했다. 아들은 했잖느냐고 항의했다. 나는 속으로 욕했다. 허리도 못 쓰는 아들, 며느리에게 절을 저렇게 받고 싶을까?

어머니 옆에 우리 남편, 그 옆에 내가, 그다음, 둘째 동서가 자리했다. 우리는 이 집에서 가장 어머니와 부대껴서 피하고 싶은 존재가 됐다. 내가 둘째에게

- 야, 장수시대는 자기 생일을 자기가 베풀던지, 자기 스스로 밥을 사 먹는 것

이 예의란다.

- 그거 맞아요, 난 절대로 생일 같은 거 안 합니다. 소리만 들어도 징그러워요.

둘째는 아들 둘이 모두 결혼했고, 각각, 애기 둘씩을 낳았다. 그러나 그의 생일 잔치는 없었던 것이다. 이번에 둘째 삼촌이 시어머니에게 반란을 일으킨 것은 시어머니가 둘째네 큰아들 내외를 자기(시어머니) 손아귀에서 놀게 했다는 것이었다. 그 손자가 할머니에게 인사들이지 않고, 바로 손자가 처갓집 갔던 것이 화근이었다. 그들은 T시에서 먼 H시에 살고, 명절 기간은 짧았다. 그들은 서울 우리 집에서 제사를 지내고, 바로 처갓집에 들려, 자기 집으로 가야, 그다음 날 출근을 할 수 있었다.

출근하기 전, 진 새벽에, 할머니는 손자에게 전화를 해서, 네 놈이 그럴 수 있는가를 물었다. 명절인데 네 놈이 나에게 인사하러 안 온 것을 소리쳐서, 난리를 쳤던 것이다. 그것을 듣고, 둘째 아들은 어머님이 자기 아들에 대한 과한 욕심을 참을 수 없어 했다. 어머니는 아들인 나만을 관장하셔야지, 왜? 내 아들까지 못살게 구느냐면서, 반항심이 일어났던 것이다. 둘째 아들은 평생을 어머니에게 순응하며 살았던 순둥이 아들이었다. 그러나 자기 아들에게만큼은 자기 같은 인생을 살게 하고 싶지 않았던 것이다.

결국, 시어머니와 둘째 아들은 서로의 악한 감정이 부딪혔다. 둘째 아들은 어머니에게 우리 집이 이렇게 분란이 일어나는 것은 어머니 때문이라는 것이고, 어머니가 항상 형제끼리 우애 좋게 하라시면서, 형제들의 분열을 일으키게 하는 것도 어머니 때문이라고 했다. 어머니는 그건 말도 안 되는 소리라며 난리를 쳤다. 둘은 계속 싸웠고, 서로 소통을 하지 않았다. 어머니에게 전화가 와도 그들은 받지 않았다. 받는 즉시 또다시 시어머니의 끈질긴 질문인, 내가 언제 분란을 일으켰냐를 물으며, 싸움을 걸었기 때문이었다.

우리는 어떻게 하면 시어머니와 부딪히지 않으려고 애를 썼다.

- 야(시어머니), 이렇게 모이니, 참 좋구나. 이게 얼마 만이냐?
- 그래, 이렇게 형제들이 우애를 가져야지.
- 너네들 애미들한테 잘하거라.
- 넷째야, 너, 네 남편 아픈데, 밥 잘 해먹여서 고맙구나.

둘째와 나는 어머니 소리만 들어도 온몸에 두드러기가 나서 간지럽고, 몸속으로 버러지가 기어가는 느낌이 났다. 오랫동안 그에게 당한 이중적 언어가 그랬고, 겉과 속이 다른 진실성 없는 소리가 우리를 힘들게 했기 때문이었다.

- 너희들 애미나들에게 잘해라. 그렇지 않으면 너네들 개털이다.

어머니의 목소리는 강했다. 우리(둘째와 나)는 그의 목소리만 들어도 온몸이 오그라들었다. 그때 남편은 나의 어머니(장모님)에 대해서 시어머니에게 설명했다. 지금 이십일 째 물만 드신다고. 그랬더니

- 아니 열심히 먹어야지. 나같이 김밥을 어쩌구, 저쩌구….

그래도 순간 시어머니는 충격은 있었던 거 같았다. 젊은 시절 큰아들과 큰며느리를 두고 시기와 질투로 처갓집을 온전히 두지 않고 발칵 발칵 뒤집으면서, 우리를 괴롭히시더니, 비슷한 라이벌 사돈이 죽음을 가지고 있다는 사실이, 당신에게 말할 수 없는 충격이었던 것 같았다. 그리고 당신은 당신의 죽음을 강하게 거부했다. 그는 죽고 싶지 않으며, 아직 멀었음을 우리에게 주지시켰고, 자신의 강한 특유한 몸짓을 했다. 나는 그래요, 당신은 오래오래 사셔요. 각자 인생이 다르니까요, 라고 속으로 말했다.

막내며느리는 시어머니에게 형제에게 받은 돈을(비용 빼고) 계산해서 생신비를 챙겨주었다. 그리고, 어머니에게 함께 유원지로, 가족끼리 산책가자 했다. 어머니는 아니라고. 난 그런 거 싫다고. 그는 얼른 집으로 가야 했고, 애들이 챙겨준 돈을 신나게 쓰고 싶었다. 난 요즘 돈 쓰는 재미로 산다고. 둘째와 나는 이 상황이, 더 길어졌다가는 또 다른 사단이 날 것이라 했다. 우리는 가족사진을 찍고 헤어지기로 했다.

오랜만의 만남 사진이었다. 그리고 화합의 모습이었다. 둘째 삼촌이 형에게 말한 여운이 기억되었다. 어머니는 형제들이 우애 있어야 한다면서, 당신은 형제들을 이간질시켜 싸움을 조장시켰다고. 사진 속의 형제 모습은 허연 백발의 모습이었다. 아니면, 검정색 물감으로 머리에 색칠한 모습이었다. 사그라져 가는 인생의 끝자락이 보였다. 나는 이제 얼마 남지 않은 인생을 즐겁게 행복하게 살기를 바랐다.

*

나는 책을 읽었다. 그리고 지금을 생각했다.

책꽂이에서 『압록강은 흐른다』를 펼치니 이런 글이 실려 있었다.

> 화창한 날씨가 초여름까지 매일처럼 계속되어 밭의 흙은 가루처럼 메말랐고, 논엔 물이 없는 곳이 많았다. 모두 흉년이 들 것을 두려워하였다. 사람들은 가뭄의 원인이 무엇인가를 물었고 그들은 왜놈 때문일 것이라고 말했다. (중략) 수많은 묘가 하늘을 쳐다보고 있고, 오래된 인간의 뼈가 햇빛을 쏘이며, 흩어져 있었다.
>
> -『압록강은 흐른다』, 이미륵, 다림, p164.

위의 글은 오늘 신문에 보도된 "일자리 드릴게요-일본이 몰려왔다"라는 타이틀 제목과는 사뭇 다르게 보여졌다. 그렇지만 나는 지금 우리나라의 위기 상황이 구시대의 비 오지 않아 농사짓지 못하는 그때와 비등하게 느껴지는 흉년처럼 국가의 추락을 두려워하고 있었다.

이 행사는 취업난에 허덕이는 청년층의 숨통을 틔워주려고 우리 정부가 일본 기업을 불러모아 조직한 '2018 일본 해외 취업박람회'다. 나라가 계속 추락하고 있음을 현실로 나타내주고 있는 것이다. 금융 위기 이후 최악에 처한 중소 기업 생산이 1년 전보다 14% 하락했다. 조선, 해운업은 허덕이고 있다. 정부는 저소득층과 중소기업을 우선한다고 했지만 결과는 거꾸로 나타나고 있다.

거기에 한국 탈원전 이후 원전 수출은 어려울 것이었다. 원전 1기를 수출할 때 자동차 25만 대, 스마트폰 500만 대 수출과 맞먹는다. 지금 탈원전 정책으로 40년 기술이 붕괴되고 있는 것이다. 문 정부 출범 후 거의 모든 가치 구도가 바뀌고 있다. 문 정권이 들어서면, 데모만큼은 없어질 줄 알았다. 그런데 데모는 하루도 거를 날이 없다. 지금 대한민국은 갈등과 분열과 반목의 나라다. 문 정부가 들어서면서 갈등 대상에는 성역이 없어졌다.

우리 사회의 모든 기반을 흔들고 있다. 헌법, 교과서, 사법, 군부, 기업 등 안 건드리는 분야가 없다. 외교, 안보는 동네 북이다. 한 무리의 자칭 '개혁자'들이 검증 없이 '적폐'로 몰고 나라의 기본 틀을 뒤흔드는 것이 발전일 수는 없다. 대통령의 역할은 갈등과 대립을 충돌로 이끌지 않고 서로 타협하고 조정하는 데 있다. 그런데 문 대통령은 북한을 향해서는 올인하면서 매사에 대한민국 사회가 두 동강이 나는 것을 수수방관하고 있다.

북한을 지원하려면 우리 경제력이 튼튼해야 하는데, 그는 자신의 국정목표를 스스로 허물고 있다. 드골은 '애국자는 자기 국민에 대한 사랑을 우선시하는 반면, 민족주의자는 다른 나라 사람에 대한 미움을 앞세운다'고 했다. 문 대통령과 그의 수하들은 애국자인가, 민족주의자인가? 집필자는 문 대통령이 애국자였으면 좋겠다 했다(김대중 칼럼).

청와대 정책실장이 어제 당, 정, 청 회의에서 2%대 후반으로 올해 성장률에 대해 "우리나라와 경제수준이 비슷하거나 앞선 나라와 비교해 결코 낮은 수준이 아니다"라고 했다. 우리 경제는 아직은 성장 동력이 유지돼야 하는 경제다. 장하성 실장은 소득 주도 정책 실패 대책으로 세금 퍼주기를 한 것도 "국민이 낸 세금을 국민에게 되돌려주는 것은 정부의 책무"라고 했다. 그는 "경제를 시장에 맡기라는 일부 주장은 한국경제를 더 모순에 빠지게 할 것"이라고 했다. 이러는 것을 보면 경제팀이 바뀌어도 아무런 변화가 없을 것을 예고하는 것 같다.

나는 위와 같은 뉴스를 보면 구한말이 생각나서 속이 시끄러웠다. 자영업자들의 한탄 소리, 탈원전으로 40년 기술이 허물어지고, 사회의 모든 기반을 흔들어 권력자들이 오래오래 권력을 잡고 흔들겠다는 욕심, 북한에 올인하고 국민 경제는 죽어나고, 모두가 죽겠다고 아우성하는데, 권력자는 모두가 적폐자들의 소행으로 몰아가는 것이다. 정말 이 나라가 온전할 것인가를 생각했다. 나는 온 나라가 차츰 추락하여, 소멸되어 가는 느낌이 났다.

다시 책 속으로 되돌아가서….

> 하늘은 냉혹했다. 매일 아침 불덩어리 같은 해가 동녘에서 떠올랐다. 날마다 괴로움에 찬 땅을 내려다보며 이글거렸다. 일하면서 아무도 노래하지 않았다. 그저 잠자코 낮에는 풀을 뽑았고 밤에는 절망 속에서도 하늘에서 한 점 구름을 찾았다. 나 또한 밤에 잠을 잘 수 없었고 자주 하늘만을 쳐다보았다. 우리들은 모두가 홀로 생각에 잠겨 거의 한마디의 이야기도 없었다.
>
> -『압록강은 흐른다』, 이미륵, 다림, p165.

위의 글은 지금 모든 공장들이 문을 닫고 30년 동안 일했던 공장주들이 날마다 괴로움에 시달리면서, 번창했던 공장을 보고 슬퍼하며 안타까워하는 모습과 같았다. 과거는 하늘을 원망할 것이라면, 지금은 권력자들의 실책을 한탄하는 것이리라.

나는 사실 이런 종류의 뉴스에 관심이 없다. 평생 내 삶에 충실하면 그만이었다. 그런데 왜 요즘은 가끔씩 신문이나 뉴스가 불편하게 가슴으로 들어오는지 모르겠다. 삶에 대한 두려움이 일어나서 견딜 수가 없는 것이다. 돈 있는 사람들은 이민을 간다느니, 또 어찌하겠다느니 하는 이들이 보인다. 나는 그냥 얼마 남지 않은 인생 한국에서 살다 가고 싶다. 제발 더 이상 집권자들이 나라를 더 추락하는 쪽으로 가지 않게 하기를 빌 뿐이다.

*

나는 내가 오랫동안 살았던 T 도시를 방문했다.

내가 어렸을 때, 중앙역 가운데를 중심으로 양쪽 대로에는 화려한 상점이 즐비했다. 그 대로를 따라 끝까지 가면, 도청 청사가 자리했다. 그때 대로 양쪽은 T시의 문화 거리였다. 음악이 있고, 양장점이 있으며, 귀금속이 있었다. 양편으로 뒷골목에는 극장이 있고 호텔이 있었다. 남쪽 길을 따라 양키시장과 중앙시장이 존재해서 그곳은 항상 사람으로 붐볐다. 골목마다 리어카 상인으로 가득 찼다. 리어카에는 먹을 것과 입을 것 등을 팔았다. 우리는 그 골목을 돌아다니며, 이것저것 구경하기를 좋아했다.

그 당시, 내가 그곳을 지나면서 싸다는 양말을 샀고 심심하면 호떡을 사 먹었다. 상인들은 사람들을 모으려고 온갖 물건이 싸다고 소리쳤다. 눈에 들어오는 것들은 많았다. 옷감을 파는 나사점, 안경점, 건자재, 전자제품, 이불점, 혼수점, 가방점 등 없는 것이 없었다. 2층 건물이 대부분이었다. 우리는 오르락내리락하며 옷을 구경하고 샀다. 구두가 맞으면 구두를 샀고, 멋진 티셔츠가 마음에 들면 티셔츠를 샀다.

물론, 이번에 방문할 때도 그때와 비슷하지만, 그때처럼 활기차지 못했다. 그때의 화려함은 없었다. 빛바랜 도시처럼 무엇인가 탈색되고 허름해졌다. 주변 사람들은 외국인이 많았다. 그들은 피부색이 검었다. 또한 동남아시아 언어를 썼다. 오히려 내가 그 도시에 낯설었다. 그때 내가 자주 가던 극장은 주차장으로 바뀌었다. 더 멋졌던 고급 극장은 백화점으로, 또 다른 극장은 이미 폐쇄되어 낡은 건물로 남겨졌다. 세월은 무서웠다. 그렇게 화려했던 도시를 낡고, 노쇠한 도시로 만들다니, 나는 서글펐다.

그곳은 이미 부유한 주민들이 신도시로 이주했고, 가난하고 힘없는 외국인들이 그곳을 점유하고 있었다. 그래도 시청은 중앙통로를 살려보자고 애쓰는 모습이 많았다. 중앙통로를 가로지르는 개천에 맑은 물과, 폭포, 휴식처를 만들어서 시민이 즐길 수 있도록 아름답게 꾸며놓았다. 멋진 조각품을 장식해서 시민들을 즐겁게 만들었다. 대로 양쪽으로 높은 대형 빌딩을 세워 도시의 면모를 자랑했다. 그러나 도시빌딩은 모두가 임대 표시를 나타내고 있었다. 사람이 없는지, 일거리가 없는 것인지 나는 알 수가 없었다.

화려한 빌딩은 빛이 나지 않았다. 무엇인가 조화롭지 못했다. 나는 이 도시의 모습이 그냥, 쓸쓸하고 슬펐다. 꽉 찬 모습과 활기찬 모습이 없었다. 그때도, 나는 내 고향 T 도시가 답답했다. 그곳은 느렸다. 빠르지 않았다. 잘 되는 것도 없고 잘 안 되는 것도 없었다. 그러나 나는 속이 터졌다. 차라리 빠르고 힘든 서울이 좋았다는 생각. 내가 다녔던 음식점은 거의 사라졌다. 그렇게 활기차고 씩씩했던 번화가가 시들시들 느리게, 노인들만이 어기적거리며 배회하는 곳이 되었다. 그렇게 내 고향 T시는 지금, 쓸쓸하고 슬픈 도시가 되어버렸다.

*

요즘 친구들은 아픈 사람이 많았다.

친구들은 옛 기억은 뚜렷한데, 금방 일어난 일들을 몰랐다. 물론 나도 그런 부분이 많았다. 단지 특별한 병은 아니고 쉽게 까먹는다는 것이다. 어쩌다가 친구의 기억을 되새기다가 나도 옛 기억을 생각해봤다.

어느 해, 우리 집은 초가집을 팔고, 기와집으로 이사 갔다. 기와집은 중심 시가지에 가까웠다. 초가집에 살 때는 T시의 동쪽 변두리였다. 뒷산에 올라가면, 밀밭이 있었고, 보리밭이 있었다. 그리고 어느 때부터인가 주변 구릉지를 포도밭으로 가꾸었다. 봄이 되면 소쿠리를 들고 뒷동산으로 올라서 나물을 캤다. 가끔 문둥이들에게 잡혀가면, 그들이 애기들 간을 빼먹는다 했다. 엄마랑 아버지는 절대 산밑 깊은 곳에 가면 안 된다고 몇 번이고 다짐을 했다.

초가집 언덕배기로 내려오는 사람들은 우리 집 속을 모두 들여다봤다. 내가 그 언덕배기를 올라 친구 집을 찾으면 날망 꼭대기에서 내려다보이는 시가지가 무척 크고 아름다웠다. 그곳에 사는 내 친구는 내 이름과 똑같았다. 사람들은 그 애를 작은 영희, 나는 크다고 큰 영희로 불렀다. 작은 영희는 영특하고 매사가 빠르고 잽쌌다. 큰 영희는 아둔하며, 매사가 어리숙하고 느렸다. 작은 영희는 반짝이는 토끼라면, 큰 영희는 거북이 스타일이었다.

둘은 친했다. 며칠 보지 않으면, 만나보고 싶었다. 그래서 둘이 만나면 서로의 이야기를 즐겼다. 작은 영희네는 자주 집을 옮겼다. 옮길 때마다 그 집의 가구는 못 보던 것이 보였다. 처음에 작은 영희네는 오랫동안 우리 집 뒤쪽 날망에서 오래 살았다. 그런데 언제부터인가

그 집은 자주 옮겨 다녔다. 왜 그런지 나는 몰랐다. 다만, 나는 우리
도 작은 영희네처럼 자주 옮겨 다니는 것이 좋겠다 생각했다.

그 후 우리는 시가지 가까운 기와집으로 이사 왔다. 극장이 옆에
있고 작은 가게들이 즐비했다. 큰 유리 공장이 있고, 껌 공장도 있었
다. 아침부터 유행가가 극장 마이크를 타고 흘러나왔다. 온 동네가 시
끄러웠다. 사람들에게 확성기 노래를 자극하여, 그들을 극장으로 오
게 했다. 가끔 작은 영희는 뽀얀 화장을 하고 우리 집으로 날 찾아왔
다. 어머니는 작은 영희랑 놀지 말라 했다. 그러나 나는 그럴 수 없었
다. 내가 심심해지면 또다시 작은 영희네 집을 찾아갔다.
　내가 그 집을 찾아가면, 작은 영희네는 이미 또 다른 그 옆집으로
옮겨 갔다. 또야? 하면서 작은 영희네 집을 찾아갔다. 그 집에는 또
새 가구가 벽 쪽으로 진열되어 있었다. 그렇게 우리는 세월을 타고,
무럭무럭 성장해 갔다. 그는 가끔 우리 집을 들러서 이바구를 했다.
그는 키가 작지만, 때깔이 나게 여성으로 성숙해져 갔다. 겨울이 되면
스케이트를 메고 우리 집에 나타났고, 여름이면 수영선수가 되어 나
타났다. 나는 그가 부러웠다. 가난한 것 같은데 그는 하고 싶은 것을
모두 다 하고 살았다. 나는 그가 부러웠다.

어느 때 다시 내가 그네 집을 찾았다. 그는 남자 얘기를 백만 번씩
(요즘 애들 말로) 해댔다. 나는 그것이 무슨 말인지 몰랐다. 아마 그때
부터 그는 남자들에게 관심이 많았던 모양이었다. 그러나 나는 숙맥

이라 그가 무슨 말을 하는지를 알아듣지 못했다. 차츰 우리는 의사소통이 되지 않았고, 그와 나는 관심거리가 서로 달라서 뜸하면서, 거리가 멀어졌다. 성인이 되어 나는 그를 생각했다. 나는 그가 진실하지 못한 것이 아마 불편했던 것 같았다.

어른이 되고 나이가 들어 동창들의 주선으로 우연히 우리는 또 만났다. 그때도 나는 그의 진실하지 못함에 화가 났다. 그는 나를 보면, 영원히 보이지 않는 라이벌 대상으로 보는 것 같았다. 그래서 나에게 자신의 월등함을 나열하는 것이었다. 그것이 왜 중요한 것인가. 이렇게 오래 아프지 않고 살아 있음에 감사해야지, 라며 나는 그를 떠나 버렸다.

*

설날이 돌아오는 카운트 다운이 시작됐다.

설날은 3일 후가 되었지만, 이틀 후부터 제사 준비에 손님맞이 준비가 있어야 했다. 나는 오늘부터 장을 봤다. 사골, 잡뼈, 소고기, 돼지고기, 시금치, 숙주, 두부 등 여러 가지를 마트에서 주문하고 배달시켰다. 어제는 식혜를 했고, 그제는 깨강정을 했다. 식구들은 너무 무리하면 안 된다고 난리를 쳤다. 나는 그냥 최선을 다할 뿐이었다. 나는 만들 수 있는 것들을 만들어서 맛있게 먹는, 식구들 잔치라고 생각했다. 5형제 기준으로 20명을 예상했다. 삼겹살 4킬로, LA갈비 7킬로를 주문했다.

식구들이 즐겁게, 맛있게 먹는 것은 재미있어 보였다. 예전에 내가 아직 시집에 길들여지지 않고 낯설었을 때, 시어머니는 말했다. 본인은 이런 일이 재미가 났다고. 나는 속으로 말했다. 무슨 말도 안 된다고. 무슨 일이 재미있느냐고. 그런데, 내가 부엌 무수리로 40년을 훨씬 넘어보니 이제 그 일이 그 일이고, 이 일이 이일이 됐다. 그리고, 그냥 부엌일도 재미있었다. 그러면서 시어머니의 말을 이해할 수 있었다.

나는 부지런히 아침에 서둘러서, 배추와 무를 절여놓고, 채소물을 끓여서 식혀 생수와 섞었다. 거기에 파와 파프리카를 썰고, 배를 썰어 넣어 물김치를 담았다. 남편은 좋아했다. 시댁은 물김치 없이 제사를 지냈다. 나는 몸이 아프지 않으면, 얼마든지 식구들의 모임과 제사를 할 수 있었다. 그러나 나는 가끔 허리통으로 내가 내 몸을 쓸 수 없어서 그때는 어쩔 수가 없는 것이었다.

시어머니는 우리가 제사를 지내는 자체를 싫어했다. 그는 제사가 자기의 권력이고 힘이었다. 그런데 둘째 삼촌의 반항으로 제사가 형에게 옮겨진 것을 참을 수 없어 했다. 그래서 시어머니는 날마다 밀당을 계속했다. 오늘은 제사 지내러 오겠다고 하다가 하루가 지나면, 나는 못 가겠다고 했다. 나는 그것도 시어머니의 공부라 생각했다. 그는 평생을 자기 맘대로, 자기 멋대로 살았다. 당신의 말은 법이고 규칙이었다. 당신의 말은 자기의 것이기에 아무도 어떻다고 말할 수 없었다. 아들들이

- 가시지요, 어머니
- 난 안 갈란다.

하셨다. 그러다가

- 그럼 가시지 마세요.

하면, 또다시

- 아니다. 난 갈란다.

했다. 자식들은 그에게 말할 수 없었다. 그들은 한 달 내내 밀당을 하고 있었다. 그러다가 어제는 시어머니가 남편에게

- 이번 설에, 나 용돈 100만 원을 달라. 이제, 나 얼마 못 살고 죽을 거니까, 그 돈 좀 달라.
- 아니 어머니, 제사 지내랴, 형제들 모두 모여 음식도 함께 해야 하고 돈이 많

이 들잖습니까? 그리고, 내가 퇴직자인데, 무슨 그런 큰돈이 있겠습니까? 그래도 내 나름대로, 성의껏 드리겠습니다.

그리고 전화는 끊어졌다. 나는 어이가 없었다. 다달이 생활비를 드리고 있는데, 거기에 이것저것 부대비용 요구대로 송금하는데 말이다. 나는 남편에게 말했다.

- 나이가 많으시지만, 이제부터 진정한 공부를 하셔야 됩니다.
- 서로 공존하며 함께하는 공부를요. 어머니 그렇게 빨리 돌아가시지 않습니다.
- K 친구 시어머니 97세고, 목동 친구 시어머니 100세입니다. 우리 친정어머니도 90세고요.
- 걱정 말아요. 어머니 100세는 살 거예요. 다리도 튼튼하시잖아요. 모두들 다리가 시원찮으신데요.

제사가 우리 집으로 옮기면서 동서들은 신이 났다. 그들은 서울 오는 것이 서울 나들이 여행이었다. 벨이 꼬이는 시어머니는 형제들이 참여하는 것을 싫어했다. 시어머니는 계속 남편에게 헛소리를 했다.

- 네가 몸이 아프면 제사 지내지 마라. 제사 지내지 않아도 된다.
- 애들 오지 말라 해라.

나는 이 양반의 심사를 알 수가 없었다. 예전에 나에게 협박했던 것을 까먹은 것인가?

- 제사는 충심을 가지고 해야 한다.
- 머리카락이 떨어지면 안 된다.
- 생리를 하면 부정 탄다.
- 이것은 이렇게, 저것은 저렇게. 네가 하는 것은 맞지 않구나.

평생, 내내 잔소리를 계속했다. 나를 구속하고 나를 혼내키며, 억압하는 것을 즐기더니 웬 하지 말라니? 도대체 이게 무슨 조화인지 나는 이해할 수가 없었다. 거기에 내가 물러가고, 다시 그는 옆에 사는 둘째 동서를 닦달하며 지시했다. 그리고 수틀리면, 소리쳐서 시어머니의 위세를 내세웠다. 그는 그렇게 또 둘째를 억압하고 억눌러서 자기의 사람이 되게 했다. 그도 그렇게 삼십 년 이상을 그 집 며느리로서 최선을 다하며 살았다. 그렇지만 그는 둘째를 다시 내치기 시작했고, 갈등이 심화되어 분란이 일어났다. 결국 둘째 아들의 반란으로 제사는 큰형의 차지가 되었다.

시어머니의 욕심은 그랬다. 둘째네가 제사를 가져가라 하고, 모든 것은 시어머니가 둘째네, 뒤에서 훈수를 두고자 했다. 그리고 제사비는 아들 다섯에게(100만 원) 챙기고 싶었던 것이다. 둘째 아들은 결국 어머니에게 항의했다.

- 아니, 어머니 나이가 이제 90이 다 되어 가는데, 왜 계속 제사를 이리 왈, 저리 왈 하시느냐고요. 우리가 어련히, 알아서 며느리들이 할 텐데요.

- 그리고, 큰형이 있는데, 왜? 내가 제사를 지내느냐고요.

- 큰형이 제사를 못 하겠다고 하면, 제가 하겠습니다.

이런저런 소문들이 집안을 발칵 뒤집히게 한 사실들이 알려졌다. 그리고 즉시 나는 둘째 동서에게 걱정 말라고 내가 하겠다고 했다. 그렇게 제사는 질서 있게 옮겨졌고, 시어머니의 알력은 끝나지 않고, 계속 둘째네를 괴롭혔다. 당신은 가깝게 사는 둘째네 집에서 모든 행사를 주관하게 하고 당신의 입맛대로 지시하고 명령하여, 모든 가족을 자기 손에서 놀게 하고 싶었다. 평생 순종으로 살아온 둘째네는 시어머니의 밥이었다.

시간이 가도 시어머니의 알력은 둘째네를 향해 보복의 심사를 부렸다. 또 어느 날, 갑자기 묻지도 말고, 따지지도 말라며, 당신이 필요하다고 오십만 원을 요구했다. 다시 TV를 보고 고구마도 굽고, 고기도 구워지는 맛있게 되는 요리 프라이팬을 사달라고 요구했다. 둘째 삼촌이 인터넷에서 적당한 것을 샀다. 그런데, 동서가 보니 어머니의 구미에 맞지 않는 요리 프라이팬이라 더 좋은 것으로 어머님이 좋아할 것으로 교환해서 다시 샀다.

시간은 흘러갔다. 시간이 늦어졌다. 그 후 새 프라이팬을 사서 갔다. 시어머니는 둘째에게 퍼부었다. 나는 이런 거 필요 없다고 했다. 이렇게 여러 가지 쓰지 않는다고 했다. 너나 갖다 쓰라면서, 언제 사다 달라고 했는데, 한 달 넘어 이제 가져오느냐면서, 너, 애미가 싼 것을 사 오려니 오래 걸렸다면서 야단을 쳤다고 했다. 그리고 동서는 울었다. 결국 마음을 달래주기로 하고, 묻지마 달라는 돈은 내가 동서에게 채워줬다. 그것이 내가 동서의 마음을 위로하는 최선의 방법이었다.

시어머니는 그렇게 막가파였다. 결국 둘째 아들도 당신이 스스로 발로 차서 내동댕이치는 격이 되었다. 내일모레면 90이 되는데, 그렇게 강짜로 삶을 살아가는 모습은 아름답지 않았다. 나이를 먹으면 더 조용히, 무탈하게 있는 듯 없는 듯 사는 것이 중요했다. 무조건, 당신의 욕심을 채우고, 당신 마음대로 자기 자식을 자기 입맛대로 휘두르려는 모습은 추해 보였다. 이것은 아니라는 생각이 들었다.

*

예술을 하는 사람들은 분명 일반 사람들과 다른 부분이 있었다.

멕시코 출신 프리다 칼로는 디에고 리베라와 결혼했다. 그들은 나이 차이가 많았다. 디에고는 화가로서 거장이었다. 남편의 문란한 사생활로 인한 정신적 고통과 교통사고로 인한 신체적 고통을 극복하고, 삶에 대한 강한 의지를 프리다 칼로는 작품으로 승화시켰다. 그런데 부부는 서로 만나면 강렬한 화가들의 예술적 에너지가 상승한다는 것이 신기했다. 싸우면서 헤어졌다가도 다시 만나면 멋진 그림을 그렸다.

이번에 내가 본 일본 화가들의 야한 작품을 영화로 봤다. 그곳에서도 그랬다. 재능 있는 젊은 화가가 파리에서 그림을 그릴 수 없었다. 계속 머무르기만 했다. 그러다가 그 화가가 만난 아는 사람의 부인을 보는 순간 그림의 정열이 솟구쳤다. 그리고 그 여자만 있으면 그림이 그려졌다. 밤을 새우면서….

예술은 어느 순간 자기를 잃고, 솟구치는 예술 에너지가 일어나는 무엇이 있어야 하는 것인가를 생각했다. 나는 그런 경지를 모른다. 그런데 어떤 생리적인 면으로 비교하자면, 내가 좋아서 할 수 있는 것이 아닐까 생각했다. 더 쉽게 식욕을 생각하면 말이다. 내가 감기가 걸렸을 때 입맛이 딱 떨어졌다. 아무것도 먹고 싶지 않다. 그러다가 길거리 음식점이나 TV에서 나오는 먹거리를 볼 때, 어? 저거 먹고 싶네? 괜찮아 보이는데? 그런 감정일까? 더 나아가 이런 감정을 넘어, 정말 살아있는 생생한 것을 먹고 싶어서 참을 수 없는, 그래서 침이 솟구치는 에너지 같은 것이지 않을까를 생각했다.

*

인생을 되돌아볼 수 있는 카톡을 받아 새로 생각해 봤다.

"시 운(時運)과 천 명(天命)"

하늘에는 예측할 수 없는 바람과 구름이 있고,
사람은 아침 저녁(朝夕)에 있을 화(禍)와 복(福)을 알지 못한다.

지네(蜈蚣)는 발이 많으니 달리는 것은 뱀(蛇)을 따르지 못하고,
닭(鷄)은 날개가 크나 나는 것은 새(鳥)를 따르지 못한다.

말(馬)은 하루에 천 리를 달릴 수 있으나
사람이 타지 않으면 스스로는 가지 못하며,

사람은 구름을 능가하는 높은 뜻(志)이 있어도
운(運)이 따르지 않으면 그 뜻을 이룰 수 없다.
문장(文章)이 세상을 덮었던 공자(孔子)도 일찍이 진(陳)나라
땅에서 곤욕을 당하였고,

무략(武略)이 뛰어난 강태공(姜太公)도 위수(渭水)에서 낚시를 드리우고 세월을 보냈다.

도척이 장수(長壽)하였으나 선량한 사람이 아니며,
안회(顔回)는 단명(短命)하였으나 흉악한 사람이 아니다.

요순(堯舜)은 지극한 성인(聖人)이나 불초한 자식을 낳았으며,
고수는 우매(愚昧)한 인물이나 도리어 아들은 성인(聖人)을 낳았다.

장량(張良)도 원래는 한미한 선비였고, 소하(蕭何)는 일찍이 작은 고을의 현리(縣吏)였다.

안자(晏子)는 키가 오척(五尺) 미만이나 제(齊)나라의 수상(首相)이 되었고,
제갈공명(諸葛孔明)은 초려(草廬)에서 은거(隱居)하였으나 한(漢)나라의 대장(大將)이 되었다.

풍당(馮唐)은 나라를 편안케 할 경륜이 있었으나
늙음에 이르도록 그 자리에 등용되지 못하였고,

이광(李廣)은 호랑이를 쏠 수 있는 위력(威力)이 있었으나

종신토록 봉후(封候)의 반열에 오르지 못하였다.

초왕(楚王)은 비록 영웅이나
오강(烏江)에서 자결함을 면치 못하였고,

한왕(漢王)은 비록 약하나
산하만리(山河萬里)를 얻어 황제가 되었다.

경륜과 학식이 가득하여도 백발이 되도록
급제(及第)하지 못하는 사람이 있고,

재능과 학문이 성기고 얕아도
소년(少年)에 등과(登科)하는 사람도 있다.

또한
먼저는 부유하였으나 뒤에 가난한 사람도 있고,
먼저는 가난하였으나 뒤에 부유한 사람도 있다.

교룡(蛟龍)이 때를 얻지 못하면
물고기와 새우들이 노는 물속에 몸을 잠기며,

군자(君子)도 시운(時運)을 잃게 되면

소인(小人)의 아래에서 몸을 굽힌다.
하늘도 때를 얻지 못하면
해와 달이 광채가 없으며,

땅도 때를 얻지 못하면
초목이 자라지 않는다.

물도 때를 얻지 못하면
풍랑이 일어 잔잔할 수 없으며,

사람도 때를 얻지 못하면
유리한 운이라도 뜻이 통하지 않는다.

옛날
내가 낙양(洛陽)에 있을 때
하루는 승원(僧院)의 차가운 방에서 하룻밤을 신세 지게 되
었는데
호겹의 베옷으로는 몸을 가릴 수 없었고
멀건 죽으로는 그 배고픔을 이길 수 없었다.

이때
윗사람들은 나의 무능함을 미워하고

아랫사람들도 나를 위압하였다.

사람들은 다 나를 천(賤)하다고 말한다.

이에 나는 말하기를

이는 천한 것이 아니다.

이것은

나에게 주어진 시운(時運)이며 또한 천명(天命)일 뿐이다.

그 뒤 나는 과거(科擧)에 급제하고 벼슬이 극품(極品)에 이르러

지위가 삼공(三公)의 반열에 올랐다.

직분은

만조백관(萬朝百官)을 통솔하고 탐관오리(貪官汚吏)를 징벌(懲罰)하는

권한을 잡았으며,

밖으로 나가면

채찍을 든 장사(壯士)들이 호위하고 집으로 들어가면

미인이 시중을 들어준다.

입는 것을 생각하면

능라금단(綾羅錦緞)이 쌓여 있고,

먹는 것을 생각하면

산해진미(山海珍味)가 가득하다.

이때

윗사람은 나를 총애하고

아랫사람은 나를 옹호한다.

이에

나는 말하기를 이는 귀(貴)한 것이 아니다.

이것은

나에게 주어진 시운(時運)이며 또한 천명(天命)일 뿐이다.

대저

사람이 이 세상에 사는 동안 부귀(富貴)만을 받드는 것은

옳지 않으며,

빈천함을 업신여기는 것도 또한 옳지 못하다.

이는

천지(天地)가 순환(循環)하며 마치면

다시 시작하는 이치와 같은 것이다.

-송나라 태종 때 강직하고 후덕했던 명재상 여몽정의 글

　나는 이 글을 여러 번 되풀이하며 읽었다. 그 속에는 세상의 이치가 보여졌다. 며칠 전 죽음을 기다리는 어머니와 이것저것 말을 하게 되었다.

- 엄마, 죽음이 무섭습니까?
- 아니다. 이만큼 살면 됐느니라. 나만큼 살기가 쉽지 않느니라.
- 엄마, 내가 다른 것은 모르겠고, 이 집을 남동생에게 사준 것을 제일로 잘했네요.
- 그렇기는 하구나. 막네네 집은 너무 크고 춥지만, 이 집은 작아도 쓸모가 있구나.
- 집만 나가면, 시장이 바로 있으니 좋아요. 시장에 먹을 게 많고, 물건이 싸서 좋아요.
- 글쎄, 막내가 여기에 와서 햄버거를 팔천 원에 두 번이나 사 먹잖아? 내가 날도 춥고, 따끈한 국물 있는 걸 사 먹지 그랬냐고 했더니
- 그것이 그러더라? "내가 시골 전원주택에 살다 보니, TV에서 햄버거 선전이 나오면 먹고 싶더라고요. 그래서 사 먹었어요"라고.
- 그래요, 엄마. 늙으면 시장 가깝고 병원 가까우며, 작지만 편리한 집이 최고

예요.

- 그렇구나.

- 이젠 엄마 눈물이 안 나는가요? 처음엔 눈물이 난다 했잖아요.

- 이젠 눈물이 안 나와. 처음에는 왜 눈물이 나오는지 모르지만, 슬프지는 않은
  데, 그냥 눈물이 나더라고.

- 그럼 슬픈 마음이 없어졌나 보네요.

- 아들은 출근 했어요?

- 아니 출장 갔다나 봐. 구미로. 그래서 막내가 여기에 더 있다가 가려나 봐.

- 아이고, 내가 빨리 죽지 않아서 어쩐다냐? 쉽게 죽어지지를 않아.

- 그거야 엄마가 아직 가실 때가 아니라서 그렇지요. 운명은 다 때가 있으니까
  요. 엄마 걱정하지 마셔요.

- 너네가 힘들어서 그렇지.

- 모든 것이 자연 순리대로 되는 것이에요. 우리가 할 수 있는 것이 아니에요.

- 그렇기는 하구먼.

- 엄마 아들이 돈 번다고 출장을 가고 열심히 일한다고 하니 엄마 있을 때 대
  박이 났으면 좋겠네요. 엄마 평생을 아들 뒷바라지만 했잖아요, 아들은 그냥
  사치품이에요. 안 그런가요?

- 거기에 나도 동생에게 사무실 주고, 이것저것 그런 거만 해주고 말았잖아요.
  그놈아가 돈 벌었다고 뭐라도 해준 적은 없잖아요. 그냥 엄마, 그놈아는 그런
  놈이니 몸 건강해서 존재하고 착하기만 한 것으로, 고맙게 생각하시라고요.

- 그려, 아닌 게 아니라, 그렇구먼.

아침과 저녁이 되면 엄마와 나는 전화를 주고받았다. 일주일에 한 번 씩 남동생, 나, 여동생은 번갈아 가며 어머니를 돌봤다. 우리는 한 달 내로 물만 먹는 어머니가 돌아가실 줄 알았다. 그러나 어머니는 조금씩 뭔가를 요구했다. 처음에는 오뎅국물을 그다음에는 된장에 고추장을 풀고 청양고추를 넣은 배춧국, 그다음에는 마른 북어와 새우, 무 등을 참기름에 볶아서 끓인 미역국 등 모든 국물들을 드셨다. 아프지는 않지만, 몸은 힘들다고 했다. 엉덩이 양옆으로 욕창도 생겼다.

어머니의 죽음은 쉽지 않았다. 허벅지와 몸체는 서서히 말라 갔다. 앙상해져 가는 모습은 인도 철학자들의 모습이었다. 앙상한 뼈에 피부만 붙어 있는 모습, 어쩌면 그것이 그대로인 인간 본연의 모습일지도 모른다. 남편은 말했다. 어쩌면, 저러시다가 건강해져서 화장실도 살살 기어 다니실지도 모른다고. 그러다가 오래 살 수도 있을지도 모른다고. 그 말은 옳았다.

그러나, 그런 일은 모두가 힘든 일이 되는 것이었다. 그래, 사람은 죽을 때는 죽는 것이 좋은 듯싶었다. 계속 생명만 연장하는 일은 끔찍한 일로 보였다. 이제는 죽음도 빨리 곱게 죽는 제각각, 죽음 복이 있어야 함을 알게 되었다. 내 친구 아버지는 테니스를 좋아했다. 딸이 아버지 집을 찾으면, "아이고, 무릎아파라"라고 아버지는 말씀하셨다. 그럼 그 딸은 "아버지 제발 이제 테니스 좀 그만하세요" 했다. 그때 아버지 나이는 80이 훨씬 넘으셨다. 그리고 어느 날, 테니스 잘 치고, 저녁 잘 드시고, 주무시다가 아버지는 이 세상을 떠나셨다고 했다.

나와 남편도 그런 죽음을 바랐다. 그래서 우리는 날마다 테니스와 등산을 열심히 하고 있다. 그래도 가끔 나는 우리 시어머니가 이상한 분이라는 생각이 들었다. 보통 우리 어머니는 누구네 사돈어른이 아프다든가 병원에 입원했다든가 하면, 우리에게 물으신다. "얘야, 그 집 사돈 양반 괜찮으신가"라고. 그런데 우리 시어머니는 그런 얘기도 없으며, 당신은 죽음과는 상관없는 사람마냥 행동하신다.

한때는 젊은 사돈끼리 식사도 하고 손자들 때문에 오고 갔던 사이가 아니었던가 말이다. 그리고 죽음 앞에 있음을 아는 처지인데, 그 죽음을 당신은 냉담으로 일관하는 모습이 나는 이해할 수 없었다. 그런데 친구 시어머니네가 그렇다고 했다. 그 시어머니네가 K 여고 동창끼리 똘똘 뭉쳐서 잘 산다고 했다. 팔십이 훨씬 넘어서도 해외여행도 갔단다. 그러다가 한 동창이 죽으면, 그 동창에 대해 처음부터 없었던 사람처럼 그 동창을 말하지 않는다고 했다.

그다음 다른 동창이 또 죽으면, 그 뒤부터 그 동창의 모든 것이 사라졌다고. 그들은 살아 있는 사람만 이야기하는 것이었다. 나는 그런 것이 별스러웠다. 친한 친구가 죽으면 우리는 보통 '아이고, 고것이 이걸 잘 먹었는데…' 하며 그 죽은 동창을 그리워하면서 이야기했는데 말이다. 사람들은 모두, 제각각, 자기만의 의식대로 사는 일인 모양이었다.

동창들은 매년 겨울이 오는 즈음, 함께 모여 여행을 갔다.

어쩌다 내가 따라갈 때면, 나는 겨울 초입이라, 항상 기침을 달고 따라다녔다. 아무리 숨을 죽이고 기침을 하지 않으려 애써도 기침은 쉬 사라지지 않았다. 친구들은 내 기침이 안쓰러워 산 밑에 떨어진 은행을 주워 씻어서 집에 가서 구워 먹으라고 가방에 넣어주었다. 오랜만의 만남은 우리를 즐겁고 행복하게 했다. 그러면서 세월을 따라 흘러갔고, 시간은 멀리멀리 달려갔다. 우리는 다시 긴 세월 속에 나이를 먹어가며 몸은 지치고, 매사 낡고, 허름한 쪽으로 이동되었다.

친구들도 늙어가며 남의 말을 따라 하기 좋아했고, 자기중심적으로 자기 말을 하기 시작했다. 동창들은 웃겼다. 동창들은 A 친구를 욕하기를 좋아했다. 그는 가난한 친구였는데, 어느 날 부자가 됐다. 그는 공부를 썩 잘하지 못했다. 그렇다고 그가 뛰어나지도 못했다. 그런데 그는 잘살았다. 우선 A 친구는 강남에 큰 집이 있었다. A는 잘 쓰고, 잘 먹고 살았다. 학창 시절 그는 잘살지 못했다. 그런데 시집을 잘 갔는지 여하튼 잘 살았다.

동창들은 모이기만 하면, A를 험담했다. 그렇다고 특별히 그를 험담할 일은 없었지만, 여러 이유를 만들어서 서로 그를 험담했다. 그 중 친한 친구는 A를 옹호했다. 그러나 동창들은 그 친구를 못마땅하게 생각했다. 모두가 함께 험담을 해야 맛이 나는데, 그것에 맞서는 B 친구가 동창들은 미웠다. 거기에 요즘 추세가 '내 집은 강남에 있어야 한다. 그래야 부자가 된다.'라는 방송 멘트가 사람들을 이간질하고 있었다. 여기에 정치적 집권자들이 부자인 강남 죽이기 정책과 강남 집 끌어내리기라는 테마로 온 국민을 집중시켰다. 정치인들은 자기들의 업적을 그곳에 두고 있었다.

국민도 어리석고, 정치인도 어리석었다. 정치자는 어떻게 국가가 부강하고 나라가 살아날 수 있을 것인가를 상관하지 않았다. 그들은 강남 집과 비강남 집을 이용해서 편을 갈랐고, 그것을 정치적 목적에 이용했다. 강남에 사는 사람들은 나쁜 놈, 그 외는 좋은 놈으로 만들었다. 서민들도 정치자들에 편승했다. 그런데 사실, 그 집값이 오른다고 살고 있는 집이 금방 돈으로 보상받는 것도 아니고, 오래 살아온 것을 그들이 팔아서 쓸 일도 아닌 것이다. 그것은 그냥 그들이 살다가 죽으면 세금으로 다 나가고, 그 유족이 나머지를 조금 받을 뿐인 것이다.

거기에, 정치자들이 강남 집이 오른 집값대로, 주인들이 모두 다 받아 가도록 하지도 않은 것이다. 그들은 세금에 세금을 부쳐서 오른 세금으로 대부분을 납세로 내게 할 것이다. 다만, 그것을 샀던 사람들은 살다가 죽을 뿐인 것이다. 그러나 강남에 집이 있는 것을 가지고 주변 동창이나 친척들은 배가 아파서 참을 수 없는 일인 것이다. 사촌이 땅을 사면, 배가 아프다는 말이 그래서 생긴 말일 것이다. 우리나라 사람들은 좀 다른 민족보다 정직하지 못하고, 배려심이 부족하다는 말을 많이 들어왔다. 미국에서 흑인 폭동이 일어나면, 유대인 다음에 한국인 가게를 털어 갔다고 했다. 그만큼 지역 사회에 기여하지 못했던 것이다.

어느 잡지에 ○○순례길에서 한국인을 혐오한 외국인이 말했다. 기독교 순례자들의 숙소에서 한국인들은 부엌을 장악해서, 대여섯 시간 닭을 고아대는 데 치를 떤다고. 거기에 만찬으로 삼겹살을 구워 먹는다는 한국인들. 그 부엌을 외국인은 쓸 수 없다고. 그들은 그다음 날 순례에 먹을 달걀과 음식을 준비하느라 밤새며, 부엌에서 음식을 준비한다고. 그들은 기독교인으로 순례하는 자세가 아니라고. 그 외국인은 차마 말할 수 없는 한국인들의 실태를 말하며 괴로움을 토했다.

나는 그 잡지의 외국인 소리를 듣고, 부끄러워서 내 몸이 오그라들었다. 한국인들이여, 제발 그런 일로 부끄러운 한국인이 되지 말기를 바랍니다.

*

문화 사랑방을 참가했다.

나는 예술인들의 삶을 사랑한다. 일반적인 우리네의 삶과 다르고, 시대적 배경이 다르며, 그들의 독특한 삶에서 예술적 혼을 배운다. 나는 서둘러서 친구와 예술의 전당을 갔다. 이미 음악 감상실에는 친구들이 와 있었다. 오랜만에 만나는 친구들과 인사했다. 우리는 만나면 건강해서 모일 수 있음에 감사했다. 이미 친구들은 애기를 보다가 허리를 삐끗해서 움직일 수 없는 친구들이 많았다. 거기에 자기 몸 스스로가 아파서, 이제 움직일 수 없는 친구들이 이곳에 참가할 수 없었다. 조금 있다가 방장이 들어왔다. 방장은 "이번에 볼 작품은 댄싱 베토벤인데 이것은 교향곡 9번을 가지고, 모리스 베자르가 안무한 것을 재연하는 과정을 보는 것"이라고 설명했다.

이 작품은 〈댄싱 베토벤〉을 통해 "베자르는 모든 인류가 선하다는 사실을 보여주려고 이 공연을 만들었다."라고 했다. 완성도 높은 공연을 위해 다양한 국가와 인종이 참여했다. 세계적인 명성을 쌓은 이도 있고, 엑스트라도 참여했다. 다양성 안에서 통일성, 통일성 안에서 다양성을 찾으려는 시도가 곳곳에 드러냈다. 베자르는 "희망은 언제나 승리합니다."라고 했다.

〈댄싱 베토벤〉의 백미는 무용 연습 과정과 실제 공연의 모습을 선택적으로 보여주는 데 있다. 그것은 작품에 담긴 철학을 적절하게 그려낼 수 있기 때문이고, 생동감 넘치는 무대를 언어로 표현하기엔 한계가 있기 때문이라고 했다.

방장님은 시대적으로 1847년이고, 베토벤과 교향곡 9번 합창을 설명했다. 여러 예술가 중, 피카소는 쉼 없는 발전을 다양하게 추구했다고. 그에 비해 김창열 같은 물방울 화가는 한 가지 주제로 물방울만 그렸다고. 그런데, 그 한 가지만으로는 결국 도태된다고. 비등하게 베토벤은 자유를 추구하며 구속되지 않고 창작을 해서 발전했다고. 그는 모차르트에게 사사받았는데, 자기를 따라 하지 않아서 못 가르치겠다고 했다.

그는 하이든에게도 따라 하지 않는 작곡가로 이름이 나 있었다. 베토벤은 33번의 이사를 다녔다. 그는 가난했다. 1810년 베토벤은 비인을 떠나 영국으로 가려고 했다. 그 당시 이미 헨델과 하이든도 영국으로 가버렸다. 그는 비인이 예술적으로 아니라고 생각했다. 그런데, 3명의 귀족들이 베토벤이 영국으로 가면 비인을 흉본다고. 그 귀족들은 연금식으로 돈을 주겠다고. 그래서 못 가게 했다. 결국 베토벤이 여기 있겠다고 했고 거기서 생을 마쳤다. 합창 9번을 가지고 춤으로 재현시켰다.

"그다음은 요즘 핫한 것으로 퀸 라이브 공연을 소개할 것입니다. 〈보헤미안 랩소디〉인데, 우리는 세상의 흐름 속에서 영향을 받고, 그런 것이 있다는 것을 알아야 하는 것"이라고 방장님은 설명했다. 〈보헤미안 랩소디〉는 역사상 가장 위대한 밴드라고 할 수 있는 영국 출신의 록 그룹으로, 퀸의 얘기를 다루는 영화를 잠깐 맛볼 거라고 했다. 보헤미안은 자유로운 영혼을 가진 사람의 뜻이 될 수 있다고 했다.

랩소디는 서사시의 한 부분으로 광시곡이며, 자유로운 환상곡 풍의 기악곡이라고 한다. 퀸의 리더격인 '프레디 머큐리'가 작사와 작곡을 한 〈보헤미안 랩소디〉는 발라드, 오페라 등의 다양한 장르 등을 조합해 실험적으로 내놓은 음악임에도 대중적으로 엄청난 성공을 거두었다. 가사 내용은 한 소년이 누군가를 총으로 쏜 후 어머니에게 고백하고 사형을 받으러 가는 사형수의 내용인데 해당 가사는 프레디 머큐리 자신의 신세를 비유한 단어로 쓰였다고 했다.

퀸(그룹)은 4명이었다. 모두가 음대를 안 나왔다. 그들은 미술학도, 물리학 박사로 아버지가 만든 기타를 치는 전자공학 박사, 치과 의사 등이었다. 그들이 만든 음악 3집의 〈보헤미안 랩소디〉는 6분이 안 된다. 그들은 녹음을 덧칠하며 만들었다. 그렇게 음을 덧칠해서 확대한 것이 성공했다. 퀸의 리드 보컬 프레디 머큐리는 후천성 면역 결핍증(AIDS) 진단을 받은 뒤 1991년 45세에 죽었다. 그는 록의 전설로 보도되었다.

그는 1987년 1992년 바르셀로나 올림픽 개최를 기념해 성악가 몽세라 카바예와 함께 주제곡을 만들었다. 그러나 사망 후 에이즈로 사망한 가수라고 공식 주제가에서 제외됐다. 그는 잔지바르(현 탄자니아)에서 태어났으며, 인도 출신 아버지의 아들이었다. 10대에 잉글랜드로 이사했다. 그는 음악을 하기 전 히스로 공항에서 수화물을 운반하는 일을 했다.

그는 메리를 사랑했다. 두 사람은 동거하며 지냈지만, 1976년 다른 남자와 사랑에 빠진 사실로 헤어졌다. 그러나 그가 죽은 후, 유언장을 통해 그의 재산 절반과 저작권료, 런던의 저택 등을 메리에게 남겼다.

여하튼 그는 위대한 음악 예술가였다. 그에 대해 어느 교수(건국대 석좌교수, 조용헌)가 프레디 머큐리 팔자(八字)를 풀이했다.

프레디의 점성학적 주체는 물(水)이다. 물은 수극화(水克火)를 하니까 불이 다 돈이 된다. 팔자에 온통 불판이다. 이 불이 다 돈이고, 무대공연이 다 불판이 되는 것이다. 무대에서 수십만 명이 열광하는 관객들을 향하여 노래를 부르는 것은 일종의 '큰굿'에 해당한다. 보통 무당들도 몇백 명 모아놓고 하는 굿을 하면 에너지 소모가 커서 명을 재촉하기 쉽다. 하물며, 수십만 명 운집한 관중과 교감하며, 몇

옥타브 올라가는 목소리로 공연함은 진기(眞氣)의 소모가
뒤따르는 씻김굿인 것이다.

-「조용헌 살롱-프레디 머큐리 八字」, 조선일보, 2018. 12. 03.

프레디 머큐리를 동양 철학으로 재해석한 것이지만, 그의 팔자는
맞았다. 역시 인생의 신비는 우리들의 신비이며, 각자의 신비인 것이
었다.

1980년대 음악 좀 듣는다는 10대들은 어김없이 '레드 제
플린파(派)'와 '딥 퍼플파'로 나뉘었다. 하드록에서 양대 산
맥 밴드를 각각 추종한 세대였다. 서로 자기네 밴드가 낫다
고 입씨름했다. 그런데 집에 가서는 모두 퀸을 들었다. (중
략) 중년 관객들 중엔 영화 보다 눈물 흘리는 사람도 꽤 있
다. 어릴 때 듣던 노래들을 쾌적한 극장에서 좋은 사운드
로 들으며 추억에 젖는다. 아무리 그래도 놀랍고 특이한 흥
행 성적이다. 그것은 한국인의 어떤 감정선을 건드린 모양
이다. 퀸은 사용료만 내면 얼마든지 노래를 쓰게 해준다.
광고를 접했던 젊은 관객들이 "그게 퀸이었어?" 하며 영화
에 빠져든다.

-「만물상-한국의 '보헤미안 랩소디' 열풍」, 조선일보, 2018. 12. 05.

내가 가끔 음악을 듣고, 감성이 일어날 때는 대학 때, 음악 다실에

서 흘러 나왔던 음악이 라디오에서 흘러나올 때였다. 아니면, 시골에서 초저녁에 저녁을 먹고 모든 동네가 일찍 불을 끄고 조용히 숨을 쉬고 누웠을 때, 집에서 조용히 틀은 CD에서 흐르는 팝송이 들릴 때였다. 그 팝송의 리듬은 내 젊은 날을 기억하게 했다. 그것은 아련한 추억을 불러일으키게 하고, 음악을 좋아했던 친구와 만나고 싶게 만든다.

그렇게 영화 음악을 통해서 자식과 부모가 함께하고, 추억을 만들 수 있다는 것은 큰 기쁨인 것이다. 나도 아이들이 어릴 때 함께 스키를 타면서 스키장에서 틀어주었던 음악이 아이들과 승용차로 이동할 때, 라디오에서 흘러나오면 아이들과 나는 '아! 저 음악 스키장에서 들었던 음악이다.'라고 손뼉 치며, 그 노래를 따라 부른다. 그때 우리는 그 음악으로 최고의 추억과 기쁨을 갖게 되는 것이다.

*

사람은 제각각 자기 생각을 가지고 살았다.

나는 가끔 내가 말하고 행동하는 것이 옳다고만 생각했다. 그래서 내 생각을 상대방에게 일방적으로 지시하고 강요하며, 상대방이 따르기를 바랐다. 그러나 상대방이 내 생각에 동의하는 것은 아니었다. 오히려 강요한 생각에 반항하며, 상대방이 나를 멀리하는 경우가 많았다. 그것을 빌미로, 가까웠던 친구 사이가 멀어지고, 서로 소원해지며, 오히려 막역한 사이가 망가지는 경우가 많았다. 세월이 흘러가면서 나는 깨달았다.

나는 절대로 그런 일이 벌어지지 않게 조심하며, 적당히 서로를 상처 주지 않아야 했다. 그래서 친구 사이에, 내가 더 나은 생각일지라도, 그 친구가 좋다고 생각하는 것을 인정해 주는 것이다. 그리고 그 생각이 훌륭하다고 하면, 만사가 좋아지는 것이다. 그것을 인정하지 못하면 그 친구의 생각을 부인하는 것이고, 서로의 관계가 나빠지는 것이다. 그런 일로 친구 사이가 벌어지는 것도 우스운 일이며, 성숙하지 못한 일이 되는 것이었다. 나는 되도록, 모든 의견을 받아주고 상대방의 생각을 순응하며 수용하는 것이 좋은 모습일 것이었다.

그러나 단체에서 일어나는 일들은 나만의 문제가 아니었다. 각자의 성향이 이기심으로 나타났다. 여고 동창들은 1년에 2번 만났다. 우리는 회장을 돌아가면서 하기를 바랐다. 처음에는 여고 때 공부도 잘하고, 학교 때 반장이었던 친구들이 대표 자격으로 동창 회장 역을 맡았다. 그러나 세월이 흐르면서 역할은 돌아가면서, 아니면 동창회에 참석을 잘하는 사람들이 회장직을 맡았다. 우리는 열심히 모였다. 그곳에는 각 동마다 소모임이 있었고, 자기들끼리 모이는 대학 동창 모임 등이 있었다.

그래도 여고 동창 모임으로 집결하자 해서 나름 모임이 활성화되도록 만들었다. 그렇게 만들어진 여고 모임에서 여고 골프가 만들어졌고, 문화 사랑방이 만들어졌다. 문화 사랑방은 이제 10주년이 넘었다. 친구 P는 사십 년 넘게, 리움에서 일했다. 그는 음악, 미술, 건축 등 다양한 예술에 조예가 깊었다. 그는 항상 새로운 음악으로부터, 고전 음악까지 모든 예술적 이야기를 우리에게 전달했다. 그는 분명 대단한 친구였다.

거기에 그는 운동을 좋아하는 G 친구와 여고 골프 모임도 운영했다. 그 모임도 내가 참가한 지가 10년이 넘었다. 처음에는 4개 팀으로 16명이 참가했다. 이제는 12명이 참가한다. 그래도 불의의 사고가 일어나는 경우가 많았다. 이번에도 그랬다. 골프 가기 전날부터 친구들은 하나씩 아파서 빠져야 했다. 하나는 갑자기 허리가 삐끗해서 움직일 수 없었다. 다른 하나는 고혈압이 일어나 급히 응급실로 갔다고. 또 다른 친구는 어깨를 수술해야 한다고. 운영진은 고민할 것이었다.

나는 급조로 내 남편을 투입시켰다. 소식을 듣고, 다시 함께 우리와 골프 치는 M 친구 남편과 K 친구 남편을 투입시켜 멤버를 채웠다. 운영진은 나에게 고마워했다. 나는 이제 남편들과 함께 운동하고 함께 나이 들어가며 살아야 한다는 생각이다. 남편들은 직장에 다닐 때는 자기 일에 충실하며, 사회적 역할로 바쁘게 살았지만, 퇴직을 한 후는 달랐다. 그들은 직장 동료도 만나지 못했다. 친구들도 어쩌다 한 번 만났다.

거기에 친구들은 아픈 사람이 많았다. 술과 담배를 즐기던 사람들은 이미 세상을 떠났다. 그들은 고립된 사람들이 많았다. 함께 운동하던 사람들은 운동을 할 수 없었다. 운동하고 싶어도 각자의 에고로 생각들이 달랐다. 남성들은 생각이 단순하지 못했다. 그들은 왕년에 내가 어땠는데, 감히 너네들이 나를 이렇게 생각할 수 있는가에 집착했다. 그들은 과거에 집착했고, 자기중심에 과거를 놓았다. 주변 사람들은 그런 사람들과 어울릴 수 없었다.

나는 그런 남성들이 딱했다. 모두를 내려놓아야 살 수 있음을 그들은 몰랐다. 그들은 가족에게도 왕따가 되었다. 그들은 평생 서열과 나이와 계급에 집착했고, 매사를 그렇게 평가했다. 나는 그들을 보면 TV에서 보여지는 동물의 세계가 생각났다. 암사자들은 새끼를 키우며, 가족을 이루고 산다. 그러나 수사자들은 홀로 외롭게 살다 죽는 모습이다. 원숭이들도 그렇다. 가족을 이루는 수놈이 경쟁자 수놈에게 지면 자기 가족을 잃고 쫓겨나서 홀로 외롭게 살다 죽는 모습이다.

인간은 적어도 이성적이다. 남성이 스스로 나이 먹고 가족과 조화롭게 살 수 있는 지혜가 있는데, 그렇지 못한 사람들을 보면 불쌍하다. 젊음의 패기로 자기 성격 모두를 발산할 수는 없는 것이다. 이제 늙어 가며 자기 부인, 친구, 주변 또래들도 모두가 늙었다. 우리는 서로 조화롭게 화합하고, 상대방을 배려하며, 모두가 즐겁고 행복하게 사는 것이 목표가 되는 것이다. 그래서 나는 나 스스로 모두를 순응하려는 데 목표를 두었다.

모두에 순응하면 탈이 생기지 않았다. 어느 해던가 내 친구 G는 아들들을 훌륭하게 키웠다. 큰아들은 의사였다. 큰 며느리도 의사였다. 친구 G는 손자들을 돌봤다. 우리는 같은 동네 살면서 오고 갔다. 그 친구나 나나 허리 아파서 손자들을 보면서 수시로 병원을 들락날락했다. 그리해서 10년을 손자 돌보는 데 애를 많이 썼다. 그런데 그 친구가 말했다.

- 우리 며느리가 애기 하나를 더 낳고 싶대.
- 야, 그거는 아니다.
- 네가 이렇게 힘이 드는데, 또 낳는 거는 아니지.
- 우리 남편은 외아들이라 좋아해. 나도 좋고.
- 야, 그래도 그거는 아니지. 그러려면 아주 파출부를 두고 너는 신경 쓰지 말아야지.
- 우리 남편이 손자를 봐준댔어, 시댁에서 봐야 한다고.
- 남편이 보는 게 아니라 모두 네가 보잖아.

나의 간곡한 말은 친구 마음에 상처가 되었다. 나는 G 친구가 딱했다. 아픈 곳이 많은데, 이제 애기들을 다 키웠는데, 무슨 애기냐고 소리를 쳤다. 그 뒤 G 친구와 나는 소원해졌다. G 친구는 또다시 애기를 낳는 것이 기쁨이었다. 우리는 서먹서먹 세월을 두고 시간이 흘러갔다. 몇 년이 되었다. 그동안의 일은 잊혀져 갔다. 어느 날 갑자기 G 친구는 병원에서 파킨슨병이라는 진단을 받았다. 나는 그 소리에 몇 날 며칠을 울었다. 다시 세월은 흘러갔다.

나는 G 친구가 건강하기를 바랐다. 우리는 건강을 물으며 스쳐 가며 부딪혔다. 시간은 빨리 지나갔다. 몇 년 후 우리는 오랜만에 만났다. 산책을 하며 걸었다. 그 집 작은 손자와 내 작은 손자는 같은 유아원을 다녔고 서로 친했다. 그런데 G 친구가 말했다.

- 내년 초에 3번째 손자가 나와.
- 엉? 1월에?
- 응. 손자래.
- 그렇구나. 잘 했네.
- 국가를 위해서 훌륭해. 그리고 가족을 위해서 훌륭하구나.

나는 더 이상 어떤 말도 할 수 없었다. 결국 그 애기는, G 친구가 볼 일이었다. 자기가 희생해서 스스로 즐거움을 찾는 것이었다. 내 안에서 분통이 터질 일이었지만 말이다. 자기 몸은 서서히 나빠지고 있는데 그 집 남편이나 아들과 며느리는 어떤 생각들인지가 나는 궁금했다. 그러다가 아이고, 내 인생이 아니다. G가 원하는 인생대로 사는 것이 인생이라 생각했다. 그 뒤부터 나는 더욱 순응하는 삶을 추구하는 것이다.

내 주변은 그런 사람들이 많았다. 테니스 멤버 M 친구가 또 그랬다. M 친구는 딸 둘을 서울대를 보냈고 졸업시켰다. 큰 애는 변호사였고, 작은 애는 변리사가 되었다. M은 작은딸 애기를 봐줬다. 그는 애기를 열심히 돌봤다. 업고 앉고 다녔다. 우리는 허리 다친다며 말렸다. 그는 고집이 셌다. 다른 집은 어린이집을 보내도 자기는 그럴 수 없다며 열심히 키웠다. M은 손자에게 집착했다. 운동은 뒷전이었다.

어느 날 그는 몸이 수척했다. 분명 그는 몸이 허약하고 아파 보였다. 세월은 흘러갔다. M 손자는 유명한 유치원을 다니고, 수영장을 다녔으며, 영어 학원을 다녔다. 우리는 손자가 컸으니 운동을 하라고 권했다. 그러나 그는 하지 않았다. 어느 날 문상을 하러 갔다. 문상 전에 그는 계속 가방만을 뒤적였다. 함께 간 사람이 그의 가방을 옮기고 문상을 시켰다. 그는 뭔가 이상한 행동에 집착했다. 옆에 사는 친구가 어느 날 그 집 작은딸과 면담했다.

- 얘야, 너는 너네 엄마가 몸이 안 좋은 거 같은데 알고 있느냐?
- 예? 우리 엄마가 뭘 실수했나요?
- 그게 아니라, 너네 엄마가 아픈 거 같은데, 너네 식구가 모르는 거 같아서.
- 네, 알고 있어요.

- 어디가 아픈데?

- 알츠하이머입니다.

- 언제부터?

- 2년 전부터요.

- 그랬구나.

나는 그가 라커룸에 오면 애기를 그만 보고 운동하라고 강요했다. 딸자식 이제 그만 보고 너를 위해서 운동 좀 해야 한다고 말이다. 나는 누가 부당하게 행동해서 자기 몸을 버리면 참을 수 없어 했다. 그것이 나에게는 병적이었다. 내 딸은 나에게 엄마는 에너지가 많아서 지나치게 참견한다고 했다. 나는 M이 안타까워서 참을 수 없는 것이다. 제 몸이 죽는 줄 모르고 제 손자에 집착하는 모습을 내가 더 참을 수 없어 했다.

내가 마음을 순응하기로 한 다음부터는 내 집착에서 조금씩 멀어질 수 있었다. 나는 M 친구가 불쌍했다. 그리고 그를 위로하는 방법으로 마음을 바꾸었다. 어떻게 하면 그와 가깝게 지내며, 그를 이해할 수 있을까로 말이다. 나는 그와 시간이 되면 만나서 식사를 하고, 차를 마시며, 그의 마음을 헤아려주는 쪽으로 생각했다.

서로의 마음이 통하고 이해하려고 애쓰는 것 중 제일 좋은 것은 함께 밥 먹고 차 마시며, 이바구하는 것이 제일인 것 같다. 서로 시간을 내고, 맛있는 거 먹고, 사이 좋게 웃으며 궂은일은 궂은 대로, 좋은 것은 좋은 대로 이야기하며 시간을 보내는 것이 힐링이며, 행복이었다.

> 나는 정치적 인간을 혐오하지만 요즘은 차라리 문재인 대통령이 정치적 인간이었으면 이토록 답답하고 막막하지는 않았을 것 같다. 정치적 손익에 민감하다면 탈원전 정책이나 소득주도 성장을 저렇게 미욱하게 밀고 나갈 수는 없을 터이고 조국 민정수석을 재신임할 수도 없을 것이다. (중략) 문 대통령은 김정은이 서울에 와서 손만 흔들어주면 한국 국민이 그를 차기 대통령감으로 점찍고, 그의 권력 유지와 쾌락을 위해서 혈세를 무진장 퍼주고 싶어할 것으로 기대할지 모르겠다. 그러나 안 오게 하는 것이 김정은 자신과 대한민국을 위해 좋을 것이다.
>
> -「서지문의 뉴스로 책읽기-1914 사라예보를 기억하라」,
>
> 조선일보, 2018. 12. 11.

정치인들은 모두가 자기도취에 빠져 자기식의 정치를 했다. 전 집권자들은 잘못이고 내가 하는 정치는 바르다고 했다. 정치적인 논리로 정치를 하는 것은 아집이고 고집이었다. 나라가 추락하고 손상되는 것은 상관없다. 자기식이 절대적이고 그것만이 옳았다. 서민들의 사는 것이 미처 죽어도 그들은 그것이 옳고 바른 것이다. 세상의 이국민들이 우리나라를 손가락질해도 그 정치인들은 먹통이고 밥통이 되었다.

그러나 그 먹통과 밥통들을 찬양하며 손을 들어준 사람들이 바로 우리 국민들이었다는 것이다. 이성적인 사람들은 그 군중의 힘에 거꾸러져야 하고, 그 정치인과 어리석은 국민의 뒤를 따라가야 하는 것이 슬프다는 것이다. 우리는 언제까지 이 길을 가야 하고, 어디까지 모든 것을 바쳐야 하는지를 모르는 것이다. 나는 바란다. 모두가 정신을 차려서 이 나라가 살아나기를 빌 뿐이다.

*

우리는 테니스를 치고 맥주를 마셨다.

멤버들과는 오랜 만남이었다. 처음에는 20명이 넘는 회원이었는데, 이제는 10명이었다. 그 회원들은 4명의 짝을 맞추기가 어려웠다. 그들은 집집이 일들이 많았다. 거기에 팔 아픈 이, 허리 아픈 이, 여행자, 제사 일, 김장 일, 부모의 병 간호 등등…. 그래도 지킴이들은 간신히 4명을 짝맞췄다. 내가 외출했을 때, 멤버가 하나 비면, 남편은 계속 나에게 문자를, 게임 멤버가 한 명 없다고 보냈다. 나는 카톡을 보고 시간을 맞춰, 테니스장으로 달려가 공을 쳤다.

오늘은 날이 좋았다. 제각각 즐거운 마음으로 운동했다. 운동이 끝나고 멤버들에게 나는 맥주를 마시자고 했다. 우리는 우리들의 아지트 맥주 카페로 갔다.

- 야, 우리 오랜만이다.
- M씨 33층 엘리베이터가 가동이 안 돼서 못 나오는 거야?
- 새 아파트(재건축해서 이번에 이사 옴)로 이사 왔으니 빨리빨리 나와야지.
- 그게 아니고, 지금 하자품이 많아서, 어제는 바닥 공사를 다시 했다고요.

멤버들은 떠들기 시작했다. 모두 6명이었다. 제각각 할 말이 많았다. 그중 M이 제일 시끄러웠다. 회장 Y가 말하려 하면, M은 자기 이야기를 했고 다시 P가 말하려 하면, M이 또다시 그 말을 받아서 자기 얘기를 했다. G가 말하면, M은 듣지 않고 자기 얘기에 집중했다. 나는 M에게 말했다.

- M아, 너 33층에서 말할 사람 없어서 어찌 살고 있냐? 이렇게 말하고 싶어서?
- 나요? 개하고 말해요.
- 개가 말을 못 하니 그렇지.
- 오늘 사위가 중령으로 승진했는데, 아침부터 졸병들이 열병 서고, 훈련을 했어. 여군인도 많았는데, 어쩌면 그렇게 예쁜지 모르겠더라고요.
- 아이고, 그러니까 미투 사건이 군부대에서 생기지. 여자가 귀한데, 예쁘니까 더 그러지 아이고, 사위가 승진했으니 한턱 쏴. 맥주를 사라고.

- 참, 너, P야, 너도 네 사위 한국은행 부장으로 승진했다고 닭 사기로 했잖아.

- 내가 언제? 이것아 너 없을 때 살 거야. 너 잘 안 나오니까.

- 나 잘 나올 거라고. 여하튼 네가 사라고.

다시 먼젓번 K가 음식 산 이야기가 나왔다. 그들은 못마땅한 얼굴로 K를 말했다. K네 시어머니가 돌아가셨을 때, 테니스 멤버들은 조문객으로 K네 상갓집을 다녀왔다. 그래서 K는 고맙다는 뜻으로 멤버들에게 밥을 사는 날을 정했다. 한바탕 운동을 끝내고 어디로 갈 것인가를 서로 말했다는데….

- 어디서 밥을 먹나요?

- 가마솥에서 먹을 거예요.

- 가마솥? 뭐 하는데요?

- 난 거기 안 갈래. 맥줏집으로 갑시다.

- 나는 맥줏집 안 갈래요.

회장은 고민했다. K는 돼지 고깃집을 예약한 것 같고, 회원들은 맥줏집을 가고 싶어 했다. 그런데, K는 맥줏집을 가기 싫다고 하니 어떻게 할지 몰랐다.

- 난 돼지 고깃집 안 가고 싶어. 나 그냥 집에 갈래.

- 야, 그러지 말고, 다시 조정하자. K야, 회원들이 돼지 고깃집 가기 싫다 하니,

그럼 새꼬시집으로 가보자.

- 그럼, 그래요.

그들은 모두 새꼬시집으로 갔다. 그리고 주문했다.

- 여기 광어 두 접시 주세요.
- 광어는 맛이 없어. 그냥, 도다리로 해주는 게 좋겠는데.
- 새꼬시 광어는 맛이 없다고.
- 여기, 도다리로 두 접시 주세요.

멤버들은 맛나게 먹었다. 그리고 찌개가 들어왔다. 그러나 멤버들은 회 먹은 양이 부족했다. 회장은

- K야, 여기 회 한 접시 더 시켜서 이쪽 테이블과 저쪽 테이블에 반씩 나누어주
　면 좋겠다.
- 여기 회 한 접시 더 주세요.

K는 찌그러진 얼굴로 회를 시켰고, 한쪽 테이블에 들어온 찌개만 끓여서 먹었다. 회원들은 속으로 불만을 터트렸다. 사람이 몇인데 어찌 찌개를 한 테이블만 끓일 수가 있는가를 말했다. 그들은 K가 음식을 내는 것이 아니라 그들에게 고마움으로 대접하는 일인데 어찌 그럴 수가 있는가를 불평했다.

- 언니 글쎄 거기서 35,000원짜리 광어를 시킨 거야.

- 나는 언니네가 살 때처럼, 50,000원짜리만 있는 줄 알았는데, K 언니가 그 싼 걸 어떻게 알고 그것을 시켰잖아?

- 그리고 맛있는 찌개가 있는데 그걸 안 시키고 미리 서덜이 찌개를 시켰더라고. 그런데 나는 찌개를 2개 시켰을 것이라 했는데, 찌개 하나를 시켰지 뭐유?

- 회 접시 하나 더 시켜서 말도 못 하고, 여기서 끓여서 저쪽으로 옮기고 했다니까요.

- 대접하는 사람이 그러다니 말이요.

그들은 K에 대한 감정이 좋지 않았다. 그는 항상 그렇게 쫀쫀하게, 자기 돈을 아꼈고, 남에게 베풀 줄을 모른다고 회원들은 K를 싫어했다. 그러나 멤버들도 엄청 잘 베푸는 사람들은 아니었다. 나는 모두가 비슷한 사람들로 기억되었다. 그날 Y 회장은 나에게 왜 그날 약속이 있으면 다른 날로 바꾸지 그랬냐고 물었다. 나는 고개를 흔들며, 그런 대접 받고 싶지 않다고 했다. 그날의 일을 듣고 남편은 하나의 시트콤이라며 웃었다. 그리고 나는 멤버들에게 말했다.

- 야, 우리 이제 몸이 부실하면, 맥주도 못 먹어.

- 내일 죽을지도 모르니까 오늘 실컷 맛있게 먹자고.

- 건배, 건배.

우리는 모두 즐겁게 맥주를 마시고 힐링을 했다. 사람들이 모이고 맛있는 것을 먹으며, 서로 이야기하는 것이 어쩌면 진정한 즐거운 삶일 것이다. 인간은 사회적 동물이라 했으니 말이다. 나는 도시에서, 나이가 많은데도 주변 사람들과 어울릴 수 있는 것에 감사했다. 거기에 그들과 운동하고, 신나게 맥주를 마시며, 이바구하는 것은 최고의 삶이었다.

*

어머니의 죽음은 길어졌다.

당신은 물만 드셨다고 생각하지만 그렇지는 않다. 입이 쓰면, 엿을 먹었다. 가끔 당신이 먹고 싶은 국물을 먹었다. 새우젓도 먹었다. 이 번에는 삶은 만두를 만두 국물에 넣어, 첫날은 한 개, 둘째 날은 두 개를 먹었다. 남편은 이제 어머니가 그동안 먹은 관절 약, 심장 약, 혈압 약, 눈 약, 통증 약 등이 물만 먹고 단식을 한 달 동안 한 경우와 같이, 약 독소가 모두 빠지고, 몸이 좋아질 것이라 했다. 어머니 정신은 또렷했다. 모두를 참견했다.

당신은 귀가 안 들린다 하지만, 우리들이 식사하며 하는 이야기를 듣고 토를 달았다. K 친구가 말했다. 어머니 병이 길어지면 형제간 싸움이 벌어진다고. 누구는 어머니를 보러 오지 않는다고. 누구네는 한 달에 몇 번을 오는데 한 번도 안 온다는 둥 하며, 섭섭해하며 형제 다툼이 생긴다고 했다. 그럴 것이었다. 우리 어머니는 말했다.

- 얘야, 물만 먹어도 어찌 이렇게 방구가 나온다냐?
- 외할머니가 물만 먹어도 3년을 산다더니 그 말이 맞는 거 같구나.
- 내가 이렇게 오래 살아서 어쩐다냐?
- 그것은 아직 엄마가 죽을 운명이 아니니까 그렇지요.
- 죽음을 어디 우리 마음대로 하는 겁니까?

어머니 죽음은 계속 길어졌다. 한 달 내로 가실 것 같아서 우리는 긴장을 하며, 우리의 약속을 모두 취소하고 모든 것을 어머니 쪽으로 생활 패턴을 집중했다. 이제는 한 달 하고도 보름이 넘어갔다. 나는 힘이 빠지고 지쳐갔다. 아~ 이래서는 안 되겠구나. 우선 우리가 행복해야 어머니를 간호할 수 있겠구나를 생각했다. 그 사이 우리 부부는 환절기로 인해 감기가 걸렸다. 소화기능이 떨어지고, 기침이 몸을 괴롭혔다. 어머니 죽음이 문제가 아니었다. 우선 우리가 살아야 했다.

당신은 우리가 2박 3일씩 지켜주는 게 나름 즐겁겠지만 나에게는 그것이 힘이 들었는지 이제는 허리 쓰기가 어려웠다. 어쩌다가 내가 감기가 들렸다 하면 어머니는 모르쇠했다. 이럴 때는 죽음 앞에서도 당신의 이기심이 보였다. 시간이 길어질수록 막내가 오빠 집으로 한 시간 반씩 차를 타고 와서, 어머니를 보살피는 것이 힘들었을 것이다. 아들은 어머니에 대해 효자다. 그러나 엄밀히 따지면, 아들은 중국에서 10년 넘게 살았다. 그동안 나와 내 막내가 어머니를 건사한 편이다.

거기에 내가 준 용돈을 모아서 당신이 가진 재산 모두를 아들에게 주었고, 거기에 자기가 알뜰히 모은 현금을 모두 통장째 아들에게 사업차 넘겼다. 다행히 아들이 효자라 어머니가 만두를 먹고 회생하는 모습에 기뻐하는 것은 좋은 모습이다. 그러나 어머니가 벌떡 일어날 수는 없는 것이었다. 아들이 모신다고 하지만 오빠가 출장을 가면, 나, 나, 막내가 와서 어머니를 보살펴야 하는 것이다.

이에 막내는 어머니를 요양병원에 모시기를 바랄 것이다. 시간이 길어지면 나도 어쩔 수 없는 일인 것이다. 그러나 어머니는 절대로 갈 수 없다고 할 것이다. 그동안 요양병원에 가는 게 좋다고 해서 막내가 여러 절차를 밟았었다. 거기에 어머니가 반발을 했었다. 효자 아들은 자기가 모시겠다고 했다. 그러나 남편은 "이게 어디 아들이 보는 거냐, 누나와 막내가 80%를 보고 있는 거다."라고 했다. 남편은 내가 나이가 많아서 어머니를 케어한다는 것은 부적절함을 강조했다.

수시로 내가 종합병원임을 주변 사람들은 말한다. 나도 알고 있다. 그래서 나는 테니스를 치고, 등산을 하고, 찜질방을 간다. 그것이 나의 물리치료 방법이라고 생각한다. 열심히 음식을 만들어 먹고, 그냥 매사에 최선을 다하며 살고, 즐겁게 살려고 한다. 그리고 내 몸에 감사한다. 허리병이 나면 눕고 나을 때까지 기다리고 기침이 생겨 자지러지게 넘어가면 약 먹으면서 생강차에 대추차를 먹는다. 항상 목에 스카프를 밤낮없이 두르고, 밤에도 두꺼운 옷을 껴입고 잔다.

그렇게 한 달 이상을 하면 기침이 낫는다. 그리고 내 몸에게 감사한다. 암이 안 걸려줘서 고맙다고. 거동을 할 수 있어서 감사하다고. 삶은 그런 것이라 생각했다. 다행히 우리 막내 여동생은 나보다 열 한 살이나 적다. 그래서 씩씩하고, 정열적이며, 명랑해서 좋다. 그런데 어머니 때문에 그 애가 불편하고, 불행해지는 것은 내가 바라지 않는다. 나도 어머니 때문에 힘들게 살고 싶지는 않다. 어머니는 살 만큼 사셨고, 나는 나름대로 최선을 다했다고 생각한다.

우리는 삼십 년 넘게 어머니를 모시고 여름 콘도, 겨울 콘도를 다녔다. 어쩌다 늦으면 어머니는 "야들아 너네들 콘도 갈 때 안 됐냐?" 했다. "걱정 마요, 막내가 다음 주에 모셔갈 거요" 했다. 어머니는 세계 여행도 80세까지 갔다. 마지막 미국 여행으로 서부까지 여행 갔다가 오셨다. 당신 비용으로 가라고 하면 아마 가지 않았으리라. 이번 여름 90세로 설악 콘도가 마지막일 것이었다. 나는 어머니가 마지막으로, 자연스러운 죽음이기를 바랐다.

어머니가 걷지 못하고, 소변과 대변을 받아내는 기간이 길어지지 않기를 바란다. 이 기간이 길어지면 모두가 추해지는 꼴로 가게 되는 경우가 생길지도 모른다. 길어져서 3달, 4달, 5달…. 이 상황은 효자 아들과 딸들 사이에 여러 상황으로 이견이 생기고 싸움이 될 수 있을 것이다. 나는 결코 부정적인 생각을 가지지 않으려고 한다. 모든 것이 자연스럽기를 바란다. 우리 마음도 매사 자연스러운 것이어야 한다. 그래야, 모두가 이해하고 일이 순조롭게 풀려 가는 것이다.

이번 주 금요일에 외삼촌이 어머니를 보시고자 A시로 온다고 했다. 내가 어머니에게 전화했을 때

- 얘야, 외삼촌은 된장찌개를 좋아하신다.
- 외삼촌은 완두콩을 넣은 따끈한 밥을 좋아하신다.
- 알았어요. 냉동실에 완두콩 가져가서 밥 할게요.

남편하고 나는 부랴부랴 음식거리를 준비해서 일찍 A시로 갔다. 가서 마트에 들러 야채와 갈치, 가자미를 사서 집으로 갔다. 밥을 안쳤을 때 남동생이 터미널에서 외삼촌을 모시고 집으로 들어왔다. 어머니를 만나고 인사했다.

- 어이고, 나는 누님을 만나러 올 때 슬프고 힘들어서 우황청심환을 먹고 왔는데?

- 누님이 너무 편하게 물만 드시고 있는 모습이 도인 같아요.

- 누님이 편안하게 죽음을 맞이하는 게 훌륭한 거 같아요.

- 우리 누님 대인배라니까요?

우리는 이런저런 이야기를 하며 점심을 먹었다. 둘째 외삼촌은 나이가 많았다. 큰외삼촌과 외숙모는 어머니보다 동생이지만 모두가 이미 세상을 떠났다. 외삼촌은 우리 집에서 학교를 다녔기 때문에 형제처럼 친했다. 시골에서 우리 집으로 유학 온 셈이었다. 큰 누님을 당신 어머니처럼 생각했다. 나는 어머니 80세 잔치를 비롯하여, 아마 10번 정도 넘게 생신 이별 잔치를 했을 것이다. 이모, 외삼촌, 외숙모 등 모두 모여 1박 2일, 혹은 2박 3일 동안 콘도를 빌려 잔치를 했다.

그것이 커져 해외여행도 함께했다. 어머니는 10년 동안 잘 놀고먹었다고 했다. 그동안 외삼촌은 잘 드셨는데 이번에는 시원찮았다. 나는 삼촌 나이를 생각했다. 그는 77세였다. 귀도 살짝 들리지 않는 것 같았다. 신체적 나이를 생각해 봤다. 외삼촌은 평생 술 한 모금 못 드셨다. 담배도 일체 피우지 않았다. 성실했고 몸을 위해 걸었다. 그러나 씩씩한 청년이 될 수는 없는 것이었다. 이제 우리 모두는 제 몸 스스로 잘 건사하며, 남에게 피해주지 않고 조용한 삶을 살다가 조용히 빨리 죽음에 이르는 것이 좋을 듯싶었다.

오후에 외삼촌은 4시 10분 차를 타고 집으로 갔다. 어머니는 남동생에게 일렀다.

- 나이가 들면 쉽게 먹지를 못해서 배가 고프니라. 외삼촌 먹거리를 챙겨주거라.
- 차비를 넉넉히 주어 보내라.

동생은 어머니가 말대로 했다. 그러나 외삼촌이 삼갔다고. T시에 도착해서 외숙모랑 통화했다. 이모들이랑 함께 가자 했더니 모두가 김장해서 못 간다고 했다. 만일 말하지 않고 갔다면, 이모들은 왜 오빠가 혼자 갔는가를 물었을 것이다. 미리 이렇게 표를 끊었으니 갈 사람은 가자 했다고. 스스로 못 간다고 했으니 말이 없을 것이라고 했다. 사람 심리가 그랬다. 오빠가 동생네 집으로 차를 문 앞에 대고 가자고 하면 갈지도 모르지만, 외삼촌이 지리도 낯설고 눈도 어둡고 그래서 혼자 왔던 것이다.

그렇다. 부모 지간에도 자기 일이 중할 텐데, 형제지간은 더 말할 것도 없을 것이었다. 요즘 세상이 그랬다. 십년지기 파티를 하고, 만나면 반가워도 돈이 들거나 특별히 시간을 드는 일들은 피하는 이들이었다. 그것이 외갓집의 특성이었다. 내가 주선을 하지 않았으면, 평생 만나보지도 못하고 살다 갈 사람들이었다. 어머니는 말했다. 내 동갑, 막내 외삼촌을 보고

- 아이고, 어리석은 것, 돈만 움켜쥐고 쓰지도 못하고 죽을 거다.

- 조금 있어 봐라. 모든 것 세금으로 빼앗기고 말거구먼.

- 제 새끼도 결국 못 챙기고 세금으로 나간다니까?

엄마의 지론은 맞을 것이었다. 땅이면 땅세로, 팔면 양도세로. 자식 주면 증여세로 말이다. 그 땅을 사고 집을 사기 위해서 평생을 다 바쳤을 것인데, 쓰지도 못하고 죽을 거면서 그렇게 지독을 떨고 사는 게 동생이 불쌍하다고 했다.

*

남편에게 친구 P가 만나자고 했다.

나이가 들면 사람들은 만남이 어려워졌다. 친구 A, B, C, D, F가 모두 함께 만날 수 없었다. A가 B, C만을 좋아해서, 혹은 D는 F를 싫어해서, B가 A를 싫어해서 등등 서로의 생각이 달랐다. 남자가 여자보다 더 심했다. 남편은 P를 직장에서 거의 사십 년 이상을 친밀하게 지냈다. 퇴직해서 그는 사람들을 가려서 만났다. 그래서 함께 주변 동료를 만날 수 없었다. P는 오로지 남편만을 불러냈다. 나는 남편에게 주문했다.

- 이제 조금 있으면 모두들 아프고 죽어서 만날 수가 없을 텐데, 모두들 용서하

고 만나요.

- 자기네는 노동부처에서 모두가 술과 담배에 쩔은 사람들이라 수명이 짧아요.

- 그 선배인 K씨도 죽고, 또 선배 X도 잠자다가 죽었잖아요?

- 뭘 누구는 만나고, 누구는 안 되고가 어딨어요?

- 모두를 용서하세요.

그러나 친구 P는 그럴 수 없다고 했다. 그래서 그렇게 만나기로 약속했다고. 그런데 P 친구가 미국 아들 집에서 손자 봐주고 어제 왔다고. 얼마나 심심하고 지루했으면 한국 오자마자 친구를 찾을까를 생각했다.

*

중국 역사 드라마 중 한 편을 보았다.

장면은 그랬다. 재갈량과 사마중달이 서로 상대편을 견제하며 싸우는 과정이었다. 그런데 재갈량은 빨리 싸워서 승리를 해야 했다. 그는 병약하여 서서히 죽어가는 중이었다. 사마중달은 재갈량의 목숨이 얼마 안 남았음을 알았다. 그래서 중달은 싸움을 최대로 늦추고자 애썼다. 그러나 중달 쪽, 폐하 측근과 중달네 병사들은 빨리 재갈량과 싸우기를 바랐다. 측근이나 병사들은 싸워서 자기 업적을 세우고자 했다. 그러나 중달은 싸우면 재갈량에게 진다는 것을 알았다.

둘은 계속 전략을 세워서 자기편이 이기는 쪽으로 전략을 세웠다. 재갈량은 적들을 유인했고 싸우고자 힘썼다. 중달네는 싸우는 것을 피하려고 애썼다. 재갈량은 중달을 여자처럼 싸우지 못하고, 계집처럼 행동한다고 비방했다. 사신을 보내 분홍 치마를 보내어 당신이 싸우지 않는 것은 네가 계집 같다며 비유하고 야유했다. 넌 꼭 이 치마가 어울리는 계집이니, 이 치마를 입는 것이 좋겠다며 중달을 비난했다.

사신이 가저온 분홍 비단치마를 중달은 입었다. 그리고 격전지 맨 앞에서 그 분홍 치마를 입고 시위했다. 그래, 난 원래 비겁자야. 그래도 좋아. 난 비겁자로 네가 준 치마를 입으마. 그리고 재갈량의 싸움을 거부했다. 그러나 중달의 아들은 자기 업적을 쌓아보려고 재갈량에게 싸우러 가서 패했다. 중달은 즉시 사형을 명했다. 그러나 주변 장수들의 간곡함으로 매 200대로 죽음을 면하고 고향으로 돌려 보내졌다.

한편, 중달네 쪽 폐하의 간신은 중달이 싸우지 않는 것은 왕명을 거역하는 것이라고 했다. 간신은 즉시 싸우라고 명했다. 중달은 괴로웠다. 이미 사신으로부터 재갈량은 하루에 2시간을 잠자며, 먹는 것은 소량이고, 하는 일이 많음을 간파했다. 그것은 재갈량의 수명이 얼마 안 남았다는 것이다. 그런데 왕의 명으로 싸우지 않으면, 중달은 죽어야 했다. 그때 재갈량은 죽어갔다. 인력은 어쩔 수 없었다.

재갈량은 부하들에게 명했다. "내가 죽으면 질서정연하게 퇴각해라. 그리고 나의 장점은 취하고, 단점은 없애라. 그리고 사마중달이 있을 때 싸우지 마라." 그리고 폐하에게 고했다. "나는 회복할 수 없는 병에 걸렸다. 부디 욕심을 버리시고, 마음을 깨끗이 하십시오. 간신들을 멀리하고 평생 나는 외지에 있었고 모아놓은 재산은 없습니다. 결코 폐하를 저버리는 일은 없을 것입니다." 재갈량은 전장에서 54세에 죽었다.

마지막 날 사마중달에게 군량이 없으니 싸우지 말라는 폐하의 명이 떨어졌다. 갑자기 사마중달의 뜻대로 이루어졌다. 그는 사신에게 말했다. "내일 싸워서 결전하려고 했는데…" 사신은 느긋이 기다리게 했다.

그때 재갈량네 군대가 철수했다. 철수라고? 부하들은 추격하자고 했다. 모두가 추격하며 따라갔다. 계곡 사이로 후미진 곳으로 계속 추격했다. 이미 재갈량은 자기가 죽은 후 추격해서 오면, 격전지를 알려주었다. 그곳은 오히려 그들이 불리해서 후퇴할 것이라고 예고했다. 추격자들은 재갈량이 살아있는 것처럼 그의 유품으로 재갈량을 과시했다. 그곳은 적군을 몰아놓고 죽일 수 있는 곳이었다. 중달은 곧 퇴각하라 명령했다.

중달이 후퇴하면서 부하에게 말했다.

- 내 목이 붙어 있는가?
- 네, 목은 그대로 있습니다.
- 산 중달이 죽은 재갈량을 못 당한다.
- 이것은 역사에 남을 일이다.
- 내 머리 붙어 있나?
- 네.
- 그럼, 재갈량은 죽었다.

처음으로 본 중국 TV 장면의 한판 승부수가 멋졌다. 나는 잘 보지 않는 역사 드라마였다. 인간의 애환이 삶과 죽음을 통해서 비쳐졌다. 우리 생의 끝은 결국 죽음일 것이었다.

*

어머니의 죽음은 물러나고 있었다.

어머니는 나에게 아침 저녁 전화를 해달라고 했다. 나는 아침이 되면 어머니에게 전화했다.

- 여보세요?

- 누구여?

- 나예요.

- 그려.

- 뭐 좀 드셨어요?

- 어제는 호박전이 먹고 싶었어. 그래서 아들에게 호박전이 먹고 싶다고 했지. 그랬더니 어디 가서 2만 원에 2개를 사 왔는데, 따끈하게 맛있더라고. 그래서 한쪽 반을 맛있게 먹었어. 그리고 반쪽은 이따가 저녁에 먹으려고.

- 잘 하셨네요. 그럼, 몸 조리 잘 하셔요.

나는 전화를 끊었다. 어머니는 이제 죽음을 벗어난 듯했다. 이제 어머니를 케어하는 일을 장기전으로 가야 할 듯했다. 남편은 말했다.

- 어머니는 2달 동안 물만 드시고 단식을 해서 오히려 몸이 좋아졌어.

- 그래, 단식을 하면 몸의 병이 없어진다며.

- 엄마가 드셨던 모든 약 기운을 물로 다 씻어낸 셈이네.

- 그러나 누워서 오줌 똥을 받아내며 오래 산다는 것은 아니지.

- 그것은 곧 아들, 딸을 죽이는 일이지.

부모 병이 길어지면, 형제들이 싸운다는 말이 될 수 있을 것이었다.

어머니는 물을 계속 먹다가 오뎅국물을, 다시 배추국물, 새우젓, 호박엿, 만둣국, 이제 호박전까지 먹었다. 어머니 몸은 서서히 살아나고 있었다. 이렇게 누워서 수명을 연장하는 일도 끔찍한 일이 될 것이었다. 옆에 지키는 아들을 괴롭히는 일일 것이었다. 나는 최대로 모든 것이 자연스럽게 이루어지기를 바랐다. 여동생이나 나나 불행으로 어머니를 모시고 싶지는 않았다. 모든 것을 자연스럽게 하여, 여동생이나 나나, 먼저 스스로가 행복해야 한다는 생각이다.

내가 행복해야 어머니를 행복하게 할 수 있을 것이기 때문이다. 나를 희생하며, 내가 불행을 느끼면서, 어머니를 케어할 수 없다고 생각했다. 시간이 길어질수록 더 그런 생각을 해야 했다. 어머니 인생은 어머니 인생이고, 내 인생은 내 인생이기 때문이기도 했다. 거기에 내 식구들이 내가 아프고 힘들면 남편과 내 자식들이 또다시 나로 인해 불행을 가질 수 있기 때문이었다.

나는 이튿날 어머니에게 다시 전화했다.

- 여보세요?

- 나예요, 엄마.

- 그래, 그런데 글쎄 막내가 나한테 지랄을 떤다.

- 왜요?

- 글쎄, 내가 어제 남은 호박전을 먹고 똥을 쌌다고 했더니 그년이 나에게 소리

를 지르더라?

- 엄마가 집을 팔아서 요양원으로 가야 해. 거기서 누워 있으면 안 돼. 오빠가 힘들어서. 아니면, 우리 집으로 와야 오빠가 덜 힘들어.

- 그런데, 내가 왜 저네 집으로 가냐, 나는 여기 아들 집에 있는 게 좋은데. 제까짓 게 내 돈도 안 주면서 그러대?

- 그래요, 엄마가 좋은 대로 사셔요.

- 난 아픈 데도 없는데 왜 요양원을 가냐고.

- 그래요. 엄마 맘대로 사셔요. 그리고 막내도 저 좋은 대로 살고, 나도 내 좋은 대로 살면 돼요. 나도 몸이 아프면 엄마한테 못 가는 거지요. 몸이 건강해야 엄마한테 가는 거고요.

- 아이고, 그년 낳아서 미역국 먹은 게 아깝더구나. 그렇게 나에게 요양원 안 간다고 지랄을 떨어대니.

- 엄마, 엊그제 J(내 큰딸) 친구가 잠자다가 죽었어요. 심장마비로. 그것을 보니까 J네 집이 쓰레기통 같든 애들이 어떻든 상관없어요. 무조건 건강하게 살아만 주면 좋겠더라고요. 제발 내 앞에 가지 말고.

- 엄마도 욕하는 딸년이 있어서 좋은 거라고요. 죽은 인영(큰아들)이가 엄마에게 무슨 소용이에요. 그냥 이놈 저놈 별놈이 다 있는 거구나 생각하라고요.

- J 친구 불쌍하구나.

- 그래요. 욕하는 년 있는 것도 좋다 하라니까요.

- 그래, 알았어.

나는 전화를 끊었다. 어머니 수명은 계속 연장되어 가고 있었다. 모든 것이 그랬다. 어머니가 바로 죽는다고 끝나는 것도 아니고, 계속 살아간다고 무엇이 어떻게 변할 것도 아니었다. 단지 어머니가 살아 계시면 우리가 신경 쓸 일이 많아질 뿐이었다. 모든 것을 자연의 순리에 맞추는 것이다. 나는 주변 사람들이 모두 자기 편의대로 행복하게 살기를 원한다. 각자의 인생이 더 중요하다고 생각한다. 부모 때문에 힘들다 하는 일은 없기를 바란다. 막내 입장에서는 어머니를 욕할 수밖에 없었을 것이다(한 시간 반 이상을 차 타고 와서, 일주일에 한두 번을 잠자며, 어머니를 케어하니 말이다).

다음 날 나는 다시 어머니에게 전화했다.

- 여보세요?
- 나예요. 엄마.
- 그래.
- 괜찮아요?
- 그려. 이젠 오지 마. 힘드니까.
- 알았어요. 몸조리 잘하셔요.

그리고 전화는 끝났다. 나는 머리가 복잡했다. 어제 Y 친구를 만나서 함께 식사를 했다. Y 친구가 식사하면서 자기는 10년 전 시아버지 똥을 십 년 받았다고 했다. 나는 "응?" 하며, 기절할 뻔했다. Y 친구는 지금 파킨슨병에 걸렸다. 나는 그가 그의 손자를 10년간 힘들게 키워

줘서 그렇다고 생각했는데 그보다 더한 시아버지의 똥수발이 힘들어서 병이 걸린 것이었다. 계속 자기 안에 쌓인 스트레스가 자신을 이기지 못해 생긴 병일 것이었다.

이런저런 생각이 머리를 스쳐 갔다. 나는 다시 남동생에게 전화를 했다. 그러나 그는 받지 않았다. 나는 문자를 남동생에게 보냈다.

- 잘살고 있냐? 엄마 모시느라 애 많이 쓰는구나.
- 난 네가 엄마 때문에 불행하게 사는 것은 원치 않는다.
- 엄마가 장기간 살아계시게 되면 네가 편안하게 살 수 있게끔 제도적 장치를 하는 것도 방법임을 말하고 싶다. 그리고 막내나 나나 각자의 행복이 먼저라고 생각한다.
- 나나 매형이 나이도 있고 해서, 아프면 우리 딸들이 불행해질 테니까 말이다.
- 엄마의 인생은 엄마고, 너의 인생은 너라고 생각한다. 90 인생과 60 인생은 다르다고 생각한다.
- 우리 식구들은 모두 착해서 나름 효도하고 있다고 생각한다.
- 네가 중국 가서 10년 있을 때, 막내와 나는 엄마에게 최선을 다했다고 생각한다.
- 네가 못다 한 효도를 하겠다는데, 네가 힘들어서 불행을 초래하며 엄마를 모시는 것을 나는 반대하는 것이다.
- 모두가 잘 되겠지만, 지혜롭게 대처하며 힘을 모아 살았으면 좋겠다.
- 어쨌든 네가 지금 모시고 있으니 힘들겠구나.

- 12월은 마지막 달이라 내가 바쁜 날이 많구나. 세금 내려니 돈 걱정도 해야겠고, 자녀들 결혼식과 학교 동창회, 부부 망년회 등의 행사가 많아서 못 가는 날이 많겠구나. 미안하구나.
- 오늘은 허리가 아파서 한방 치료 좀 하고, 내일 매형 생일을 그쪽에서 하기로 했으니까, 내일 주말이라서 딸네 식구들도 갈 것이다. 그리 알라고.

나는 막내 여동생에게 오빠에게 보낸 문자를 복사해서 보냈다. 그리고 오빠에게 이렇게 문자를 보냈다고 했다. 곧 여동생은 나에게 전화했다.

- 언니, 어제 엄마랑 대판 싸웠어.
- 새벽 2시에 엄마가 똥을 싸는데, 똥이 안 나와서 오빠가 똥을 파냈다잖아? 그리고 오빠도 사실 엄마 모시는 게 힘든 눈치더라고.
- 내가 그랬어. 엄마한테 엄마 집 팔아서 요양원 가야 한다고. 엄마는 그거 팔아봐야 전세 빼고 돈도 얼마 안 된다잖아. 그래도 엄마가 요양원으로 가야 한다고 주장했더니 화를 내면서 안 간다잖아. 오빠랑 언니가 가지 말랬대. 그냥 오빠 집에 살으랬대.
- 그래서 오빠랑 언니가 말하면, 엄마가 상처 나서 말 못 하는 거라고 말했어. 내가 나쁜 놈 돼야 한다고 했어.
- 엄마가 살살 거짓말을 한다니까?
- 그리고 이번 주말에 형부 생일이라 거기서 생일잔치 할 거라고 했더니 좋아하더라. 그리고 모든 것 다 말했어. 언니네 식구들 다 온다고. 그리고 뭐가 먹

고 싶으냐고 물었더니 성질 난 것이 풀어지더라고, 엄마가.

- 하여간 이번에 만나서 내가 엄마에게 다 말할 테니까 언니와 오빠는 가만히
  있어.
- 그래, 알았어.

우리는 내일을 기약하고 전화를 끊었다. 그때 남동생에게 다시 핸드 문자가 왔다.

- 모든 것은 일상적인 생활입니다. 모두 더 신경 쓰지 말고 일상생활로 돌아가
  세요. 제가 필요하면, 각자에게 도움 요청하겠습니다.

나는 위 문자를 보고 생각했다. 그래, 네 생각대로 해라. 너는 이십 년 전에도 더 큰일을 겪었으니까, 그렇게 생각했다. 그런데 다시 남동 생에게 전화가 왔다. 그래서 나는 설명했다.

- 나는 네가 엄마를 잘 모신다는 것에 감사한다. 그런데 엄마의 장기가 튼튼하
  고, 새우젓과 물 이런저런 것을 드시는데 오래 갈 수 있다. 그런데, 네 마음과
  네 몸은 다르다. 내 친구가 시아버지 똥 받고 알츠하이머에 걸렸다. 스트레스
  로. 만약 네 몸이 힘들어서 파킨슨이나 알츠하이머가 생기면 너를 케어할 사
  람이 누구겠냐?
- 네 딸들? 후, 채, 다들? 걔들이 너를 케어하겠니?
- 어렵다는 것이지.

- 거기에 물만 드셔도 3년 간다잖니? 물도 못 드셔야 바로 가시는 거라고. 그래서 우리가 지혜를 모으고, 엄마를 설득하자는 것이라고. 엄마는 이것저것을 드시니까.

- 그래요. 알았어요.

우리는 이렇게 합의를 봤다.

*

대학 동창 모임이 동학사 수담에서 있었다.

나는 일찍 고속버스를 타고 갔다. 친구 S와 H가 마중 나왔다. 우리는 오랜만에 동학사로 갔다. 산에는 눈이 있었고, 산 아래 도로는 눈 녹은 물이 흘렀다. 나는 올해 들어 처음 보는 눈이었다. 날씨는 푹했다. 계곡 물이 시원스레 소리를 질렀다. 물은 깊고 맑았다. 음식점에 차를 주차시키고, 우리는 계곡을 따라 산책했다.

- 물이 참 맑구나.

- 물이 많아서 좋네?

- 아이고, 엊그제 우리가 이 계곡에서 애기들 데리고 물놀이 했는데 벌써 우리가 늙어버리다니!

- 참, 세월이 빠르구나.

- 35년 넘었어.

- 그래도 오랜만에 친구를 만나니 참 좋구나.

우리는 걸어서 옛날의 추억을 기억했다. 그때 우리는 도토리 무침, 파전 등을 먹었는데…. 주중이라 길은 한산했다. 등산객들이 산을 오르려고 버스 하차장에서 내렸다. 하차장 입구를 보니, 오래전 내가 시댁에서 혼이 났던 생각이 났다.

신혼 시절 남편은 군에 있었다. 나는 선생을 하며 시댁에서 살았다. 남편이 휴가를 얻어 시댁으로 휴가를 왔다. 다행히 그다음 날은 연휴가 겹쳐진 휴일이었다. 아침 식사가 끝나고, 내가 막 설거지를 끝마치고 방으로 들어왔다. 시어머니는 나에게 남편하고 휴일이니 어디 나가서 놀다가 오라고 했다. 나는 "네." 하고 대답했다. 그러나 밀린 빨래며, 청소 등 할 일이 많았다. 대충 일을 끝내니 점심때가 되어서 무작정 버스를 탔다. 갈 곳이 마땅찮았다.

남편은 버스를 타고 동학사에 가자고 했다. 그곳은 시외버스를 타야 했다. 우리는 동학사행 버스를 탔다. 연휴라 사람이 얼마나 많은지 우리는 기다리고 기다렸다. 그리고 간신히 버스를 탔다. 동학사에 갔다. 동학사 계곡은 인파로 가득 찼다. 우리는 사람에 밀려서 오고 갔다. 얼마 되지 않아 나는 다시 버스를 타는 것이 겁이 났다. 이 많은 사람들을 태울 버스가 있을까 말이다.

우리는 서둘러서 다시 버스 정류장으로 갔다. 까마득한 줄이 오늘 내로, 시내로 들어가서 버스를 타고 집으로 가면 다행이었다. 우리는 거기서 몇 시간을 기다렸고 시댁으로 왔을 때는 늦은 저녁이 됐다. 우리가 시댁에 들어서자 시어머니는 난리를 쳤다.

- 너네가 사람이가?
- 지금이 몇 시인 줄이나 아나?
- 네가 주부면, 주부다워야지.
- 네가 사람이가?

그때 나는 깜짝 놀랐다. 내가 가고 싶은 것도 아닌데 가라고 해놓고 이제서야 야단을 친단 말인가. 나는 속으로 억울함을 삭혔다. 그리고 그때까지 오고가는 버스만 기다리다가 왔는데…. 그 당시 서슬이 퍼렇게 소리치는 시어머니의 호통은 오히려 내 안의 반감을 일으켰다. 시어머니는 계속 나를 기죽이려 소리치며 악을 썼다. 결국 남편과 나는 무릎을 꿇고 밤 12시까지 저녁을 굶으며 잘못했다고 빌었다. 그리고 12시가 넘어서야, 시어머니의 용서로 우리는 우리 방으로 갈 수 있었던 생각이 났다.

모두가 부질없는 일이었다. 우리는 여기저기를 둘러보고, 식당으로 갔다. 한정식 집이 깨끗하고 아름다웠다. 동창들은 모두가 모였다. 반가워하며 악수를 했다. 친구 M은 미국에서 온 손자를 안고 참석했다. 애기까지 모두가 여덟 명이었다. 맛있는 주꾸미와 불고기 비빔밥을 상추 쌈에 먹었다. 우리는 거기서 차를 마시러 Y네 집으로 갔다. 베란다에 온갖 꽃이 가득 피어 있었다. 빨강, 분홍, 파랑, 하양 아름다운 꽃 잔치는 나를 행복하게 했다.

우리는 그곳에서 맛있는 커피, 과일, 떡을 먹으며 다시 다과회를 했다. 바쁜 남자 선생은 가고, 나이 든 우리는 다시 여대생 시절처럼 그곳에서 하루종일을 떠들며 놀았다. 먹고, 차를 마시고, 또다시 먹고, 차 마시고, 이야기는 끊임없이 나오고 또 나왔다. 이것이 나이 든 우리들의 힐링이었다. 다 저녁때 우리는 오시오 칼국수 집으로 이동했고 거기서 맛있는 들깨 칼국수를 배불리 먹었다. 그리고 Y의 배려로, 고속버스를 타고 서울로 왔다. 나는 그날 온전한 힐링의 날이 되었다.

*

어머니는 건강해졌다.

두 달 넘어서면서 어머니 식욕은 살아났다. 당신은 먹고 싶은 게 많았다. 어머니는 아들에게 전화했다.

- 얘야, 나 호박전이 먹고 싶구나.

아들은 호박전을 사 왔다. 그 호박전 한쪽을 다 드셨다. 그리고 나머지를 이튿날 드셨다.

- 얘야, 튀긴 치킨이 먹고 싶구나.

아들이 사 온 튀김 닭다리 하나를 다 드셨다고.

- 얘야, 호박죽이 먹고 싶구나.
- 얘야, 삼계탕이 먹고 싶구나.

동생과 나는 당신이 좋아하는 떡과 엿을 사다 주었고 먹을 것을 머리맡에 두면 당신이 찾아 드셨다. 내가 갔을 때 어머니 몸은 배에 살이 쪄서 도톰했다. 나는 걱정이었다. 이렇게 잘 드시고 사는 것은 좋지만 똥과 오줌이 쉽게 나오지 않는 것과, 그 똥오줌 수발을 누가 해야 하는가가 문제였다. 당신은 남의 손에 받지 않겠다는 것도 문제였다.

처음에는 아들을 위해서 요양원에 가겠다고 했다. 자기가 계속 아들을 괴롭혀서 아들이 아프거나 죽거나 하는 일이 생길 수 있음을 당신이 걱정해서 말이다. 이미 당신의 여동생 집에서 그런 일이 있었다고 했다. 오래전에 셋째 이모 시동생이 그의 어머니에게 효자였다. 그는 날마다 요강을 차에 싣고 다니며 어머니 똥을 받아주었다고. 그런데 그 어머니가 오래 살아서 요양원으로 보내졌는데 그다음, 사고로 똥 받던 그 아들이 죽었다고. 100세 넘어서 그 어머니에게 그 효자 아들의 죽음을 말 못 했다고 했다.

그런 사실을 당신이 나에게 말했다. 맨 처음에 어머니는 요양원에 안 가겠다고 버텼다. 그리고 이런저런 사실들에 당신은 며칠 동안 고민했고 스스로 가겠다고 했다. 그런데 요양원 가는 판정을 받기도 전에 어머니는 건강해진 것이다. 거기에, 어머니는 먹는 것이 까다롭다. 자기 좋아하는 것만 먹는다. 요양원에서 주는 음식이 자기 입맛에 맞지 않으면 먹지 않을 것이다. 어머니는 정신이 또렷해서 항상 자식들을 참견하고 지시하며 요구했다.

그런 분이 요양원에서 잘 견딜 수 있으실까 생각했다. 나는 어머니에게 말했다.

- 엄마 이제 잘 드시고 건강한데요?

- 아이고, 배에 살도 쪘네요.

- 난 한 때밖에 안 먹어. 그런데 그러네?

- 엄마, 물만 먹어도 3년 산다잖아요.

- 엄마는 삼계탕을 먹고, 호박전을 먹으니 이제 100살은 삽니다.
- 그런데 이렇게 똥 받으며 누워서 100살은 살기 어렵잖아요.
- 일단 엄마가 일어나서 앉을 수 있으니까 기어 다니는 연습을 하세요.
- 기면서 자기 오줌을 받고, 자기 똥을 받으세요. 그럼 요양원 갈 필요 없으니까요.
- 알았어.

그 사이 외삼촌은 어머니가 쾌차해지셨다고 좋아했다. 그러나 내 여동생과 나는 죽음을 가지고 말할 수는 없었지만, 우리들의 몸과 마음은 무거웠다. 거기에 어머니의 이상한 잔꾀와 술수 부리는 것을 내가 알아채면 내 마음은 불편해졌다. 그리고 나는 내 죽음만은 빠르고 쉽게 가기를 바랐다.

남편 친구 P 부인도 식사 모임에서 나에게, 죽음에 대해 자기도 그렇다고 시인했다.

- 내 아버지 나이가 91세입니다.
- 아버지가 거의 다 죽었다고 생각하여 장례 준비를 3번이나 했습니다. 그러나 의사들의 도움과 약으로 다시 깨어났습니다.
- 그래요, 나는 깨어나는 것을 정말 잘했다고 말할 수는 없어요. 외삼촌이 나에게 전화해서 기쁘다고 했지만 나는 기쁠 수가 없었어요. 어머니 나이가 90세가 넘었는데 우선 몸을 가누지 못하니까 일으켜 세우고, 똥오줌을 자식이 받

아내야 하지 않습니까? 거기에 당신이 잘 드시지만, 배설을 못 해서 고통스러워하는데, 그게 어디 좋은 일이냐고요.

- 내 아버지 연금이 나옵니다. 그런데 시집 가지 않은 여동생이 보살피는데 물론 고생을 많이 했지요. 그래서 아버지 통장과 집을 몽땅 그 동생에게 주었어요. 그리고 아버지가 병원에 입원하면 큰딸인 나와 내 막내 남동생이 병원비를 지불했지요. 이제 여동생은 병원비를 당연히 언니와 남동생이 지불해야 하는 걸로 알고 있어요.

- 그건 아닌 것 같네요. 아버지 통장에서 나가야지요.

- 돌아가실 걸 생각해서 미리 여동생 것으로 했는데, 그게 어렵더라고요. 그 돈은 자기 것이고, 아버지 연금도 자기 것이 되더라고요.

- 아이고, 아버지 돌아가시기 어렵겠네요. 내가 아는 친구 남동생이 아버지 연금과 어머니 연금을 모두 챙기려니, 부모는 죽으면 안 되더라고요. 그의 아버지는 돌아가셨고 어머니만 남았는데 어머니가 뼈만 남았어요. 어머니가 못 드시니까 목 뚫고, 옆구리 뚫고, 온몸을 뚫어서 주사로 음식을 넣고, 주사로 배설물을 빼더라고요. 그리고 아버지의 나머지 연금과 어머니 연금을 그 아들이 모두 챙겨요. 그래서 그 아들은 어머니를 무조건 살려야 하고, 죽음에 이른 어머니는 요즘, 온몸에 특별한 영양주사로 연명하고 있어요.

지금 우리는 죽음을 말하고 있다. 어떻게 짧고, 간편하게 죽어서 주변 사람을 괴롭히지 않으며, 나 자신이 힘들지 않고 빨리 죽을 수 있을까를 생각했다. 어떤 친구는 아버지 죽음이 길어서 정말 힘들다면서 (장례 준비를 4번이나 했다) 자기는 항상 기도한다고. 죽을 때 갑자기 빨리 죽게 해달라고. 간절한 기도 하나는 들어 줄 것이라 했다.

나의 어머니의 죽음이 길어지면서 우리들의 고통도 길어질 것이었다. 오늘 아침 나는 전화를 했다.

- 엄마 나요.
- 큰 애야?
- 예, 뭐 좀 먹었어요?
- 난 안 먹어. 저녁때 만두 2개면 돼.
- 오늘 아침에도 아들 출근할 때 여기 가까이에 고구마 삶은 거 놓고 가라 했어.
- 엄마 먹는 게 중요한 게 아니고요. 잘 싸는 게 중요해요. 못 싸면 병원에 가니까요.
- 그래서 스님들이 죽을 때 먹지 않는 거예요.
- 일단, 기는 연습을 하셔요. 엄마 이제 100살은 살 거니까요.
- 이제 애기들처럼 기고, 벽 짚고 일어서는 연습, 그리고 걷는 연습을 하셔요.
- 그래 알았어.

나는 전화를 끊었다. 다시 막내 여동생에게 전화했다.

- 너, 어제 힘들었겠다. 애썼구나.
- 아니야. 이제 엄마 모두 다 잘 드셔. 그런데 문제는 오줌과 똥을 지린다는 거지.

- 그래, 그게 걱정이지. 나에게는 하나도 안 먹고 저녁에만 만두 2개 먹는다잖아.

- 아이고, 우리 먹는 거 다 드신다니까? 우리가 낙지 넣고 라면을 끓였는데 그 낙지를 달라고 해서 드셨어. 거기에 라면 (평생 라면을 안 먹는 양반이었다) 국물을 먹으시면서 그렇게 맛있단다.

- 왜 그리 참견도 많으신지 말이 많아서 못 살겠다니까? 요양원 가면 하나도 말하지 않는다고 하는데, 그거 거짓말이라고. 엄마 말 참견이 많아서 미친다니까?

- 어제 많이 먹어서 결국 저녁에 똥에 오줌으로 범벅을 했어. 얼마나 냄새가 나는지 참을 수가 없었어.

- 결국 대청소하고 엄마 욕탕에서 목욕시켰다니까.

- 아이고, 애 많이 썼다.

- 그러니까 노인이 치매 걸리는 게 낫다고 하더라.

- 그거야, 언니. 치매 걸리나 안 걸리나 똥 싸는 거는 마찬가지야. 차라리 치매 걸리는 게 나아. 멀쩡하니까 요구도 많고, 모든 걸 참견하니까 그것도 힘들더라고.

- 맞다, 맞아. 그래. 엄마 요양원에 가신다고는 해?

- 그렇지, 어떡할 거야. 우리 못 한다고.

- 당신이 집 2개 있다고는 하나 당신이 이사하는 교체비, 관리비, 수수료 낸 적이나 있냐? 거기에 내가 그래도 매달 30만 원씩 드렸는데 사실 1년에 360만 원이다. 10년이면 3,600만 원이야. 그런데 30년 드렸잖아. 그래도 나 1억 넘게 용돈 드린 거라고.

- 그럼, 알지. 언니.

- 아무튼 너 애 많이 썼어.

우리는 전화를 끊었다. 어머니의 운명과 우리가, 함께 가야 할 운명이 다시 시작되었다.

*

남편과 오래 산다는 것은 많은 것을 새롭게 생각해야 하는 것이었다.

부부가 직장을 다니면, 젊을 때는 서로 바쁘다. 부부가 퇴직을 하면, 시간이 많다. 젊을 때 부부는 시간이 없어 남편과 부인의 사이가 좋았다. 거기에, 남편이 젠틀맨이라면 그는 부인을 많이 이해하고 배려했다. 둘은 싸울 일이 드물었다. 그러나 시대적 배경은 조선 시대부터 내려오는 유교적 사상으로, 대부분 한국적 마인드로, 남성이 여성을 지배하는 문화가 강했다.

그 문화는 특히 가정에서 일어났다. 가정이라는 작은 사회에서, 남성은 자기 부인인 여성을 지배하고, 항상 부인보다 우위여야 했다. 그것은 남성의 자존심이고, 남성의 기를 살리는 일이었다. 그래야, 그집 남성이 그 집안의 가장이며, 우두머리로 틀이 잡힌 제대로 된 가정이라고 했다. 그것은 각 가정마다 달랐다. 나의 할아버지 대에, 그런 풍습은 강했다. 그러나 나의 아버지 대에 나는 그런 풍습을 볼 수 없었다.

    나는 자유분방하게 교육받았고 공부했다. 집에서 남녀 차별이 없었다. 나는 주변 사람들에게 사랑을 많이 받았다. 나의 영혼은 자유인이었다. 그러나 주변 친구들은 그렇지 못한 사람이 많았다. 우선 남아선호사상이 강해서 교육은 아들 먼저 시켰다. 딸들은 뒷전이었다. 먹는 것도 아빠, 오빠, 남동생 먼저, 한국 어머니들은 그렇게 챙겼다. 그렇듯이 남성들은 너나 할 것 없이 자기 부인이 자기 손아귀에서 놀아주기를 바라는 것이 강했다.

    여성이 된 부인 역시 남성의 지배하에 자기 삶을 사는 것이 당연하게 여겼고, 그렇게 길들여졌다. 그렇게 시간이 흘러가다가 서로가 나이 들어 늙었다. 남성의 기능은 줄어들고, 여성의 기능은 살아났다. 더욱이, 부부는 늙으면서 남성은 여성호르몬이 짙어지고, 여성은 남성호르몬으로 교체되면서, 여성성과 남성성이 달라졌다. 여자는 강한 남성, 씩씩한 남성성이 되었다. 그에 비해, 남자는 부드러운 여성성이 되었다. 그들은 늙어 살면서 서로 부대꼈다. 그러다가 남편들은 강한 반발로 전투적이 됐다. 남자들의 남성성은 돌발적으로 나타났다.

  - 야, 네가 그럴 수 있냐?

  - 내 자존심을 그렇게 말살할 수 있냐?

- 너는 말이야. 너 잘났다고 하는데 그게 아니라고.

- 그래, 빌어먹을 너 잘났다.

- 네가 책을 써? 그런 거 다 쓰레기야, 쓰레기.

- 나 못 산다. 너는 너대로 살고, 난 나대로 사는 거야.

- 나는 혼자 강화도에 가서 살 거라고.

- 넌 너 혼자 살아.

- 네 재산은 네 거고. 내 거는 내 거야.

- 그렇게 살 거라고.

온갖 폭언이 쏟아졌다. 이런 폭언은 내 남편의 주사였다. 그는 술만 먹으면 알 수 없는 폭언이 주사로 쏟아졌다. 술은 즐거워서 먹지만 결국 주사로 나타났다. 직장 다닐 때는 자기 소속 상관이나 위에서 하달되는 지시사항에 대한 반발이려니 했다. 늙어서는 인간의 본성을 자극하는 동물적 야성으로 이해를 해야 하는가 했다. 사실, 이런 일은 집집마다 누구나 겪을지도 몰랐다. 다만, 말하는 자와 말하지 않는 자가 있을 뿐이었다.

그래서 요즘, 나이 든 여성들이 남성들, 특히 남편에게 동물적 야성으로 언어나 몸으로 폭행당하는 사람들은 이혼을 한다고 했다. 내 친구 H는 자기 아파트가 너무 커서 팔기로 했다. 그리고 부동산에 매매로 내놓았다. 그 부동산 업자는 말했다. 자기가 이 집을 팔 때마다 모두가 이혼을 해서 겁이 난다고 했다. 그들은 황혼 이혼이라 했다. 남편들이 지랄망둥이라 부인들이 집을 팔면 돈을 반으로 갈라서 각자가 이사 갔다고 했다.

나는 그들을 이해할 수 있었다. 우리가 서로 조화롭게 살아가는 것이 지혜라고 생각한다. 그런데 너무 상대방 생각이 일방통행이고 서로 합의점을 찾을 수 없어서 분쟁이 투쟁으로 나타난다면, 차라리 거리를 두고 사는 것이 좋을 것도 같았다. 나는 나를 생각했다. 나는 나 스스로 수용적이려고 한다. 그러나 내가 아닌 것은 아닐 수 있다. 어쩌다 아닌 것을 아니라 했다고 그것이 남편의 자존심을 긁었다고 역으로 계속 되받아치면서 싸움을 걸어도 할 수 없었다. 일단, 시간과 거리를 두고 우리는 서로 이해를 구하는 것이다.

*

독립이라는 것에 대하여

어느 은행장네 두 아들이 대학을 졸업했다. 그들 부모는 요즘 사회에서, 대학 졸업한 아들딸이 부모 집에서, 캥거루 가족으로 사는 것을 못마땅하게 생각했다. 그래서 그들은 아들들이 대학을 졸업하자마자 너희들끼리 독립하라고 내보냈다. 그 아들들은 제각각 오랫동안 노력해서 취직했다. 그리고 각자 방도 구하고 잘 살았다. 몇 년 후 아들들은 부모에게 청첩장을 보냈다. ○○월, ○시, ○○결혼식장에서 결혼을 하니 참석해 달라고. 그의 어머니는 그것에 충격을 받고 몸져누웠다.

그리고 얼마 후 그 어머니는 췌장암 판정을 받았다. 자식들은 아무도 어머니를 찾지 않았다. 그의 어머니는 죽기 일주일 전, 그렇게 아들에 대한 가슴앓이를 하다가 죽었다고 했다. 그 어머니는 아들이 보고 싶지만 피해를 주지 않으려고 조용히 죽음을 맞이했다고 한다. 나는 그 소식을 듣고 충격먹었다. 나는 사십이 되어가는 딸을 억지로 독립시킨 것에 대한 죄의식을 느꼈다. 부모가 죽으면 그들 스스로 독립할 수 있어야 하기 때문인 것인데….

나는 그 이야기를 들으면서 어느 것이 '독립'에 대해 정답인지 몰랐다. 사람마다 모두가 달라서 정답은 없었다. 한편, 미국이나 서양식은 은행장 아들 경우와 똑같다고 들었다. 그들은 고등학교 때부터 독립을 해서 그렇다고. 그러나 한국은 평생을 가족과 더불어 아옹다옹 살았다. 모두가 장단점이 있다. 한국은 지나치게 밀접해서, 가족끼리 상처를 주고받는 경우가 많았다. 이제 독립의 문제도 서로 적당히 자식이나 부모 정서에 맞게, 상대방을 존중하며, 더불어 사는 지혜가 필요할 것이었다.

*

시골 정미소에 쌀이 없다.

나라의 곡간이 모두 비었다는 말이 오고갔다. 우리는 어디가 진실인지 몰랐다. TV는 TV대로 계속 정치를 잘하고 있다고 했다. 정치인들은 훌륭하게 수행한다는 식의 말투가 이어진다. 나는 텔레비전 프로를 보면 볼 것이 없었다. 모든 프로는 거의 좌파 쪽으로 몰아가서 그 냄새가 싫었다. 매일 진행되는 TV 프로는 매일 그 나물에 그 반찬같이 없는 반찬을 늘어놓는 식이었다. 나는 시청료가 아까웠다. 그래서 내 주변 사람들은 TV를 멀리했다. 나는 TV 프로를 거의 보지 않고 살았다. 크리스마스 이브 날에 길거리는 한산했다.

그동안 성탄절은 강남 대로에 차가 미어터지도록 빵빵대고 소란을 일으키는 것이 정상이었다. 그런데 올해는 차가 없었다. 주택 골목 식당가는 사람이 없다. 군데군데 음식점이 철거되어 캄캄한 상가가 어둠으로 차서, 귀신이 느껴졌다. 사람들은 조용했다. 대단지 아파트도 모두가 조용했다. 12월 들어 며칠 동안 하늘 위로 군용 헬기가 계속 떠서 날아갔고, 다시 날아서 돌아왔다. 나는 그럴 때 국가에서 무슨 꿍꿍이로 어떤 일이 벌어지고 있을까 걱정했다.

연말을 위해 친구들을 만났을 때 한 친구는 말했다.

- 시골 정미소에 쌀이 없대. 모든 쌀을 북한으로 보냈다는구나. 그래서 쌀값이 두 배로 오른 거라네.
- 전라도 산이 모두가 벌목해서 나무가 없단다. 거기에 환경 단체들이 태양광열을 설치하려고 온 산의 나무를 모두 베었단다.
- 이게 웬일이라냐?
- 그것들은 진보파가 아니라. 종북파인 거지.
- 왜 사람들은 진보와 종북인 공산당을 구별 못 하는 거니?
- 나라가 걱정된다. 어떡하냐?
- 거기에, 치과를 개원해서 치료를 했는데 건보에서 돈이 바닥 나 돈을 몇 개월씩 주지를 못 한대.
- 우리가 지금 의료보험료로 세금을 얼마나 많이 내는데?
- 모두 북한에 퍼줬으니, 돈이 바닥 난 거라고.
- 큰일이다. 어쩐다냐?

갑자기 공주에 사는 M 선생에게서 전화가 왔다.

- 선생님, 안녕하시지요?
- 네, 선생님.
- 우리 시간 강사들 큰일 났어요.
- 왜요?
- 글쎄 시간 강사법으로 시간 강사 모두 잘렸어요. 그런데 그 모자라는 강사를 중고등학교 선생들로 채운대요.

- 그거는 또 무슨 소리요?

- 중고등학교 선생 중에 박사 학위 소지자가 있거든요.

- 시간 강사법은 모르지만 그것은 또 아니네요.

- 그거 다시, 전교조들로 박으려고 하는 거 아닌가요?

- 요즘 세상이 하도 험악해서 말이에요.

- 그래요? 무섭네요.

우리 함께하는 친구들은 세상의 시끄러움과 경제의 문제성을 성토했다. 그리고 나라가 온전히 지켜지기를 바랐다. 거기에, 내년부터 폭탄 세금으로 더 힘든 시기를 맞이할 것이라고 걱정했다. 모두가 걱정거리를 한 아름 들고 우리는 헤어졌다.

*

나는 새롭게 글을 쓰고 싶다.

어떻게 써야 다시 새롭게 쓰는 것인가를 생각했다. 그러나 그것은 쉽지 않았다. 내 친구 Y가 심심하다며 내게 전화했다.

- 나는 사람 죽는 게 무섭다.

- 내가 싫어하던 사람들도 죽지만 말고 살았으면 좋겠다.

- 내 위 형님이 벌써 79살이야.

- 나는 수시로 전화해서 형님, 밥 잘 잡수고, 산책도 많이 하세요, 한다니까.

- 그래, 우리는 아프지 말고 살자.

- 애들도 아프지 말고 그냥 오래 살아줬으면 싶다.

- 그래, 너 허리 안 아프게 열심히 치료도 하고 운동도 해. 그래야 우리가 만날 수 있으니까.

- 그래, 알았어.

우리는 그렇게 수시로 전화로 수다를 떨며 시간을 보냈다. 나는 친구 전화를 끊고 작은딸에게 문자 보냈다.

- 오늘 엄마가 테니스장에 부침개 대여섯 장을 부쳐 갔어. 우리는 운동을 끝내고 막걸리와 부침개로 축배를 들었지. 시간이 바쁜 회원은 먼저 그것을 먹고 갔어.

- 우리는 맛이 있다면서 이런저런 이야기를 했다. 그런데 회원 P가 회원 H에 대해 자기만의 트라우마가 있다면서 눈물을 흘리더라고. 그리고 P가 얘기했어.

- P가 50세 때, 남편이 갑자기 잘려서 퇴직했다고. 그때 P네 남편과 H네 남편이 같은 직장에 있었다고. P는 너무 슬펐대. H네는 같은 은행에 있으면서 60세까지 했다는구나.

- 그리고, 먼젓번 P네 사위들이 승진했다. 그래서 P가 한턱을 쏘았어. 그때 H가 P에게 말하길, 야, 승진 빨리하면 빨리 잘려, 했다는데 P가 갑자기 50대에 자기 남편이 잘렸을 때의 힘들었던 트라우마가 생기면서 H가 미워 죽을

뻔했다고. P는 그냥 승진해서 좋겠다, 축하한다, 맛있게 먹자, 하는 것이 예의라고. 그런데 H는 꼭 나쁜 소리를 하고 만다는 것이다.

- 이번에도 M이 맥주를 사는데, H는 M에게 한마디 했다. 넌 몸이 가늘지만, 속살(병원에서 고혈압 진단을 받았다)은 찌나보다 했다. P는 H의 부정적인 말을 욕했다.

- 내 주변 친구도 그런 친구가 있어. 그것은 나쁜 마음이 있어서라기보다 습관적 습성으로 굳어져서일 거야.

*

2019년 새해가 시작됐다.

우리는 새해를 맞이하며, 이런저런 이야기를 전화로 주고받았다. 딸 Jin이 전화했다.

- 오늘 시댁에서 난리가 났어요.
- 왜?
- 시어머니가 시댁에서 점심을 먹자고 해서 갔어요. 그런데 웅(손자)과 예(손녀)가 인형을 가지고 싸웠어요. 그래서 웅에게 동생에게 양보하라고 했어요. 웅이 왜 나는 맨날 양보해야 하느냐면서 쇼파에 앉아 쿠션을 던졌어요. 그 쿠션이 상 차려놓은 밥상으로 올라갔어요. 다행히 밥상의 음식이 뒤집히지는 않았어요. 그때, 시어머니가 웅에게 달려가서 야단을 쳤어요. 그리고 두 손을

모아 빌라고 소리쳤어요. 갑자기 애들이 놀라 야단이 났어요. 그런데 웅이가 던진 게 아니라 밑으로 내려놓았는데 상으로 떨어졌다고 해명을 했는데도 할머니가 마구 야단을 쳤고, 두 손으로 빌라고 화를 내며, 소리를 쳐서 난리가 났어요.

- 할머니 야단 소리에 예는 엄마 무서워, 무서워하며 울고, 웅이는 삐져서 베란다로 나가 밥 안 먹겠다고 하고. 할머니는 쌩 토라져서 웅이 냅두고 우리끼리 밥 먹자고 했어요. 그런데 그게 밥이 먹혀지나고요. 내가 웅이를 데려다가 살살 달래서 밥을 먹였잖아요. 나는 우리 시어머니가 그렇게 복잡하고 이상한 사람인 걸 처음 알았어요. 그리고 용(사위)이 이 집에서 정말 40년을 힘들게 살았구나 생각했어요,

- 시아버지가 미안했던지 저녁 맛있는 거 사 준다고 먹고 가라고 했는데, 용이 저녁에 출근한다면서 집으로 돌아왔어요. 돌아오면서 먹고 싶지 않은데 왜 약속을 했냐면서 나에게 말하더라니까요. 오면서 어릴 때 이야기를 하더라고요. 자기가 새벽에 수영장을 가기 싫어서 빠졌다고 아버지가 야단을 치면 그렇게 엄마가 잘못했다고 두 손으로 빌라고 했는데 그럼 아버지는 자기를 더 사정없이 때렸다고 했어요.

- 나는 시어머니를 생각해 봤어요. 시어머니는 언니 둘에 셋째였어요. 밑에는 남동생이고요. 그래서 시어머니는 사랑을 못 받고 자랐고, 위 언니들은 잘생기고 멋있는데 시어머니는 그러지 못한 어떤 콤플렉스가 있어서, 마음에 맺힌 것이 많아, 남에게 사랑을 주지 못하는 것이 아닌가 생각했어요.

- 그럴 수도 있겠지. 야, 근데, 엄마도 그렇잖아. 똑같은 거지.

- 시어머니는 혼내면서 냉정하고 인정이 없고, 엄마는 혼내지만 우리가 사랑을

느낀다니까요. 그게 다르다고요.

- 그랬구나.

- 그리고 엄마, 이번 주 금요일 우리 애들 봐주세요. 그때 손님들 때문에 공항
  에 가야 해서요.

- 그래.

그렇게 전화를 끊었다. 나는 남편에게 이 사실을 말했다. 남편은 며
칠 콘도 가서 잘 놀다 온 애들에게 새해 아침부터 그것은 잘못이라고
했다. 우리는 사위가 출근하는 바람에 애들하고 우리만 스키장에 다
녀왔다. 그리고 오늘 아침에 도착했고, 점심식사를 위혜서 시댁으로
갔다. 그런데 그렇게 사달이 났던 것이다.

다시 친정엄마한테 전화가 왔다.

- 네, 나예요. 막내 왔어요?

- 그래, 갈비탕에 떡을 넣어 끓여줬어. 아주 잘 끓였더라. 맛있게 먹었어.

- 잘했네요.

- 지금 그것들 산책 갔어. 아들이 밤새 담이 와서 아팠어. 이제 산책 갔지.

- 아니 왜 또 아팠어요?

- 나를 일으키니까 그랬지. 나도 얼른 요양원에 가려는데, 그렇게 늦는구나.

- 근데, 왜 전화했어요?

- 너 콘도 잘 갔다 왔나 해서. 너 힘들까 봐.

- 잘 갔다 왔어요. 차로 가는데 힘들기는요, 뭘.
- 알았어.

어머니 목소리는 차졌다. 아픈 양반이 아니었다. 아마도 100세까지는 사실 것 같았다. 조금 있다가 다시 여동생과 통화했다.

- 언니 잘 갔다 왔어?
- 이제 힘들더라. 올해부터 콘도 안 간다고 애들에게 선언했어. 콘도를 잡아줄 테니 너희들끼리 가라고. 아니면, 너희들 갈 때 형부랑 나랑 꼽사리 낀다고 했다. 이번에 형부 내리막에서 차 빼다가 BMW 차를 박았잖아.
- 아이고 잘했어. 이제 그럴 때도 됐잖아. 그런데, 언니 보험료 많이 나오겠다.
- 그래.
- 너 엄마 모시느라 힘들었겠다.
- 그건 아닌데, 나, 엄마 때문에 못 살아. 글쎄, 우리 먹는 거 다 먹는다니까. 떡볶이, 순대, 튀김 닭, 갈비탕. 먹고 싶은 것도 많고 너무 그러니까 밉더라고. 그러면서 약한 척은 왜 하는지, 말은 얼마나 많은지, 그렇게 말을 하고 싶으니 나는 듣기도 싫어. 늙어서 우리 모습이라고.
- 그래, 우리 모습이니 이해해야지.
- 요양원 사람들은 모두가 맹한데 우리 엄마 거기서 있을까 몰라.
- 적응해야지. 어쩌겠냐.
- 이번에 새벽 2시에 엄마가 변을 본다고 해서 오빠가 엄마 일으키다가 삐끗했잖아. 허리 아파 죽으려고 하더라.

\- 그런데 저렇게 많이 먹으니까 오빠가 걱정되더라고. 똥 때문에.

\- 언니네 휠체어 있어?

\- 아니, 시골에 있잖아.

\- 언니네 있다던데?

\- 아니야.

\- 하여튼 3일에 판정이 나오면 형부랑 오빠랑 우리 집으로 엄마 모셔오면, 함께 요양원으로 가면 돼. 그런데 등급이 나와야 된대.

\- 그래, 알았어.

우리는 새해 아침 문안 인사를 전화로 마쳤다.

*

아침 신문을 읽었다.

신재민 전 사무관이 3일 스스로 목숨을 끊으려다 미수에 그쳤다. 그가 쓴 유서는 "죽으면 제가 하는 말을 믿어줄 것"이라고 했다. 그가 폭로한 것은 '정부의 민간 기업 인사 개입'과 '억지로 국채 발행해 나랏빚 늘리기'였다. (중략) 신 전 사무관은 유서에서 여러 하소연을 했다. "이번 정부라면 최소한 내부 고발로 제 목소리 들어주시려 해야 하는 것 아닌가요"라고 했다. (중략) 신 전 사무관은 유서에서 '민변의 모든 변호사가 민변인 걸 공개하고는 변호를 맡지 않겠다고 했다는 이야기를 듣고 실망했다'고 했다. '민주'를 앞에 붙이고 어떻게 정권에 핍박받는 내부 고발자가 내민 손을 걷어차나. 비상식을 폭로한 한 청년이 정권에 찍혀 고난을 당하는데 야당은 무능하고 사회는 쳐다보기만 한다. 이래서는 안 된다.

-「오피니언-'상식' 밝혔다가 정권에 찍힌 청년의 고난을 보며」,

조선일보, 2019. 01. 04.

나는 이 글을 읽으며, 몸속에서 분노가 일어났다. 어찌 이럴 수가 있는가 말이다. 유능한 청년은 아마 지금 이 정부를 지지했을 것이다. 젊은이들은 민주와 자유의 이름하에 촛불시위로 이 정부를 세웠다. 그런데 자기들의 잘못된 고발을 바르다고 하지 못하고, 오히려 역으로 고발자를 죽이며 자기들의 잘못을 은폐하다니!

*

2019년 1월 7일, 엄마를 요양원으로 모셨다.

아침 6시부터 서둘렀다. 남동생이 엄마를 업었다. 나와 남편은 동생을 거들었다. 요양병원 예약은 10시였다. 동생이 미리 예약했다. 병원까지 1시간 30분 걸렸다. 엄마는 새벽부터 잔소리가 많았다.

- 늦는다. 빨리 일어나라.
- 나 얼굴 닦을 테니 세숫대야에 따뜻한 물 떠와라.
- 치약 가져와라.
- 밥은 안 먹는다.
- 내가 빨리 가야 너네가 편하다.
- 나 안 슬프다. 고려장도 하는데 뭘.

우리는 빵과 우유로 아침 식사를 마치고 차로 이동했다. 어머니를 남동생이 업어서 차로 옮겼다. 필요한 서류와 옷, 가방 등도 챙겼다. 고속도로는 출근시간으로 차가 꽉 찼다. 우리는 느리게 달렸다. 시간이 걸릴수록 차도는 한산했다. 병원 예약 시간 20분 전에 도착했다. 요양원은 훌륭했다. 시골 콘도처럼 공간이 넓고, 탁 트여서 노인들의 삶은 쾌적해 보였다. 요양병원과 함께 있었다. 어머니를 모시고 병원으로 들어갔다.

병원은 훌륭했다. 그곳에서 검진을 받았다. 다시 요양원 사무실로 이동했다. 이곳은 불교의 조계종에서 운영하는 곳이었다. 이사장이 스님이었다. 이사장은 사업가로 보였다. 무슨 수도자의 모습은 아니었다. 어머니는 눈을 지그시 감고 있었다. 그러나 그는 이미 주변을 한번 훑어보았을 것이고, 당신 판단에 그곳이 아주 괜찮게 생각함을 나는 간파했다. 아닌 척, 모르는 척하면서 당신은 일사천리로 모두를 알아냈다.

서류상 조건은 까탈스러웠다. 일단 계산서는 내가 책임지겠다고 했고, 연락은 남동생과 여동생이 담당하기로 했다. 그리고 당신이 계실 방과 침대를 돌아봤다. 거기에 당신이 힘들어 눕겠다 했다. 침실은 정갈하고 깨끗했다. 어머니는 그곳에 있기로 하고 우리는 모두 돌아왔다. 하루가 지나서 여동생 친구에게 전화로 어머니의 근황을 알려왔다. 거기에 있는 노인들 중 어머니가 가장 치매 없이 똘똘하심을 알려왔다. 그리고 아무래도 1년이 지나면 어머니는 그곳에서 퇴출할 것 같다고 했다.

그곳 노인은 모두가 치매자이고.

*

국민의 최순실과의 첫 대면은 거의 모든 신문과 TV 화면에서 동일한 사진과 짧은 동영상을 통해서였다. 그 인상은 오로지 자신의 이익과 쾌락만이 존재 이유인, 염치나 남을 위한 배려나 자숙(自肅) 같은 것은 개념조차 모르는 그런 여자였다. 박근혜 대통령을 위해서 참으로 불행한 일이었다. (중략) 손혜원 의원은 표정, 내용, 어조, 모두 위력적 거부감을 유발한다. 그녀를 보면, '상식'이 존재하지 않는 호전성이 있는 원시시대로 돌아간 느낌이 난다. 최근 신재민 전 기재부 사무관에게 퍼부은 저주와 비아냥은 발악에 가까웠고, 목포 '근대문화역사공간' 부동산 매입과 관련해 투기로 판명되면 '목숨도 내놓겠다'는 해명 역시 섬뜩할 정도로 비정상적이다.

-「서지문의 뉴스로 책읽기-손혜원의 얼굴」, 조선일보, 2019. 01. 22.

박지원은 올해 77세다. 김대중 정부에서 대통령 비서실장, 문화부 장관을 지낸 4선 의원이다. (중략) 이런 박 의원을 상대로 여성 초선 의원이 민주당 탈당을 선언 하면서 '박지원과 검찰조사를 받고싶다' 했다. 그것은 박 의원이 '손혜원에게 속았다'고 한 것이 원인이라 했다. 손 의원이 박 의원에게 '배신의 아이콘'이라 하자. 박 의원이 '손 의원은 투기의 아이콘'이라고 되받았다. 인터넷에서 그들은 '세기의 대결'이라 반응이 뜨겁다. 손 의원이 박 의원에게 싸움을 건 것은 투기의 의혹을 흐리면서 현 정권 세력을 등에 업으려는 전략으로. 박 의원은 2015년 문 대통령과 당 대표 자리를 놓고 석패했다.

-「손혜원對박지원」, 조선일보, 2019. 02. 05.

온 세상은 지금 정치적으로 미쳐간다. 영국이 EU 탈퇴를 하느냐 마느냐로 나라가 시끄럽다. 미국은 트럼프 대통령의 장사꾼 마인드로 온 나라 모두를 장사 법을 이용하여 정치했다. 트럼프는 계속 자국에 이익이 있느냐 없느냐에 초점을 맞췄다. 미국 국민 스스로도 그를 역거워해서 공무원들이 물러났다. 우리나라는 현 정권이 김정은에게 아부하며 김정은 식에 집착했다. 그를 위하고 그를 위한 모든 방책을 수립하고 그들의 말대로 시행했다. 국민 70% 이상이 그것을 찬성한다고 KBS 방송이 울려 퍼졌다.

나는 주변 모든 것에 참을 수 없어하며 속을 태웠다. 소그룹 모임은 우리를 위로했다. 우리는 현 정권을 욕했다. 저것들은 진보주의가 아니라 나라를 통째로 김정은에게 바치고자 하는 것들이라고. 우리나라가 온전히 살아 있을까를 우리는 걱정했다.

*

2019년 1월 13일, 딸네 집을 방문했다.

갈비탕을 끓여서 딸네 집을 갔다. 처음에 전화를 딸에게 했다. 받지 않았다. 나는 그래, 네가 많이 바쁜가 보구나 했다. 그러나 내 마음은 속상했다. 엄마가 딸에게 전화하면, 오만 가지 생각이 들었다. 우선 내가 우리 친정엄마를 생각했다. 친정엄마가 전화하면 요구 조건이 많았다. 나는 그냥 짜증이 났다. 나는 내 딸에게 그런 어미가 되고 싶지 않았다. 그래서 전화를 되도록 안 한다. 되도록 뭔가 좋은 일에만 전화하려고 애썼다. 오늘은 갈비탕을 끓여서 갔다 주려 했는데 전화를 받지 않은 것이다.

무조건 내가 먼저 전화를 끊었다. 그리고 딸네 집으로 갔다. 사위가 현관에 나왔다. 얼굴이 시뻘겋다. 일요일이라 술을 먹은 것 같았다. 딸은 없는 것 같았다. 그럼 아무래도 혼자 테니스를 치러 간 것 같은데 나는 성질이 났다. 난 우리 딸같이 불성실한 애를 싫어했다. 이건 아니지 않나? 아이구 두야. 나는 성실함이 있는 자를 좋아했다. 그런데 내 눈에는 내 딸이 그렇지 못함에 나는 참을 수 없었다. 일요일 모든 가족이 화목하게 가정에서 지내야 하는데, 자기 좋아하는 테니스를 치러 모두를 남겨놓고 간다는 사실이 나는 용서할 수 없었다.

나는 갈비탕을 사위에게 넘겨주고 나왔다. 사위는 얼마나 속상할까? 아이들은 엄마를 얼마나 싫어할까? 나는 계속 남편에게 내 딸에 대해 욕했다. 그렇게 투덜대며 우리는 아파트 주위를 한참 동안 산책했다. 시간이 흘러 딸에 대한 분노가 사라졌다. 남편은 말했다.

- 지금은 우리 시대와 다르다.
- 저도 방학 내내 애들을 돌보니, 힘들어서 스트레스 풀려고 나갔을 거야.
- 우리 때는 모든 걸 당연시 하는데, 요즘 애들을 이해할 수가 없다고요.
- 그래, 너네 인생이지, 내 인생이 아니니까.

처음에는 딸애 핸드폰으로 잘못함에 대한 폭풍 문자를 보내고 싶었다. 그러나 그 감정을 누르고 보내지 않았다. 지금은 안 보낸 것이 잘한 것이구나 생각했다. 참는 것이 제일이었다. 내 딸이라도 이제 내 자식이 아님을 알아야 했다. 제 식구들이 함께 해결하고 타협할 일이었다. 그들의 분쟁이 우리 집으로 되돌아오지 않으면 감사하자 했다.

*

2019년 1월 16일, 내 눈이 밝아졌다.

작년 말부터 내 눈은 형편없이 나빠졌다. 눈은 항상 안개에 싸였다. 빛은 나를 더 힘들게 했다. 나는 반(색상이 살짝 든) 선글라스로 눈을 보호하려 애썼다. 루테인을 복용했다. 두어 달이 돼도 눈은 더 나빠졌다. 병원에 가서 검사를 오랫동안 했다. 오른쪽 시력이 아주 약해졌지만 수술할 일은 아니라고 했다. TV 생로병사를 우연히 봤다. 어느 환자가 메리 골드 꽃차를 먹으면 좋다고 했다. 그것에 루테인 성분이 많다고 했다. 나는 메리 골드를 주문해서 꽃차로 먹었다. 먹을 만했다. 그 후 어느 날 나는 아침에 선글라스가 싫었다. 답답했다. 투명 안경을 썼다. 시렵고, 힘든 눈이 투명 안경을 받아들였다.

나는 야호! 환호가 나왔다. 즐거웠다. 눈이 밝았다. 이거야 이거, 하

면서 메리 골드의 효과인가 싶었다. 여하튼 고마웠다. 나는 수시로
그 꽃차를 즐겼다. 언제까지일지는 모르지만 말이다. 차를 마시며, 여
동생에게 전화했다. 어머니가 어떤가 궁금했다.

  - 엄마 어떠시냐?
  - 난리도 아니셔. 그 파라밀 요양원에서 엄마를 엄청 구속하는 것 같아.
  - 엄마가 우리 집으로 오시겠대. 무조건 자기를 데려가달래. 언니, 며칠 동안 나
    잠을 하나도 못 잤어. 어떡하면 좋아?
  - 정신이 멀쩡하신데 거기서는 말도 못 하게 하지. 제재하는 게 많은 것 같아.
  - 아무래도 다른 곳을 알아봐야 할 것 같아.
  - 거기서는 엄마 전화를 없앴으면 한다고. 그런데 엄마는 목숨처럼 전화를 붙
    들고 있고. 어떻게 엄마를 자유롭게 해주는 곳을 찾아야 할까 봐.
  - 그래야겠구나. 하여튼 알았어.

나는 고민했다. 남동생하고도 통화했다. 엄마가 요양원 가서 끝나
는 게 아니었다. 나는 새로운 고민에 쌓였다. 남편은 말했다.

  - 막내 처제가 어머니 보살핀다는 것도 아닌데 모셔다가 어쩌려고?
  - 그렇지요.
  - 일하는 오빠가 또 어떡하라고?
  - 그도 그렇고.

그는 우리가 보살피지 못해서 보낸 것인데 3개월은 적응시켜야 된다고 했다. 수용소는 어디고 똑같다고 했다. 나는 다시 동생들에게 문자를 보냈다.

- 형부 말은 수용소는 어디고 똑같다고 한다. 우리가 보살피지 못해서 (똥오줌을 가리지 못함) 보낸 것이니까 3개월은 적응시켜야 된다고 하더라. 어린이집도 마찬가지라고.
- 모시고 오면, ㄹ여동생, ㅎ남동생 죽이는 일이라고.
- 우리도 우리 몸 못 쓰면 그렇게 죽음을 연습하며 살 수밖에 없는 것이라고.
- 일단 어머니를 받아줘서 고맙게 생각하라고, 부모 불쌍하다고 해서 어쩌고저쩌고하면 안 된다고 형부가 말했어.
- 잘 지혜롭게 대처하자꾸나.
- 그리고 황골(어머니 고향) 어떤 할아버지가 요양원 들어갔다가 다시 나가겠다고 난리를 쳐서 나왔는데, 조금 있다가 다시 자기 발로 그 요양원 들어갔다고 말했거든.
- 어차피 겪어야 되는 것 같더라.
- 형부는 거기서 어머니가 전화를 쓰면 안 된대. 왜냐하면, 옛날 생각이 그리워서 참을 수가 없다더라고. 면회도 적응할 때까지 자제하고 스스로 자신을 추스르게 하는 것이 좋고. 모든 수용소가 그렇단다.
- 알겠어.

일단, 우리는 기다리면서 어머니가 적응하기를 바랐다.

나는 내가 쓰고 싶은 것을 쓰지 못했다. 사건이 터지고, 그 급한 일을 먼저 대처하면 시간은 저 멀리 가버렸다. 그리고 새로운 일에 시간을 썼고, 쓰고 싶은 생각들은 이미 사라진 후였다. 설령 그때 그 기분으로 막상 쓰려면, 그 생각은 낡고, 틀어진, 정열이 식어서 김이 빠진 맹물처럼 되어버렸다. 그 생각은 파릇한 풀잎처럼 살아나지 못했다. 그러니 그 감정은 반짝 일어날 때 글을 쓰는 것이 좋았다.

*

2019년 1월 21일, 새벽 6시 반에 전화가 왔다.

남편은 전화를 받았다.

- 어머니세요?
- 네,
- 네.
- 네.
- 그래요?
- 네.
- 알았어요. 어머니는 신경 쓰지 마세요.

아침부터 심각한 일이 있는가 보구나. 아니면 시어머니의 조건이 무엇이길래 이렇게 진 새벽부터 전화를 하실까? 나는 시어머니나 친정어머니가 전화를 하면 내 속에서 짜증이 났다. 그들은 평생 요구하고 해달라는 것만 많다는 생각이 든다. 이래서는 안 되는데 말이다. 그들이 이렇게 오래 살아줘서 고맙다는 생각이 왜 안 들까? 나는 나를 수정하고 싶었다. 이럴 때 나는 힘든 극기훈련을 하면 싫은 생각, 못된 생각, 혹은 부정적인 생각이 사라졌다. 엉뚱한 이야기로 흘러버렸다.

다시 돌아가서, 남편은 말했다.

- 넷째 ㅎ동생이 지금 죽어가고 있대.
- 엉?
- 지금 폐렴으로 병원에 입원했는데, 수술하려 하다가 그만두고 있는데, 계속 산소수치가 내려가서 준비하고 있으라 했다네.
- 이게 웬일이야?
- 작년 12월에 퇴직했는데, 그게 참을 수 없어서 술을 먹고, 담배를 피워대서 나쁜 폐가 악화되어 응급실로 갔대.
- 아니, 환갑이 넘었는데, 당연히 끝낼 때도 됐는데 뭘 그래요?
- 자기가 얼마나 노력했고 함께 끝까지 가자고 해놓고 끝내서 그랬대.
- 말도 안 되네요. 이제 조용히 쉬어도 되는 것을.
- 여하튼 우리가 빨리 ㄷ시로 내려가야겠네.

5형제 부부 중 직장에 다니는 부부는 연가를 내고 달려갔다. 모두가 우왕좌왕했다. 새벽에 ㄷ시에 사는 형제는 시어머니 모시고 병원으로 직행했다. 병원에서 시어머니는 한바탕 울면서 아이고를 외쳤다고. 그러나 중환자실은 면회를 시켜주지 않았다. 오후 6시~ 6시 반에 면회를 시켰다. 형제들은 다 모였다. 목에 카드를 달고 중환자실로 입실했다. ㅎ삼촌은 침대에 누워 있었고 얼굴은 편안했다. 거의 죽은 시체였다. 다시 소생해도 쉽게 사람답게 살기가 힘들 것 같았다.

　의술이 좋으니까 살아날 수는 있을 것 같기도 했다. 폐 기능이 30%만 남았고, 지금까지 30%로 살았다고. 오래전부터 폐가 나빠 수시로 병원과 약을 복용하며 살기는 했다. 이번에 임플란트를 해 넣고, 힘들어했다고. 거기에 독감에 걸려 더 심하게 오한과 몸살이 겹쳤다고. 갑자기 피가 쏟아져서 응급실에 왔다고. 폐를 시술하기로 했는데, 피가 솟구치면서, 멈추지를 않았다고. 거기에 산소 흡수량이 70% 이하로 떨어져서 하강하니까 죽음을 준비하라고 했다고. 다행히 88% 상승했고, 죽음의 고비를 넘겼다고.

　그런데 지금 심장 쪽만 집중적으로 몸을 살리고 있다고. 피가 손과 발 쪽으로 흘러가지 못해서 폐사현상이 일어날 수 있다고. 그러면 나중에 손과 발을 수술해서 잘라낼 수도 있다고. 모두가 끔찍한 이야기들이었다. 나는 ㅎ가족이 걱정스러웠다. 넷째 며느리는 교회의 맹신도자였다. 애들도 어머니를 닮았을 것이다. 그들은 착했다. 그러나

ㅂ가계 집단에서 떨어져 생활했다. 그들은 가족보다 하느님이 우선이
었다.

ㅎ가족은 명절을 기피했고 제사를 기피했다. 넷째 삼촌만 참가했
다. 시어머니 생활비도 기피했다. 그들은 하느님의 십일조가 더 귀했
다. ㅂ가계 가족들은 그 가족을 욕했다. 그런 모양은 좋지 않다고 했
다. 세월은 빨랐다. 서로는 오가는 소통이 사라졌다. 그리고 갑자기
ㅎ삼촌 사건이 터졌다. 그리고 그 넷째 며느리는 시어머니에게 새벽부
터 울면서 죽어가는 삼촌을 병원에 입원시켰다고 했다. 그 며느리는
처음부터 시어머니에게 자기는 돈이 없다고 하소연했다.

시어머니는 이게 무슨 소린가를 묻고 싶었다. 자기 아들이 작년 12
월까지 변호사 사무장으로 일했고, 넷째 며느리가 명퇴해서 연금이
나오는데, 그리고 다른 형제들은 오래전에 퇴직했고, 계속 생활비를
송금했는데, 그것들은 십 년 넘게 생활비를 보태지도 않았는데…. 이
게 무슨 소린가 말이다. 시어머니는 고민했다. 통장에 조금 남아있는
이, 삼백만 원을 모두 줘버려야 하는 것인가를 말이다.

시간은 흘러갔다. 넷째 삼촌은 중환자실에서 의식 없이 누워 있었
다. 저녁마다 시동생들은 형에게 전화했다.

- 형, 병원에 갔다 왔어요.

- 그래, 애쓴다.
- 병원에서 폐 시술을 하여 폐 근처에 쌓인 피를 제거하려다가 숨이 멈췄대, 그래서 심폐소생술을 했답니다.
- 그랬구나.
- 그런 줄 아세요.
- 그래. 수고했다.

막내 ㅊ삼촌은 퇴근을 하고 병원을 방문한 후 집을 갔다. 그러면 밤 12시가 넘었다. 막내 ㅊ삼촌은 바로 위 ㅎ형이 의식 없이 죽음을 맞이하고 있는 것에 대해 참을 수 없었다. ㅎ형은 자기의 친구였고, 동반자였다. 그들은 가족모임에서 항상 붙어 앉았다. 둘은 술잔을 주고받으며 농담을 잘했다. 그들은 통하는 게 많았다. 그런데 갑자기 이런 극박한 상황이 일어났다. 막내 ㅊ삼촌은 날마다 ㄱ병원으로 ㅎ삼촌을 면회 갔다. 그는 ㅎ삼촌 병 상태를 확인해서 큰형에게 보고했다.

우리는 걱정이 많았다. 심폐소생술을 했다 함은 이미 폐 기능이 망가졌다는 것이고, 그것은 심장이 스스로 자기 역할을 할 수 없다는 것이었다. 그럼 ㅎ삼촌 생명이 얼마 남지 않았을 것이다. 거기다 만일에 모든 게 잘되더라도, 머리에 산소 공급이 끊어져서 의식 없이 살수도 있을 터였다. 더구나 이미 의사는 폐 쪽에만 집중적으로 살려서, 발끝과 손끝에 피가 돌지 않으면 폐사현상으로 잘라낼 수 있다고 말했다. 병원 측은 계속 살리려고 할 것이었다.

373

넷째 며느리는 남편이 쓰러지자마자 시어머니에게 남편이 쓰러졌음을 알렸다. 그리고 자기는 빚지고, 돈이 하나도 없다고 했다. 모든 형제는 제각각 할 말을 해댔다.

- 아니? 말도 안 돼.
- ㅎ삼촌이 2019년 12월까지 변호사 사무실 사무장으로 돈을 벌어다 주었는데 그게 무슨 말이야?
- 거기에 며느리 ○이 선생 해서 연금 나오잖아.
- 미친다 미쳐. 이게 웬일이냐?

사건은 그랬다. ㅎ삼촌이 작년 12월 말쯤 사무실에 갔더니 갑자기 자기 책상이 사라졌다. 그리고 변호사가 이제 그만두었으면 좋겠다고 했다. 그때 삼촌은 배신감을 느꼈다. 변호사가 함께하자 하며 삼촌을 새벽 4시부터 밤 10시까지 먼 거리 법원까지 운전시켜가며 일을 시켰다고 했다. 그러다가 말없이 연말에 책상을 없애고 그만두라 했으니 말이다. 갑자기 그동안 함께 일했던 모든 것들이 폭발과 분노로 쏟아지면서 폭주와 폭연으로 나날을 보냈다. 원래 폐 기능이 안 좋아서 조심은 했다.

스트레스와 분노가 폐 기능을 마비시켰다. 한편으로는 임플란트를 하는 중이었고 마지막 임플란트를 끝맺었다. 그런데 갑자기 감기 몸살이 일어났고, 온몸이 떨려 감기약을 먹었다. 그리고 한밤중에 피를

토했다. 곧 집 앞에 있는 ㄱ병원 응급실로 가서 입원했다. 그는 산소 마스크 썼고 피를 멈추게 했다. ㅇ며느리는 시어머니에게 연락했다. 다시 새벽에 모든 가족에게 연락했다. 타지에 있는 형제 부부가 직장을 뒤로하고 모두 병원으로 출동했다.

우리도 남편과 함께 중환자실로 면회를 갔다. 삼촌은 의식이 없었다. 그는 살 가망이 없어 보였다. 시어머니는 중환자실에서 한바탕 울고불고하는 난장판이었다. 시어머니는 남편에게 "난 걔 포기했다. 그러니 너네가 알아서 해라"라고 했다. 그는 89세 노인이었다. 인생의 맛을 다 알 터였다. 형제는 그날 모두 각자 자기 터전으로 가버렸다. 그들은 항상 ㅎ삼촌에게 집중했다. 병원은 사람을 살려 병원비 수가에 집중할 것이고, 넷째 며느리네 식구는 가족을 살리려 애쓸 것이었다.

우리 가족은 삼촌이 살아서 온전한 사람이 아닐 것이라면, 그냥 삼촌이 더 이상 불행한 삶을 살지 않기를 바랐다. 나날이 시간은 더디게 흘러갔다. 날마다 작은 시술을 시행하다가 멈췄다. 더 크고 좋은 병원으로 이동하기를 바랐지만 그를 받아줄 곳은 없었다. 조금만 이동해도 숨이 멈췄다. 병원 수가는 계속 올라갔다. 인터넷에 중환자실 비용이 평균 100만 원이었다. 일 년이 넘으면 그네 가족은 모두가 길거리 신세가 될 터였다. 우리는 모두가 고민하는 나날을 보냈다.

새벽에 다시 전화가 왔다.

- 형님, 넷째 삼촌이 갔대요.

- 그렇구나. 알았어. 바로 내려갈게.

모든 형제는 어머니에게 아들 죽음을 말하지 말자고 했다. 우리는 고속버스를 타고 ㄷ시 ㄱ병원으로 달려갔다. 병원 옆에 사는 둘째 삼촌이 이미 와서 모두를 진두지휘했다. 둘째 삼촌은 형에게 말했다.

- 형, 내가 예전에 15만 원 주고 장례서비스 협회를 들었는데, 그쪽에 서비스를 요청했어.

- 그래? 아이고, 잘했구나.

- 아이고, 삼촌 잘하셨네요. 언젠가 내가 그런 곳에 가입하겠다고 했더니 형이 모두 사기꾼이라며 날 혼내켰는데.

- 형, 이곳은 시 운영 차원에서 장례문화를 간소화하는 단체라 돈이 많이 안 들고, 시 지원금도 나오는 곳이에요.

- 다행이네요. 정말 잘 됐어요.

우리는 곧 빈소를 찾았다. 그곳에는 넷째 ㅇ며느리, 그의 ㄴ아들, ㅈ딸이 빈소를 지켰다. 나는 눈물을 머금고 그들을 위로했다. 빈소 옆에는 접견방이 있고, 샤워장과 화장실이 따로 붙어있었다. 그곳을 지나면 가족이 쉬고 잠잘 수 있는 대형 방이 있었다. 방에는 대형 옷장과 금괴가 있었다. 우리는 가방과 옷을 놓고 손님이 드나드는 대형 식당으로 안내되었다. 그곳에서 식사를 했다. 부엌에는 4명이 손님상을 차렸다.

식당 일을 관장하는 이는 둘째네, 둘째 ㅌ아들이 맡았다. 부조금 관리는 둘째네, 첫째 ㅅ아들이 관리했다. 모든 병원 비용과 계산은 ㅅ아들이 맡았다. 그들은 젊고, 회사에서 모든 것을 취급하던 일이라 빠르게 잘 처리했다. 첫날은 식당이 텅 비어 있었다. 너무 큰 방을 빌린 것 같았다. 저녁이 되어 사람들이 문상을 와 주었다. 그런데 빈소 자리는 계속 비었다. 그곳을 지킬 사람인 넷째네 식구는 지키지 않았다.

할 수 없이 막내 ㅊ삼촌 식구가 빈소를 지켰다. 그 부부는 빈소에 앉아서, 그의 아들들은 그 옆 입구에서 손님을 맞았다. 형들은 빈소를 지키는 게 법도가 아니라고 했다. 그래서 지킬 수 없었다. 상주들은 엉뚱했다. 자기들의 할 일을 하지 않았다. 빈소를 떠나 자기 친구들과 이바구하는 데 집중했다. 넷째 며느리는 모처럼 만나는 친구들과 함께 근무했던 동료교사 등과 웃고 떠들었다. 나는 의아했다. "그가 상주가 맞아?" 했다. 사상주의 모든 일들은 둘째 삼촌네가 챙겼다.

ㅇ며느리 상주는 지독한 기독교 신자였다. 그러나 기독교 교인들은 오지 않았다. 나는 의아했다. 그는 이 교회 저 교회, 아니면 저 멀리 교회로 다녔다고. 그가 집중하며 다니는 교회는 없었다고. 교우관계도 없었다고. 막내며느리가 말했다. 나는 넷째네를 이해할 수 없었다. 그가 온전히 교회활동을 하는 것이 아니었다. 자기들끼리 가정예배를

들었다고 했다. 도무지 그 집안은 4차원 세계 속 사람 같았다. 어느 직장동료들이 그를 욕했다. 아니, 상주가 어떻게 머리를 빨갛게 물들였냐고. 그의 아들도 연예인처럼 보인다고. 나는 그들이 제각각 사연이 있으리라 생각했다. 갑자기 빈소에서 발악 소리가 났다.

- 으악~ 으아~ 엉 엉~
- 으앙~ 으악, 엉엉~

막내 삼촌이 넷째네 조아들에게 소리쳤다. 그리고 잠잠히 조용해졌다. 우리는 "어? 왜 그런다냐?" 물었다. 동서들이

- 형님, 우리 형제들이 떠들고 웃으며 시끄럽게 이야기한다고 그랬대요.
- 이게 무슨 소리냐?
- 걔는 어리잖아요. 갑자기 아빠가 죽어서 슬픈데, 우리가 떠들며 웃고 이야기 하는 것이 못마땅한가 보죠.
- 그게 말이 되냐? 지는 제 친구가 문상 와서 웃고 떠들고 하는 것은 괜찮고?
- 거기에 제 어미와 제 누나가 하루종일 이바구하고 상주 역할 안 하는 것도 괜찮고?
- 나이가 어리잖아요, 형님.
- 야, 28세면 장가갈 나이야. 가서 애가 있는 나이라고.
- 그렇기는 그래요. 어제 빈소에서 드러누워서 자는 꼴을 보니 그것은 아니라 는 생각이 들더라고요.

- 하여간 이상한 세계라니까?

- 야. 여기 봐라. 형네가 아들 다섯에 며느리 그의 자식까지 여기 20명이 이 자리를 빛내고 있구나. 고마워해야지. 저네 식구 달랑 3명에, 장가 안 간 외삼촌 하나, 저희들, 네 명이 상주해야 되는 거야. 고마운 줄을 알아야지.

- 그나저나 동서들 부조금 얼마 낼 거야? 우리 모두 퇴직자니 합의해서 내야 한다고 큰형이 말하더라고.

- 형님, 전 지금 돈이 없어 돌이라도 씹어야 해요.

- 그럼 얼마로 해?

- 50만 원이요.

- 그럼 그러자.

- 전 100만 원 했는데요?

- 엉? 어찌 그리?

- 그냥, 마지막이고요. 그래야 될 것 같아서요.

- 그럼 너네 동서들 다시 100만 원으로 채워야겠다.

우리는 모두 ATM기로 가서 다시 50만 원씩 출금해서 부조금을 함께 냈다. 동서들은 막내네를 보고 말문이 막혔다. 어이가 없었다. 막내 삼촌은 고시공부 10년으로 허송세월을 보냈다. 결국 공무원 말직 상담사로 간신히 취업했다. 40세 넘어 겨우 결혼했다. 큰아들은 이제 고등학교 입학하고 둘째 아들은 중학교 입학한다. 그런데 삼촌은 2년 후 퇴직할 것이다. 거기에 현재 월급도 많지 않다. 100만 원을 내면, 한 달을 어떻게 버틸지 그것이 궁금하다. 그 집도 기독교 신자다. 나는 우리 집 며느리들을 보면 기독교가 싫다.

그들의 태도는 하느님이 모두를 해준다는 것이다. 어떻게 하느님이 모두를 해주는가 말이다. 노력하지도 않으면서…. 나는 그들을 보면 답답하다. 왜 그리 하느님 말들을 잘 듣는지, 말로서 모든 것이 이루어지는 것인가? 어떤 비기독교인은 나에게 말했다. 그들은 그들끼리의 허영심이 있다고. 주님의 뜻대로 모두가 이루어져서 아무 걱정 없이 자기네 맛대로 살면 되는 것인가? 그리고 자기네 역할은 하지 않으면서 자기네 돈이 없단다. 빚이 많단다. 그래서 시어머니에게 보태 달라는 것인지?

다른 형제는 평생을 시어머니 생활비를 챙겼고, 여러 가지 부대비용을 보태고 사는데, 그동안 넷째네는 시댁과 상관없이 지냈다. 그쪽은 주님이 더 중하니까. 제사도 상관없고 명절도 상관없었다. 넷째 삼촌이 중환자실에 있어서 연락이 왔고, 모든 식구가 삼촌을 향했던 것이다. 그리고 결국 삼촌이 가버리면서 가족도 모두 끝을 냈던 것이다. 어쨌든 ㅂ가족 5형제는 단결했고 집결했으며, 합심해서 넷째 삼촌을 하늘나라로 보냈다. 넷째 며느리는 삼촌이 주님을 찾아갔다고 했을 것이다.

발인이 끝나고 각자 집으로 돌아왔다. 그다음 날 넷째 며느리는 형님인 나에게 핸드폰으로 문자 보냈다.

- 욥은 하루 만에 모든 것을 잃었는데 저는 일주일 만에 남편만 잃은 고난의 깊이를 생각하고 있어요. 살다 보니 이렇게 허무함을 처절하게 느끼게 되네요. 아~ 인생이 이것밖에 되지 않는다는 것을 전도서를 통해 알았지만 현실로 닥치니 전도서 1장을 외치며 하나님 인생이 너무 허무하다고 하며 울게 되더라고요. 그래도 완전하신, 신실하신, 실수하지 않으시는 하느님이기에 모든 것을 허락하셨겠지요. 이번 일로 천국에 대한 간절한 소망이 생기고 새 하늘과 새 땅이 빨리 왔으면 좋겠어요.

여러분의 위로에 감사드립니다.

나는 보내준 문자를 보고 코웃음이 나왔다. 우리 백씨 가족이 꼬박 72시간을 밤새워 그 빈소를 지켜주고 애통했는데…. 거기에 퇴직한 형들이 각자 가게 부담을 지고 거금을 출혈해서 부조금을 주었는데…. 그런데 고작 하느님을 찾는 위로 문자라니…. 우리는 그런 말 필요 없다고…. 직접 전화해서 '그동안 형님 고마웠습니다.' 이 말 한마디면 끝이라고…. 내가 믿지도 않는 하느님을 찾으며 모두가 하느님이 이룩한 것처럼…. 그래서 하느님의 들러리 존재로 불러서 어쩌자는 것인지…. 넷째네 가족은 역시 4차원의 사람일 뿐이었다.

상갓집에 시외삼촌과 시이모님이 오셨다. 그들은 시어머니에게 아들의 죽음을 말하지 말라고 했다. 물론 우리 가족도 어머니 기절하신다고 삼촌 죽음을 말하지 않았다. 한 차례 빈소에서 그들은 울고 슬퍼했다. 식당으로 옮겨서 모두가 저녁을 먹으며 슬픔도 잠시 오랜만에 만나서 반가움으로 그동안의 일들을 오가며 말했다. 그들의 말은 길어졌다. 시외삼촌은 물컵에 소주를 가득 채워 마셨다. 나는 겁이 났다. 그는 그동안 말할 이가 없었다. 그는 옛날 당신 어머니의 죽음부터 자기가 살아온 76년 동안의 일들을 술에 취해 말하기 시작했다.

그는 그렇게 밤을 새며 말했다. 외삼촌 말을 들어줄 사람은 교대로 교체되었다. 셋째 ㄱ아들, 첫째 ㅇ아들, 둘째 ㅁ아들, ㅌ조카, ㅅ조카…. 그의 말은 끝이 없었고, 나중에는 그의 말은 말이 되지 못했다. 모두가 머리를 휘휘 내둘렀다. 이튿날에 사람들은 그를 피해 도망갔다. 나는 그의 눈을 피했다. 눈이 겹칠라 하면, 나는 머리를 숙였다. 그는 나에게 말했다. 그는 머리 숙인 나를 보고 자기가 하고 싶은 이야기를 계속 떠들었다. 그런 일은 계속되었다. 그는 그렇게 자기 집으로 돌아가지 않고 2박 3일을 꼬박 자기 말을 했다. 나는 그 시외삼촌이 불쌍했다.

- 야, 나 서울대 나왔어. 조카야, 너도 서울대 들어가야지. 너네 큰아빠와 내가 서울대 나왔으니 너도 가야지.
- 너네는 부부가 서로 오손도손 말을 잘하는구나.
- 나는 마누라와 말을 안 해.
- 내가 시를 읊으마. 내가 지은 거야. 길은 하나요, 하늘에 구름이….
- 삼촌 그만 하세요.

- 야, 너 마누라 잘 얻었구나. 네가 대학을 안 가서 그런 마누라를 얻은 거야.

- 네가 대학을 갔으면, 그런 좋은 마누라를 못 만나지.

시외삼촌은 남의 상처를 자기 취미로 삼으며 말을 벗했다. 나는 그가 천하게 느껴졌다. 그는 자기중심적이었다. 자기 말만 옳았다. 남의 말은 모두가 틀렸다. 그의 성품은 시어머니와 똑같았다. 거기에 시이모님도 똑같았다. 그는 허세가 강했다. 누구보다 자기가 돈이 많다고 자랑했다. 그 자랑 탓에 모자란 시골 조카들은 그 시외삼촌에게 사업 자금으로 1억 좀 빌려달라, 다른 조카는 5,000만 원 좀 빌려달라 했다. 그가 돈을 얼마나 귀중히 여기고 아끼는데, 그것은 말이 되지 못했다.

제발 시외삼촌이 돈 많다고 자랑하지 않았으면 좋으련만⋯. 그는 자기 과시를 해야 했다. 그것이 그의 자존감이었다. 조카들에 대한 콤플렉스일 것이었다. 친척들은 외삼촌이 말을 하려 하면 서서히 피했다. 그는 때로 말도 안 되는 말을 자기 이론에 맞추어 상대방 말을 비하시켰다. 셋째 조카인 ㄱ아들은 많은 책을 읽어 이론에 강했다. 둘은 이론으로 대결했다. 시외삼촌은 이론이 불리했다. 그럼 그는 묘수로서 말이 되지 않는 이론으로 상대편 이론을 깔아뭉갰다. ㄱ 아들은 두 손을 들고 그 자리를 피했다. 시외삼촌은 엉뚱한 이론으로 상대방을 물고 늘어지는 대가였다.

시외삼촌은 조카 발인하는 날까지 함께했다. 발인 전, 나는 처음으로 넷째 삼촌 시신을 통해 죽음을 확인했다. 넷째 동서는 평소에 입었던 옷을 상복으로 입혀달라고 장례지도사에게 간청했다. 하얀 관 속에 생화가 가득 채워졌다. 시신을 지도사가 깨끗이 닦았고 양복이 입혀졌다. 가족 앞에서 지도사는 시신의 얼굴과 머리를 감기고 씻기듯이 탈지면으로 닦았다. 그리고 얼굴을 화장시켰다. 가족이 마지막으로 기도를 하며 시신 가까이 어루만지게 했다. 기도가 끝나고 시신을 관속으로 안치했다. 그 위에 모든 가족이 꽃을 얹고 관뚜껑을 닫았다.

관 위로 매듭을 짓게 하고 다시 십자가 천으로 쌓았다. 마지막 기도로써 마무리하고 슬픔을 뒤로하고 이별했다. 다시 빈소로 되돌아왔다. 목사님의 주도하에 온 가족들과 신도들이 합장 기도하고 찬양했다. 다시 가족은 시신을 모시고 장례차로 이동해서 함께 화장장으로 옮겼다. 화장장은 혼잡했다. 들어가는 차와 나오는 차가 교차하였다. 이미 일찍이 화장하고 납골 수집을 한 상주들은 영정사진과 함께 유골을 모시고 안치할 곳으로 떠났다.

우리는 11시 타임에 화장될 것이었다. 8번 방실에서 대기하며 시신이 기계에 의해 불 속으로 밀어졌다. 그 후 사람들을 3층 휴게소에서 1시간 반 동안 기다리게 했다. 시간은 빨랐다. 방송으로 넷째 삼촌의 유골이 나왔음을 알렸다. 가족이 대기했고 앙상한 뼈가 상자로 나왔다. 설명자는 아직 젊어서 유골이 많다고 했다. 다시 유골이 기계로 들어가서 유골함으로 나왔다. 우리는 장례차로 이동했고 사진과 유골함은 가족이 안고 승용차로 이동했다. 다시 납골당으로 이동했다. 그리고 그곳에 안치됐고, 다시 목사님의 기도로 모든 행사가 끝났다.

모든 친척 친지와 가족이 식당으로 이동했다. 거기서 식사를 하고 다시 시어머니 집으로 이동했다. 이미 시어머니는 넷째 아들의 죽었음을 알 터지만, 아무도 사실을 말하지 못했다. 어차피 알려야 할 사실이라며 모두가 시댁으로 집합했다. 우리 모두가 함께 집에 도착해서 넷째 아들의 죽음을 알리자 그는 말했다.

- 아이고, 아이고, 엉엉~

- 내가 먼저 죽어야 하는데….

- 미안하다, 얘들아. 내가 너무 오래 살아서~

모두가 말이 없이 조용했다. 그렇게 슬프게 조용히 한참을 앉아 있다가 우리 모두는 시댁을 떠나 제각각 제 집으로 돌아갔다. 시외삼촌과 우리는 서울로 조용히 서둘러 왔다. 넷째 삼촌의 죽음은 72시간 만에 그의 모든 인생(62세, 환갑)이 끝을 맺었다. 이제 우리의 죽음도 가까이 왔음을 예고했다.

*

이번 설 제사는 없어야 했다.

넷째 삼촌의 죽음으로 설 제사는 생략하는 것이라고 했다. 우리는 각자가 조용히 집에서 설 명절을 쇠면 되었다. 내 막내 여동생은 우리에게 설날에 자기 집으로 오면 좋겠다고 전화했다.

- 언니, 이번 설에 어머니를 요양원에서 우리 집으로 모셔올 테니까 언니하고 형부가 오셔요.
- 그래, 알았어.

우리는 설날 아침 새벽에 차를 타고 동생네 집으로 출발했다. 새벽에 가야 차가 밀리지 않도록 말이다. 고속도로에 차는 꽉 찼다. 110킬로 주행이 90킬로 주행으로 갈 수 있었다. 6시 50분경 동생네 시골 동네에 도착했다. 동생 집은 모두가 한밤중이었다. 문을 두드리고 들어갔다. 아직 동생네 시동생이 잠자고 있었다. 미안했다. 그 집도 제사가 없었다. 우리는 함께 아침 식사를 했다. 나는 시동생에게 말했다. 미안하다고. 이런 일이 없는데, 올해는 특별한 날이라 그렇다고 했다. 곧 그들은 처갓집으로 출발했다.

11시경 남동생이 어머니를 모시고 왔다. 어머니는 살이 통통하게 찌셨다. 머리는 대충 커트를 쳐서 짧았다. 모양은 예전 모습이 아니었다. 시들어 가는 인생의 모습이었다. 낯빛은 밝았다. 나는 어머니에게 말했다.

- 엄마, 요양원은 그냥 아무도 없는 집에서 천장만 쳐다보고 있는 것보다 낫다고 생각하세요.
- 거기서 밥은 잘해주세요?
- 골고루 해줘. 먹을 만해.
- 그럼 됐네요.
- 아들네 집에서는 엄마 혼자 있어야 되잖아요. 그래도 거기서 사람 얼굴 보고 있는 게 낫잖아요.
- 응, 그래.
- 같이 있는 사람들은 어때요?
- 내 옆에 있는 사람이 치매 걸렸는데, 예쁘게 걸렸어. 하루에 2번 자기 이불을 예쁘게 접어놓고 자기 옷가방을 들고, 나 집에 갔다 온다고 인사하고 나가. 그러고 조금 있다가 보조사가 데리고 들어와. 그렇게를 딱 2번 해. 날마다.
- 우리는 웃었다.

식구들은 많이 모였다. 남동생네 딸들, 우리네, 시집간 딸네, 여동생 아들들. 아이들은 TV를 보며 시끄러웠다. 새 영화를 멋진 TV 화면(UHD)을 통해 영화관처럼 즐겼다. 어머니는 모든 식구들이 모여서 시끄럽게 이야기하는 곳에 있다는 것을 행복하게 여겼다. 동생네 옆집에서 어머니가 오셨다고 식혜, 녹두전, 갈비찜을 해왔다. 우리는 저

녁 찬으로 여동생네, 큰 ㅈ아들이 양꼬치구이를. 둘째인 ㅇ아들이 맛
있는 사라다를. 그 음식을 주제로 축배를 들었다. 어머니는 당신이 먹
고 싶은 청포묵, 갈비, 떡국 등을 드셨다. 후식으로 식혜를.

어머니는 앞으로 기어 다녔다. 당신은 열심히 자신을 추스르려고
노력했다. 여러 번 그렇게 노력했다. 그러나 일어설 수는 없었다. 요양
원에서도 아마 그럴 것이다. 거기서 당신이 스스로 침대를 내려 올 수
가 없어서 어찌할 수는 없을 것이었다. 어머니는 당신의 배설물 배출
이 문제였다. 많이 드시니 배출이 많았고, 그의 배출은 냄새가 지독했
다. 이튿날 그의 오줌은 당신이 덮었던 이불과 요를 범벅으로 만들었
다. 큰 방 전체를 지린내로 물들었다. 모두는 말이 없지만 불편함을
느끼는 것은 어쩔 수 없었다. 나는 깔끔한 제부에게 미안했다. 그런
것과 상관없이 어머니는 내 남편에게 넷째 시동생의 죽음에 대해 꼬
치꼬치 물었다. 남편은 자세히 설명했다. 어머니는 주변 일들을 모두
가 알아야했고, 누구에게든 그 사실을 알려야 했다.

동생들이나 나는 어머니의 그런 모습이 좋아 보이지 않았다. 어머니
는 계속 말을 하고 싶었고 말을 해야 했다. 남동생이나 여동생은 어머
니의 말이 싫었다. 나도 어머니의 말이 불편했다. 나이가 많으면, 분명
말하지 않고 살아야 하는 것은 알지만, 말하고 싶은 욕망을 참아야
하는 것이 쉽지 않았다. 어머니가 혼자 즐길 수 있는 것이 없었다. 원
래가 벌떡벌떡 돌아다니는 것을 좋아했고, 이 사람, 저 사람을 만나서

이바구하는 것을 즐기는 것이 취미였는데 요양원에 갇혀서 치매 노인들과 함께 있으니, 어머니는 아마도 그곳이 감옥 생활일 것이었다.

우리 자매는 어머니가 요양원 퇴출 1번일 것임을 알고 있다. 1년이 지나 퇴출하면 어떻게 할 것인가가 우리의 문제였다. 오빠가 모셔야 된다고 막내는 못을 박았다. 그러나 나는 마땅치 않았다. 남동생의 60 인생이 있는데, 90 노인을 맡겨 불행하게 살게 할 수는 없었다. 그렇다고 내가 어머니를 모실 수도 없었다. 그래서 우리는 앞으로의 이 문제를 두고 고민했다. 이렇게 구십이 넘은 어머니를 두고 자녀들이 고생하며 고민하는 일들이 얼마나 많을 것인가를….

설 지나고, 이튿날 아침 일찍 외삼촌이 나에게 전화했다. 폰 전화부에 외삼촌이 떴다.

- 예 외삼촌.
- 야, 너네 젊은 삼촌이 죽었다며? 환갑의 나이인데?
- 예, 어떻게 알았어요?
- 오늘 누님이 전화했어. 처음에 깜짝 놀랬지. 요양원에 가셨는데 전화를 해서… 그리고 설에 영란네 집에 갔는데 너네 시동생이 죽었다는 말을 들었다고 하시더라고.
- 있다가 다시 전화하겠다 했고. 너에게 전화하는 거야.
- 외삼촌 요양원에 전화하면, 안되는 거라고요. 거기서 전화를 사용하지 못하

게 하는데, 엄마는 전화를 금덩이같이 여겨요. 그곳에서는 전화를 고장 났다 하면서 가족이 가져가기를 원해요. 거기서 전화하면, 가족이 그립고, 옛날이 생각나서 안 된다고 해요. 다른 사람들에게도 영향을 미치고요.

- 그려? 그럼, 안 하는 게 낫네.

- 네, 그렇지요. 우리가 3개월 똥오줌 받았는데, 그게 장난 아니라고요. 여기 오는 게 문제가 커요. 설에도 오줌, 똥을 싸서 막내네 이불을 모두 적시고 난리가 났는데, 내가 제부에게 미안하더라고요. 미안하지만 작년에 엄마가 가시는 것이 당신을 위해서도 좋았다고요. 나도 이제 오래된 퇴직자예요. 경제적 지원도 쉽지 않다고요.

- 그렇구나. 그래, 그럼, 알았어.

- 네, 삼촌 몸 건강하시고요.

- 그래.

조금 있다가 문자에 작은아버지가 떴다. 나는 전화를 받았다.

- 야, 너 ○○냐?

- 네.

- 야, 뭐시기야 너 그럴 수 있냐? 이것들이 사람을 뭘로 아는 게냐? 너 어머니가 아프면, 진작 얘기를 했어야지. 네가 사람이냐? 나이를 처먹으면 나잇값을 해야지. 그렇게 니네들이 나를 무시할 수 있냐? 이 못된 것 같으니라고. 야! 네 거들이 나를 사람으로 보느냐 말이다. 이 악랄한 것들 같으니라고 ~~ ㅅㅅ…. ㅈㅇ…. ㅎㅆㅋ….

작은아버지는 온갖 욕을 퍼부었다. 그리고 전화를 끊었다. 나는 어이가 없었다. 저러니, 누가 그 사람을 윗사람으로 대접을 해주겠냐고. 작년에 나는 친정 아버지 성묘를 갔다. 그리고 작은아버지 집을 들렀다. 나이가 이제 80세가 넘었다. 나는 내가 다시 이 집을 올 일이 없을 것이라며, 30만 원 용돈을 주고 왔다. 이튿날 작은아버지가 어머니에게 전화했다.

- 어제 ○○ 조카가 왔었어요. 형수님. 근데 걔네 연금이 엄청 많지요? 걔가 나에게 30만 원 주고 갔는데, 걔네는 돈이 많응께. 나에게 수시로 돈을, 많이 줘야되는거유. 그 돈 다 뭐할거유. 돈은 있으면, 주면서 쓰는거랑게요.
- 그게 무슨 소리여요. 서방님. 걔네 퇴직한 지가 얼마나 오래됐는데 그런 소리를 해요.
- 아니 그렇게 높이 올라갔다가 연금 타는데 왜 그런데유? 걔네 돈이 많응게 30만 원 줬는데⋯. 나 더 줘야한는데 적게 줬더구먼⋯.

어머니 속에 천불이 났다. 저런 미친놈의 시동생이라 욕했다. 내 큰딸이 미친 것이라고. 저런 거한테 돈 주고 욕먹으니⋯. 어머니는 오랫동안 나에게 왜? 돈을 쥐가지고 욕먹느냐면서 나를 혼내켰다. 원래가 작은아버지 심보가 악종으로 소문이 났던 사람이었다. 지금도 자기 친누나를 속된 말로 못 잡아서 난리였다. 평생 누나 등골 빼먹은 양반이었다. 이제 그 고모부 땅을 빼앗으려고 고모 아들 조카를 못살게 했다. 우리 모두는 그가 기피 인물 1호였다.

남편과 나는 수영을 배우기로 했다.

아침 새벽에 구민 체육센터에서 수영을 배웠다. 선생님은 처음에 발차기로 무릎을 반듯이 하고, 위아래로 발을 들었다가 내렸다하는 연습을 시켰다. 다음은 엎드려서 물 위로 다리를 들었다 내렸다 연습을. 세 번째로 목까지 물속에 몸을 잠기고 발차기 연습. 네 번째로 물속으로 머리를 담갔다가 고개를 들며, 음파 음파를 하며 호흡하는 법. 다섯째, 손을 뻗고 발차기를 하고 나가는 연습을. 그렇게 10번 오고가는 연습을 각자 하게 했다.

다음 수영강습 선생은 교체되었다. 강습자는 휴가로 우리를 전에 임시선생을 배당했던 모양이다. 담당선생은 다시 발차기, 숨쉬기, 물에 뜨기, 발차고 티판들고 나아가기를 가르쳤다. 세 번째 날에 선생은 우리를 물속에서 티판들고 계속 발차기로 밀면서 트랙을 돌게 했다. 한시긴 내내 몸을 움직이고 고개를 물속으로 숙였다가 드는 숨 쉬는 작용을 연습시켰다. 나는 힘들었다. 20대 사람들과 맹훈련하는 것이 버거웠다. 나는 힘들면 걸었다. 내 나이가 그들과 함께할 수는 없었다.

남편은 얼굴이 숨 조절을 못 해서, 잿빛이었다. 나는 그러다 죽겠다며, 쉬라고 권했다. 남편은 선생에게 물었다.

- 선생님 물속에서 음파~하고 고개를 들어 숨 쉴 때 입으로 합니까? 코로 합니까?

- 그것은 코입니다.

남편은 열심히 음파연습을 했다. 나는 음파하고 물속에서 고개를 들 때 입으로 파~하면서 동시에 코와 입으로 숨을 쉰다고 했다. 나는 그랬다. 남편은 파~ 하면서 코로 숨을 쉬려고 애썼다. 그러나 숨 쉴 때 물은 입으로 들어가고 말았다. 그는 수영이 끝나고 체중을 달면 300그램이 늘었다고. 물을 300그램 먹었다고. 아마 수영장 물이 300 그램씩 자기 때문에 줄고 있다 했다. 그는 물 먹지 않고 숨 쉬는 법을 계속 배워야 할 것 같았다.

그래도 그가 물속에서 떴다는 것이 중요했다. 그는 물속에만 가면 몸이 물속으로 가라앉아서 고민했다. 이제는 50% 정도 물속에서 떠서 발차기로 빠르게 수영했다. 그러나 가끔 예전처럼 몸이 가라앉았다. 그는 김형석 교수의 100세 인생을 보고 늦게 수영을 배우겠다는 생각을 한 것이 장했다. 그는 누구의 지시를 받고 구속받는 걸 싫어했다. 나는 그에게 나이가 많아도, 배울 자세를 갖춘다는 것이 훌륭하다고. 그것은 자신을 쉽게 사회와 소통할 수 있는 힘이 되어 좋다 했다. 우리는 인간인지라. 나이가 들어도 서로 조화롭게 살 필요가 있었다.

나는 시외삼촌 생각이 났다. 시외삼촌은 항상 '나는 내 맘대로 살 거야'를 주장했다. 친척이 모이면, 그는 술을 폭주했다. 그리고 그는 자작시를 수시로 계속 읊었다. 이번 상갓집에서도 그는 2박 3일 그렇게 했다. 친척들은 그만 보면 피했다. 그는 자기 말에 집착했다. 어린 손자를 놓고 자기가 하고 싶은 이야기를 쏟아냈다. 그의 말은 질서가 없었다. 그의 말은 위아래로 움직였고, 과거와 현재, 미래를 왔다 갔다 했다. 손자들은 할아버지 말 앞에서 몸만 있었다. 손자들의 정신은 이미 사라졌다. 시간이 길어지면서 할아버지는 술과 말이 엉겼다. 할아버지의 주변은 빈 공간이 되었다. 결국 시 외삼촌은 함께 할 사람이 없이 외롭게 살아야 했다.

어쨌든 남편은 어려운 수영을 배우고 나서 몸이 유연해졌다. 그는 테니스를 칠 때 그동안 못받았던 공을 쉽게 받아넘겼다. 남자의 특유한 뼈대 근육이 유연하지 못했던 것이 유연해졌다. 나는 항상 눈이 침침하고 투명하지 못했다. 종합진단을 받았는데, 수술단계는 아니라 했다. 그런데 수영을 하고 나면 눈이 밝아졌다. 신기했다. 남편 말이 수영으로 피돌기가 잘되어 실핏줄까지 회전이 잘되어 그럴 것이라 했다. 그러나 남편은 피부알레르기가 일어나서 힘들어했다. 우리는 지금 수영으로 극기 훈련을 하고 있는 중이었다.

*

안산으로 놀러 갔다.

안산 윤 사장은 부동산을 했다. 그를 만나면 나는 항상 즐거워서 행복했다. 그는 자기 사업에 충실했다. 나는 그를 만나 함께 식사하면, 그는 별별 이야기를 다 해주었다.

*

밤새 나는 잠을 설쳤다.

아침에 일어나려니 눈이 떠지지 않았다. 나는 남편에게 말했다.

- 요즘 나이 든 사람들이 이야기할 사람이 없는 것 같아. 그래서 이번 상갓집에 온 시외삼촌이 자기 조카가 죽었는데, 문상만 하고 집에 가지 않잖아. 어떻게 2박 3일을 밤새워 자기네를 붙들고 이야기만 하시는지….
- 외삼촌이 아침에 용문산으로 전철 공짜니까 타고 가신대. 거기서 소주 2병 시키고 밥 겸 안주 삼아 드신대. 다음 날은 온양으로 공짜 차 타고 가서 온천하고 거기서 소주에 밥을 먹는다고 하셔.
- 그분 이야기할 사람이 없는 거예요. 자기와 내가 서로 이야기하는 것을 부러워하잖아.

그렇다. 나는 시어머니의 형제를 생각했다. 시어머니의 완고함과, 자기 방식의 집착, 자기는 옳고, 남은 모두 다 틀린 의식 등이었다. 동생인 시외삼촌도 시어머니와 똑같았다. 거기에 강경 이모님도 똑같은 성격을 가졌다. 문제는 내 딸이 그 점을 닮았다는 것이 나를 괴롭했다. 그들은 그들 나름 철저하고, 고지식해서, 사회의 물의를 빚는 것은 아니었다. 단지 사람 간의 소통이 어렵다는 것이다. 원체 자기주장이 강하니까 말이다.

그래서 나는 내 ㅅ딸이 주변 사람과 어울리지 못함에 대해 남편에게 말했다. 그리고 그들의 공통점을 말했다.

- 아니, ㅅ딸이 어미와 소통이 안 되니, 말할 사람이 있겠냐고요. 언니랑 이야기를 하다가도 싸움이 일어나고, 내가 말을 해도 싸움이 되니 말이요. 그 애와 대화 할 사람은 오로지 자기뿐이라고요. 자기 없으면, 그 애는 말할 사람이 없다고요.
- ㅅ딸이 당신에게 대하는 것은 자기가 그 애를 그대로 두면, 탈이 생기지 않아. 어미로서 속이 타서 결혼하지 못하는 것에, 애를 태우는 것은 어쩔 수 없는 일이라고. 그러나 결혼 못 한 사람이 얼마나 많냐고. 그냥 이해하면서 기회를 보는 것이 최선이지 않겠냐고. 오히려 자기가 그 애에 대해 집착하면서, 그 애에게 말하는 것이 그 애를 괴롭혀서 못살게 구니까 그런 현상이 일어나지 않겠어?

그것도 맞는 말인 거 같았다. 일단 우리는 서로 말을 섞지 않는 게 낫다. 나의 DNA의 어떤 부분과 ㅅ딸의 DNA의 일부분이 충돌하면 우리는 스파크가 일어나는 것이 아닐까. 우리는 서로의 관계성을 가지고 대화를 하는데 생리학적으로 안 맞는 부분이 있다고 생각했다. 그런데, 시어머니, 시외삼촌, 시이모님을 보면, 그들도 서로 대화가 안 되었다. 각자 자기 말만 했다.

- 그래서 현대 의학적으로 내 ㅅ딸이 정신적인 문제가 있을지도 모른다는 생각을 했다. 고모 ㄴ아들이 어렸을 때 있던 폭력성이 지금 정신병이라고 들었고, 그 폭력성을 어렸을 때 고쳐줘야했는데, 그것을 몰랐다고 들었다 했다.
- ㅅ딸은 그렇지 않다. 다만 결혼을 못 했을 뿐이다.
- 그럼 다행이이지요. 약 먹어야 하는 정신병자 아니면 됐어요.
- 자기 딸을 자기가 더 잘 알 테니까 말이요.

우리는 그렇게 대화를 끝내고 아침 식사를 했다.

*

둘째 ㅅ딸과 싸웠다.

나가 사는 딸이 아침에 우리 집으로 들어왔다.

- 왔니?

- 응.

　　그는 학원 수업이 없는 날 우리 집으로 와서 거하게 목욕물을 받아서 목욕을 한다. 그리고 함께 점심 먹고 제 숙소로 간다. 나는 오늘 이야기했다.

- 어제 작은 엄마들을 만났는데, 삼촌이 폐렴으로 죽어가니까, 나에게 폐렴 예방 접종을 했느냐고 묻더라?
- 그래서 내가 야, 난 대충 살다 갈 거니까 안 맞았어. 그랬더니 난리가 났어. 자기네가 불편하니 형님이 맞아야 한다더라? 저네는 벌써 맞았다면서. 그래서 알았다 했지.
- 아이고, 엄마 난 안 맞아. 그거 그만큼 앓아야 되는데 난 안 맞아. 나도 대충 죽을 거야.

　　나이도 어린 것이 나는 딸애 말소리에 배알이 꼬였다. 그러다가 이것저것 말하다가 우리는 싸움이 일어났다. 분명 싸움은 내가 걸게 된 것이다. 저는 억울한 것이다.

- 엄마가 말하는 것은 화내면서 말하는 것 같다고요.
- 난 사람들에게 화를 내면서 말하지 않는데?
- 난 엄마가 항상 화내는 말소리로 들리는데?
- 다른 사람은 그런 소리 아무도 안 하는데?

- 그럼, 엄마는 나에게만 화나는 소리로 말하는 거잖아.

- 그럴지도 모르지. 난 너만 보면 화나는 일이 많으니까.

- 넌, 네 지금 자리가 맞지 않다는 생각이 들어서 그럴지도 모르지.

- 왜? 난 태어나고 싶어서 태어난 게 아닌데, 그러느냐고. 나를 사랑하지도 않
  으면서 태어나게 했냐고요.

- 태어나서 지금까지 사랑했지만, 지금은 네 자리가 맞지 않고 이미 시집을 갔
  어야 해서 그렇지.

그렇게 우리는 옥신각신 한참을 싸웠다. 그리고 ㅅ 딸은 목욕물을 받아서 목욕을 했다. 한참 동안 우리는 조용하게 각자 시간을 보냈다. 오전 산책을 나가려고 옷을 입었다. 목욕탕에 들어갔다. 그는 열심히 목욕하고 있었다. 나는 화해의 소리로 목욕탕에 대고 말했다.

- 내가 주말에 축령산에 갔다. 산꼭대기에 사람이 하나도 없었다. 나는 돌을 들
  고 탑을 두드리며 외쳤다. 'ㅅ딸을 시집가게 해주세요!' 그랬더니 아빠가 참 별
  난 기도법을 개발 했다고 하더라.

그리고 나는 목욕탕을 나왔다. 남편과 나는 산책을 하고 내과에 가서 폐렴 예방 접종을 했다. 집으로 올 때 생각했다. 그래 싸웠지만, ㅅ딸에게 갈빗살이나 구워주자며, 집으로 돌아왔다. 그러나 그는 저네 집으로 가버렸다. 나는 가슴이 아렸다. 나라고 편하겠는가? 말이다. 딸이 불쌍해서 가슴이 시리고 아팠다. 어미들의 마음은 그렇지

만, 자식들은 그들이 제 자식을 키워야 이해할 일이었다. 이런 마음을 문자로 써서 ㅅ딸에게 알리는 게 나을까? 아니면 그런 것들이 부질없으니 그냥 저냥 지나가는 것이 나을까? 여하튼 이미 시간은 지나갔다. 나는 어떤 것이 더 나은지는 알 수 없다.

나는 분명 수학적으로 일 처리 하는 것을 좋아한다. 내가 잘못한 것은 얼른 빨리 잘못했다 하고, 미안하다 하는 것을 좋아한다. 그리고 상대방도 그러기를 바란다. 그러나 그것은 내 방식일 뿐이다. 상대방이 잘못했어도 미안하다고 하는 일은 없는 경우가 대부분이다. 나는 조화롭게 살기를 원한다. 나는 모든 것을 수용하려고 노력한다. 내 철학은 가는 사람 잡지 않으며, 오는 사람 막지 않는다는 것이다. 이미 지나간 것은 간 것이고, 돌아올 것은 돌아오니 그에 맞게 어울려 사는 것을 원칙으로 한다.

나는 내가 항상 밥을 사는 것을 즐거워한다. 물론 다른 사람이 사주면 더욱 그것도 감사하게 생각한다. 나이가 들어 사람들이 밥 때문에 만날 수 없는 것이 안타깝다. 나는 내가 밥을 살 수 있음에 감사하다. 싼 것이면 어떤가? 우리가 만나서 즐겁게 식사를 하며, 그동안 못했던 이야기를 할 수 있어서 감사한 것이다. 인생이 별거인가 만나면 맛있게, 먹고 서로 이바구를 하며 사는 것 그것이 행복인 것이리라.

나는 다시 ㅅ딸에게 문자 보냈다.

- 오늘 엄마가 싸움 걸어서 미안하다. 네가 네 돈을 아끼듯이 너는 아마 내 돈
  처럼, 내 재산이라, 멋진 내 재산이 네 값을 못 하니까 참을 수 없어서 그렇게
  화를 내는 거 같더라.
- 내가 나를 어찌할 수 없어서 말이다.
- 치매 걸린 엄마, 똥 받는 엄마

*

후배 선생 강 선생을 만났다.

강 선생이 여름 방학, 겨울 방학이 되면, 우리는 만났다. 그때 그가
시간을 가질 수 있기 때문이었다. 이번 겨울 방학에 강 선생 부부를
강화도로 초청했다. 남편들은 초면이었다. 나이들어, 초면으로 남자들
의 만남은 쉽지 않았다. 남성들은 일반적으로 그런 만남을 거부했다.
다행히 강 선생의 남편인 고 박사가 방문에 승낙했고 내 남편도 좋다
고 했다. 우리는 외포리항에서 만났다. 그들은 초행길을 잘 찾아왔고,
섬 여행을 좋아했다. 우리는 바닷가 돈대 주변을 산책했다. 바닷물이
서서히 갯바위로 몰려왔다. 잔잔한 파도였다. 갑자기 강 선생이 소리
쳤다.

- 선생님이 파도가 쓰나미처럼 몰려오는 거 아니에요?

- 물이 점점 많이 들어와서 우리 바위에서 못 빠져나가는 거 아니네요?

- 그런 일 없어요. 걱정 말아요.

- 아니 선생님, 학문과 이론에 그렇게 뛰어난 사람이 이렇게 겁이 많아요?

- 나 선생님, 겁이 엄청 많아요.

우리는 바닷가 바위에서 인증사진을 찍었다. 그리고 망향돈대를 둘러보고 칼국수 집으로 갔다. 새우튀김과 조개칼국수를 시켰다. 나와 강 선생은 선 후배로 20년지기였다. 그러나 남편들은 처음이라 낯설었다. 거기에 연배도 10년 차가 넘었다. 그렇지만 그런대로 편안했다. 고 박사님은 평생을 공부했고 줄기세포 쪽에 권위자였다. 그러나 시절이 맞지 않아 평생을 무보수 연구자였다. 60 나이에 이제 그는 대박이 났다. 그는 마음고생이 많았으리라. 그래서 얼굴이 많이 상해 있었다. 그가 연구한 줄기세포로 사람들의 병을 고칠 수 있는 방법이 많았지만 의료계에서 그것을 받아들일 수 없는 것이었다. 그것은 서로 밥그릇 싸움에 속하는 것이었다.

결국 고 박사의 연구는 화장품 업계에서 대박이 났다. 벤처기업에서 그 연구작업이 실용화되었고 수출품으로 효용가치가 높았다. 나는 강 선생과 고 박사가 잘되기를 빌었다. 그들의 고생이 그들의 인생을 새롭게 승화시킨 것이 더 기뻤다. 지금 고 박사는 새로운 프로젝트 작업으로 바빴다. 그것은 대머리 치료 작업이라 했다. 그는 스트레스로 일어나는 대머리, 그것도 젊은 층의 고민을 한 방에 날려버릴 것이었다. 나는 개인적으로 내가 이미 줄기세포를 맞았고, 그것에 대한 효능을 잘 알았다.

　내 주변 사람들은 지금 병으로 고생하는 사람들이 많았다. 그들은 수중에 돈도 많았다. A 친구는 허리 디스크로 고생을 하고 있었다. F는 파킨슨병으로 계속 몸의 기능이 저하되었다. H는 다리의 근육이 마비되어갔다. D는 알츠하이머로 몸의 기능이 떨어져서 거동이 불편했다. 나는 그들에게 강조했다. 제발 줄기세포를 맞아보라고. 그들은 절대로 맞지 않았다. 그들은 돈을 주고, 맞을 만큼 충분한 돈이 있었다. 그러나 오히려 그들은 나를 비방했다.

　- 친구들아, 쟤는 무슨 사기성, 사이비 주사를 맞았단다?
　- 절대, 나는 사이비로, 그것은 검증되지 않아서 못 맞아.
　- 그냥, 최악의 경우까지 가서, 수술할 거야.

　나는 그들의 진정한 속마음을 알 수가 없었다. 막말로 수술해서 신경 근육을 마비시키는 일이 얼마나 많은가? 수술 부작용으로 잘못되는 일도 많은데⋯. 처음에 나도 줄기세포를 맞을 때 불안하기는 했다. 줄기세포를 맞아서 잘못 오염되면 모든 것이 그대로 잘못으로 몸이 악화될수 있을 것이라는. 그러나 내 자신의 세포를 증식해서 내 몸에 맞는 것은 부작용이 덜 할 것이라는 생각. 거기에 이미 내 친구가 줄기 세포를 스스로 맞아 좋아졌다고 고백했고. 나는 그것을 믿었던 것이다.

나는 고 박사님의 연구가 대박 나서 세계적인 기업이 되기를 바랐다. 그동안 강 선생이 남편을 보필하며, 힘들게 산 것에 대한 보상은 곧 이루어질 것 같아서 나는 즐거웠다. 바다는 찬 바람이 불었다. 우리 몸을 날아가게 만들었다. 주변을 산책하고 관광했다. 어둠이 내려앉았다. 저녁에 먹을 회를 뜨고 슈퍼를 들러 빌라로 돌아왔다. 냉방에 난방을 켜고 청소를 했다. 저녁 준비를 해서 식사로 축배를 들었다. 고 박사님은 남편과 잘 어울렸다. 서로 건배를 하며 이런저런 이야기를 하며 하루를 보냈다. 이튿날 교동도에 들러 대룡시장을 구경하고 강화도로 이동하여 점심식사를 하고 헤어졌다. 이런 만남은 어렵고 다시 또 이런 만남은 있을 수 없는 일일 것이었다.

*

나는 작은딸과 대판 싸웠다.

작은딸은 매주 화요일과 목요일이 되면 우리 집으로 왔다. 그는 지금 오피스텔에서 혼자 살았다. 작년 말에 우리 집에서 독립했다. 그는 경제적 독립자가 못되었다. 우리 집에서 그에게 관리비와 월세, 생활에 필요한 용품 등을 지원했다. 그는 화요일과 목요일에 학원 수업이 없었다. 그는 우리 집에 와, 목욕탕에 물을 받아, 목욕을 오랜 시간 했다. 점심때가 되면 그는 내가 차려준 음식을 거하게 먹고 오피스텔로 가는 것이 그의 일과였다. 오늘도 그는 오전에 눈을 맞으며, 목욕하러 우리 집에 왔다. 나는 책을 읽고 있었다. 점심때쯤 남편이 부엌에서 달그락거렸다.

- 배고파요?

나는 어제 테니스 멤버가 준 찰밥을 데웠다. 엊그제 끓여놓은 도가니탕을 데웠다. 나물을 내놓고, 김을 썰고, 고등어자반을 데웠다. 우리는 딸과 함께 맛있게 먹었다. 과일도 먹고 커피도 마셨다. 나는 먹은 그릇을 닦았다. 작은딸은 계속 먹었다. 나는 빈 그릇을 치웠다. 딸이 말했다.

- 아빠 금요일 시간 있어요?
- 왜?
- 금요일 학원에 일이 있어서 쉬어요.
- 엄마는 금요일 스크린 골프 약속이 있어.

나는 갑자기 속이 부글부글 끓었다. 지금 나이가 39인데, 지가 부모하고 놀 때인가? 지금 데드라인에, 시집갈 나이이지. 나는 속에서 불이 났다. 나는 볼멘소리로 대꾸했다.

- 왜? 너 우리랑 놀라고?

405

- 아니 내가 여기 오고 싶은 거는 아냐.

- 아이고 안 와.

- 다시는 안 온다고.

- 3월 9일에도 나 여기 안 와.

딸은 폭포수처럼 나에게 대들었다.

- 아이고, 내가 죄업이다.

- 그래, 내가 온전히 살겠냐?

- 그래, 내가 수암 암자에 갔을 때, 보살이 아빠보다 먼저 간다더라.

집안이 조용해졌다. 딸과의 싸움은 끝났다. 모두가 바위 덩이를 입에 달았다. 천장에서 쇠뭉치가 내려앉았다. 집안은 정적만이 흘렀다. 나는 TV를 켰다. 그리고 덤벨을 들고 허리운동을 했다. TV에서는 알토란 프로였다. 각자 집안의 풍속을 이야기했다. 나는 그 이야기 속에 빠졌다. 딸은 손톱 발톱을 깎았다. 그는 말했다.

- 나 이 집에 안 와.

- 내가 오고 싶은 줄 알아?

- 안 온다고.

- 3월 9일에도 안 와.

- 네 맘대로 해.

그는 제 짐을 챙기고 가버렸다. 나는 여러 가지로 우울했다. 그때 큰딸이 카톡을 보냈다.

시니어 모델 김칠두 씨의 꿈은 약 1만 4,600일 만에 이뤄졌다. 햇수로 40년. 옷에 관심이 많던 청년이 생계 때문에 현실과 타협하고, 가장의 삶을 거쳐 노년이 되기까지 걸린 시간이다. 모델이 되겠다는 소망은 김 씨가 60대 중반에 접어들 때까지 제자리걸음이었다. 그의 머리카락은 어느덧 잿빛이 됐지만 이제 김 씨의 이름 앞 수식어는 모델이다. 청년이 포기했던 꿈은 노년의 일상이 됐다.

-「생선장수, 순댓국집 거쳐 '모델', 63세 김칠두 씨 '40년의 꿈'」, 국민일보,

2019. 02. 19.

윗글을 보내면서 문자 보냈다.

- 엄마 이거 너무 멋지지 않아요?? 엄마가 소설 낸 것처럼 말이에요!
- 정말 그렇구나~
- 오늘 동생이 우리 집에 와서 대판 싸웠다. 아무래도 □오빠 만나게 할 필요 없는 거 같더라. 네 동생 성격이 더러워서 오히려 소개시킨 것이 불편해질라.
- 조용히 살자. 내가 그 애 결혼을 포기해야되는데…. 성질 고약한 놈은 어쩔 수 없는 거라고~
- 그냥 포기해야 되는데….

- 그놈 가면서 3월 9일 우리 집에 밥 먹으러 안 온다고 소리치고 가더라?
- 아이고, 엄마 승은 보니까 우리랑 안 맞아요.. 자기가 남자 성격이라서가 아니고, 남자들이 살살 달래야 하더라고요.
- 아빠가 하거나 용(사위)이랑, 나랑 합작해야지, 우리에게는 칼날을 세워서 힘들어요.
- 일단 살살 얼렀다 달랬다 해보자고요!
- 그래 내 딸 고맙구나!

이런 날, 나는 마음이 시끄럽다. 무엇을 어떻게 내 마음을 달래야 할지 몰랐다. 작은딸도 힘들 테고 나도 힘들다. 내가 싸움을 걸고 내가 힘들다. 차라리 조용히 흘러가 줘야 하는데 그러지를 못했다. 나는 언제까지 이렇게 반복하며 살아갈까? 아직도 에너지가 많아서겠지? 잠시 책이라도 펴서 내 마음을 달래볼까?

> 깨달음은 각성의 가장 높은 경지다. 아무런 차별도 없을 때, 구별이 사라지고 모든 것이 통합되었을 때, 오직 하나만이 남는다. 이것은 거대한 하나 됨이다. 모든 경계가 허물어진다. 하나의 나무가 다른 나무와 합쳐지고, 땅이 나무와 합쳐지고, 나무가 하늘과 합쳐지고, 하늘은 저 너머의 것과 합쳐지고…. (중략) 이때 그대는 모든 것을 받아들인다. 그대는 존재계와 조화를 이루어 흘러가기 시작한다. 이때 그대는 매 순간을 즐긴다. 무엇이 주어지든 감사하게

받아들인다. 가만히 앉아 숨 쉬는 것만으로도 아름다운 경험이다. 매 순간이 마술처럼 경이적인 순간이 된다. 삶 자체가 기적이 된다.

－『탄트라 더 없는 깨달음』, 오쇼강, 67~72p.

그렇다. 기적이고 경이로움을 즐기지 못하는가? 나는 우선 자연스러움을 익힐 것이다. 그리고 계속 일어나는 사념을, 지나가기를 기다릴 것이다. 그리고 정말로 눈과 귀가 순수하게 유지하게 할 것이다. 감각 전체를 순수하게…. 특히 특정한 것에 초점을 맞추지 않을 것이다. 무심하게 나를 지켜볼 것이다. 나는 나를 이기려 애썼다. 그리고 내가 쓰고 익힌 것을 다시 한번 되풀이 했다.

다음 날 새벽 6시 산책을 했다. 작은딸이 생각나면, 나는 초점을 바꾸려고 했다. 가로등을 보고, 어둠속에 켜진 등불이 아름답구나를 생각했다. 머리는 혼탁하지만 등산길은 미끄러웠다. 아직 남은 잔설이 나무 밑에 있었다. 정상에 오르니 사람은 없었다. 10년 전만 해도 할아버지들 십여 명이 그들의 이야기를 했다. '내가 60년대 독일을 갔는데, 그때가 ~ ~, 아니, 나는 사우디아라비아를 갔는데…' 서로 그들은 자기의 이야기를 과시했다. 그들은 지금 어디로 갔는지 정상 벤치에는 아무도 없었다.

남편과 나도 언젠가는 이 자리를 비워줄 일이었다. 그렇게 많던 사람들이 모두 어디로 갔을까? 젊은이 늙은이들이 많았는데…. 절룩거리며 다녔던 할아버지, 그의 부인과 딸이 자기 아버지를 끌고 다녔던 사람들, 목에 빨강 등산용 수건을 두르고, 골프채 우드를 가지고 열심히 걸어 다녔던 사람은 언제 사라졌을까? 왕 할아버지가 라디오를 떠나가게 틀고, 쓰레기를 주워 다니며 공원을 시끄럽게 했던 기억. 더러는 젊은이들이 트랙을 뛰어다녔고, 거기에 맞춰 강아지들도 훈련한다고 트랙 안쪽에서 주인의 다리를 맞춰 빙빙 돌며 뛰던 기억들….

작년에 공원 조성을 다시 한 것이다. 소나무 숲 한가운데의 잔디광장 끝에, 벤치가 있다. 벤치 위로 파르테논 신전 기둥이 보인다. 그 옆 장미밭에 연인들이 춤추며 키스하는 조각상이 장미꽃 화단에 있다. 광장 한가운데에, 시간과 온도를 알리는 시계가 서 있다. 온도는 마이너스 일도라 한다. 춥지 않다. 예전에 열심히 산책하는 사람들은 없다. 우리는 소나무숲 언덕에서 인도식 체조를 한다. 전에는 우리가 체조를 할 때, 그곳에서, 체조 선생의 구령에 맞춰 사람들은 체조를 했고. 숲속에서는 할머니부대가 이야기를 즐기며 산책했는데…. 이제 그들은 모두가 사라지고 없다.

우리는 체조를 하고, 누에 다리를 지나 집 쪽으로 내려온다. 나는 다시 작은딸에 대해 말한다.

- 우리 인생이 이제 길어야 20년인데 아니, 10년만 살면, 살아 있는 활동이 끝이 나는데….
- 아직도 내가 딸의 결혼을 가지고 인생을 말해야 되는 것인지….
- 넷째 삼촌을 생각하면, 인생이 별게 아닌데….

- 그 삼촌 변호사 사무장 환갑까지 했으면, 최선을 다 한 거야 그렇죠?

- 그럼, 그 녀석 그래도 법대 나와서 그렇게 살았으면, 행복한거라고.

- 그렇기는 그래요. 33일 동안 동서랑 세계여행도 했고요.

- 일찍이 저 좋아하는 자동차를 몇 번씩 바꾸면서, 즐겨 사서 타고 다녔잖아.

- 정말 그렇네요. 애들도 다 대학 나왔고. 유학도 했으니까요.

- 인도의 영화 '아푸 3부작'을 보면, 현실을 그대로 드러내는 극도의 사실주의 미학을 보여 준다는 것인데, 그것은 바로 우리 인생 모두가 그렇게 사는 삶인 것이라고요. 거기에 일본 영화 주인공 카지의 삶을 봐도, 아프와 똑같은 삶으로 평생을 고생하다가 그냥 죽는 것이잖아요?

- 삶이 한 때라도 활짝 폈다가 죽는 삶은 0.01도 안 되는 거 같아요.

- 그에 비해 우리는 지금 이 정도의 편안한 삶을 가졌다는 것은 대박이라고요.

- 그러니 작은딸도 걱정하지 마.

- 그 인생도 괜찮은 거라고.

- 다른 사람들 봐. 42세까지 평생 서울대 가느라 고생하고, 판 검사해서 밤새워 근무하고, 시댁 일에 시달리고, 애들에 시달리다가 작년에 죽은 거 보라고, 그런 인생보다 작은딸이 났지.

- 그렇기는 하네요.

- 이제까지 부모덕에 돈 걱정 없이 살았고, 저 좋아하는 술 다 먹고 제 맘대로 살았지, 거기에 저 좋아하는 테니스 실컷 즐기면서 치고 다니잖아?

- 그래요. 그런 인생도 인도영화 주인공 아프나, 일본 영화 주인공 카지 인생보다 백배 낫네요.

나는 하산을 하면서 작은딸에 대한 인생을 내 마음에서 지워지기를 바랐다.

*

딸과 다툼이 있은 후 딸은 집에 오지 않았다.

다른 때 같으면, 테니스 레슨을 끝내고 집으로 왔다. 그리고 인터넷을 이용하여, 엄마 카드로 자기 필요한 용품을 샀을 것이다. 다시 목욕탕 물을 받아 1~2시간 물에 몸을 담그고 목욕을 즐겼을 텐데…. 이번 주 화요일, 그는 금요일에 대해, 자기 학원 수업이 휴강이라며, 우리에게 아빠네 무얼 할 거냐고 물었다.

- 아빠 금요일 뭐해?

- 엄마는 친구들과 스크린 골프 할걸?

- 아니, 네가 왜? 우리 뭐 하는지 묻냐?

- 넌 남자를 사귀든, 남자 친구들과 놀아야지. 나이 40이 되어.

- 내가 뭐 놀 데 없어서 여기 오는 줄 알아?

- 안 온다고. 안 와.

- 3월 9일도 안 온다고.

그리고 그는 떠났고 올 때가 되었는데 그는 안 왔다. 3월 9일은 가족모임으로 우리 집에서 참치회 밥을 큰딸네랑 함께하기로 했던 것이다. 남편과 산책하면서 남편은 말했다.

- 우리는 최선을 다했다. 나이 39까지 우리는 먹이고, 재우고, 대학 졸업을 시켰다.
- 저 스스로 결혼은 책임져야 한다. 당신은 할 만큼 했다.
- 안 되는 일을 어찌해 보겠다는 것은 어리석은 짓이다.
- 우리는 독립시킨 걸로 성공했다.
- 3월이 되면 100만 원짜리 인생이면 됐다.
- 모자라는 것은 우리가 보조비로 보태주면, 부모로 최선을 다하는 것이다.
- 자기 인생을 자기가 창조하는 것이지 안 되는 걸 억지로 만들 수도 없는 것이다.
- 막말로, 이제 그놈이 죽어도, 그 인생은, 지금까지, 잘 먹고 잘살았다. 평생 돈 걱정 없이 저 좋아하는 술 다 먹었고, 저 좋아하는 테니스 신나게 치며 살았잖아?
- 그 정도 그렇게 산 사람이 몇이나 되나? 죽도록 공부하고, 죽도록 돈 벌려고 일하다 죽는 사람이 얼마나 많은가?
- 그렇게 말하니 그렇기도 하네요. 엄마로서 이제 애달파 하지 않고 살으렵니다.

나는 차츰 마음이 비워졌다. 물론 부성과 모성이 다르지만, 나도 이제 강하게 마음을 다져 먹고 작은딸 홀로서기에 동참하기로 했다.

*

내 생각에 이 정권은 국민의 생업을 염려하는 마음이 없고 잘못된 정책으로 인해 국민이 고통을 받아도 시정할 생각이 없는 역대 최악의 정권이다. (중략) 이제 기업할 여건이 대강 구비되어서 불량, 부실 기업이 도태되고, 선진 기업 문화가 정착되고 있는데 현 정권이 들어서서 기업의 숨통을 조이며, 나라 경제를 실험 대상으로 삼아 실패를 거듭해도 '우리 사전에 중도 포기란 없다'는 식으로 밀어붙이니 나라가 완전히 망가지지 않는가. 그것은 칼 찬 일제 순사보다 몇백 배 무시무시한 전횡이다. 문재인 정부는 공포의 독선을 그만두어 주기 바란다.

-「서지문의 뉴스로 책 읽기-칼 찬 순사보다 무서운 것」,

조선일보, 2019. 02. 19.

엊그제 이재웅이 지지부진한 공유 차량제 도입을 놓고 또 돌직구를 날렸다. "가장 중요한 수천만 택시 이용자가 빠졌는데 카카오, 택시단체, 국회의원이 모인 기구를 사회적 대타협 기구라고 명명한 것부터 말이 안 되는 일이다," 공유 차량제 도입은 수천만 소비자의 편익이 높아지느냐가 가장 중요한 판단 기준이 돼야 한다. 이재웅은 "(이런 상황에서 내려진) 결론을 어느 국민이 수용하겠느냐"고 했다. 혁신은 기득권 구도를 깨고, 경쟁을 촉진해야 이뤄질 수 있다. 그런데 경제부총리도 공정거래위원장도 아닌 기업 대표 한 사람만 '자유경쟁'과 '소비자 권익'을 말하고 있다. 아마도 정부는 '소비자'가 빠진 것도 모르고 있을 것이다.

－「萬物相-이재웅의 돌직구」, 조선일보, 김홍수, 2019. 02. 19.

– 민주당이 18일 경남도청에서 가진 지역별 첫 예산정책협의회는 드루킹 대선 여론 조작 공모 혐의로 1심 유죄 판결을 받은 김경수 경남지사의 구명 활동을 위한 자리였다. 김 지사는 작년 4월 드루킹과의 댓글 조작 공모 의혹이 처음 불거졌을 때 6월 지방선거 불출마를 검토했으나 당 지도부의 강력한 만류로 선회했다. (중략) 국민 세금으로 표를 사는 것도 모자라 세금으로 대통령 측근 구하기까지 하겠다고 한다. 그래서 언론 비판을 받아도 지역민들은 좋아할 것이란 계산이 있을 것이다.

－「수조원 국민 세금 갖고 '김경수 구하기' 나선 민주당」,

조선일보, 2019. 02. 19.

아이돌그룹 '방탄소년단'을 성공 시켜 '방탄 아버지'로 불리는 방시혁(47세) 빅히트엔터테인먼트 대표가 26일 서울대 졸업식에서 축사했다. 방 대표는 서울대 인문대 미학과 91학번이다. 서울대 졸업식 축사는 그간 대통령과 고위 공직자, 교수 등이 맡아왔다. (중략) 방 대표는 졸업생들에게 "자신만의 행복을 정의하라"고 했다. "남이 만들어놓은 행복을 추구하려고 정진하지 마라"며 "본인이 행복한 상황을 정의하고 이를 방해하는 것들을 제거하며 끊임없이 추구하는 과정 속에서 행복이 찾아올 것"이라고 했다.

-「""나를 만든 건 분노…. 관행, 관습, 적당한 타협이 싫었다」,

조선일보, 2019. 02. 27.

현 정부는 계속 기업 죽이기에 힘을 쓰고 있는 기분이다. 현 정부는 저 생산층과 청년들을 선동하여, 부유층을 끌어내려, 함께 모두가 평등하게 살자는 주의였다. 거기에 민노층의 행태는 무엇인지 알 수가 없다. 그들은 촛불시위라는 이름하에 정권을 휘두르며 노동을 방해하고 노동현장을 지배했다. 이것은 나라가 아니었다. 집권자들은 정권을 계속 잡기 위해 권력에 집중했고, 세금을 퍼서, 정권 유지에만 혈안이 되었다. 그들은 나라의 발전에는 관심이 없었다. 그들에게 나라의 존재는 이미 상실했다. 그들은 오로지 그들의 손에 나라를 계속 움켜 잡아채는 것에 초점이 있었다. 나는 독립된 우리나라가 계속 존재할 수 있기를 바랐다. 다시는 일제 치하의 치욕이 있어서는 안 되는 일이었다.

　　　　　　　　　　　　*

　　2019년 2월 27일, 예술의 전당에서 베토벤과 브람스를 공부했다.

- 19C 베토벤과 브람스는 독신이었다. 1770년 베토벤이 태어났다. 조부는 본의 궁정악장이었고 아버지는 본의 궁정 가수였다. 어머니는 궁정 요리장의 딸이었다. 어렸을 때 아버지에게 피아노 기초를 배웠고 연주회를 다녔다. 16세 때 모차르트를 동경하여 빈으로 유학, 어머니의 죽음으로 본으로 돌아왔다. 그때부터 집안 생계를 맡았다. 그는 작은 키에 빛깔도 검고 풍류가 없는 메마른 느낌이어서 귀족 사회의 우아함과는 인연이 먼 사나이였으나 인품은 매력적인 데가 있었다.

- 기본적으로 그는 음악에 대한 자부심이 높았다. 그는 음악에 대한 이해가 없는 여자들을 철저히 외면했다. 생전에 많은 여인들과 친구 이상의 관계를 맺었는데 그의 연애사는 자신의 음악에도 상당한 영향을 미쳤다. 베토벤의 많은 작품 중에서 베토벤, 교향곡 제9번 '합창'은 환희와 인류애의 메시지를 담고 있는 작품이다.

- 이 작품은 전통의 틀을 벗어난 작품이다. 교향곡에 사람의 목소리를 도입했다. 통상적인 2, 3악장의 템포를 바꿔 2악장을 빠른 스케르초로, 3악장을 느리고 가요적인 악장으로 설정했다.

- 이 곡은 반전에 반전을 거듭하는 변화무쌍한 교향곡이다. 많은 특징이 있지만, 제1악장의 신비스러운, 우주의 문이 열리는 듯한 도입부가 시작을 알린

다. 이것은 우주가 생성되는 표현이라 설명한다.

- 2악장에서 비극은 익살극으로 얼굴을 바꾼다. 1악장의 고뇌를 하찮은 농담으로 전락시킨다. 2악장의 열광적인 무곡이 끝나면 사랑으로 넘치는 3악장 아다지오가 뒤따른다.

- 4악장 '환희의 송가'를 통해 모든 인간은 하나가 된다. 베이스 독창자가 일어나 "오, 벗이여! 이런 곡조는 아니오! 더 즐겁고 환희에 찬 곡조를 노래합시다"라 말한다. 환희의 송가를 통해 청중은 모두가 하나가 된다. 베토벤은 그의 마지막 교향곡을 기악과 성악을 혼합한 대서사시로 후대의 작곡가들에게 막대한 영향을 미쳤다.

나는 9번 교향곡을 들으면, 처음 시작은 봄의 새싹이 움트며 속삭이는 듯한 음이 흐른다. 자연이 서로 조화롭게 어울리며 부드러운 바람 소리, 살랑살랑 손짓하는 소리로 봄을 부르는 소리였다. 서서히 부드러운 합창이 울려퍼지며 산과 들로 계곡에 따라 부드럽게 웅장하게 온 세상으로 울려퍼진다. 서서히 신나는 합창으로 남성의 성스러운 멜로디와 여성의 아름다운 고음이 함께 어울려서 신의 기도를 찬양하듯 고요하고 거룩하게 신에게 호소하는 느낌을 준다. 신나는 합창, 환희와 기원을 찬양하는 거룩한 소리. 소프라노의 고음으로 남자와 여자의 아름다운 혼합음이 신나게 강렬하게 빠른 음으로 솟구치다가 다시 부드럽게 인간의 마음을 순화시키는. 고요하고 거룩함이 존재한다. 나는 9번 합창 교향곡이 최고의 교향곡임을 확인하는 것이다.

1853년에 스무살의 젊은 요한 브람스는 슈만 부부에게 신선한 음악적 재능을 타고난 청년으로 다가왔다. 첫 대면 후 클라라와 브람스 사이가 가까이 발전하게 되었다. 그것은 슈만이 자살 시도 이후였기 때문이다. 슈만은 정신장애를 앓고 있었다. 슈만은 자살 시도를 했고, 그때 클라라는 8번째 아이를 임신하고 있었다. 남편이 요양원에 있을 때 클라라와 브람스는 더 가까워졌다. 브람스가 클라라를 많이 위로했다. 슈만이 죽은 후 그들은 결혼하지 않았다. 둘은 음악이나 정신적으로, 서로 크게 의지한 것은 사실이었다. 그러나 클라라가 죽은 후 자신을 슈만 옆에 묻어달라 했다.

-『클래식 클라스』, 이인현, 북오션.

클라라는 77년 생애 중 슈만을 16년 동안 사랑했고 43년간은 브람스에게 가장 가까운 사람이 됐다. 그리고 브람스는 클라라의 죽음을 비통해 했는데 그는 그녀의 죽음에 대하여 "삶의 가장 아름다운 경험이었고 가장 위대했던 가치였으며 가장고귀한 의미를 잃어버렸다고" 탄식했다. 브람스는 결국 이듬해 4월 클라라의 곁으로 가게된다. 나는 브람스의 짝 사랑이 슬펐다. 클라라를 죽도록 사랑했는데, 슈만은 클라라가 16년을 사랑했고 43년을 브람스가 클라라를 돌봤는데…. 클라라의 이기적인 사랑이 미웠다.

요즘 '먼지 지옥'으로 계속되는 날이 되는 것은 현 정부의 책임이라 말하고 싶다.

내가 북경이나 상하이를 방문했을 때, 그곳은 앞 사람이 보이지 않았다. 그 나라의 현실은 아득하고 숨 막혔다. 지금 우리나라도 요즘 마찬가지가 되었다. 문제는 원자력 발전소를 없애고 화력 발전소로 모든 전기를 해결하니 문제가 생겼다. 그것도 환경단체가 주장해서 그랬다. 그런데 원인이 중국 먼지가 와서 그렇다? 말도 안 되는 일을 말이라 했다. 오히려 우리나라에서 역으로 중국으로 보낼 수 있음을 성균관대 교수 전문가는 말했다. 그런 현 정치권의 행동을 보면 속이 터졌다.

그래도 어리석은 국민이 좋다는데 어쩌겠는가…. 신문은 떠들었다. "서울, 인천, 어제(1920. 3. 5) 세계 1, 2위 '먼지 지옥' 5일째 재난급 미세먼지 사태 속초, 제주까지 숨 막혔는데 시민들 "정부는 '문자'만 날려" 오늘 6일 연속 비상 저감조치 - 미세먼지로 뒤덮인 서울은 주변을 제대로 분간하기조차 어려웠다. 시민들 "대선 공약까지 했는데, 정부는 뭐라도 좀 해보라" 분통…. 말로만 "비상조치" 그 잘난 환경단체 데모꾼은 어디에 있는 것인지 나는 그들에게 묻고 싶다. 제발 화력 발전소를 없애고 원자력을 가동하자고. 중국도 지나친 화력 발전소가 주범이었음을 말해주고 싶었다.

검찰이 이른바 사법행정권 남용 사건과 관련해 전, 현직 판사 10명을 5일 기소했는데 이 가운데 김경수 경남지사에게 법정구속 판결을 내린 성창호 부장판사가 포함돼 있다. 성 판사가 2016년 영장전담 판사로 있을 때 '정운호 게이트' 사건에 연루된 법원 관계자들에 대한 검찰의 연장 청구서, 진술 내용 등을 법원 행정처에 전달해 공무상 비밀을 누설했다는 것이다.

-「김경수 법정구속 판사에 대한 검찰의 기소」, 조선일보, 2019. 03. 06.

이게 말이 되는가 말이다. 모든 판사들을 위협하고 자기네 입맛에 맞게 모든 것을 맞추려는 수작이 나라를 바로 세우는 길인 것인가? 모든 정치인들은 똑같다. 그들은 모두가 쓰레기 정치인들이다. 그 정치인을 위해서 다시 검찰은 쓰레기 짓거리를 하고 있으니 나라 꼴이 뭐가 될 것인가? 나는 차라리 강압적이고 질서가 있는 그래도 나라가 살아났던 박정희 시대 정권이 그립다. 그런데 그때 우리 학생들은 독재정권이라며 자유를 달라고 데모를 했으니… 이렇게 자유가 많은 지금이 진정한 자유로 보이는가? 위아래 어디를 보나 모두가 어리석음으로 어리석게 나라가 추락하고 있다고 생각이 들 뿐이다.

가족 모임으로 저녁 식사를 했다.

한 달 전에 우리는 3월 둘째 주 토요일 저녁에 식사하기로 약속했다. 그러나 나는 금요일 저녁부터 허리병이 도졌다. 일어서기가 힘들었다. 왼쪽 허리가 시큰거렸다. 두 무릎을 손으로 짚어서 간신히 일어났다. 이럴 때 나는 삶의 반성이 일어났다. 그래, 이렇게 기어서 화장실을 갈 수 있으면, 성공인 거야. 라면이라도 끓일 수 있으면, 그것도 성공이라고. 나는 계속 비교하며 그동안 몸 편히 살았을 때를 되돌아봤다. 친구들이 약속을 해 놓고 약속을 지키지 않으면 나는 참을 수 없어 하며, '그 애는 왜? 그런다냐?' 고 욕했다. 그러나 이렇게 허리병이 도지면, 그들을 용서했다. 내 몸이 아픈데, 움직일 수 없는데… 당연히 용서해야지. 모두가 그들의 사정이 있어서지 했다.

그러나 내 몸이 건강하면, 또다시 용서는 없어지고 지키지 않은 약속을 탓하는 것이었다. 나는 정말 이제 나이도 많아졌는데, 매사를 용서하고, 부족함을 이해하며, 상대편을 편안하게 해주는 것을 끊임없이 계속적으로 내 마음속에서 일어나기를 바랐다. 늙을수록 더 편협하고 이기적이며, 자기만을 내세우는 그런 사람이 되어서는 안 되는 것인데… 그놈의 마음은 자비를 가지고 사람들을 이해하며, 따뜻한 마음으로 그들의 처지를 너그럽게 받아주는 마음을 가지지 못하는 것인지, 나는 나를 이해 할 수 없었다.

우리는 큰딸과 약속했던 3월 둘째 토요일(2019. 3. 9), 그래도 약속은 약속이라서 딸에게 전화했다(아마 딸은 저녁 식사 약속을 잊었지 않았을까? 하면서…).

- 나야, 너 오늘 함께 참치회 우리 집에서 먹기로 한 거 알지?
- 엄마, 그랬나? 확인해 보고요.
- 근데, 엄마 오늘 용(사위)네 회사에 애들 데리고 가서, 함께 밥 먹기로 했는데, 내가 다시 엄마한테 연락할게요.
- 엄마 용에게 전화했어요. 오늘 내가 애들 데리고 회사 들렀다가 저녁 7시 반경 집으로 갈게요. 용이 손님을 늦게 만나야 된대요. 7시 반경에 집으로 갈게요.
- 그래, 알았어.

나는 통증약으로 진통제를 먹었다. 허리를 밴드로 동여맸다. 그리고 상차림을 서둘렀다. 참치회를 소금물에 담갔다가 씻어서 회를 키친타월로 닦아서 냉동실에 넣었다. 손님이 오면 썰어서 접시에 담아 내게 했다. 다시, 냉이 된장찌개, 조개탕, 음료, 소주, 맥주를 준비했다. 소스와 야채를 준비하고, 새우구이와 전을 준비했다.

- 엄마 손님이 늦어져서 시간이 더 걸릴 것 같아요. 그리고 회사 선배와 함께 갈게요.
- 그래. 그럼, 8시가 넘겠구나.

- 네. 엄마 떠나면서 전화할게요.

- 나(작은딸) 공연히 왔네. 이럴 줄 알았으면, 안 올걸.

작은딸이 투덜댔다. 그 애는 만사가 정확해야 했다. 정확하지 않으면 참을 수 없어 했다. 왜 요즘에 참고 살아야 하느냐를 따져 묻는 애였다. 나는 그 작은딸에게 누구를 소개시킬 수가 없었다. 상대편이 늦거나 실수를 하면 그는 용서를 못 했다. 그는 완벽주의자였다. 그래서 그는 시집을 못 갔을 것이었다. 남편은 딸에게 TV 채널에 재미있는 것을 알려주었다. 그는 즉시 그 영화에 빠져들었다. 나는 그놈이 투덜대서 불안했는데, 영화에 빠져서 모든 것을 잊었다. 그렇게 시간이 흘러갔다. 8시 넘어서 아이들이 왔다. 딸네 식구 4명과 회사 선배가 함께 왔다.

- 어서 오세요. 잘 왔습니다.

- 어서 와라.

- 안녕하세요? 오빠도 왔네요?

선배는 함께 성당 다녔던 오빠였고, 작은 애, 큰 애, 사위가 함께 어울렸던 사람이었다. 우리는 맥주와 소주로 축배를 들었다. 남편은 갑자기 30년짜리 양주를 들고 와서 폭탄주를 제조했고, 돌아가면서 건배를 했다. 건배 잔은 계속 돌고 돌았다. 작은딸은 오빠에게 새우를 까달라면서 술을 마셨다. 그날 그 선배 오빠에게 작은딸은 호의적이었다. 남자만 보면 그는 그 남자를 짓뭉개서 자기 콧대를 높였는데, 이번에는 다르게 처신했다. 나는 놀라웠다. 어쨌든 그는 아직 결혼하지 않았다. 나는 작은딸과 그 선배가 인연이 이어져서 서로 좋은 관계로 발전하기를 바랐다.

그날 우리 모두는 취했고, 즐겁게 축배를 들으며, 행복하게 헤어졌다. 다음에 다시 만나자는 말을 남기고….

*

2019년 3월 16일, 시아버지 묘소를 이장하다.

어느 날 군청에서 산소를 이장하라는 쪽지가 날아왔다. 시아버지 산소가 마을 100m 안쪽에 있다고. 나는 화가 났다. 시아버지 산소가 22년 되었고, 법이 바뀌었다고 해도 산소 앞에 땅을 사서 집을 지어 입주한 사람이 잘못이라고 생각했다. 아무래도 그놈이 군청에 새 법에 위배된다면서 묘소를 없애 달라고 신청한 것으로 보였기 때문에 더 화가 났다. 남편은 어차피 시어머니가 돌아가시면 함께 화장하려고 했다. 국토의 절반 이상이 묘지로 차지하는 것도 좋은 모습이 아니라고 생각했다. 가족들은 넷째 삼촌이 갑자기 죽은 것도 충격이 있었고, 60세인 동생이 갔는데, 죽은 지 22년이 된 시아버님 묘소를 시어머니가 지나치게 숭상하여 식구들을 괴롭히는 것도 아름답지 않았다.

남편은 법적인 싸움보다 조용히 화장해서 아버님을 자유롭게 자연으로 돌아가시게 하는 것도 방법이라고 했다. 넷째 동생을 화장한 것처럼. 가족과 시어머니가 합의해서 장례지도사의 주관으로 오늘 화장하기로 했다. 그리고 시아버님이 낚시하던 곳에 유골을 뿌려드리기로 했다. 그러나 사연은 많아졌다. 시어머니의 마찰로 아들들을 고통스럽게 했다. 시어머니는 둘째, 셋째 아들들에게 전화했다. 아버님을 물에 수장하는 것은 싫다고. 납골당으로 하자고. 이미 어머니랑 합의한 거고 이미 결정해서 진행되어 안 된다고 했다. 다시 시어머니는 다섯째 막내를 설득했다. 막내는 시어머니의 시종이었다. 결국 그는 맏형에게 대들었다.

- 형! 형은 왜? 형 마음대로 아버님을 하려고 하세요?
- 아니, 내가 뭘?
- 왜, 형이 하고 싶은 대로 하냐고요.
- 어머니가 하고 싶은 대로 해야지요.
- 그게 무슨 소리냐? 분명 어머니가 화장해서 낚시터에 뿌리자고 합의했는데?
- 내가 어머니한테 어떡할 거냐고 물으니까 납골당에 보관하고 싶다잖아요.
- 아니, 이미 결정한 거잖아. 어머니도 거기서 결정하시고….
- 어머니가 아니라잖아요.

둘은 계속 다투었다. 남편은 괴로웠다. 맏이니까 자기가 모든 비용을 처리하겠다고 이미 선언했고 모든 것은 절차대로 진행할 것이었다. 전날에 모든 것을 당신이 요구하는 대로 다시 수정하는 것은 쉽지 않았다.

- 그래, 내가 뭘 내 맘대로 했냐? 난 결정한 대로 하는 거야. 그것도 어머니가
  스스로 결정한 거야. 그럼 다시 어머니에게 내가 물어보겠다. 그리고, 너 말이
  야, 이미 어머니와 형들이 결정한 것을 다시 뒤집고 하는 것은 집안이 엉망이
  되는 거야. 너 그 버릇은 좋은 게 아니야. 내가 일단 다시 어머니에게 물어보
  고 어머니 생각에 맞추어 볼게.
- 나예요. 어머니가 결정하신 아버지 화장에 대해서, 물에 뿌리는 게 싫으시다
  면서요.
- 나는 납골당에 하기를 바랐지. 물에 뿌리는 것은 아버지를 수장해서 버리는
  거잖아.
- 아니, 의견을 어머님이 결정하고 내셨잖아요.
- 내가 농담한 거야.
- 아니, 농담할 일이 따로 있지요. 그걸 농담으로 하시면 어떡해요.
- 알았어요. 어머님 말씀대로 납골당에 모실게요.

남편은 갑자기 바빠졌다. 납골당 문제로 장례지도사에게 이것저것
절차상 문제를 수정했다. 비용도 100만 원은 더 추가될 예정이었다.
나는 막내 삼촌의 행위도 못마땅했고, 시어머니의 행위도 미웠다. 평
생 당신은 순조로운 행동도 없었지만, 22년 된 아버님의 죽음을 놓고,
또다시 당신(90세)의 마지막 예고를 발휘하여 당신 아들들을 괴롭힐
작정이었다. 모든 절차를 수정하고 동생들에게 알렸다. 당일 모든 형

제는 각자 알아서 아침 7시 반까지 모이기로 했다.

우리는 아침으로 우유와 빵을 사서 준비하기로 했다. 서울에서 가기가 바빠 둘째 동생네 집에서 하룻밤 잠자고 새벽에 떠나기로 했다. 전날 저녁 차로 떠났다. 동서는 형님이 온다고 직장을 조퇴했다. 그는 맛있는 바비큐를 해놓고 기다렸다.

- 형님, 잘 오셨어요. 동생이 형수님이 자주 와야 한대요.
- 왜?
- 그래야 집안이 깨끗해진다나요?
- 나도 그래. 너네가 명절 쇠러 와야 장학시찰 온 것처럼 먼지가 보인다니까?
ㅎㅎ
- 우리 남편도 날 비웃잖아. 그놈의 눈이 희한하다고.
- 여기 앉으세요.

상차림은 이미 되어있었다.

- 이거 드세요. 돼지 삼겹살 바비큐에요. 불맛이 좋아요.
- 맛있다.
- 이거는 멍과 뿌리주, 이거는 화살나무주, 이거는 여주주….

동서가 담은 4~5년 된 약주였다. 간에 좋고, 위에 좋고, 혈액에 좋다며 이것저것 몸보신하라고 했다. 거기에 무말랭이 튀긴 뜨거운 차를 주었다. 소화가 잘된다고 했다. 동서는 부여가 집이다. 친정 부모가 농사를 많이 지었다. 약초와 여러 가지를 농사지었다. 친정 부모는 성실했고, 동서는 주말마다 그곳에서 농사일을 도왔다. 그는 약초의 달인이었다. 신체구조에 맞는 약초를 저장하여 음식에 활용했다.

- 형님 이거 드시고 저거 드시면, 아침에 몸이 거뜬하고 피곤함이 없어요.
- 나는 그가 시키는 대로 했다.

저녁 늦게 동서와 나는 침대에 누워 도란도란 이야기했다. 결혼 초에 힘들었던 일, 애들 키우며 돈이 없어서 병원에 가지 못했던 일, 도련님이 자동차 사고로 사고 수습비를 시어머니에게 빌려, 월급의 반씩을 시어머니에게 송금했기 때문에 힘들었던 일 등을 이야기했다. 우리는 새벽녘에 잠들었다. 한두 시간 눈 붙이고 다시 일어나 동서네랑 함께 차를 타고 시골 묘소로 갔다. 뒤이어 셋째, 넷째네도 도착했다. 이미 지관들과 포크레인이 와 있었다.

산소에 제사상을 차리고 모든 식구가 절을 했다. 포크레인이 산소를 깊게 팠다. 석관이 나왔다. 지관이 뼈를 수습했다. 그런데 지관이 곤란하다고 했다. 22년 된 시신이 아직 삭지를 않았다. 두개골과 살이 그대로 있었고 몸통도 그랬다. 지관은 읍내에 가서 소주 10병, 생수 10병을 사 오라고 했다. 남편과 시동생이 읍내로 가서 사 왔다. 지관은 뼈를 수습해서 깨끗이 닦았다. 한지에 시신을 몸체대로 맞추고 염을 했다. 그리고 연락해서 관과 리무진 차를 불렀다. 시간은 점심 시간을 훨씬 넘었다. 시신을 관에 넣어 장례차에 실었다. 그리고 떠났다.

그 사이 지관은 며느리들에게 보지 말라고 했다. 우리 첫째, 둘째, 셋째, 다섯째 며느리들은 동네 한 바퀴를 돌았다. 나는 그들을 외할머니 집으로 데려갔다. 예전에는 화려했던 집이었는데, 그곳은 아무도 없었다. 나의 어머니가 마지막 이 집을 지켰다. 그런데 어머니가 91세가 되면서 요양원으로 가셨다. 우리는 모두 화장실을 들렀다. 나는 어머니가 쓰시던 장롱을 보았다. 아직도 화려한 자개농이 이 집을 지켰다. 손자가 쓰던 피아노, 어머니가 쓰던 깨끗한 색동 이불들이 가득 차 있었다.

언젠가 어머니가 돌아가시기 전에 이 물건들을 모두 소거해야 할 터였다. 나는 방문을 나섰다. 동서들은 앞마당, 뒷마당을 돌면서, "이거 부추 같아요.", "아니야, 그거 달래야" 하면서 그들은 그것을 뽑았다. "그거 못 가져가. 그 흑덩이를 어떡하려고, 우리 시간 없으니 차 타고 가야 해." 우리는 서둘러서 장례차를 따라갔다. 동서 넷이 이것저것 이야기했다.

- 형님, 나는 ㄴ아빠가 어머니랑 살고, 나는 애들하고 살았으면 좋겠어요.

- 어머님 말이면 껌벅을 해요. 엊그제는 어머님이 사골국을 끓여 오래요. 자기가 죽겠다고요.

- 나는 가만히 있었어요.

- 그래서, 끓여다 줬어?

- 조금만 시간 늦어도 어머니 성품 급한 거 알잖아요. 아니다, 됐다고 하실 것

같아서 2시간 세게 불 때서 끓여다 주었어요. 그런데 어머님에게 내가 잘하려면 ㄴ아빠가 나에게 잘해야 할 거 아니에요?

- 그렇지.

- ㄴ아빠는 나에게만 잘하라잖아요.

- 난, 포기했어요. 이제 서로 좋은 대로 사는 거예요. ㄴ아빠기 좋은 대로, 난 나 좋은 대로요.

- 평생을 어머니 그늘에서 벗어나지 못하고 사는 거잖아요. 아니 시어머니는 왜 그러는지 모르겠어요. 아들을 자유롭게 놔두어야지요.

- 넷째 삼촌도 난리가 났어요.

- 왜?

- ㄴ아빠 평생을 그렇게 구속되어 살았으니 어머니 구속을 벗어나지 못해요. 그냥 그런 식으로 살아야 된다고요. 어머니에게 길들여졌는데요 뭘. 그럼 결혼을 시키지 말았어야지요. 아니면 자유롭게 해주던지요.

- 둘(시어머니와 남편)이 전화를 하면, 웃고 소리치며 난리가 나요.

- 그것도 꼴불견이겠구나.

- 늙은 어머니와 늙은 막내아들이….

- 우리 막내 힘들어서 어쩐다냐?

동서들과 나는 막내 동서가 걱정스러웠다. 애들도 어린데 둘이 이혼한다고 할까봐 걱정이었다.

- 그래. 예전에 넷째네도 시어머니의 이간질로 이혼할 뻔했잖냐?

- 이제 또다시 막내네로 갔네. 어쩐다냐? 막내 삼촌은 그런 걸 모를 텐데….

- 우리도 그랬어. 시어머니 큰아들에게 살살 구슬리면서, 큰 며느리가 못됐다는 말을 은근히 하면서, 너는 내 아들이라 네 맘을 잘 안다냐? 그럼, 이혼하고 당신하고 살자는 이야기냐고.

- 아들들 시어머니 꼬드김에 넘어가서 마누라 차 버릴 지경일걸? 시어머니, 참 요상한 인물이라니까?

- 그러잖아도 셋째가 이번에 딸이 아파서 딸네 집 들러야 하는데, 시골에 온 김에 남편이 시어머니와 며칠 지내다 왔으면 좋겠어요. 사랑하는 어머님과 함께 있어도 좋으련만….

- 참, 이번에 시아버지 제사는 어떡해요?

- 걱정 마. 내가 알아서 지낼게. 너네들은 오지 말라고. 지금 제사는 조선 시대 유물일 뿐이야. 이렇게 사람들이 기독교를 믿는데. 돈도 내지 말고 바쁜데 오지도 말아. 내가 알아서 한다고.

- 셋째가 갈까요?

- 아니, 오지 마.

- 명절 때 오고 싶은 사람만 오라고. 그래서 즐겁게 명절 쇠자고.

우리는 화장터에 와서 기다리고 식사하고 납골당으로 옮길 때까지 동서들과 이야기했다. 그리고 나는 시어머님이 자식을 많이 낳아 우리가 함께할 수 있어서 감사하다고 생각했다. 곧 방송에서 화장이 끝났음을 알렸다. 우리는 뼈를 납골함에 담아 다시 공원묘지로 이동했다. 거기서 우리 모두가 제를 올렸다. 모두들 아버님이 편안하시기를 기도했다. 모든 절차를 마치고 시어머니댁으로 갔다.

시어머니는 노쇠했고, 몸은 작아졌다. 그러나 당신이 원하는 것들은 모두를 취했고, 매사 자기 것이 되기를 바랐다. 당신에게는 따뜻함이 없었고 모든 것이 욕심으로 가득 찼다. 나는 시어머니가 불편했다. 나는 시어머님에 대해 동정심이 일어나지 않았다. 당신은 항상 당신의 말을 했고 당신의 말이 옳다고 했다. 우리는 모두들 시어머니 말을 끝으로 하고 그에게 인사하고 헤어졌다. 다시는 시어머니가 산소를 빌미로 당신의 아들과 며느리를 괴롭히지 못할 것이었다.

*

우리는 오랜만에 남편 G 친구 부부를 만났다.

G 친구 부부는 테니스를 좋아했다. 우리는 오랜만에 테니스를 쳤다. G 친구 부인은 맥주광이었다. 운동을 끝내고 호프집에 들렀다. 맥주를 시켜 건배했다. 나는 맥주 한 잔이면 족했다. 친구 부부와 남편은 계속 맥주를 시켜 마셨다. 우리는 이런저런 이야기를 했다. 그중 정치 이야기가 시작되었다.

- 아니, 서울 시장이 대학 졸업해서 취직 못 한 애들에게 청년 수당 50만 원씩 준다는 것이 말이 돼요?

- 그러면 나라가 뭐가 되느냐고요.

- 나 같아도 돈 안 벌고 나랏돈 받아서 살면 되는 거지요.

- 이게 공산주의화하는 거잖아요.

- 부자 사람들 돈 빼앗아서 돈 안 버는 사람 나누어준다는 것 아닙니까?

- 그러니까 정치인들이 한심한 거지요.

- 그런데 국민이 그게 좋다잖아요. 솔직히 말해서 문 대통령 그 밑에 떨거지들 대학 다닐 때 데모만 했지 돈 벌어봤습니까?

- 그러니까 나라를 생각하면 큰일인 거지요.

- 멀쩡한 원자력 발전소 놔두고 화력 발전소 만들어서 전기 생산하니까 미세 먼지 난리가 나는 거잖아요. 무슨 놈의 중국 타령이요. 이제까지 이렇게 심한 적 있었나요? 화력 발전소 서해안에 50개 만들어서 생기는 거를 왜 모르는 지요.

- 그놈의 환경 단체들 어디 갔어요? 세금 뜯어 돈 먹느라고 데모할 시간 없는 거지요.

- 그런데 정치인을 협조하는 놈들이 서울대 나온 떨거지들이 더 많잖아요. 그들 이 우리 주변에 얼마나 많아요. 그 속에서 한자리해 보려고 줄을 섰잖아요.

- 거기에 우리 자식들이 더 열성팬이잖아요. 나는 다행히 내 자식들이 문팬은 아니에요. 그런데 자기네 아들 그렇게 똑똑한 아들들 문팬이잖아요.

- 맞아요. 그래서 우리는 집에 식구가 모이면 정치 얘기하지 말자고 선언을 했 어요.

- 우리 아는 P 친구 아들도 열열한 문팬 기자잖아요. 그래서 청와대에 들어가 서 활동하잖아요.

- 우리는 말할 수 없어요. 공산주의를 신봉하든 김일성을 찬양하든 할 말이 없네요.
- 세상 모든 공산주의가 망가져 가는데 왜 우리나라만 그쪽으로 가는지….
- 그거는 전교조가 애들 교육을 좌편향으로 교육시켜서 그렇지요.
- 애들이 고생을 안 하고 편하게 살아서 그런 거 같아요.
- 이제 우리가 우려한다고 되는 것도 아니고 국운이 어쩔 수 없이 그렇게 흘러갈 수밖에 없는 거겠죠. 그렇게 생각해야 마음이 편해요.
- 모든 기업을 죽이고 가난한 국민을 만들어서 통째로 북한에 바치는 것이 정치인들의 목적 같아요.
- 물 흐르는 대로, 우리는 힘이 없으니 흘러갈 수밖에 없는 거지요.

우리는 한참 성토 대회를 했다. 시간은 많이 흘러갔다. 나는 서서히 허리가 쑤셔왔다. 그러나 그들은 일어설 기미가 보이지 않았다. 나는 몸이 뒤틀렸다. 대충 대여섯 잔을 먹은 듯했다. 나는 한잔을 가지고 몇 시간째 앉아 있었다. 나는 그만하고 싶었다. 그들은 말이 고팠는지 계속 물고 늘어졌다. G 부인은 남편이 출장 가면 작은아들을 데리고 우아하게 살았다. 아들은 대기업에 다녀서 연봉도 높았다. 아들과 부인은 정서가 잘 맞았다. 둘이 행복했다.

나는 속으로 그것은 아니라고 생각했다. 아들이 삼십 대 후반인데, 아들을 장가보내는 것이 옳은 것이라고. 그 부인은 아들에게 강요하고 싶지 않다고. 그 아들 맘대로 살게 하고 싶다고. 그것은 늙은 어미가 아들을 붙잡아 두는 경우가 아닌가 했다. 결국, 엄마는 아들을 애인처럼 연인 혹은 보호자로 함께 살기를 바라는 것이 되는…. 그러나 그 친구 부인은 너무너무 편하고 좋아서 행복하다고 했다. 나는 속으로 그것은 아니라고 생각했다. 아들이 나이 오륙십이 되어 함께 사는 것도 행복할까 말이다.

나는 이런 때 동물의 세계를 생각했다. 멧돼지 어미가 새끼 10마리를 키우고 보살피지만 성장이 다 될 때, 어미 돼지는 새끼 모두를 집 밖으로 쫓아냈다. 그 후 다시 찾아오는 새끼들을 보고, 어미 돼지는 자기 집을 모두 없애버리고 어미 혼자 멀리 떠나갔다. 그러면 새끼 돼지들은 자기가 혼자 사는 법을 터득했다. 나는 그 방법이 옳을 것 같았다. 시간은 계속 흘렀다. 맥주를 좋아하는 사람들은 콜벨을 눌러 맥주를 주문하며 마셨다. 나는 허리통의 한계가 왔다. 간신히 끝을 내고 집으로 왔다. 나는 밤새도록 허리통에 몸살이 났다. 나는 다시는 맥줏집에 가고 싶지 않았다.

*

남편은 계속 아팠다.

웬만하면 남편은 아프다는 소리를 하지 않았다. 그러나 그는 요즘 아픈 날이 많았다. 입맛이 없어서 먹지 않기도 했다. 나는 그런 것이 난감했다. 그렇게 잘 먹던 사람이 먹지 않으면 나는 당황스러웠다. 육류 음식을 해주면 술 안주를 삼아 맛있게 즐기던 사람이었는데…. 이제 나이가 들어서일까? 거기에 여러 가지 잡일에 스트레스를 받아서일까? 여하튼 먹는 것을 힘들어했다. 그래도 그는 운동은 열심히 했다. 어제는 골프, 오늘은 새벽에 수영을 했다. 팔이 끊어지게 아프다고 했다. 심줄이 늘어나서 통증을 유발했다. 한 방에 갔다 오고 근육진통제도 먹었다.

어쩔 수 없이 아픔도 시간이 흘러가서 근육이든 내장이든 나름 아픔의 시간이 지나가서 아픔의 고통과 인내력이 생겨야 할 것이었다. 나는 오랫동안 허리통을 앓으면서 내성으로 버텼던 것을 생각했다. 근본적으로 몸의 암이 아니면 된다고 생각했다. 시간이 걸려도 치유되는 것이면 우리는 얼마든지 모든 것을 기쁘게 받아들이며 치유되는 시간을 기다릴 것이었다. 남편은 약을 먹고 조용히 쉬었다. 나도 내 작은 방에서 잠자며 조용히 쉬었다. 그리고 책을 폈다.

어릴 때 내 꿈은 소박했다. 나는 어린 시절 대부분을 노력의 소리를 들으며 자랐다. 1968년 민주당 전당대회는 경찰이 베트남전쟁 반대 시위자들을 경찰봉과 최루탄으로 진압하려는 바람에 유혈사태로 번졌다. 그러나 나는 바비 인형과 블록을 가지고 노는 꼬마일 뿐이었다. 가족이 내 세상이었고 세상의 중심이었다. 오빠와 나는 나이 차가 만두 살이 채 못 된다. 네 살쯤 나는 이제 스스로 피아노를 배울 때가 되었다고 스스로 정했다. 나는 아래층으로 내려

가서 깐깐한 로비 할머니에게 배우기 시작했다. (중략) 성공한 사람들은 그 소음(비판자, 회의론자)을 견디는 법을, 대신 자신을 믿어주는 사람들에게 의지하며 목표를 꿋꿋이 밀고 나가는 법을 터득했다. 나는 프린스턴 대학을 도전했고, 입학허가서를 받았다. 프린스턴에서 나는 흑인 친구들이 필요했다. 내가 받은 장학금에는 근로 장학생으로 일한다는 조건이 딸려 있었다. 나는 늘 배웠다.

-『BECOMING』, 미셸 오바마, 웅진지식하우스.

나는 이 책을 읽으면서 나의 인생을 되돌아봤다. 나나 우리 남편도 미셸처럼 열심히 공부했고 사회에서 최선을 다해 일했던 생각이 들었다. 그들을 통해서 우리도 후회 없는 삶을 살았다는 생각을 했고, 지금 행복하게 살고 있음을 발견했다. 젊어서 어려운 일은 인생의 자극이고, 자기 인생을 개발하고 창조하는 에너지라는 것을 알아야 했는데…. 젊음의 시기에는 그것이 불편한 존재로, 아니면 힘든 불행으로 여겨졌던 것이다. 나는 이 책을 읽으며 내가 젊었던 시절과 비교하고 동감하며, 모두가 지나간 시절의 행복을 다시 맛보게 되었다.

아침에 큰딸에게서 카톡이 왔다.

딸은 지금 고민 중이었다. 그는 작년부터 신랑이 회사 스트레스에 몸이 견딜 수 없어서 사표를 썼다. 기업의 사장은 자기 아들에게 물려주면서 문제가 많아졌다. 그 기업의 아들은 의사 개업을 해서 통째로 망가졌고 바로 기업의 윗자리로 옮겨졌다. 그 회사 C는 오너가 바뀌면서 회사 방침이 바뀌었다. 회사를 살리는 것이 아니라 회사를 죽이고 정리해서 부동산 임대업 쪽으로 방향을 틀었다. C 회사는 전망이 없었다. 거기에 사위 위의 상관은 악종이었다. 사위가 착해서 상관에게 10년을 당하면서 살았다. 그는 몸과 마음이 모두 상해 더 이상 회생하기가 힘들었다. 결국 사표를 냈다.

나는 사위에게 말했다. 인생은 길다고. 자신이 제일 좋아하는 일을 찾으라고. 그리고 한 해가 지나갔다. 살림이 이제 바닥났다고 딸은 징징거렸다. 거기에 사위는 봉천동 쪽으로 이사를 가겠다고. 딸은 안 된다고. 아이들을 좋은 학교에 보내려고 학부형들이 애를 태워 이사하는데, 일부러 강남을 떠나는 것은 말이 안 된다고. 둘의 의견은 팽팽했다. 딸은 애들 데리고 친정으로 들어갈 테니 사위는 시댁으로 들어가라고 최후에는. 그러나 사위는 안 된다고 했다. 애들도 아빠와 떨어져 살 수 없다고 했다.

일단 나는 생활비를 조금씩 보태기로 했다. 그래도 모자라는 마이너스 카드를 딸은 시어머니에게 차용증서 1,000만 원을 쓰고 빌렸다고 했다. 그러면서 딸의 불만은 터져 나왔다. 그럴 때 그에게 너의 힘든 것을 글로 써 놓으라 했다. 그것은 후에 네 나이가 엄마만큼 많아졌을 때 자기가 필요한 글을 쓰게 될지도 모른다고 했다.

- 어휴, 엄마 말대로 속상한 거 글로 적어야지 속 터져서 죽겠네요. 결국엔 더럽고 치사하다는 생각이 들어요. 서로 잘잘못을 따지고, 경제 관련해서 싸우면서 사는 것이 정말 별로네요. 근데, 그래도, 난 절대 이 동네 안 뜰 거예요!
- 진짜 남자들 이중 속성인 게 드러나네요. 후에 현모양처가 살림을 열심히 하고 어려움을 지켜 경제를 살렸는데도, 남자들은 자기가 조금 벌어서 먹고사는 데 급급했던 것을. 오히려 자기가 돈을 벌었다면서, 부인에게 네가 한 게 뭐가 있느냐면서 따질 것이라는 말이 정말 맞습니다!
- 오늘 엄마가 오뎅탕 끓였어. 네 집에 갔다 줄게.
- 오늘 저희가 없어요. 봉천동에 왔어요.
- 싱크대 위에 놓았어.
- TV에서 마이웨이 홍민편을 보고 생각했다. 그들이 이혼했는데… 남자가 부인을 싫어하면 이혼하는 것 같더라. 부인이 남편을 싫어하는 것은 참고 살아도….
- 용수 이모(부잣집 아들과 결혼-이모는 Y대, 이모부는 C대)네도 남편이 이혼하자고 한 거지.
- 그러니까 외할머니가 여자가 잘났어도 남편에게 잘했어야지, 하고 말한 거잖아.

- 엄마 근데, 나는 30대에 결혼할 걸 그랬어요. 점을 쳐봐도 그렇고….

- 어차피 돌이킬 수도 없고. 근데 사는 게 짜증이 많이 나네요….

- 10년 전에 나는 천만 원 이상의 차까지 끌고 와서 결혼했는데….

- 모두가 일장일단이 있는 거야. 이제 애들이 컸으니까 네가 할 일, 진정으로 하고 싶은 일을 하라고. 그게 행복이야. 너 테니스 즐겁지만 그것만 하면 재미없잖아? 짜장면 좋다고 아침, 점심, 저녁 짜장면으로 먹을 수 있겠냐?

- 인생의 삶은, 균형 잡으면서 인생을 창조하는 거라고. 시댁에서 너를 괴롭히지는 않잖아. 그것도 대박이라고.

- 돈은 네가 재미있는 일로 벌어. 그런 것이 인생의 즐거움이야.

- 시댁이 부잣집? 그런 집은 문제가 많지. 너 같은 처지가 자유롭게 인생을 창조할 수 있는 거야.

- 별 남자 없다. 훌륭한 남자들이 너를 위해서 뭘 해줄 수 있는데? 맨날 이거는 싫다, 그거는 안 된다, 난 안 하겠다. 그 훌륭한 사람을 위해서 부인들은 그렇게 사는 거야. 서울대 나와서 프랑스에서 살다가 미국 부자 남자와 멋지게 결혼하여 딸 둘 낳고 살다가 남자가 바람났는데, 그 여자도 자유가 그리워서 이혼하더라. 그러나 이혼 후 그 여자도 외롭고 고독한 거야.

- 그래도 네 남편 교과서라 엉뚱한 짓거리 안 하잖아. 노름, 여자, 주식, 마약, 폭력 등…. 그런 걸로 남자들 파괴범이 되잖아. 그냥 평범해서 고맙다고 생각해. 너네 둘이 그만하면 훌륭하다고 엄마는 생각해.

- 네, 맞아요. 그런 것 같네요. 장단점이 다 있고. 어제는 생리하려고 그랬나 우울하기도 하고 슬펐는데…. 자고 일어나니 또 괜찮네요! 열심히 잘살아 보겠습니다!

- 내 딸 훌륭해. 넌 육십 넘으면, 잘 살 거야. 어쩌면 네가 차라도 사 갔으니 시부모가 너에게 자유를 줄지도 몰라. 너네 시부모가 대단한 사람들이잖아.
- 너네 집으로 서초구청에서 온 서류를 갔다 주었다.
- 그런데 너, 용(사위)이 일요일마다 골프 치러 10년간 다녔다고 하면 어떨까? 네가 네 애들을 너 혼자 보게 하고(너는 일요일마다 너 좋아하는 테니스 치러 갔잖아.)
- 아니면 용이 일요일마다 축구하러 10년간 애들과 너를 두고 갔다면?…
- 애들과 용(사위)은 너에 대한 일요일 상처가 많을 거다. 애들은 나에게 엄마가 자기들을 내팽개치고 테니스 치러 갔다고 하는데?…
- 나는 모두가 행복했으면 좋겠다. 아빠 같으면? 이모부 같으면? 모두들 부인을 이혼감 1호로 생각했을걸? 대부분 남자들 용서 못 하지.

조금 있다가 큰딸은 나에게 전화했다. 엄마는 나에게 무슨 잔소리냐고. 자기는 어제 충분히 애들과 남편을 위해서 노력했다고. 그래서 애들은 아침 11시경 일어날 거라고. 왜 엄마가 간섭하냐는 것이었다. 나도 화가 났다. 그렇지만 참았다. 그래 나도 잔소리하고 싶지 않다고. 네가 알아서 잘할 것이라고. 나는 속이 부글부글 끓었다. 나는 사위에게 다시 문자를 주었다.

나는 내 딸에게 보낸 문자를 사위에게 복사해서 전달하고 사위에게 내가 이렇게 진(딸)에게 문자를 보냈다고 했다.

- 네 알겠습니다. 잘 얘기해 보겠습니다.

- 나는 자네가 자네 심정을 웅(손자)이 엄마에게 확실히 말하는 게 좋겠어. 그 것이 행복한 거야. 그리고 모두가 행복해야지. 웅이 엄마에게는 주중에 테니 스를 치라고 하게. 웅이 엄마 난리를 치는데. 내 얘기는 하지 말게.

- 나는 자네가 훌륭하다고 생각하네. 왜냐하면, 웅과 예가 자네를 인정하고 아 빠와 떨어져서 살 수 없다잖아.

- 가정의 행복은 엄마 아빠가 어떻게 살고 있느냐에 달려 있다고 생각하네. 서 로가 도우며, 상대방에게 희생하며, 성실히 사는 가정이 건실한 가정이 될 거 야.

- 돈을 많이 벌어서가 아니야. 각자가 상대방에게 최선을 다하며, 상대방을 구 속하지 않고, 자유롭게. 그리고 질서가 파괴되지 않으면서 상대방을 이해해 주는 것. 그런 것이 훌륭한 것 같으이.

- 자네는 정말 잘살고 있어. 나는 자네에게 고마워.

- 가정도 하나의 작은 회사잖아. 결혼 10년 후부터가 더 중요해. 민주주의 방 식을 따르며 어떤 것이 최선일까를 생각하며 살아야 하지.

- 나는 안양에서 잠원동 17평으로 세 내서 이사 왔어. 맹모삼천이라는 모토로.

- 장인어른? 싫지만 따라줬지. 지금까지 잘 견뎌서 여기까지 온 걸 나는 고맙 게 생각해.

- 자네가 처음부터 여기 안 살았으면 돈 못 벌었을 거야.

- 물론 그 집에서 지내느라고 힘들었어. 그런데 이제 그것이 자네의 힘이 되었 어.

- 내 잔소리가 많아져서 미안하네. 그러나 힘든 것은 내일을 위한 희망이야. 자

네는 잘살 수 있을 거야. 애들도 똑똑하고. 가장인 자네가 성실하니까. 나는 걱정 안 해. 다만 자네가 자네 몸을 위해 힘쓰는 시간을 가져야 해. 몸이 아프면 모두가 끝이니까.

- 진, 승(딸들)은 어렸을 때 죽었다가 살아난 애들이야. 그때 내 남동생도 암으로 죽었고. 그래서 난 죽음이 무섭지. 그래서 죽지 말라고, 난 애들과 자네에게 테니스 레슨비를 주는 거지. 지금, 자네는 여러 가지로 힘들어서 못 하는 것이고. 웅과 예는 자네 자식이니까 자네가 책임질 일이고. 나는 시어머니, 친정어머니, 진, 승 등 모두에게 조금씩 나누면서 우리 모두가 행복하게 살기를 기원하는 것이야.

다시 나는 내 큰딸에게 문자 보냈다.

- 내가 잔소리하는 거 싫지?
- 웅이와 예(외손자)가 결혼해서 10년간 배우자와 애들을 집에 놓고, 저 혼자 골프 치거나 테니스를 치러 주말마다 놀다가 왔다면?
- 그리고 네 애들이 말하기를 자기들은 전문직이라 돈을 많이 벌기 때문에, 자기 몸이 힘들어 못 놀아준다고 하면?
- 넌 엄마 자격으로 오케이하며 당연하다고 하겠습니까?
- 그리고 그 가정이 어찌어찌해서 잘못되어도 괜찮겠습니까? (이런 것이 어머니의 마음인 것입니다.)
- 네 말대로 행복이 쏟아질 것 같습니까?
- 나는 자식들이 잘못될까 걱정하며 살고 싶지 않구나.

- 난 네가 나를 이해해 줬으면 좋겠다.

- 행복이든 불행이든 모두는 네 손에 달린 것이야.

문자 때문에 큰딸은 온통 속이 시끄러웠을 것이다. 내 속도 편하지 않았다. 큰딸이 미국에 살았으면 이런 일도 없었을 것이다. 가까이 살면서 그들의 문제점이 보이면 나는 즉시 그것을 시정하려는 것이 문제였다. 나는 아닌 것은 아니라고 지적했다. 나이 든 딸은 그런 어미가 싫었다. 딸은 제멋대로 자유롭게 살고 싶었다. 딸은 어미를 멀리했다. 그래도 어미는 지적자가 되는 일이 많았다. 딸은 어미가 불편하고 구속하는 어른일 뿐이었다. 결국 둘 사이의 관계는 좋은 관계의 사이가 될 수 없었다. 세월은 흘러갔다. 나는 나를 생각하게 되었다. 딸의 삶에 대해 어미가 어떤 색깔로 말할 수 있는 것일까.

빨강, 노랑, 파랑, 검정, 분홍… 아무 색이라도 좋다. 모두가 그 나름대로의 특징이 있고 장단점이 있으며 본연의 모습대로 살아주면 고마운 것이리라. 우리는 이제 현대에 알맞은 자식 관계의 공부를 하며 지혜롭게 사는 방법을 알아야 했다. 고슴도치끼리 너무 가까우면 상대방을 찔러 상처를 주듯이 가족 관계도 그런 일이 일어날 테고…. 모든 것은 적당히 거리를 두고, 상대방을 배려하고, 염려하여 사랑이 깃든 가족 관계였으면 좋겠다.

내가 애들에게 문자를 주었다는 것은 어쨌든, 그들을 지적질했다는 행위만 남아 있었다. 나와 그들 사이의 공간은 억압과 간섭, 자유를 박탈하는 경우가 되었다. 나는 이제 늙은이가 되었고, 그들은 사회의 주역이었다. 그들은 나이 든 나의 말이 어둠일 테고 그들의 행위는 자유이며 책임이고 희망일 것이었다. 우리는 사고가 달랐다. 같은 행위를 두고 나는 검다고 하고, 그들은 희다고 할 것이었다. 나는 어리석었다. 옳다는 것은 그들에게 그를 것이고, 그들은 그들만의 옳음을 추구할 것이다. 이런저런 사실들은 나를 밤새우게 하며 꿈속을 거닐며 잠을 설치게 했다. 나는 새벽녘에 나를 위로하며 나만의 철학을 발견했다.

- 그래, 너희들은 너희들 방식대로 살면 되고, 나는 내 방식대로 살아가면 될 것이니라.
- 우리 모두는 남을 괴롭히지 말고 자기가 행복한 것을 찾으며 살아가리라.

이미 새벽 어둠은 거치고 밝은 새 아침이 밝아왔다. 이렇게 내가 아프지 않고 아침을 맞이할 수 있어서 감사했다.

*

나는 큰딸에게 문자를 보냈다.

- 아빠가 많이 아프지만, 그냥 물리치료차라고 생각하고 골프 운동하러 새벽에 왔다. 병원은 생전 안 다니시더니, 너무 아프니까 아빠가 한방 병원을 다니시며 통증약을 드시더라. 오늘도 통증약을 먹고 운동 왔어. 이번 주 초에 우리 강화도에 갔다 왔어.

- P 아줌마네 시어머니 98세에 요양원에 보내시게 되었고, 그동안 40년 넘게 보살피느라 고생했으니, 우리 친구들이 위로 잔치해주자 해서야.

- 그리고 Y 아줌마는 아저씨가 가실 때까지 간호하느라 수고했으니 그것도 위로하고.

- 과천 K 아줌마 아저씨 수술할 때 깨어나는 데 시간이 오래 걸려서 걱정했다고. 그것도 위로하고.

- 아빠도 동생 죽고 할아버지 묘소 납골당으로 옮기느라 고생해서 심신을 위로하자는 의미로 모두가 치유를 위해 강화도에 가자 해서 갔지.

- 거기서 맛있는 것 먹고, 석모도에 가서 낙가산 부처님께 기도하고, 찜질방 가서 몸 풀고, 모두가 즐겁게 잠들었지.

- 잠을 자는데 나는 눈만 감고 잠이 들지 않더라. 그런데 친구들이 잠자는 숨소리가 거칠고, 힘들어서…. 나는 생각했다. 그 친구들, 수술 안 한 사람이 없더라. 갑상선에, 유방, 위, 자궁, 눈 등….

- 우리 모두의 몸은 유리 그릇임을 발견했다.

- 나는 물리치료 받는다고 생각하고 테니스, 골프, 등산 등을 열심히 하려고 한단다. 그것이 수술비보다 덜 든다고 생각한다고.

- 내 삶의 모토는 모두가 건강하고 행복하기다.

- 누구든 상대방에게 피해 주지 않고 각자가 행복하게 살면 그것으로 만족한다.

- 하나 제안한다. 네가 시간 없으면 안 지켜도 된다. 아빠가 아파서 산행을 거의 한 달 이상을 못 했다. 시간 있으면, 토요일이나 일요일에 산행을 하면 어떨까? 새 학기가 시작되었으니 도시락 싸 가서 애들과 소풍 갔다고. 아니면, 올해의 등산 숙제를 해보자는 것이다. 이것은 제안이다. 강요가 아니야. 그리고 아빠가 아파서 거부할 수도 있고. 그냥 내 생각을 말한 거야.

- 너네 식구들은 모두가 운동을 싫어하니까. 산 기운도 받고, 서로 친숙해지며 소통이 되면 그것이 산 교육이 아니겠는가? 이것은 단지 내 생각인 것이야. 넌 네 사정대로 살면 된다. 엄마라고 할 수 없이 해야 하는, 그런 일은 없기를 바란다. 우리는 모두가 행복한 길을 가면 성공이니까.

- 이번 주말은 안 될 것 같아요. 다시 날을 잡아서 같이 한 번 갈게요.

- 그래, 알았어.

　　　　　　나는 성공한 사람들의 삶에 대해 읽기를 좋
아했다.

　버락 오바마와 미셸이 서로 깊이 사랑했지만, 임신만큼은 그들의
의지로 해낼 수 없었다. 임신은 정복해서 되는 일이 아니었다. 이 부
부의 친구가 불임 클리닉을 소개해 주었다. 미셸은 생식계의 효율을
극대화하기 위해 매일 스스로 주사를 놓았다. 그녀는 아기를 갖고 싶
었다. 간절히 원했다. 그녀는 주사기를 번쩍 들어, 자기 살에 푹 찔러
넣었다. 약 8주 뒤 임신이 되었다. 세월이 흘러 1998년 7월 독립기념
일에 말리아 앤 오바마가 태어났다.

　그 후 두 번째인 너태샤 메리언 오바마가 2001년 6월 10일 시카고
대학병원에서 태어났다. 체외수정을 성공적으로 시도한 임신이었다.
그들은 기뻐서 하늘을 떠다니는 기분이었다. 그러나 그녀는 고민스러
웠다. 그녀는 일과 육아를 병행하기 위해서 별별 방법을 다 썼다. 그
녀는 어머니가 되는 일에는 정해진 공식이 없다는 것을 깨우쳤다. 무
조건 옳거나 그른 방식이란 없었다.

　이런 대목을 읽으면 그랬다. 모든 세계 여성의 고민은 비슷했다. 높
은 지위의 여성이나, 하층민의 여성이나 모두가 겪어야 할 문제였다.
이 문제는 앞으로 다가오는 여성, 혹은 과거의 여성들이 이미 겪었거

나, 겪어야 할 세대의 문제인 것이었다. 어쩌면, 그런 것이 삶일지도 몰랐다. 그리고 모두가 평등한 느낌이 들었다.

*

2019년 4월 1일, 신문을 읽었다.

검찰, 경찰, 국세청, 공정거래위원회까지 동원, 지난 14일 유치원 자택, 탈탈 털더니 구속영장을 청구했다. 김영배 전 경총 부회장은 정권 출범 초기 비정규직 정책을 공개 비판하다가 쫓겨나서, 고용부 감사받고, 횡령 혐의, 자택 압수수색, 휴대폰 전화까지 빼앗겼다. 최저임금에 반발해 시위 벌였던, 소상공인연합회 소속 61개 단체는 정부 16개 부처가 동원돼 감사를 벌이고 회장에 대한 검찰 수사가 시작되면서 잠잠해졌다. "정권에 덤비면 이 꼴이 된다"는 식으로 본때를 보이는 것이다. 전체주의 국가에서나 볼 수 있는 이런 야만(野蠻)도 언젠가 역풍을 맞을 것이다.

-「'진보 꼰대'에 분노하는 2030」, 조선일보, 2019. 04. 01.

나는 오늘 모자라는 마이너스 통장을 채우기 위해서 은행으로 대출을 받으러 갔다. 은행에서 이미 작년에 1억을 받았기 때문에 집값이 높아도 대출해 줄 수 없다고 했다. 나는 화가 났다. 애들이나 부모를 위해 쓸 돈이 커져서 대출받고자 하는 것을 해 줄 수 없다니… 그런데 권력을 쥔, 김의겸 전 청와대 대변인은 25억 건물을 대출받아 샀다니… 서민 5~ 6천은 안 된다면서… 정치인들은 누구를 위해 정치하는 것인가?…

> 우리나라는 문재인 정권 2년에 이미 북한을 막아낼 힘도 없고 북한을 흡수해서 번영과 자유민주주의를 나눠 줄 역량도 없게 되었다. 문 대통령은 취임하자 초고속으로 모든 행정부서와 행정부의 입김이 미치는 모든 기관을 속속들이 장악했고 무지막지한 폭압으로 언론과 사법부와 검찰과 군, 국회, 그리고 대부분의 지자체 의회도 장악했다. (중략) 이 정부의 인사에서 적임자의 개념은 애초부터 없었는데 최근에 7명의 장관 지명은 국민을 조롱하기 위한 인사 같다.
>
> ―「서지문의 뉴스로 책 읽기-일곱 개 중 제일 아픈 손가락?」,
>
> 조선일보, 2019. 04. 02.

나도 우리나라가 로마처럼 어느 날 망가져 가서 한국이 소멸되지 않을까 걱정이 되었다. 그놈의 소득주도를 예찬하는 이 정부를 이해할 수 없었다. 청년정책이 나아진 게 없다는데, 문제가 없다는데… 이 정부가 온전한 정부인가. 조, 조(조국, 조현옥) 문제없다, 그러니 조치도 없다는 것이다. 국민이 힘들다는데 문제가 없다면, 국민이 무슨 필요가 있는가. 언제까지 이 정부를 기다리고 살면서 쓰러져 가야 하는지 나는 속만 썩었다.

*

2648 번호로 전화가 왔다.

아침 8시경이었다.

- 네, 웬일이세요?

- 응, 사위가 아프다 해서, 괜찮냐고.

- 엄마 70년 몸을 썼으면 당연히 아픈 거지요.

- 그러기는 그려.

- 암이 아니면 되는거지요.

- 잘 먹어야 해. 잘해주라고.

- 입맛이 없으니 먹을 수가 없는 거지요.

- 그렇기는 그래. 다른 게 아니라, 너랑 상의를 좀 하려고.

- 뭘요?

- 막내가 오빠 사무실에 간다고 해서. 거기에 그것이 도시락을 싸 가서 먹는다 하데.

- 그러니까 걔한테 그것이 가져간 돈을 줄까 해서.

- 그것은 엄마 마음대로 하세요.

- 나는 상관없으니까요.

- 그것(막내딸)이 그러더라고. 엄마 여인숙 집 팔아서 언니하고만 상의했다고. 자기하고는 상의를 하지 않았다고. 그래서 네가 모자라면, 넌 보태지 않잖아. 언니는 모자라면 보태고 그랬어.

나는 그 소리를 들으니 머리가 갑자기 터져 버렸다. 그동안 내가 엄마네 빚을 갚느라 얼마나 고생을 했는지 알지 못하면서, 엄마 돈을 내 맘대로 어찌했음을 말하는 것이 못됐다는 생각이 들었다. 거기에,

- 나는 너에게 땅을 팔아서 1,600만 원 갔다 줬고, 또 얼마를 갔다 줬지 않니?

- 엄마 (나는 속으로 미쳐 죽었다) 땅 판 돈으로, 집 나간 며느리가 엄마 아들 앞으로 몰래 SM5 자동차를, (그 당시 2,600만 원에 사서) 그것을 담보로 7,600만 원을 빼 먹었잖아. 그리고 당신 아들 이름으로 빚을 만들어서 아들이 감옥에 갈 지경이었잖아. 그래서 공항에서 나올 수가 없었잖아.

나는 91세 노모와 모든 것을 말할 수 없었다. 당신은 당신이 나에게 돈을 준 것만 생각했고, 내가 일 처리한 것은 알지 못했다. 나만 머리가 터졌다. 그래도 다시 말해야 했다.

- 엄마가 청량리 고모 돈 3,600만 원 빌려서 아들 사업자금 7,000만 원 해줬잖아. 그리고 청량리 고모는 나에게 아버지 돌아가시고 네가 맏딸이니까 이자 달라고 해서 빚내서 400만 원 갚았잖아.

- 그 후 엄마가 1,300만 원 나에게 돈을 주어서 그것을 과천에 집을 전세 끼고 샀고, 5년 후 3,600만 원을 남겨서 청량리 고모에게 사정해서 원금을 갚았잖아.

- 엄마는 왜 나에게 돈 준 것만 생각하고, 빚 갚은 거는 생각을 못 하는 거야?

- 네가 집을 여러 개 샀어. 네 동생들과 조카들까지.

- 그래서 나 지금 힘들다고요. 대부분 이 삼십 년 전 이야기고, 엄마와 엄마 아들 빚 때문인데, 내 것도 아닌데…. 내 것 산 게 아니잖아.

- 그러잖아도 셋째 이모 짐순이가 그러더라. 아들이 돈 번 것을 네가 왜 관리하냐고.

- 엄마 손자 3명 유학자금이 부족해서 그렇지.

- 그 사람은 이모도 아냐, 나쁜 사람이야. 아주 못됐어. 내 돈도 떼어먹고. 엄마네 형제는 모두가 나빠. 상진 삼촌만 빼놓고. 이번에도 시아버지 산소에서 이장할 때, 거기 있는 이모네 식구들 하는 행동이 예쁘지 않아. 엄마네 형제는 모두가 남만도 못한 사람들 같아.

- 남 소리 잘하는 짐순 이모는 착한 척하며 뒤통수치는 사람이야. 아주 못됐어. 내가 남동생 월급 자기처럼 떼어 먹을까 봐? 동생 살리려고 그랬지. 유학비 만들고 모자라면 채우느라 그랬지. 그래서 집을 마련해주려고 애쓴 것이라고.

- 그리고 엄마 둘째 이모네가 엄마 면회 안 왔지? 그 애들, 돈 아까워서 엄마 면회 못 가.

- 돈이 왜 없어? 창순이 아들 적금 넣은 거 1억 탔는데?

- 그게 아니고, 그 이모가 엄마한테(요양원) 만나러 못 간다고요.

- 그러잖아도 막내에게 창순이가 전화했다는군.

- 엄마. 나 지금 차 타고 볼일 보러 가야 해요.

엄마는 오늘 하루종일 나와 전화하며 이바구할 판이었다. 나는 엄마가 정떨어졌다. 91세 어머니가 불쌍해야 하는데, 모든 것을 뒤죽박죽으로 내 심사를 뒤집어 놓았다. 늙으면, 친정어머나 시어머니가 모두 똑같다는 말이 통했다. 어느 때, 배우들이 일찍 돌아가신 어머니를 그리워하며 눈물지을 때, 나는 그 배우들이 부러웠다. 나도 어렸을 때 한때는 어머니를 사랑했고, 어머니를 그리워하며 최선을 다했는데… 이젠 엄마가 내게 전화하면, 내 속을 긁었다. 그리고 나는 울화통이 터졌다. 만약 엄마가 재산이 많았으면 우리 형제들도 싸움으로 박터졌을 것이다.

나는 어머니를 보고 반성했다. 절대 딸에게 이래라저래라하지 말 것이고, 죽을 때까지 나 스스로 독립적으로 살 것이며, 어머니의 품격을 지킬 것을 맹세했다.

*

내 딸은 이제 결혼을 하지 못할 것인가.

나는 가끔 꿈속을 헤매며 딸을 걱정했다. 꿈속에서 나는 딸을 결혼

시키고자 애썼고, 작은딸은 결혼하지 않으려 애썼다. 우리는 꿈에서 그 일을 두고 다툼을 벌이고 두잽이를 했다. 그리고 나는 한밤중에 깨어났다. 시계를 보면 새벽 2시 50분이었다. 주변 사람들은 내 딸이 시집 못 간 것을 즐거워했다. 그들은 대부분 나에 대해 시기심을 가졌다. 나는 주변 사람들에게 베풀고자 했고 그들을 위해서 물심양면으로 돕고자 했다. 그러나 도움을 받은 그들은 나를 시기했고 내가 잘되는 것보다 내게 불행은 아니더라도 내 생활이 잘 되지 않기를 바랐다. 처음에 그들은 그렇지 않아 보였다. 그러나 세월이 가면서 그들은 노골적으로 나에 대한 적개심을 보냈다.

나는 주변 사람들이 불편했다. 가까운 친인척이 더 불편했다. 그들보다 내가 더 나은 생활을 하는 것에 대해 그들의 반응은 부정적이었다. 세월이 가면서 주변 사람들은 더 욕심과 아집, 고집으로 상대방을 자기 편의대로 욕하며 헐뜯었다. 나는 서서히 그들과 멀어졌다. 그것이 나를 편하게 했다. 자식도 너무 가까우면 부모를 공격하는데, 친인척들 역시 그럴 것이었다. 나는 새로운 조화로운 삶이 필요한 시기라 여겼다. 어떻게 하면 서로 상대방을 질투와 시기로 공격하지 않고, 아름답고 즐거운 삶을 이어갈 수 있을까를 생각했다.

나는 내가 좋아하는 친구 몇몇이 있다. 그들에게 나는 모두를 줄 수 있어서 좋다. 그들 또한 모두를 나에게 주고자 했다. 우리는 만나면 서로 주고자 하며 산다. 그 친구들을 시기하고 질투하지 않는다. 그들이 있으므로 그냥 좋았다. 나는 내 것을 주려고 하면, 그들은 그들 것을 주고자 했다. 우리가 만나면, 우리는 서로 주고자 하는 것들이 우리의 일상이었다. 이런 삶이 정말 행복한 삶이었다. 우리는 영원히 서로 아프지 말고 죽는 날까지 이런 즐거운 삶이 변치 않고 살기를 나는 바랐다.

그러면서 또 한편 딸이 집으로 오면 나는 그와 다투게 되었다. 그는 지금 39살에 독립했다. 그는 경제력이 없었다. 그가 독립하려면 생활비 반을 부담해야 했다. 남편과 나는 반반씩 부담했다. 나는 집세를. 남편은 오피스텔 관리비를. 그래서 그는 독립할 수 있었다. 그는 우리 집에 일주일에 2번씩 왔다. 와서 목욕하고 함께 식사하고 갔다. 몇 개월 후, 그는 월, 수, 금 학원 수업을 늘렸다. 이제 일주일 내내 수업했다. 용돈도 조금 더 나아졌을 것이다. 남편은 몇 개월만 지나면 제가 알아서 시집갈 것이라고 했다.

그러나 딸의 성품은 일반적이지 않았다. 너무 바르고 정확해서 일반 사람들이 힘들어했다. 그는 용서와 이해라는 것이 없다. 모두가 직선적 사고로, 직설적이라 대부분의 사람들은 그와 교류하기가 힘들었다. 오바마와 미셸도 그런 부분이 많았던 것 같은데, 그들은 모든 것을 잘 대처하며 지혜롭게 했다. 그래서 훌륭한 미국의 대통령이 되었던 것 같다. 모두가 자기에 걸맞은 짝이 있지 않겠는가? 그래도 이제 나는 나이가 많이 들었구나를 생각했다. 왜냐하면, 꿈속에서 딸을 걱정하지만 현실에서는 39, 나이는 이제 40세인 것이다. 거의 반백 년이 되는 셈이다. 남들은 자식을 키운 지 10년이 넘었는데….

이제 애기 낳아서 10년 키우자면 제 나이가 50이 되고, 다시 10년을 더 키우면 서서히 몸이 아플 때가 되고, 다시 10년이면 모두가 혼자 사는 시대가 될 텐데…. 차라리 결혼 안 한 상태로 미리 쭉 혼자 사는 것이 어떤가 하는 생각이 들었다. 자신은 결혼 못 해 안달이 나지는 않았다. 그래도 우리는 말 한마디 한마디가 싸움으로 일어났다. 이번에도 그랬다. 내가 항상 밀가루 반죽을 미는 홍두깨 1호(홍두깨 2, 3, 4호 있음)가 없어졌다. 딸이 독립하며 가져갔나 했다.

- 딸아, 너 홍두깨 1호 가져갔냐?
- 엄마는 나를 뭐로 보는 거야? 나를 의심하냐고?
- 말도 안 돼. 나는 가져가면 가져간다고 하는 사람이야.
- 저번에도 냉동실 만두 가져갔냐더니?

그는 나에게 성질을 내며 소리쳤다. 나도 부아가 났다.

- 아니 그럴 수도 있는 거지. 물어볼 수도 있고.
- 날 뭐로 보냐고요.
- 알았어. 네 DNA가 그런 것을 잊었구나. 보통 없어지면, 그럴 수도 있는 거지.
- 나는 홍두깨가 뭔지도 몰라. 그게 나한테 왜 필요한데.

그는 성질을 내며 나를 혼내켰다. 나는 그래 너랑 떨어져 살기를 잘했구나. 내가 너랑 어떻게 살겠냐며, 나는 내 방의 문을 꼭 닫고 들어왔다. 그때 마침 둘째 동서에게 전화가 왔다.

- 형님, 큰일 났어요.

- 왜? 어머님이 한식이라 또 너 괴롭히냐?

- 아니요. 어머니는 한식이나 아버님 제사 때 한 번 가신다고 해요.

- 우리 집으로 오신대?

- 아니요, 납골당으로요.

- 그럼 무엇이 큰일이요?

- 제 아래 동생이요. 우리 함께 콘도 갔고, 테니스 치던 동생이요. 그 동생이 희
  귀병인 소뇌 위축증에 걸렸어요. 그 동생 결혼도 늦게 해서, 애가 3살과 5살
  이에요. 그런데 그런 병이 걸렸어요.

- 아이고, 어쩐다냐?

- 그래서 줄기세포를 맞으려고요. 강남에 기셀병원에서 줄기세포를 한다고 해
  서 형님에게 물어보려고요.

- 줄기세포? 그거 사실은 나하고 남편이 맞았어. 나는 허리가 아파서 움직일
  수가 없어서 누워만 있으니까 거동을 못 하는 일이 많아서. 그리고 남편은 그
  때 안 좋은 일로 힘들어서 나왔는데 사람이 죽어가더라고. 그래서 맞았지.

- 그래요? 그러면 금방 낫는가요?

- 그런 거는 몰라. 다만, 허리로 자리에 눕되 바로 일어난다는 거지. 하여튼 일
  년에 몇 번씩 자리보전하며 누워있지는 않지.

- 사전 예방은 되지 않았나 싶어.

- 남편 친구가 발 근족으로 불편하게 걸으며 한방의원을 다니더라고. 그래서
  줄기세포를 권했어. 그런데 그 양반 의심쩍다고 맞지 않더라고. 그 후 운동하
  다가 넘어져서 코뼈를 다쳤어. 지금까지 고생하고 있어. 나는 그때 한 번 맞았

으면 그런 일이 없었을 것을…. 그런 생각을 해.

- 나도 처음에는 걱정이 컸어. 내 친구네가 줄기세포 주주이고, 그 병원에서 싸
  게 해달라고 졸랐지. 거기에, 그때 초창기로 TV 채널 <그것이 알고 싶다>에
  서 줄기세포 부작용으로 온몸이 가려운 증세가 있었고, 죽은 사람도 있어서
  내가 하기는 하지만 두려웠어.
- 그런데 내 세포를 배양하니 내 거니까 안심하고 한 것이야.
- 내 친구 사돈네는 무릎 줄기세포를 했는데 오히려 더 아프다고 그 사돈어른
  은 하나마나라고 하더라고.
- 여하튼, 나는 해보는 것이 좋아. 내가 한 곳은 방배동, 사당 쪽 방향이야. 디에
  뜨라고. 그곳에 내가 갔을 때는 4~5년 됐네. 베트남인, 중국인이 성시를 이루
  었어. 특히 얼굴 성형이나 마사지였어.
- 형님, 알아봐 주세요.
- 알았어.

나는 병원 원장님에게 전화를 했다. 그러나 받지 않았다. 10시경이
니 아무래도 회의 중이나 수술 중일 것 같았다. 나는 문자를 보냈다.

- 원장님, 저는 대학 선배 ○○○입니다. 전에 줄기세포 맞았지요. 혹, 소뇌 위
  축증도 줄기세포 치료가 가능한가요?
- 예, 그런데 지연과 증상호전입니다.
- 내 사촌 동생(사연이 복잡해서)인데요. 말이 우둔해지고 있대요. 말을 알아들
  을 수가 없답니다. 걷는데 술 취한 사람 같습니다. 지금 운전은 하고 있고요.

목이 뻣뻣해서 처음에는 알레르기인 줄 알고 그런 약만 먹었다고. 손 감각도 우둔해지고요.

나는 다시 둘째 동서에게 문자를 보냈다.

- 지금 원장님이 회의를 해서 연락이 늦어짐. 우리는 아파서 줄기세포를 맞은 것이 아니어서 치료는 잘 모르겠고. 내 친구 남편이 파킨슨병으로 몇 년째 일본으로 줄기세포를 맞으러 다니고 있다고. 한 번에 4천만 원 든다고. 그런데, 병이 확실히 낫는 건 아니라고. 몸은 계속 나빠지고 있다고.

- 남편 친구 현대증권 사장이었던 사람도 소뇌위축증을 앓고 있는데, 그 병으로 쉽게 몸이 망가졌고, 1년도 안 돼서 지금 요양원에서 휠체어 타며 살고 있어. 모든 몸이 망가져서 기능을 못 해. 쉽게 죽지는 않는 것 같아.

- 애기도 어린데 나이 어린 동생이 아파서 어쩐다냐? 그런 일이 왜 생긴 거야?

- 원장님한테 내 사촌 동생이라고 말했어.

- 회의 중이라 자세히 말 못 했어. 문자로 연락했어.

- '그 병은 줄기세포 맞으면 지연과 증상 호전입니다.' 이렇게 문자 왔어. 거기에 원장님이 수술 시간도 있을 거야. 그래서 연락하기가 힘들어. 일단 병원 상무님 핸드폰 번호 줄게. 010-****-**** 상담을 해봐.

- 원장님 연락이 왔어. 한번 맞는데 900만 원 그리고 최소한 5번 이상을 맞아야 한다고. 그리고 일본 병원에서 맞아야 한다고. 한국은 안 된다고. 원장님이 그 가격에 6번을 해주겠다고. 일본 협력병원에서 한다고.

- 올케가 얼마 전에 통화는 했었나 봐요. 국회 계류 중인 첨생법이 이번 임시

국회에서 4월 25일 일부가 통과될 수 있을 것 같아요. 상무님과 통화해볼 게요.

오후에 다시 원장님이 나에게 직접 전화했다. 그는 한국 병원에서는 줄기세포를 배양하지 않는다고, 일본에서 할 수 있다고. 한 번 맞는 데 900만 원이라고. 최소한 5번 맞으면 서비스로 한 번 더 해줄 수 있다고. 한국 병원과 일본 협력병원인 곳에서 맞는다고. 그래서 한 번 가는 데 100만 원 항공료를 추가한다고. 증상이 호전되지만 완치는 안 된다고. 나는 원장님에게 말했다. 사촌 동생네는 시골 부여에 산다고. 땅 팔아서 올라와야 된다고. 원장님은 완치되는 병이 아니고, 계속 맞아야 하는 병이라고. 잘 생각해서 하라고 했다.

나는 난감했다. 그래도 그 사실을 동서에게 말했다. 그는 계속 울며 전화를 받았다. 시간은 흘러갔다. 동서는 인터넷을 살폈다. 아픈 동생네 올케도 인터넷을 뒤졌다. 그리고 카페를 들어갔다. 희귀종을 앓고 있는 소뇌위축증 환자 카페에서 서로들 각자 치료과정을 공유했다. 그중 줄기세포 치료자들도 있었다. 그들은 말했다. 엄청히 돈을 들여 맞았지만 별 효능을 보지 못했다고 했다. 동서는 여러 의견을 들었고, 환자도 스스로 알아봤다. 그리고 환자 스스로 줄기세포에 커다란 희망을 가졌다가 포기했다.

이제 좋다는 한방과 한약에 치중했다. 그리고 근력이 빠지는 것을 예방하도록 열심히 운동하고, 긍정적 마인드를 위해서 108배를 하고, 명상을 하며, 몸을 추스르기로 했다고. 그러면서 왜 애기는 늦게 2명이나 낳아서 저런 병이 걸렸는지 모르겠다면서 울었다. 네 말 들으니, 나도 우리 작은딸이 결혼을 하든 안 하든 상관하지 않아야겠다고. 이제 40세에 애기 낳고 언제 애기 키우냐고. 남들은 애기들 모두가 성인이 되었는데, 이제 삐약삐약 언제 키우겠냐고. 지금 나이 들어서 모두가 혼자 사는 시대가 되었는데. 혼자 그대로 사는 것이 낫겠다고. 내 작은딸은 할머니 DNA 닮아서 결혼하기가 어렵다고, 끝판에 뒤집기 선수거든. 모두가 사는 것은 장단점이 있는 거라 생각한다고.

그러면서 나는 동서를 위로했다. 수학적으로 따지면, 동생 아픈 것은 너무 슬픈 일이다. 그러나 그냥 인간의 운명으로 생각해 보면 죽을 사람은 모두 죽고, 살 사람은 어떻게든 살아가지 않나? 어차피 우리 모두 죽을 사람들이다. 앞뒤가 바뀌어서 어떻게 될지 모르는 일로 생각하라고 했다.

그리고 내 슬픈 당고모네를 말했다. 나랑 친구처럼 자란, 아버지 사촌인 K는 교육대를 나와 초등 교사였다. 내가 중등 교사일 때 우리는 주말마다 어울렸다. 어쩌다 K네 서울 작은 언니네 집을 가면, 으리으리하게 잘 살았다. 우리는 그 언니네를 부러워했다. 그 언니네는 이십 층 빌딩에, 기사가 있었다. 그들은 평생을 해외로 골프를 치러 다녔다. 어느 날 친척 상갓집에서 모두가 만났다. 그런데 그 언니네가 얼굴빛이 안 좋고 힘들어 보였다. 나는 K에게 물었다. 어째서, 언니네가 힘들어 보인다고.

― 응, 그 언니네 힘들어. 이번에 언니네 작은 사위가 40세에 갔어.

- 아니, 왜?
- 그 사위가 산악 자전거를 탔는데, 경기 시합을 나가려고 도로에서 연습을 했어. 그런데 도로가 움푹 패어 있어서 타던 자전거가 뒤집혔지. 그래서 사람이 붕 떠서 건너편 도로로 뚝 떨어졌고 마주 오는 차에 치여 즉사했대.
- 그랬구나. 그래서 그렇게 낯빛이 안 좋구나.

이런 사실을 나는 동서에게 말해주었다. 동서도 놀라워했다. 그리고 나는 덧붙였다.

- 인생은 호사다마(好事多魔)라 하지 않아? 항상 음지가 양지 되고, 양지가 음지 되는 거 아니겠냐? 자기 동생도 아픔을 극복하는 과정이 그의 인생이려니, 하라고. 자네가 너무 슬퍼하지 말게나. 자네 건강에 문제 생기면 그도 또 큰일 아닌가? 모두가 인생의 부딪힐 일이라 생각하게나.
- 네, 형님. 알겠어요.

우리는 이렇게 이야기하고 전화를 끊었다. 우리는 요즘 계속 죽음과 삶의 공간이 펼쳐지는 과정을 다시 깨닫고 있었다. 한 달 사이로 넷째 삼촌이 가고, 시아버지 산소를 이장하느라 다시 화장터를 갔고, 또다시 둘째 동서네 나이 어린 동생이 죽음의 길을 가는 것처럼 보였다. 물론 우리 인생이 그쪽 길로 가고는 있지만 말이다. 나는 내 죽음의 길이 수월히 편안하게 가가를 빌어야겠다.

*

인생의 두려움이 생기면, 나는 책을 읽었다.

그대의 삶을 관찰해보라. 그대가 하고 있는 일 중에는 오로지 에고 때문에 벌어지는 일들이 많다. 그대는 계속해서 돈을 모은다. 그 돈은 '그대'를 위한 것이 아니라 에고를 위한 것이다. 그대는 세상에서 가장 부자가 되지 않는 한 편안할 수 없는 것이다. 그대는 더 불행해질 것이다. 먼저, 그대 자신이 변하지 않는다면 불행을 면치 못할 것이다. 나는 그대가 '에고를 버려라!'라고 말하고 싶다. 더 쉬운 말로, '투쟁을 포기하라!' 는 뜻이다. 에고는 투쟁적인 태도의 부산물이다.

-『A Sudden Clash of Thunder(자비의 서)』,

오쇼, 젠토피아.

나는 나를 반성했다. 나는 내가 만든 에고와 자아에 길들여졌고, 그것으로 내 삶을 평생 힘들어했을 것이었다. 내 삶은 항상 긴장하며 투쟁하고 내 것을 주장했을 것이다. 나머지 인생은 무조건 수용하자. 그리고 수많은 꽃과 나무, 수많은 사람들, 별들, 끝없이 펼쳐지는 천체의 아름다움을 즐길 것이었다.